朱彝尊研究

（第九辑）

嘉兴市秀洲区朱彝尊研究会 编

凤凰出版社

图书在版编目（ＣＩＰ）数据

朱彝尊研究. 第九辑 / 嘉兴市秀洲区朱彝尊研究会
编. -- 南京：凤凰出版社，2023.5
ISBN 978-7-5506-3931-7

Ⅰ. ①朱… Ⅱ. ①嘉… Ⅲ. ①朱彝尊（1629-1709）
—古典文学研究 Ⅳ. ①I206.49

中国国家版本馆CIP数据核字(2023)第055083号

书　　　名	朱彝尊研究(第九辑)
编　　　者	嘉兴市秀洲区朱彝尊研究会
责 任 编 辑	许　勇
特 约 编 辑	姜　好
装 帧 设 计	徐　慧
责 任 监 制	程明娇
出 版 发 行	凤凰出版社(原江苏古籍出版社)
	发行部电话025-83223462
出版社地址	江苏省南京市中央路165号,邮编:210009
照　　　排	南京凯建文化发展有限公司
印　　　刷	苏州市越洋印刷有限公司
	江苏省苏州市吴中区南官渡路20号,邮编:215104
开　　　本	718毫米×1005毫米　1/16
印　　　张	16.25
字　　　数	250千字
版　　　次	2023年5月第1版
印　　　次	2023年5月第1次印刷
标 准 书 号	ISBN 978-7-5506-3931-7
定　　　价	88.00元
	(本书凡印装错误可向承印厂调换,电话:0512-68180638)

目　次

经学研究

朱彝尊与《通志堂经解》之编刻 ……………………………… 山东　崔晓新（ 1 ）

朱彝尊《经义考》著录南宋蜀人著作六种考述 …………… 江苏　林日波（32）

传承与开新：朱彝尊《经义考》的文献典范意义 …………… 江苏　张宗友（38）

《经义考》"王氏（柏）《诗辨说》"条朱彝尊按语所涉"豳诗雅颂"问题考论

……………………………………………………… 江苏　谢葆瑭（51）

朱彝尊《经义考》提要的按语及价值述论 …………… 广东　周亚萍（68）

论朱彝尊对《四书》的梳理与研究

　　——以《经义考》为中心 …………………… 山东　张春燕（93）

史学研究

中古佛教目录解题之产生与发展

　　——兼论朱彝尊《经义考》解题体例之前承 ………… 江苏　张　聪（106）

朱彝尊与《崇文总目》之"再发现"

　　——兼论清代目录学经典谱系之建构 …………… 江苏　于　快（124）

查慎行与朱彝尊的交游考 ………………………………… 浙江　查玉强（144）

朱彝尊的金石与史籍互证 ………………………………… 广东　洪开荣（152）

《食宪鸿秘》作者考 ……………………………………… 浙江　杨颖立（162）

文学研究

朱彝尊《鸳鸯湖棹歌》注析(二) ……………………………… 浙江　徐志平(170)

道是无情却有情

　　——朱彝尊《鸳鸯湖棹歌》中"郎"称谓浅析 ………… 浙江　徐如松(176)

《鸳鸯湖棹歌》的文史遗迹 …………………………………… 浙江　范树立(182)

朱彝尊交游诗《题洪上舍传奇》考论 ………………………… 浙江　殷建中(203)

朱彝尊与嘉兴文脉传承

印章之学　继承创新 ………………………………………… 广东　陈页金(208)

朱彝尊三题 …………………………………………………… 浙江　梅晓民(216)

曝书亭与爱石园探微 ………………………………………… 浙江　周荣先(225)

朱彝尊的王江泾情结 ………………………………………… 浙江　王金生(232)

陶、朱"并蒂莲" ……………………………………………… 浙江　王爱能(235)

浓浓的乡情,满满的诗意

　　——从教材中国古代诗词作品延伸学习"朱彝尊诗词"

　　活动设计 ………………………………………… 浙江　鲍周生(241)

朱彝尊典试江南当考官 ……………………………………… 浙江　顾顺奎(247)

三百载鸳湖联吟,五十年棹歌续唱

　　——鸳鸯湖诗社当代唱和鸳鸯湖棹歌概述 ………… 浙江　高　贤(249)

朱彝尊与《通志堂经解》之编刻

山东　崔晓新

中国古代学术以经学、史学为两大主干，经解丛书自唐宋以降，递有编纂，蔚然称盛。编梓于清初之《通志堂经解》，上承《十三经注疏》，下启《皇清经解》，收录以宋元两代为主的解经撰述一百四十种一千八百六十卷，于宋元经解之保存与流布居功至伟，开创有清一代经学丛书纂刊风气①。清高宗弘历即赞其"荟萃诸家，典赡赅博，实足以表章六经"②。现代以降，《通志堂经解》成为学人研治经学与文化史、思想史的重要对象与凭借③。

学界于《通志堂经解》最醒目、集中之研讨非其编刻者问题莫属，此论辩自《通志堂经解》梓行之初即已出现，更因清高宗之定性而成为著名学术公案④。黄志祥曾归纳学界现有见解为四种⑤。事实上，在黄氏总结之四种见解外，另有

---

① 谢国桢《丛书刊刻源流考》，见氏著《明清笔记谈丛》，上海古籍出版社，1981年，第208页。

② 《高宗纯皇帝实录》卷一二二五，《清实录》第24册，中华书局，1986年，第431页。

③ 林庆彰、蒋秋华两位先生主编有《通志堂经解研究论集》（台北"中央研究院"中国文哲研究所，2005年），共收录研究论文九篇。据邵莘越《近五十年〈通志堂经解〉研究述评》（《国学》第七集，巴蜀书社，2019年，第405—421页）统计，近五十年相关研究论文计有十七篇，论文集一部（《通志堂经解研究论集》），专著一部。

④ 乾隆皇帝称《通志堂经解》"为徐乾学所裒辑，令成德出名刊刻，借此市名邀誉，为逢迎权要之具耳"（《高宗纯皇帝实录》卷一二二五，《清实录》第24册，第430—431页）。

⑤ 分别为："徐乾学辑，纳兰成德刻""徐乾学辑，徐乾学刻""徐乾学辑，徐乾学刻，后徐氏赠版于纳兰氏，而曰纳兰氏刻""徐乾学辑，纳兰成德刻，后刻板归乾学，故曰乾学刻"（黄志祥《通志堂经解辑刻者述辨》，见林庆彰、蒋秋华主编《通志堂经解研究论集》，第161—169页）。

以明珠为支持者之说①。由于古人不具备现代版权意识,且编刻者与出资者关系又颇为微妙,故《通志堂经解》编者之判定具有相当之开放性。总体而言,视《通志堂经解》为徐乾学(1631—1694,字原一,号健庵)、纳兰成德(1655—1685,字容若,号楞伽山人,堂号通志堂)与一众满汉学者通力合作之成果,似更得其实②。

清初大家朱彝尊(1629—1709,字锡鬯,号竹垞)即系《通志堂经解》重要参编者之一。此一事实,已有学人注意与讨论,惜相关成果既有限又有误。既有研究基本集中于朱彝尊代写《通志堂经解》子目序文之探讨,但颇有舛讹;至于朱彝尊参编《通志堂经解》之其他贡献则关注较少,偶有涉及亦多泛论,且不乏讹误。此种现状并不利于探讨《通志堂经解》之纂修实际与朱彝尊之经学贡献,故不揣浅陋,试加发明,以求就正于方家。

据笔者考察,朱彝尊于《通志堂经解》纂修之贡献有三:一是有倡启之功,二是提供文献支持,三是代写子目序文。

一、朱彝尊于《通志堂经解》有倡启之功

根据徐乾学《通志堂经解序》:"往秀水朱竹垞谂余:书策莫繁夥于今日,而古籍渐替,若经解仅有存者,弥当珍惜矣。……今感竹垞之言,深惧所存十百之一又复沦致,责在后死,其可他诿?因悉余兄弟家所藏本,覆加校勘……厘择是正,总若干种,谋雕版行世。"③知《通志堂经解》之编刻起源于朱彝尊保存经解之倡导。徐乾学此序,学人多有引述。事实上,朱彝尊之创议既有前承又别具涵义,涉及清初大儒顾炎武对于宋元经解之保护,顾炎武与朱彝尊之同志交谊,

---

① 如赵秀亭《纳兰性德著作考》(《满族研究》1991 年第 2 期,第 54 页)、张一民《纳兰成德在编辑〈通志堂经解〉中的作用》(《满族研究》2005 年第 3 期,第 91—92 页)、刘德鸿《满汉学者通力合作的成果——〈通志堂经解〉述论》(林庆彰、蒋秋华主编《通志堂经解研究论集》,第 188—189 页)即持此调。

② 如黄志祥《通志堂经解辑刻者述辨》、刘德鸿《满汉学者通力合作的成果——〈通志堂经解〉述论》、赵秀亭《纳兰性德著作考》。

③ 徐乾学《通志堂经解序》,见《通志堂经解》卷首,清康熙间昆山徐乾学刻本。

顾、朱二氏于清初学风重建之导引以及朱彝尊"崇儒传道"文化使命观之践履等问题。

（一）顾炎武、朱彝尊与《通志堂经解》之启动

学界讨论《通志堂经解》之编刻机缘，除朱彝尊之倡启外，颇言徐乾学得其外舅经学巨擘顾炎武（1613—1682，字宁人，人称亭林先生）之影响。

然而《通志堂经解》所录多为阐发程朱理学之宋元经解，顾炎武则因畅言"古之所谓理学，经学也；今之所谓理学，禅学也"[①]而颇有"反理学家"之名[②]，如梁启超《清代学术概论》即云："炎武等乃起而矫之，大倡'舍经学无理学'之说，教学者脱宋明儒羁勒，直接反求之于古经。"[③]此后学者虽于理学内涵多有质辨，但终未能于顾氏之学是否为理学之反动达成共识。故学人往往另觅角度，称徐乾学编刊《通志堂经解》得顾氏重经史之染化、受顾氏学术精神之熏陶等[④]，但又流于泛论，并无文献可征。

顾炎武作为前明遗民，一生以名节为重，于清史之交接尤为谨慎。谢正光《清初诗文与士人交游考》即指出顾氏文集一字不及与贰臣曹溶、孙承泽之交往[⑤]。而顾炎武于清廷重臣徐氏兄弟既刻意保持距离，又缺少基本信任，称"凡在徐处旧作，可一字不存"[⑥]；更不乏鄙弃，曾有"薰莸不同器而藏"之讥斥，并极力阻止弟子潘耒入为徐氏西宾[⑦]。是以顾炎武与徐乾学之疏远情状又使学人之顾氏影响论颇处尴尬之境。

考诸实际，《通志堂经解》之编刻确曾受顾炎武影响，惟其间情形与学者所论略异。以下试予论析。

①　顾炎武《亭林文集》卷三《与施愚山书》，见顾炎武撰，华忱之点校《顾亭林诗文集》，中华书局，1959 年，第 58 页。

②　牟润孙《顾宁人之学术渊源——考据学之兴起及其方法之由来》，见氏著《注史斋丛稿》，中华书局，1987 年，第 162 页。

③　梁启超《清代学术概论》，岳麓书社，2010 年，第 4 页。

④　陈惠美《徐乾学及其藏书刻书》，花木兰文化出版社，2007 年，第 152—154 页。王爱亭《昆山徐氏所刻〈通志堂经解〉版本学研究》，山东大学 2009 年博士学位论文，第 28 页。

⑤　谢正光《清初诗文与士人交游考》，南京大学出版社，2001 年，第 185、196 页。

⑥　顾炎武《亭林余集·与潘次耕札》，见《顾亭林诗文集》，第 169 页。

⑦　顾炎武《亭林余集·与潘次耕札》，见《顾亭林诗文集》，第 167 页。

1. 顾炎武于宋元经解之保护

崇祯甲申(1644),满族以少数族群入主中原,清初诸儒于此"天崩地解"①颇有反思,顾炎武深以明末不良学风为朱明社稷倾覆之因由②,故于明季王学末流之批判"言论最激烈,态度最严正"③,于理学亦"有所补偏救弊"④,曾非朱熹之"传心"⑤、批程门之涉禅⑥。但于宋元理学之功用,亭林仍能客观以待。

一方面,顾炎武为修正"束书不观,游谈无根"之空疏学风,高举反蹈虚、重实证之大旗,强调博稽经典,实事求是。顾炎武明言:"经学自有源流,自汉而六朝而唐而宋,必一一考究,而后及于近儒之所著,然后可以知其异同离合之指。"⑦置宋元理学于"必一一考究"之畛域。

另一方面,顾炎武为扭转谈心见性、空言性理之不良习气,力倡实学,宣扬经世致用。而有宋一代通常被视作中国实学之权舆⑧,无论功利派抑或兼具虚实二重性之理学派与心学派,或重于外化达用之学,或偏于内省实体之学,皆包蕴经世实学精神。元儒则绍绪宋学,更因易代之殇于宋末理学之虚空多有省思,使元代实学颇具明体、达用合流之势。故亭林于宋元所传实学极为重视,更视舍宋元实学为弃经学之滥觞,其《日知录》卷一八"《四书五经大全》"条即言:"一时人士尽弃宋、元以来所传之实学……呜呼!经学之废,实自此始。"⑨

---

① 黄宗羲《南雷文案》卷二《留别海昌诸同学序》,清康熙十九年(1680)门人万斯大、郑梁等校刻本。

② 如顾炎武《与友人论学书》即称明末讲学"一皆与之言心言性,舍多学而识,以求一贯之方,置四海之困穷不言,而终日讲危微精一之说"(《亭林文集》卷三,见《顾亭林诗文集》,第40页);其《日知录》"夫子之言性与天道"条又称"不习六艺之文,不考百王之典,不综当代之务,举夫子论学、论政之大端一切不问,而曰一贯,曰无言,以明心见性之空言,代修己治人之实学。股肱惰而万事荒,爪牙亡而四国乱,神州荡覆,宗社丘墟"(顾炎武撰,黄汝成集释《日知录集释》卷七,上海古籍出版社,2014年,第158页)。

③ 杜维运《清代史学与史家》,中华书局,1988年,第100页。

④ 牟润孙《顾宁人之学术渊源——考据学之兴起及其方法之由来》,见氏著《注史斋丛稿》,第162页。

⑤ 顾炎武撰,黄汝成集释《日知录集释》卷一八"心学"条,第412—413页。董平《顾炎武与清代学术之转向》,《暨南史学》第七辑,2012年,第307页。

⑥ 顾炎武《亭林文集》卷六《下学指南序》,见《顾亭林诗文集》,第131—132页。

⑦ 顾炎武《亭林文集》卷四《与人书四》,见《顾亭林诗文集》,第91页。

⑧ 葛荣晋《中国实学思想史》,首都师范大学出版社,1994年,第14—15页。

⑨ 顾炎武撰,黄汝成集释《日知录集释》卷一八,第410页。

自明永乐年间官方颁行《四书大全》《五经大全》，士人"无不以《大全》为业"①，径置他书不顾，遂使宋元诸儒其他解经撰述渐致散佚。而《大全》既"剽剟成编"②，又颇多讹误③，非但未行保护之效，反增破坏与废弃之实。故至明末清初，"宋元诸儒之书，存者亦复寥寥可数"④；偶有存者，"雕版既漫漶断阙，不可卒读，钞本讹谬尤多，其间完善无讹者，又十不得一二"⑤。

顾炎武对经学著作日渐沦没的现状深感忧虑。其《与友人论易书》称："至永乐中，纂辑《大全》……欲道术之归于一，使博士弟子无不以《大全》为业，而通经之路愈狭矣。"⑥其《日知录》卷一八"《书传会选》"条更云："八股行而古学弃，《大全》出而经说亡。"⑦因而产生搜求保存宋元说经诸书的思想，并传递于友人朱彝尊，冀朱氏于宋元经解多加搜藏。朱彝尊《经义考》卷一一八"王氏梦白、陈氏曾《诗经广大全》"条按语，云："往顾先生亭林尝语余：自五经有《大全》而经学衰矣。《大全》者，当时奉诏趣成之书也，殊多阙略，且劝余凡宋元说经诸书毋论当否，宜悉储之。余窃韪其言。"⑧

2. 顾炎武与朱彝尊之同志情谊

细绎朱彝尊转引顾炎武之语，搜储宋元经解是为行动，经学衰微为行动之原因，复振经学则系搜储之宗旨。顾炎武向以通经明道、研治实学、经世致用为宗尚，反复申述"君子之为学，以明道也，以救世也"⑨，"凡文之不关于六经之指、

---

① 顾炎武《亭林文集》卷三《与友人论易书》，见《顾亭林诗文集》，第 42 页。

② 永瑢等《钦定四库全书总目》卷三六《四书五经大全提要》，见《景印文渊阁四库全书》第 1 册，台湾"商务印书馆"，1983 年，第 733 页。

③ 顾炎武即多次表示欲正其误：顾氏《与王山史》云"弟冬来读《易》，手录苏、杨二传，待驾归，得共山中之约，将《大全》谬并之本，重加厘正。程、朱各自为书，附以诸家异同之说，此则必传之书也"（《蒋山佣残稿》卷三，见《顾亭林诗文集》，第 216 页）；《答汪苕文书》亦云"弟方纂录《易解》，程、朱各自为书，以正《大全》之谬，而桑榆之年，未卜能成与否，不敢虚期许之意，而仍以望之君子也"（《亭林文集》卷三，见《顾亭林诗文集》，第 60 页）。

④ 徐乾学《通志堂经解序》，见《通志堂经解》卷首。

⑤ 纳兰成德《通志堂经解序》，见《通志堂经解》卷首。

⑥ 顾炎武《亭林文集》卷三《与友人论易书》，见《顾亭林诗文集》，第 41—42 页。

⑦ 顾炎武撰，黄汝成集释《日知录集释》卷一八，第 411 页。

⑧ 朱彝尊《经义考》卷一一八，清康熙四十年（1701）朱氏曝书亭刻乾隆二十年（1755）德州卢见曾续刻本。

⑨ 顾炎武《亭林文集》卷四《与人书二十五》，见《顾亭林诗文集》，第 98 页。

当世之务者，一切不为"①，则顾氏搜储、保护内蕴实学精神之宋元经解，实存"守先王之道，以待后学"②之微旨。

顾炎武无视外甥徐乾学等显宦，而将蕴藏恢复志意之搜储宋元经解的规划告知窘困布衣朱彝尊，实因顾、朱二人缔结有笃厚之同志情谊。

根据朱彝尊《张君诗序》知朱氏少壮时获交顾炎武，此后"恒与往还酬和"③。征诸文献，二人交往始于康熙五年（1666）三月，时朱彝尊客于山西布政使王显祚幕府，主动过访寓于太原东郊之顾炎武④。

顾炎武性格耿介，不轻与人交，"取友首重气节，次学问，又次词章"⑤。而朱彝尊"未尝受明官、食明禄，取明科名"⑥，于明亡后则以遗民自处，结交魏耕、祁班孙等抗清志士，筹谋"共同恢复"⑦，身陷"通海案"，至康熙二年当局宽宥，朱彝尊才身获自由⑧，故王冀民称朱氏"坚持民族气节，冒死不顾，视寻常'处士'为尤难"⑨。

且朱彝尊少年时期即以诗文显，吴伟业更有"若遇贺监，定有谪仙人之目"⑩之评鉴，"至其中岁以还，则学问愈博"⑪。皇子胤礽曾称竹垞为"海内第一读书人"⑫，《清史稿·朱彝尊传》则云："当时王士禛工诗，汪琬工文，毛奇龄工考据，

① 顾炎武《亭林文集》卷四《与人书三》，见《顾亭林诗文集》，第91页。
② 朱彝尊《静志居诗话》卷二二"顾绛"条，人民文学出版社，1998年，第672页。
③ 朱彝尊《曝书亭集》卷三八《张君诗序》，清康熙五十三年（1714）刻本。
④ 顾炎武《亭林诗集》卷四《朱处士彝尊过余于太原东郊赠之》，见《顾亭林诗文集》，第373页。
⑤ 顾炎武撰，王冀民笺释《顾亭林诗笺释》卷四，中华书局，1998年，第685页。
⑥ 顾炎武撰，王冀民笺释《顾亭林诗笺释》卷四，第685页。
⑦ 邓之诚《清诗纪事初编》卷七，上海古籍出版社，2012年，第747页。
⑧ "刑部题：海贼入犯江南案内罪犯，奉有谕旨除康熙元年（1662）以前审结外，其余亦从宽免……得旨。"（《圣祖仁皇帝实录》卷八，《清实录》第4册，第135页）
⑨ 顾炎武撰，王冀民笺释《顾亭林诗笺释》卷四，第685页。
⑩ 沈岸登《黑蝶斋小牍》，见徐釚《本事诗》卷一一，清乾隆二十二年（1757）桐乡汪肯堂半松书屋刻本。
⑪ 永瑢等《钦定四库全书总目》卷一七三《曝书亭集提要》，见《景印文渊阁四库全书》第4册，第588页。
⑫ 朱桂孙、朱稻孙《皇清钦授征士郎日讲官起居注翰林检讨祖考竹垞府君行述》，见朱彝尊著，王利民等整理《曝书亭全集》，吉林文史出版社，2009年，第1035页。

独彝尊兼有众长。"①此二论虽系朱氏生平最高成就之评价,但迄康熙五年(1666),朱彝尊实已才学横溢,蜚声士林,故亭林初见竹垞即以"儒言纂孟荀,书能搜五季,字必准先秦"称赞其治学之绩②,次年又颂扬其古文辞③,后更有"文章尔雅,宅心和厚,吾不如朱锡鬯"之叹④。

由是观之,康熙五年(1666)之朱彝尊实兼具气节、学问与词章,是以顾炎武初识竹垞即引为知交。且顾炎武、朱彝尊皆为前明显宦之后,顾、朱两家均系名门,皆有节烈之士投身抗清斗争,壮烈牺牲。而顾、朱二人亦同以"国仇家恨"而立志抗清复明,则顾炎武与朱彝尊又因家世相近、际遇相似、志意相通、心路历程近同而成为心灵契合之同志。

康熙七年(1668)顾炎武身涉"即墨黄培文字狱",朱彝尊多方斡旋营救⑤,二人更续生死之情,故王冀民称"(顾炎武)自投济南狱,彝尊复在山东巡抚幕为之力解,使其尚气治学不衰,则先生没齿之日,必以彝尊为死友矣"⑥。即便之后朱彝尊出仕清廷,顾炎武仍称"同榜之中相识几半,其知契者,愚山、荆岘、钝庵、竹垞、志伊、阮怀、荪友"⑦,视朱氏为知己。康熙十八年顾炎武致书潘耒传以纂修《明史》之法,札末专有附语,称"此札可与锡鬯、公肃观之"⑧。时贤所云"彝尊一举鸿博,先生即'与之交绝','名字即不再入集'"⑨,显然不确。

于顾炎武而言,朱彝尊既为同志,更系至交,故能以蕴含恢复意图之"凡宋元说经诸书毋论当否,宜悉储之"规划相告。根据张宗友研究,知朱彝尊大概于康熙三年(1664)确立以"崇儒传道"为核心学术思想之文化使命观⑩,而顾炎武

---

① 赵尔巽等《清史稿》卷四八四,中华书局,1997 年,第 44 册,第 13340 页。
② 顾炎武《亭林诗集》卷四《朱处士彝尊过余于太原东郊赠之》,见《顾亭林诗文集》,第 373 页。
③ 朱彝尊《曝书亭集》卷三一《与顾宁人书》。
④ 顾炎武《亭林文集》卷六《广师》,见《顾亭林诗文集》,第 134 页。
⑤ 周可真《顾炎武年谱》,苏州大学出版社,1998 年,第 371—372、376 页。顾炎武撰,王冀民笺释《顾亭林诗笺释》卷四,第 685、732 页。
⑥ 顾炎武撰,王冀民笺释《顾亭林诗笺释》卷四,第 685 页。
⑦ 顾炎武《亭林文集》卷四《答李子德》,见《顾亭林诗文集》,第 74 页。
⑧ 顾炎武《亭林文集》卷四《与潘次耕》,见《顾亭林诗文集》,第 80 页。
⑨ 顾炎武撰,王冀民笺释《顾亭林诗笺释》卷四,第 685 页。
⑩ 张宗友《"多文之谓儒"——以〈原教〉篇为中心看朱彝尊之"文章尔雅"》,见氏著《尺牍·事行·思想:朱彝尊研究论集》,凤凰出版社,2020 年,第 230—234 页。

于朱彝尊"崇儒传道"之人生取径亦有知晓①,此或为顾氏以访求、储藏、保存宋元经解、护经传道要务告知朱彝尊之另一原因。

　　3.《通志堂经解》之编刊系顾、朱导引清初征实学风又一同调之举

　　顾炎武与朱彝尊并为清初学术大家,二人治学领域相近(经学、金石学、舆地学),治学理念相似(反空谈、重考证),治学取径相像("著书不如抄书"),同调共鸣、同声共振,于清初征实学风之形成颇具开先导引之功。四库馆臣云:"惟(方)以智崛起崇祯中,考据精核,迥出其上。风气既开,国初顾炎武、阎若璩、朱彝尊等沿波而起,始一扫悬揣之空谈。"②陈祖武指出:"其(朱彝尊)考订所得,与一时经师顾炎武、黄宗羲、黄宗炎、阎若璩、胡渭、姚际恒、毛奇龄等,同调共鸣,相得益彰,为清代汉学的兴起开了先路。"③至若顾、朱二氏以学术鸣和推动清初学风建设之实例,学人则鲜有发覆。经笔者考察,可说者有以下二端:

　　首先,顾炎武、朱彝尊相继通过编刻小学类图籍,号召士人知音、考文、通经,于音韵训诂之回归乃至清代考据风气之勃兴有导引之效。明音通义本为治经阐道之锁钥,由于古音失传已久,后人不明音义,"辄以今世之音改之,于是乎有改经之病"④,是为明末空疏学风重要缘由之一。顾炎武因撰《音学五书》、刊《广韵》以纠其偏。朱彝尊之识见虽未若顾炎武深刻,亦有"是岂形声文字之末与? 推而至于天地人之故,或窒碍而不能通"⑤之忧虑,并通过对顾氏相关学术动向(如《音学五书》编刻、《广韵》刊梓)之关注⑥及与顾氏之学术互动(如于《诗本音》无叶韵说之讨论⑦)而使格局颇有提升;此后更承继亭林之志,"欲汇抄前

　　①　张宗友《朱彝尊与清初文献传承》,见《尺牍·事行·思想:朱彝尊研究论集》,第257—258页。

　　②　永瑢等《钦定四库全书总目》卷一一九《通雅提要》,见《景印文渊阁四库全书》第3册,第587页。

　　③　陈祖武《朱彝尊与〈经义考〉》,《文史》第四十辑,中华书局,1994年,第222页。

　　④　顾炎武《亭林文集》卷四《答李子德书》,见《顾亭林诗文集》,第69页。

　　⑤　朱彝尊《曝书亭集》卷三四《重刊玉篇序》。

　　⑥　朱彝尊《曝书亭集》卷三一《与顾宁人书》。陆陇其《三鱼堂日记》卷五,中华书局,2016年,第136页。朱彝尊《曝书亭集》卷三四《重刊广韵序》。

　　⑦　朱彝尊《曝书亭集》卷三一《与顾宁人书》。

贤声韵之书刊示学者"①。朱彝尊侨居苏州五载,成功游说毛扆刊刻《说文解字》、张士俊刊行《泽存堂五种》(《广韵》《玉篇》《佩觿》《字鉴》《群经音辨》)、曹寅付刻《楝亭五种》(《玉篇》《广韵》《集韵》《类篇》《礼部韵略》)②,故钱泰吉有"若吴门张氏及曹氏楝亭所刻书,多发于竹垞翁,唐宋人小学书,今得传布,竹垞翁力也"③之感喟。康熙四十二年(1703)汪立名刊刻《汗简》,实亦受朱氏之影响④。而朱彝尊促成张士俊重刊《广韵》,恰在顾炎武以明内库劣本刊印《广韵》之后⑤,颇能见出顾、朱于小学图籍刊布之先后辉映。

其次,顾炎武、朱彝尊二氏在金石考证上同调共贯,对于清初反空虚、重实证学风之建设颇有推进之功。顾炎武、朱彝尊同有金石之好:顾氏有《金石文字记》,朱氏有《曝书亭金石文字跋尾》。王鸣盛推赞二作皆为古今金石学专著之完备者⑥;近人亦称"(《曝书亭金石文字跋尾》)赏鉴之精,考订之确亦足与顾亭林《金石文字记》相颉颃"⑦。且顾炎武、朱彝尊更颇有金石之交:康熙五年(1666)朱彝尊以所拓《朔方节度使李光进碑》副本赠送顾炎武⑧;康熙九年冬二人同观孙承泽所藏《郎中郑固碑》⑨。顾、朱二氏于双方研究成果又多有引据,更不乏往复质辩。例如,顾氏《金石文字记》卷三"郭君碑"条目援录朱氏《唐郭君碑跋》为提要⑩,朱氏《镇东军墙隍庙记跋》则称许顾氏过录《镇东军墙隍庙碑》碑

---

① 张士俊《广韵跋》,见张士俊辑《泽存堂五种·广韵》末,清康熙四十三年(1704)张士俊刻本。

② 朱彝尊《汗简跋》(《曝书亭集》卷四三),张士俊《广韵跋》(《泽存堂五种·广韵》末)、《玉篇跋》(《泽存堂五种·玉篇》末)。

③ 钱泰吉《曝书杂记》卷一,中华书局,1985年,第10页。

④ 汪立名《汗简序》,见郭忠恕《汗简》卷首,清康熙四十二年(1703)汪氏一隅草堂刻本。

⑤ 朱彝尊《曝书亭集》卷三四《重刊广韵序》。张士俊《广韵跋》,见《泽存堂五种·广韵》末。

⑥ 王鸣盛《潜研堂金石文跋尾序》,见钱大昕《潜研堂金石文跋尾》卷首,清嘉庆十年(1805)嘉定瞿中溶等刻本(《潜研堂全书》之一)。

⑦ 中国社会科学院图书馆整理《续修四库全书总目提要稿本》第2册,齐鲁书社,1996年,第425页。

⑧ 顾炎武《金石文字记》卷六"朔方节度使李光进碑"条,清康熙间吴江潘氏遂初堂刻《亭林遗书》本。

⑨ 朱彝尊《曝书亭集》卷四七《郎中郑固碑跋》。

⑩ 顾炎武《金石文字记》卷三"郭君碑"条。

文之卓识①;竹垞曾辨亭林《金石文字记》于《汉郎中郑固碑》"逡遁"识释之误②、于《御史大夫史思明奉为大唐光天大圣文武孝感皇帝敬无垢净光宝塔颂》书写时间剖判之讹③。顾炎武、朱彝尊二家因金石著作之撰写、金石考证之互动,颇有示范之效:"自国初顾炎武、朱彝尊辈重在考据,以为证经订史之资,此风一开,踵事者多,凡清人之言金石者,几莫不以证经订史为能事。炎武所著,有《金石文字记》六卷,彝尊有《曝书亭金石文字跋尾》六卷。炎武自序谓'抉剔史传,发挥经典,颇欧、赵二录所未具者',洵不虚也。彝尊博闻阂览,考据亦精,与炎武称抗手,继前贤,开后学,于两先生实无愧焉。"④

朱彝尊经徐乾学促成《通志堂经解》之编刊,则系顾炎武、朱彝尊携手促进宋元经学文献流布、宣扬传递实学,进而推动清初征实学风之建设又一同调共鸣实例。

(二) 朱彝尊与《通志堂经解》之倡发

朱彝尊深以顾炎武保护宋元经解之倡议为然,更于顾炎武"悉储"之方式有所超越,以为个人征访藏弄之于经学之复兴、实学之流播、学风之重建功用有限,若使经解化身千万,广泛流布,士人得而习之,可得事半功倍之效。陆陇其《三鱼堂日记》载有朱氏相关言论,称:"(康熙二十二年十一月)二十,会朱竹垞,因留宿。……(竹垞)又言宋元诸儒经解,今无人表章,当日就湮没。"⑤

然而表彰宋元经解,自搜求征购至誊写刻印,皆非经济窘迫之"大布衣"朱彝尊个人力所能及⑥。朱彝尊优游于庞大的学术交游网络之中,将目光投向有"呼吸风雷"⑦之能的徐乾学。

朱彝尊与徐乾学相交于少年时代,初识于顺治七年(1650)十郡大社文人聚

---

① 朱彝尊《曝书亭集》卷五〇《镇东军墙隍庙记跋》。
② 朱彝尊《曝书亭集》卷四七《郎中郑固碑跋》。
③ 朱彝尊《曝书亭集》卷四九《唐悯忠寺宝塔颂跋》。
④ 朱剑心《金石学》,文物出版社,1981年,第35页。
⑤ 陆陇其《三鱼堂日记》卷八,第206—207页。
⑥ 关于朱彝尊的经济状况,可参崔晓新《结附与提携:南朱北王结交考论》(《古典文献研究》第二十三辑上卷,凤凰出版社,2020年,第229—230页)。
⑦ 李光地《榕村续语录》卷一三,中华书局,1995年,第723页。

会①,而后交谊维系至康熙三十三年(1694)徐乾学卒世。二人先结文士之交,又续同僚之谊,后虽涉禄利之争而颇有倾轧,但于朱彝尊仕宦显达前,两人交谊呈现为和谐与友善态势,康熙十四年(1675)朱彝尊更于徐母寿序称其"与三徐君游最洽"②,而《通志堂经解》之编刻即为二人前期交好之显证。

于朱彝尊而言,徐乾学兼具纂刊宋元经解之可行性与可能性:

一者,徐乾学易得宋元经解。一方面,徐乾学本人于宋元版图籍甚为留意,颇有藏弄,叶德辉《书林清话》即云:"自钱牧斋、毛子晋先后提倡宋元旧刻,季沧苇、钱述古、徐传是继之。"③另一方面,相较于朱彝尊,徐乾学人脉广阔,影响巨大,"自为诸生,结交字社,海内慕其风义,以为圭臬"④,寻入太学,"声益起,海内贤士大夫皆倾心焉"⑤,康熙九年(1670)进士及第,充内弘文院编修,康熙十一年八月主顺天乡试⑥,"门生故吏遍于天下,随其所至,莫不网罗坠简,搜抉缇帙"⑦。

二者,徐乾学具有开通之藏书理念。徐氏虽于典藏有佞宋之向,但并不矜啬,根据曹溶《绛云楼书目题辞》"偕同志申借书约,以书不出门为期,第两人各列所欲得,时代先后、卷帙多寡相敌者,彼此各自觅工写之,写毕各以奉归。昆山徐氏、四明范氏、金陵黄氏皆以为书流通而无藏匿不返之患,法最便"⑧,知徐乾学系古书流通之积极支持者。朱彝尊更称徐乾学"得异书辄以借观"⑨,经笔者检考,朱氏编纂《词综》《日下旧闻》皆得徐氏藏书之助⑩,又曾从徐氏借抄《太

---

① 张宗友《朱彝尊年谱》,凤凰出版社,2014年,第46页。

② 朱彝尊《徐母顾太君寿序》,见朱彝尊撰,冯登府、朱墨林辑《曝书亭集外稿》卷七,清嘉庆二十二年(1817)刻清道光二年(1822)阮元印本。

③ 叶德辉《书林清话》卷一〇,上海古籍出版社,2012年,第240页。

④ 朱彝尊《曝书亭文摘抄·徐尚书寿序》,清康熙间抄本。

⑤ 韩菼《有怀堂诗文稿》卷一八《资政大夫经筵讲官刑部尚书徐公乾学行状》,清康熙四十二年(1703)刻本。

⑥ 韩菼《有怀堂诗文稿》卷一八《资政大夫经筵讲官刑部尚书徐公乾学行状》。

⑦ 黄宗羲《黄梨洲先生南雷文约》卷四《传是楼藏书记》,清乾隆七年(1742)郑性刻本。

⑧ 曹溶《绛云楼书目题辞》,见钱谦益《绛云楼书目》卷首,清嘉庆二十五年(1820)刘氏嘉荫簃抄本。

⑨ 朱彝尊《曝书亭文摘抄·徐尚书寿序》。

⑩ 朱彝尊《词综发凡》,见朱彝尊、汪森编《词综》,上海古籍出版社,2014年。徐元文《日下旧闻序》,见朱彝尊《日下旧闻》卷首,清康熙二十七年(1688)六峰阁刻本。

平寰宇记》①，此外，《押韵释疑》《公是先生七经小传》②二书曾经徐、朱递藏③。

三者，徐乾学为人风雅，颇多剞劂之举。徐乾学曾刊行《四书集注直解说约》、《元丰九域志》、《舆地广记》、《昌黎先生集》(含《外集》《遗文》《朱子校昌黎先生集传》)④、《西昆酬唱集》⑤诸书。根据徐氏《憺园文集》，知徐乾学更多有助人刊梓之举，归玠(《震川先生集》《别集》)、吴兆骞(《秋笳集》)、宋之绳(《载石堂诗稿》)、高士奇(《扈从日抄》等)、钱澄之(《田间文集》)、王原(《王令诒制义》)、朱彝尊(《日下旧闻》)、纳兰成德(《通志堂集》)皆曾得其襄助。

四者，徐氏兄弟饶于资。徐乾学于康熙九年(1670)中一甲第三名进士，授内弘文院编修，后改翰林编修，其仲弟徐秉义中康熙十二年一甲第三名进士，其季弟徐元文更于顺治十六年(1659)即举进士。《通志堂经解》刊刻之际徐氏兄弟皆已出仕，较之朱彝尊，徐乾学于刊刻资金一项亦颇为无虞。

综合以上考量，朱彝尊以徐乾学为彼时表扬宋元经解最适当人选，遂以古籍渐替，经解沦致，亟需保护加以游说，而徐乾学洞明学问⑥，深以竹垞所言为

---

①　朱彝尊《曝书亭集》卷四四《太平寰宇记跋》。

②　瞿镛编纂，瞿果行标点《铁琴铜剑楼藏书目录》卷七，上海古籍出版社，2000 年，第187—188 页。彭元瑞等《天禄琳琅书目后编》卷三，见于敏中、彭元瑞等著，徐德明标点《天禄琳琅书目 天禄琳琅书目后编》，上海古籍出版社，2007 年，第 440 页。

③　陈惠美《徐乾学及其藏书刻书》据万曼《唐集叙录》"《重校添注柳文》四十五卷《外集》二卷"条目按语(万曼《唐集叙录》，河南大学出版社，2008 年，第 250 页)，称《重校添注柳文》经徐乾学、朱彝尊二人递藏，"有二人藏章为证"(陈惠美《徐乾学及其藏书刻书》，第45 页)，系万曼误读杨绍和《楹书隅录》"《宋刊添注重校音辨唐柳先生文集》四十五卷《外集》二卷二十四册四函"条目识语(杨绍和《楹书隅录》卷四，清光绪二十年[1894]海源阁刻本)所致。朱彝尊旧藏系《重校添注音辨唐柳先生文集》，而传是楼故物系"百家注本"，当为《五百家注音辨唐柳先生文集》(杨绍和《楹书隅录》卷四)。另，陈杏珍《宋代蜀刻〈经进详注韩文〉与〈百家注柳文〉》(《文献》1992 年 1 期，第 168 页)与丁延峰《海源阁藏书研究》(商务印书馆，2012 年，第 183 页)似又误"百家注本"为《新刊增广百家详补注唐柳先生文》。

④　此四种参徐学林《传是楼主徐乾学的编书、藏书和刻书活动》(《出版科学》2007 年第3 期，第 85 页)。

⑤　此参陈惠美《徐乾学及其藏书刻书》(第 62 页)。

⑥　梁启超《中国近三百年学术史》即称徐乾学"有相当的学问"(中国和平出版社，2014 年，第 237 页)。

是，且此举又可响应朝廷推崇程朱理学之号召①，遂立即着手实施。徐乾学亦未隐匿朱彝尊倡启之功，于《通志堂经解序》开篇即称："往秀水朱竹垞诒余：书策莫繁夥于今日，而古籍渐替，若经解仅有存者，弥当珍惜矣。"②

朱彝尊力劝徐乾学保护刊行日渐稀少之宋元经解，还与其自觉承担之文化使命相关。朱彝尊系前明显宦之后，亲历易代之变，由抗清转向仕清，志向剧变，诚如张宗友所言，朱氏于身份转变之际定然存有艰难思考与自我度越，其于长期研习经典、反思朝代更迭之痛、探索安身立命之道中意识到"对儒教之践履与文化认同，实高于一家一姓之朝代更替"③，大约于康熙三年（1664）确立以"崇儒传道"为核心之学术思想、以故国文献整理及经学文献传承为担当之文化使命观。

除"考辨经文、传记之伪托、附会，梳理孔、孟弟子、门人之谱系，倡议立周公之后为世袭五经博士，乃至通考历代经学著述而成其《经义考》"④等显例外，促成经学文献之刊布亦系朱彝尊"崇儒传道"使命观之重要践履之举。

论及朱彝尊于经学文献编刻之促成，首推《通志堂经解》，此后竹垞于经解之流布亦多有奔走。根据陆陇其《三鱼堂日记》"（竹垞）收拾《春秋》唐宋诸儒传注凡二十余种，将鼓舞龚藩司刻之"⑤之记载，知康熙十七年（1678）九月十五日朱彝尊将鼓动龚佳育（1622—1685，字祖锡、介岑，康熙十六年至二十二年任安徽布政使⑥）编刻其搜访唐宋诸儒注解《春秋》二十余种。而朱彝尊《曝书亭集》

---

① 徐乾学《通志堂经解序》言"皇朝弘阐《六经》，表微扶绝，海内喁喁向风，皆有修学好古之思。余雅欲广搜经解，付诸剞劂，以为圣世右文之一助"（《通志堂经解》卷首）。徐乾学编选《通志堂经解》，即"偏于朱子一派"（叶德辉《郋园读书志》卷一"《通志堂汇刻经解》"条，民国十七年［1928］上海澹园铅印本），获知林栗曾获罪朱熹后遂舍弃已开雕之林氏《周易经传集解》，详朱彝尊《书林氏周易经传集解后》（《曝书亭集》卷四二）。

② 徐乾学《通志堂经解序》，见《通志堂经解》卷首。

③ 张宗友《"多文之谓儒"——以〈原教〉篇为中心看朱彝尊之"文章尔雅"》，见《尺牍·事行·思想：朱彝尊研究论集》，第222页。

④ 张宗友《"多文之谓儒"——以〈原教〉篇为中心看朱彝尊之"文章尔雅"》，见《尺牍·事行·思想：朱彝尊研究论集》，第225页。

⑤ 陆陇其《三鱼堂日记》卷五，第136页。

⑥ 尹继善、黄之隽等《江南通志》卷一〇六，清乾隆元年（1736）刻本。据杨谦《朱竹垞先生年谱》，朱彝尊自清康熙十二年（1673）九月至康熙十六年（1677）客于龚幕（《曝书亭集诗注》卷首，清乾隆木山阁刻本）。

卷三四载有《陆氏春秋三书序》,末云:"今其书俱不传,惟三子书(唐陆淳《春秋集传纂例》《春秋集传微旨》《春秋集传辨疑》)仅存。钱唐龚主事蘅圃刻而传之,功不在曲出下矣。"①参照《三鱼堂日记》所载朱彝尊于龚氏所刻三书后续动向之掌握②,及三书皆著于朱氏藏书目之情形,盖龚翔麟(1658—1733,字天石,号蘅圃,龚佳育子)所刻《陆氏春秋三种》(又作《玉玲珑阁丛刻》《龚氏经笥》)即系朱氏搜集并鼓动龚氏刊刻者。又,《周易本义》因董楷、成矩删改,已非朱熹之旧,朱彝尊多方寻访原书不得,至康熙四十六年(1707)始获完本,时年七十九岁高龄之竹垞仍呼吁"宜亟开雕,颁诸学官"③。另,朱彝尊有致友人札,云:"近又于友人处借得经解数种,录其目附览。倘邺架有未备者,不妨疏示,以有易无,谅知己所乐闻也。"④此又系朱氏为经解流通之努力,惜困于文献,未悉经解之目。由此可见,朱彝尊实以经学文献之流布为终生职事,而促成《通志堂经解》编刊则系其践行"崇儒传道"使命观之发轫。

综上,朱彝尊因顾炎武搜储保护宋元说经诸书之启示而形成刊布宋元经解之构想,限于条件,遂转为鼓动徐乾学运作,最终促成《通志堂经解》之剞劂,颇具倡启之功。而促成宋元经解之流布既系朱彝尊"崇儒传道"文化使命观之最早践履,亦为朱彝尊与顾炎武合力导引、建设清初征实学风之又一实例。

二、朱彝尊为《通志堂经解》提供文献支持

《通志堂经解》网罗解经要籍一百四十种,甄选精善底本则系丛书编刻要务之一。徐乾学家筑传是楼,"贮书数万卷"⑤,多宋元秘本,其《传是楼宋元版书

---

　　①　朱彝尊《曝书亭集》卷三四《陆氏春秋三书序》。

　　②　陆陇其《三鱼堂日记》云:"(清康熙二十九年八月)十二,朱锡鬯来,⋯⋯又言龚氏刻陆淳《春秋传》已遭回禄。"(《三鱼堂日记》卷一〇,第 270 页)

　　③　朱彝尊《曝书亭集》卷四二《书周易本义后》。

　　④　朱彝尊《竹垞老人尺牍·与某》,见《曝书亭全集》,第 999 页。

　　⑤　邵长蘅《传是楼记》,见徐乾学《传是楼书目》卷首,民国四年(1915)仁和王存善排印《二徐书目》本。

目》著录珍本四百三十一部①，其中《通志堂经解》所涉易、书、诗、春秋、礼、四书类宋版典籍三十三部、元版二十五部、宋版元印三部、宋抄本一部。为编《通志堂经解》，徐乾学尽出己藏，故成德称："先生乃尽出其藏本示余小子，曰：'是吾三十年心力所择取而校定者。'"②

根据徐乾学《通志堂经解序》："因悉余兄弟家所藏本，覆加校勘，更假秀水曹秋岳、无锡秦对岩、常熟钱遵王、毛斧季、温陵黄俞邰及竹垞家藏旧版书若抄本，厘择是正，总若干种，谋雕版行世。"③知徐乾学编刊《通志堂经解》又曾借用昆弟徐秉义、徐元文，友人曹溶、秦松龄、钱曾、毛扆、黄虞稷、朱彝尊等藏书为刊刻底本。

朱彝尊为江浙一带著名藏书家，因购求、抄录、受赠而"拥书八万卷"④，储于曝书亭，编有《曝书亭著录》《曝书亭书目》《曝书亭藏书目》等藏书目。朱氏藏书虽不以宋元版见长，但多罕见抄本，王士禛《池北偶谈》即称竹垞"多未刻秘本"⑤，李富孙《曝书亭著录序》亦云曝书亭藏书"多秘抄善本"⑥。乾隆年间编纂《四库全书》，清高宗于乾隆三十八年(1773)三月二十九日特谕两江总督高晋等稽查朱彝尊旧藏⑦，最终至少有一百四十九种曝书亭旧藏进献于朝，其中选作四库底本者(含存目)不少于八十七种⑧。

且朱彝尊亦具开明之图书流通观，康熙十一年(1672)藏书家黄虞稷、周在

① 此据清道光六年(1826)刘氏味经书屋抄本《传是楼宋元版书目》统计，已剔除长洲顾嵋(维岳)断为伪宋元版者十三部。

② 纳兰成德《通志堂经解序》，见《通志堂经解》卷首。

③ 徐乾学《通志堂经解序》，见《通志堂经解》卷首。

④ 朱彝尊《曝书亭集》卷三五《曝书亭著录》。

⑤ 王士禛《池北偶谈》卷一六，见王士禛撰、袁世硕主编《王士禛全集》，齐鲁书社，2007年，第3238页。

⑥ 李富孙《曝书亭著录序》，见许瑶光《光绪嘉兴府志》卷八〇，清光绪四年(1878)鸳湖书院刻本。

⑦ 中国第一历史档案馆编《纂修四库全书档案》第四五条《寄谕两江总督高晋等于江浙迅速购访遗书》，上海古籍出版社，1997年，第70页。

⑧ 崔晓新《〈四库全书总目〉著录朱彝尊曝书亭藏本探微》，《古典文献研究》第二十五辑上卷，2022年，凤凰出版社，第225—251页。

浚倡导"征刻唐宋秘本书目"①，朱彝尊即与纪映钟等五名士联合发布《征刻唐宋秘本书启》，应者云集②。后又曾为友朋提供多部珍本辅助编刻：康熙十七年（1678）以"诸家皆不著录"③之《乐府补题》授蒋景祁付刻④；康熙三十七年（1698）夏以抄自内府之《李纲年谱》赠林侗刊行⑤；康熙三十九年以家储元人集助顾嗣立编刊《元诗选二集》⑥；康熙四十二年五月以宋刻本《白文公年谱》寄汪立名刊刻⑦，同年又授汪氏《汗简》用于付梓⑧；康熙四十五年以《禁扁》助曹寅刊《楝亭藏书十二种》⑨，以《集韵》助曹寅刻《楝亭五种》⑩；康熙四十三年张士俊编《泽存堂五种》，朱彝尊以"久无传本"⑪之《字鉴》《群经音辨》⑫相授；此外，朱氏又曾以"流传极少"之戴泂刻本《剡源集》付马思赞刊印⑬。

而《通志堂经解》之编刻即出自朱彝尊倡导，系其"崇儒传道"文化使命之践履，故朱彝尊于《通志堂经解》之文献支持亦是可以想见。乾隆三十八年（1773）

---

① 时间从王重民《千顷堂书目考》（见《"国立"北京大学国学季刊》1950 年第 1 期，第 67—91 页）。

② 朱彝尊、纪映钟等《征刻唐宋秘本书启》，见黄虞稷、周在浚《征刻唐宋秘本书目》卷首，清光绪三十四年（1908）湘潭叶德辉观古堂刻本。

③ 永瑢等《钦定四库全书总目》卷一九九《乐府补题提要》，见《景印文渊阁四库全书》第 5 册，第 321 页。

④ 朱彝尊《曝书亭集》卷三六《乐府补题序》。

⑤ 林侗《李忠定公新旧年谱合刻序》，见郝玉麟《福建通志》卷七〇，清乾隆二年（1737）刻本。

⑥ 顾嗣立《元诗选二集序》，见《元诗选二集》卷首，中华书局，1987 年，第 1 页。

⑦ 朱彝尊《曝书亭集》卷三六《重刊白香山诗集序》。汪立名《白香山年谱旧本》，见白居易《白香山诗集》卷首，清康熙四十二年（1703）汪氏一隅草堂刻本。

⑧ 汪立名《汗简序》，见郭忠恕《汗简》卷首。

⑨ 叶德辉《郋园读书志》卷四"禁扁"条。

⑩ 顾广圻《补刊集韵序》，见丁度等《集韵》卷首，清嘉庆十九年（1814）顾广圻重修曹寅刻本。王欣夫《蛾术轩箧存善本书录》甲辰稿卷一"《集韵》"条，上海古籍出版社，2002 年，第 1161 页。顾廷龙《影宋抄本集韵跋》，见《顾廷龙全集》文集卷上，上海辞书出版社，2015 年，第 37 页。

⑪ 丁丙《善本书室藏书志》卷五，见《续修四库全书》第 927 册，上海古籍出版社，2002 年，第 222 页。

⑫ 张士俊《字鉴跋》，见李文仲《字鉴》末附，商务印书馆，1936 年。张士俊《群经音辨跋》，见贾昌朝《群经音辨》末附，商务印书馆，1939 年。

⑬ 朱彝尊《竹垞尺牍五通》其二，见《曝书亭全集》，第 1013 页。

两江总督高晋即称《通志堂经解》"原系采借秀水朱氏之曝书亭及常熟钱氏述古堂并各藏书家流传秘本，荟萃成编"①。

根据清莫友芝《宋元旧本书经眼录》卷二"《书经纂言》四卷"条知《通志堂经解》子目《书纂言》之底本系朱彝尊所藏明嘉靖二十八年（1549）顾应祥刻本②，张一民已有阐发③。

经笔者排查，《通志堂经解》盖以朱彝尊藏书为底本者另有三种。

（甲）《大易缉说》。《通志堂经解》收录《大易缉说》十卷，根据卷前元延祐三年（1316）田泽《续刊大易缉说始末》知是书曾有元延祐三年田氏刻本。现存据元版抄录本，原北平图书馆藏，王重民《中国善本书提要》著录，云："原题：'后学临邛王申子著述，后学居延田泽校正。'据元刻本有田泽序，因知此钞本从元刊本出。……卷内有：'秀水朱氏潜采堂图书''包虎臣藏''学部图书之印'等印记。"④其中"秀水朱氏潜采堂图书"即系朱彝尊藏书印鉴。而翁方纲所订《通志堂经解目录》引何焯语又称通志堂本《大易缉说》"仅从抄本付刊"⑤，则《通志堂经解》子目《大易缉说》颇有据朱彝尊抄本刊刻之可能。

（乙）《丙子学易编》。《通志堂经解》有《丙子学易编》一卷，根据书前宋嘉定九年（1216）李心传自序、卷末宋淳祐八年（1248）高斯得跋及元泰定元年（1324）俞琰跋，知是书成于宋嘉定九年，原为十五卷，有宋淳祐八年高斯得刊本，《通志堂经解》所收一卷者系俞琰元泰定元年节抄本。而朱彝尊《经义考》卷三三"《学易编》"条目按语云："李氏《学易编》，今惟俞石涧节本仅存，特十之一尔。抄自颍州刘考公戬家。曰丙子者，嘉定九年也。"⑥则《通志堂经解》子目《丙子学易编》所据本或存有朱氏藏本之可能。

（丙）《公是先生七经小传》。《通志堂经解》收录《公是先生七经小传》三卷，

①　中国第一历史档案馆编《纂修四库全书档案》第九〇条《两江总督高晋奏觅得徐乾学所刻经学各书开单呈览折》，第 136 页。

②　莫友芝《宋元旧本书经眼录》卷二，见莫友芝撰，邱丽玟、李淑燕点校《宋元旧本书经眼录 持静斋藏书记要》，上海古籍出版社，2009 年，第 65 页。

③　张一民《纳兰成德在编辑〈通志堂经解〉中的作用》，《满族研究》2005 年第 3 期，第 92 页。

④　王重民《中国善本书提要》，上海古籍出版社，1983 年，第 2 页。

⑤　翁方纲订《通志堂经解目录》，民国十三年（1924）上海博古斋影印《苏斋丛书》本。

⑥　朱彝尊《经义考》卷三三"《学易编》"条。

根据《天禄琳琅书目后编》卷三"《公是先生七经小传》"条,知宋本《公是先生七经小传》卷上有"乾学"朱文长方印、"徐健庵"白文方印、"竹垞藏本"朱文长方印,卷中、下又皆有"竹垞藏本"朱文长方印①,知是本曾经徐乾学、朱彝尊递藏,则通志堂本《公是先生七经小传》所据或即此本。

朱彝尊其他藏书用作《通志堂经解》底本情况,因缺乏确凿线索难以确认,但根据徐乾学《通志堂经解序》所述底本来源,参照朱氏藏书之富以及朱、徐二人图书往来密切程度推断,《通志堂经解》取朱氏藏书为底本者应不止以上所列几种。

通过排查朱彝尊存世藏书目录《曝书亭目录》(不分卷本、二卷本)于《通志堂经解》尚未确定底本之八十种子目之收录情况②,发现惟《易学》(宋王湜撰)《易图说》《水村易镜》《易图通变》《诗传遗说》《春秋皇纲论》《春秋五论》《孟子音义》八种图籍未载于朱氏目录,则《通志堂经解》其他七十二种子目之底本理论上皆存有系朱氏藏书之可能。

又,朱彝尊曾受纳兰成德之托购访经解底本,成德《通志堂经解序》云:"余向属友人秦对岩、朱竹垞购诸藏书之家,间有所得。"③因文献不足,尚未获知朱氏置办者系何书。

三、朱彝尊代写《通志堂经解》子目序文

纳兰成德《通志堂经解序》称:"遂略叙作者大意于各卷之首,而复述其雕刻之意如此。"④绎其意,成德似为《通志堂经解》各子目皆撰有叙略。而陆陇其《三鱼堂日记》卷一〇"康熙二十九年(1690)庚午九月"则云:"锡鬯言通志堂诸书初刊时皆有跋,刻在成德名下,后因交不终,刊去。"⑤现所见《通志堂经解》,卷首弁

①　彭元瑞等《天禄琳琅书目后编》卷三,见《天禄琳琅书目 天禄琳琅书目后编》,第440页。

②　王爱亭《昆山徐氏所刻〈通志堂经解〉版本学研究》考出《通志堂经解》底本57种,其余83种为未知者,内含《大易缉说》《公是先生七经小传》《丙子学易编》3种(第32—35页)。

③④　纳兰成德《通志堂经解序》,见《通志堂经解》卷首。

⑤　陆陇其《三鱼堂日记》卷一〇,第272页。

徐乾学及纳兰成德总序各一,六十五种子目前冠有成德序文,其中二种为书后。成德卒后,康熙三十年(1691)徐乾学为编《通志堂集》,录成德《通志堂经解》总序一篇、各子书序六十二篇、书后二篇。与《通志堂经解》原编相较,《通志堂集》所录少《吕氏春秋集解序》与《赵氏四书纂疏序》,多《雪山王氏诗总闻序》一种。

以上序跋或梳理经学源流,或发掘先儒精蕴,或品鉴内容得失,或考索版本流传,极具目录学价值。序文是否确出成德之手,时人即颇有怀疑,此议题亦为《通志堂经解》学术公案之重要组成部分。清乾隆五十年(1785)高宗弘历亲辨丛书辑刻者,称:"朕阅成德所作序文,系康熙十二年(1673),计其时,成德年方幼稚,何以即成淹通经术?""古称皓首穷经,虽在通儒,非义理精熟,毕生讲贯者,尚不能覃心阐扬,发明先儒之精蕴;而成德以幼年薄植,即能广搜博采,集经学之大成,有是理乎?"①即以成德"幼稚""幼年薄植"质疑《通志堂经解》序文非成德所为,进而否定其编刻者之身份。

关于《通志堂经解》子目序文作者,目前所见说法大致有三:(甲)朱彝尊。张云章(1648—1726,字汉瞻,号朴村)《朴村文集》卷三《与朱检讨竹垞》云:"每见通志堂近刻《经解》弁首之文,词简而义该,表彰先儒其出处为人之大概与著书之微旨,本末具举。每读之,窃叹以为非我朱先生不能,未知信否,恐海内亦别无此巨手也。间有似出他手者,某亦能辨之。"②张云章以署名成德之各序多出朱彝尊手,亦间有出自他人者。(乙)顾湄(1633—1691后③,字伊人,号抱山)。邓之诚《清诗纪事初编》云:"《经解》之刻,顾湄实任校勘,疑其序皆湄代撰。"④疑序文由《通志堂经解》校勘者顾湄代作。(丙)徐乾学。《续修四库全书总目提要·通志堂经解》云:"各书中自《子夏易传》至《书张文潜诗说后》,凡六十篇,并总序,俱见成德所著《通志堂集》中,亦乾学所撰也。"⑤以成德各序为徐乾学所撰。

---

① 《高宗纯皇帝实录》卷一二二五,见《清实录》第 24 册,第 431 页。
② 张云章《朴村文集》卷三《与朱检讨竹垞》,见《清代诗文集汇编》第 175 册,上海古籍出版社,2010 年,第 28 页。
③ 生年参冯其庸、叶君远《吴梅村年谱》(文化艺术出版社,2007 年,第 52—53 页),卒年参郭英德《海内外中国戏剧史家自选集 郭英德卷》(大象出版社,2017 年,第 256 页)。
④ 邓之诚《清诗纪事初编》卷六,第 645 页。
⑤ 中国社会科学院图书馆整理《续修四库全书总目提要稿本》第 14 册,第 751 页。

三说皆出推断,根据张云章《朴村诗集》卷首自序"东海诸公搜缉《十三经注疏》以下群儒诸解付梓,余亦与雠校"①,知张氏系丛书编刻亲历者,且与朱彝尊又颇相过从②,朱氏卒,张氏又撰《祭朱检讨竹垞先生文》,见《朴村文集》卷一八。以情理揆度,张云章所言似当最为贴实。

此后学者于朱彝尊与《通志堂经解》子目序文之关系亦有所关注,然而相关结论多失偏颇,甚至是完全错误。

林庆彰通过对照《通志堂经解》《曝书亭集》相关序文,以为"除了《周易集说》和《诗总闻》两篇序有雷同现象外,其余各篇序内容皆不相同"③。又以朱彝尊《经义考》过录《通志堂经解》九篇子书序文皆标注纳兰氏之名,断定"《通志堂经解》各书前之序,非朱彝尊所作"④。林氏以上说法皆误。第一,除《周易集说》《诗总闻》二文外,题纳兰氏《崇仁吴氏易璇玑序》与朱氏《易璇玑序》、题纳兰氏《周易义海撮要序》与朱氏《周易义海撮要序》、题纳兰氏《涪陵崔氏春秋本例序》与朱氏《涪陵崔氏春秋本例序》、题纳兰氏《吕氏春秋集解序》与朱氏《吕氏春秋集解跋》几乎全同,详下文。第二,朱彝尊《经义考》卷四〇《周易集说》条目即以成德之名排列《石涧俞氏周易集说序》,后朱氏又收录与其雷同之《周易集说序》入其《曝书亭集》,故林氏所言"如果这些序都是朱彝尊所作,朱氏何必再标纳兰氏之名"⑤亦不成立。

赵秀亭则推断纳兰成德所作《通志堂经解》序文有五,以《雪山王氏诗总闻序》为例判定朱彝尊系《通志堂经解》诸序作者之一,并列举可能为朱氏代作者多篇⑥,此后赵氏又于先前论断有所修正⑦。综合而论,赵氏之剖判仍存讹误。

赵秀亭称:"《王异[巽]卿大易缉说序》等,两书文字雷同之处不象上面举出的几篇那么多,但取材命意、章法布局机杼全同,取证举例亦如出一辙,这些序文或本为朱氏异稿,或是性德经朱氏指授,总之都与朱氏有直接关系。"⑧然而朱

---

① 张云章《朴村诗集序》,见《朴村诗集》卷首,《清代诗文集汇编》第 175 册,第 178 页。

② 参张宗友《朱彝尊年谱》(第 313、325、388、530、546、568 页)。

③ 林庆彰《通志堂经解之编纂及其学术价值》,见《通志堂经解研究论集》,第 224 页。

④⑤ 林庆彰《通志堂经解研究论集》,第 225 页。

⑥ 赵秀亭《纳兰性德著作考》,《满族研究》1991 年第 2 期,第 53—62 页。

⑦ 赵秀亭《纳兰性德经解诸序编年考略》,《河北民族师范学院学报》2014 年第 4 期,第 6—11 页。

⑧ 赵秀亭《纳兰性德著作考》,《满族研究》1991 年第 2 期,第 61 页。

彝尊《曝书亭集》卷四二《王氏大易缉说跋》与题署成德之《王巽卿大易缉说序》
并不相近。

赵秀亭称朱彝尊《曝书亭集》卷三四《东莱吕氏书说序》与题署成德之《时氏
增修东莱书说序》"内容相关,但行文议论不相似"①,然而二文议论实则颇为相
似,详下文。赵氏称朱彝尊《经义考》卷三七"董氏楷《周易传义附录》"目下按语
即为题署成德之《董氏周易程朱氏说序》,并称"序当为朱氏所撰"②。但是二处
材料并不相同,于作者之褒贬更全然相左。题署成德之《董氏周易程朱氏说序》
云:"正叔有见于此,故辑为成书,依程《传》之文,而录《本义》于后,凡程之《遗
书》,朱之《文集》《语类》有裨于《传》《义》者,咸取而附之……其后董真卿之《辑
录纂注》与明永乐之《大全》,实权舆于此,正叔之有功于两夫子,不亦大乎。"③而
朱彝尊《董氏楷周易传义附录》按语则称:"惟因临海董氏楷辑《周易传义附录》
一书,乃强合之。"④赵氏又根据《经义考》卷三三"《学易编》"条目按语"李氏《学
易编》今惟俞石涧节本仅存,特十之一尔。抄自颍州刘考功公勇[戴]家",称
"《通志堂经解》即用朱氏钞本为底本",此言似非笃论,更于此基础上称"疑此序
乃出朱氏手"⑤,其间逻辑颇欠严密⑥。

由此可见,学界于朱彝尊与《通志堂经解》诸序文关系之研究尚未取得统一
意见,存有两种截然不同之论断,且二说中又皆不乏讹误,亟需校理。

笔者通过全面梳理《通志堂经解》六十五篇子目序文(含仅见于《通志堂集》
之《雪山王氏总闻序》一篇)与朱彝尊《曝书亭集》《经义考》相关序跋按语之对应
关系,发现题署纳兰氏之序文与朱彝尊序跋、按语相关者计十篇,其中几近相同
者六篇,半数雷同者一篇,部分雷同者二篇,疑似部分参考者一篇。具见下表:

---

①② 赵秀亭《纳兰性德经解诸序编年考略》,《河北民族师范学院学报》2014 年第 4 期,
第 9 页。

③ 纳兰成德《董氏周易程朱氏说序》,见《周易传义附录》,《通志堂经解》本。

④ 朱彝尊《曝书亭集》卷三七《董氏楷周易传义附录》。

⑤ 赵秀亭《纳兰性德经解诸序编年考略》,《河北民族师范学院学报》2014 年第 4 期,第
8 页。

⑥ 此外,《纳兰性德经解诸序编年考略》于《朱氏汉上传并易图丛说序》条目称《汉上
易传》《周易卦图》《周易丛说》三书"朱氏《经义考》却畏忌不收,颇可议"(赵秀亭《纳兰性德经
解诸序编年考略》,《河北民族师范学院学报》2014 年第 4 期,第 9 页),朱彝尊《经义考》卷二
三收载三书,惟《汉上易传》题作《朱氏震汉上易集传》。

序号	朱彝尊序跋按语	题署纳兰成德之序文	备注
1	**《曝书亭集》卷三四《易璇玑序》** 宋之南渡,君臣多讲《易》义。高宗召荆门朱震,论《易》殿中,称旨,除祠部员外郎,迁秘书少监,赐以告词,敷及"否""泰"之义。右相张浚入朝,亦书"否""泰"二卦赐焉。于时,浚及宰相李纲、李光、沈该,皆著《易传》,而林俦、李授之、刘翔、郭伸、王义朝、都洁、彭与、王大宝、吴适、宋大明,均以《易》义经进。或令秘书看详,或令有司给札,或与堂除,或补上州文学。独环溪吴氏上《易璇玑》三卷,其言《易》,自《象》求之卦,次求之象,次求之爻,作论二十七篇,文辞简奥,间以韵语行之,类古繇占,卓尔成一家言。以书犯庙讳,赏独不及。嗟夫!朝之一命再命,奚足为儒者重轻,而得之不得,有命焉。此严夫子、董相所以有《哀时命》文、《士不遇赋》也。吴氏讳沆,字德远,崇仁布衣。其没也,乡人祀诸郡县学。	**《崇仁吴氏易璇玑序》** 《易璇玑》三卷,绍兴中崇仁布衣吴沆所进,当时目为环溪先生者也。先生幼孤,事母孝。政和间,尝献书于朝,不报,乃归隐环溪。其言《易》自《象》而求之卦,次求之象,次求之爻,为论二十七篇。其文简奥,间以韵语行之,类古繇辞,卓尔成一家之言者也。当其时,高宗留意学《易》,书《乾卦》赐侍讲秦梓;书"否""泰"卦,赐右相张浚。于是以《易》义进者:朱氏震、林氏俦、李氏授之、刘氏翔、郭氏伸、彭氏与、宋氏大明,都氏洁、吴氏适,或令秘省看详,或令有司给札,或与堂除,或补上州文学。先生独高尚不仕,没而祀于郡县学宫。读其书,思其人,镂版传之,益信立言之必本乎德也。	几乎全同。惟于朱文语序稍作调整,前置作者与《易璇玑》之评介,更换极个别语词之表达。
2	**《曝书亭集》卷三四** **《雪山王氏质诗总闻序》** 雪山王氏《诗总闻》二十卷,每章说其大义,复有闻音、闻训、闻章、闻句、闻字、闻物、闻用、闻迹、闻事、闻人,凡十门。每篇为总闻。又有闻风、闻雅、闻颂,冠于四始之首。自汉以来,说《诗》者率依《小序》,莫之敢违。废《序》言《诗》,实自王氏始。既而朱子《集传》出,尽删《诗序》,盖本孟子以意逆志之旨而畅所欲言。后之儒者咸宗之。独王氏之书晦而未显。其自诩谓,研精覃思几三十年。而吴兴陈日强称其自成一家,能寤寐诗人之意于千载上。要之虽近穿凿,而可以解人颐者亦多也。王氏名质,字景文,汶阳人。绍兴庚辰进士,召试馆职,不就。历枢密院编修官,出	**《雪山王氏诗总闻序》** 雪山王氏《诗总闻》二十卷,每章说其大义。复有闻音、闻训、闻章、闻句、闻字、闻物、闻用、闻迹、闻事、闻人,凡十门,每篇为总闻,又有闻风、闻雅、闻颂,冠于四始之首。自汉以来,说《诗》者率依《小序》,莫之敢违,废《序》言《诗》,实自王氏始。既而朱子《集传》出,尽删《诗序》,后之儒者,咸宗之。而王氏之书晦而未显。其自诩谓研精覃思几三十年,而吴兴陈日强称其"自成一家,能寤寐诗人之意于千载之上"。要之,虽近穿凿,而可以解人颐者多矣。王氏名质,字景文,汶阳人。过江,侨居兴国,中绍兴庚辰进士。	几乎全同。尽出朱氏之文。

序号	朱彝尊序跋按语	题署纳兰成德之序文	备注
	通判荆南府，不行。奉祠山居，有集四十卷。		
3	**《曝书亭集》卷三四 《涪陵崔氏春秋本例序》** 涪陵崔子方彦直，自称西畴居士，尝与苏、黄诸君子游。知滁州日，曾子开曾为作记，刻石醉翁亭侧。其说《春秋》，有《经解》十二卷、《本例》二十卷。建炎中，江端友请下湖州，取所著《春秋传》储秘书省。于是其孙若上之于朝。今其《解》不可得见，惟《本例》独存。序之曰：以例说《春秋》，自汉儒始。曰牒例，郑众、刘寔也。曰谥例，何休也。曰释例，颍容、杜预也。曰条例，荀爽、刘陶、崔灵恩也。曰经例，方范也。曰传例，范宁也。曰诡例，吴略也。曰略例，刘献之也。曰通例，韩滉、陆希声、胡安国、毕良史也。曰统例，啖助、丁副、朱临也。曰纂例，陆淳、李应龙、戚崇僧也。曰总例，韦表微、成元、孙明复、周希孟、叶梦得、吴澂也。曰凡例，李瑾、曾元生也。曰说例，刘敞也。曰忘例，冯正符也。曰演例，刘熙也。曰义例，赵瞻、陈知柔也。曰刊例，张思伯也。曰明例，王晢、王日休、敬铉也。曰新例，陈德宁也。曰门例，王镃、王炫也。曰地例，余哲也。曰会例，胡箕也。曰断例，范氏也。曰异同例，李氏也。曰显微例，程迥也。曰类例，石公孺、周敬孙也。曰序例，家铉翁也。曰括例，林尧叟也。曰义例，吴迁也。而梁之简文帝、齐晋安王子懋皆有《例苑》，孙立节有《例论》，张大亨有《例宗》，刘渊有《例义》，刁氏有《例序》。绳之以例，而义益纷纶矣。彦直之论，谓圣人之书，编年以为体，举时以为名，著日月以	**《涪陵崔氏春秋本例序》** 以例说《春秋》，著于录者：郑众、刘寔之《牒例》，何休之《谥例》，颍容、杜预之《释例》，荀爽、刘陶、崔灵恩之《条例》，方范之《经例》，范宁之《传例》，吴略之《诡例》，刘献之《略例》，韩滉、陆希声、胡安国之《通例》，啖助、丁副之《统例》，陆淳之《纂例》，韦表微、成元、孙明复、叶梦得、吴澂之《总例》，李瑾之凡例，刘敞之《说例》，冯正符之《志例》，刘熙之《演例》，赵瞻之《义例》，张思伯之《刊例》，王晢之《明例》，陈德宁之《新例》，王炫之《门例》，李氏之《异同例》，程迥之《显微例》，石公孺之《类例》，家铉翁之《序例》。而梁之简文帝、齐晋安王子懋皆有《例苑》，刁氏有《例序》，张大亨有《例宗》。杜氏之言曰："为例之情有五，推此以寻经传，王道之正，人伦之纪备矣。"而说《公羊》者，则有五始、三科、九旨、七等、六辅、二类、七缺之义，毋乃过于纷纶乎？涪陵崔彦直，尝与苏、黄诸君子游。知滁州日，曾子开曾为作记，刻石醉翁亭侧。其说《春秋》，有《经解》十二卷、《本例》二十卷。建炎中，江端友请下湖州，取彦直所著《春秋传》藏秘书省。于是其孙若上之于朝。今其《经解》不可得见，而《本例》独存。其说以为圣人之书，编年以为体，举时以为名，著日月以为例。《春秋》固有例也，而日月之例盖其本。乃列一十六门，而皆以日月时例之。其义约而该，其辞简而要。可谓善学《春秋》者也。题曰西畴居士者，殆	几乎全同。惟后置崔彦直行事，更换个别语词，于文末增入评论一。

续表

序号	朱彝尊序跋按语	题署纳兰成德之序文	备注
	为例。《春秋》固有例也,而日月之例盖其本。乃列一十六门,而皆以月日时例之,亦一家之言云尔。	书成于晚年罢官之日与?	
4	**《曝书亭集》卷三四** **《周易义海撮要序》** 自汉以来,说经者惟《易》义最多。《隋经籍志》六十九部,《唐志》增至八十八部,《宋志》则二百一十三部。今之存者,十之一二而已。唐资州李氏,合三十五家《易》说,题曰《集解》,南北朝以前遗文坠简,借以得见指归。宋熙宁间,蜀人房审权集郑康成以下至王介甫《易》说百家,择取专明人事者,编成百卷,曰《周易义海》。至绍兴中,江都李衡彦平删其冗复,益以正叔、子瞻、子发三家,目为《义海撮要》,凡十卷,而附以杂论,补房氏之阙略焉。其择之也必精。《义海》失传而是编传,后之学者所乐得而讲习也。彦平,宣和末入辟雍,乾道中官秘书修撰,寻除侍御史,改起居郎,以言事去国,退居昆山,聚书讲学,世目为乐庵先生者也。	**《周易义海撮要序》** 宋熙宁间,蜀人房审权集汉郑康成以下至王介甫《易》说凡百家,择取专明人事者编为百卷,曰《周易义海》。至绍兴中,江都李衡删其重叠冗琐,又益以伊川、东坡、《汉上易传》,为《撮要》十卷,而以群儒杂论附焉。自汉以来,说经者惟《易》义最多,《隋经籍志》凡六十九部,《唐志》增至八十八部,《宋志》则二百一十三部,然今之传者盖罕矣。唐李鼎祚合三十五家《易》说为《集解》,遗文坠简借之得见指归。而《义海》一编,克能表章百家之说,惜乎全书之不可复睹也。衡,字彦平,宣和末入辟雍,乾道中官秘阁修撰,寻除侍御史,改起居郎。时张说以外戚为节度使,给事中莫济不书敕,翰林周必大不草制,衡与右正言王希吕相继论奏,同时去国,士子为《四贤诗》以纪之。其后徙昆山,聚书万卷,号所居曰"乐庵"。其为学,以《论语》为本,盖有得于洛人赵孝孙之说。孝孙之父,受业于伊川者也。李氏《集解》,一刻于明宗正灌甫,再刻于海盐胡氏,三刻于常熟毛氏。而是编未有刊行者,乃勘其舛误而镂诸版。	几近全同。尽取朱序,惟调整朱文语序,后置《易》类经解之梳理与《周易集解》之评介;更换个别语词;文末增入李衡师承与《周易集解》刊刻情状。
5	**《曝书亭集》卷四二** **《吕氏春秋集解跋》①** 《春秋集解》三十卷,赵希弁《读书附志》第云,东莱先生所著,长沙陈	**《吕氏春秋集解序》** 《春秋集解》三十卷,赵希弁《读书附志》云:"东莱先生所著也。长沙	几近全同。尽取朱文,

---

① 朱彝尊《经义考》卷一八四《吕氏本中春秋集解》按语与此近似。

序号	朱彝尊序跋按语	题署纳兰成德之序文	备注
	邕和父为之序，而不书其名。盖吕氏自右丞好问徙金华，成公述家传，称为东莱公。而居仁为右丞子，学山谷为诗，作《西江宗派图》，学者亦称为东莱先生。然则吕氏三世皆以东莱为目，成公特最著者耳。陈氏《书录解题》撮居仁《集解》大旨，谓自三《传》而下，集诸儒之说，不过陆氏、两孙氏、两刘氏、苏氏、程氏、许氏、胡氏数家。合之今书，良然。而《宋史·艺文志》于《春秋集解》三十卷，直书成公姓名，世遂因之。考成公年谱，凡有著述必书，独《春秋集解》不书。疑世所传三十卷即居仁所撰，惟因陈和父之序无存，此学者之疑未能释尔。同里徐亭，从予学《春秋》，书以示之。	陈邕和父为之序。"按：成公《年谱》，凡有著述必书，独是编不书。《宋史》本传，公所著有《易》《书》《诗》而无《春秋》，惟《艺文志》于《春秋集解》三十卷直书成公姓名。考吴兴陈氏《书录解题》有《春秋集解》十二卷，云是吕本中撰，且撮其大旨，谓："自三《传》而下，集诸儒之说，不过陆氏、两孙氏、两刘氏、苏氏、程氏、计氏、胡氏数家而已，其所择颇精，却无自己议论。"合之是编，诚然。盖吕氏自右丞好问徙金华，成公述《家传》，称为东莱公；而本中为右丞子，学山谷为诗，作《江西宗派图》，学者称为东莱先生，以之名集。然则吕氏三世，皆以东莱先生为目，成公特最著者尔。朱子尝曰："吕居仁《春秋》亦甚明白，正如某《诗传》相似。"窃疑是编为居仁所著，第卷帙多寡不合，或居仁草创，而成公增益之者与？序其端，用质淹通博洽之君子。倘获善本有陈和父序者，予之疑庶可以释矣。	惟后置吕本中、吕祖谦并有东莱称谓等述论；文末增入猜测二。
6	**《曝书亭集》卷三四《周易集说序》** 《周易集说》一十三卷，各冠以序，吴人俞琰玉吾叟所著也。叟于宝祐间以词赋称。宋亡，隐居不仕，自号石涧道人，又称林屋洞天真逸。其书草创于至元甲申，断手于至大辛亥，用力勤矣。世之言《图》《书》者，谓马毛之旋、龟文之坼。独叟之持论，以《尚书·顾命》文"弘璧琬琰在西序，大玉夷玉天球《河图》在东序"，《河图》与天球并列，则《河图》亦玉也，玉之有文者尔。昆仑产玉，河源出昆仑，故河亦有玉。洛水至今有白石，《洛书》	**《石涧俞氏周易集说序》** 《周易上下经说》二卷、《象辞说》一卷、《象传说》二卷、《爻传说》二卷、《文言传说》一卷、《系辞传说》二卷、《说卦说》一卷、《序卦说》一卷、《杂卦说》一卷，合一十三卷，各冠以序，统名曰《周易集说》，而《易图纂要》一卷、《易外别传》一卷附焉。吴人俞琰玉吾叟所著也。叟于宝祐间以词赋称，宋亡，隐居不仕，自号石涧道人，又称林屋洞天真逸。其书草创于至元甲申，断手于至大辛亥，用力可谓勤矣。世之言图书者，类以马毛之旋、龟文之坼，独叟	尽取朱文。开篇增入《周易集说》卷次绍介，文末附言俞琰玉《集说》之优善与其他著述，及与琰玉同时讲易士人之情状。

序号	朱彝尊序跋按语	题署纳兰成德之序文	备注
	盖石而白有文者。此《易》家之异闻也。	之持论，谓《尚书·顾命》"天球、河图在东序"，河图与天球并列，则河图亦玉也，玉之有文者尔。昆仑产玉，河源出昆仑，故河亦有玉。洛水至今有白石，洛书盖石而白有文者。其立说颇异。至其集众说之善，以朱子《本义》为宗，而邵子、程子之学，义理、象数一以贯之，诚有功于《易》者也。考叟之说《易》尚有《经传考证》《读易须知》《六十四卦图》《古占法》《卦爻象占分类》《易图合璧连珠》诸书，咸附于《集说》之后，而今已无存。当日共讲《易》者，则有西蜀苟在川、新安王太古、括苍叶西庄、鄱阳齐节初。其名字、官阀亦不复可考矣。呜呼惜哉！	
7	**《曝书亭集》卷三四** **《东莱吕氏书说序》** 东莱吕先生伯恭，受学于三山林少颖，少颖又东莱吕居仁之弟子也。少颖所著《尚书集解》，朱子谓《洛诰》以后非其所解。其孙石鼓书院山长畋，称坊本自麻沙初刻，继而婺女及蜀中皆有之，讹以传讹，访之故家，先得宇文氏《拾遗》一卷，后得建安余氏所镂新板，又得叶学录所藏写本，再三参校，自诩成完书矣。而伯恭《书说》，先之《秦誓》《费誓》，自流以溯其源，上至《洛诰》而止，殆以补林说之所未及尔。门人宗学教授从政郎时澜，不知师之微意，乃取而增修之，非伯恭之本怀矣。赵希弁《读书附志》称是书六卷。康熙壬戌，予抄自无锡秦氏，凡十卷，与马氏《经籍考》同。《宋史》志艺文云三十五卷，盖并门人增修之书合著于录也。序以藏之箧。	**《时氏增修东莱书说序》** 宋乾淳中，东莱吕成公讲道金华，四方从游者千人。公同年进士时铸寿卿与其弟铢长卿，率其家子弟曰沄、曰澜、曰泾，悉从公学。公尝辑《书说》，先之《秦誓》《费誓》，上至《洛诰》，凡一十三卷。阅再岁而公殁。澜增修之，成二十二卷，合为三十五卷，于是《书说》乃全。予考成公实受业于林少颖之门，少颖有《拙斋书集解》五十八卷。朱子谓《洛诰》以后非其所解，则亦门人续成之者。夫林氏之书既以《召诰》终，公之书因以《洛诰》始，是公之用意，本以续其师说。而门人莫喻厥旨，忾其书之未就，辄补其余，其用心则勤，而公之意，未免因之反晦矣。虽然，澜，公之高弟也。其所补缀，一本师说。学者取林氏之书暨先生讲论，与澜所增修合而观之，匪独见今古文正摄义蕴之全，而丽泽书院师友之渊源，亦可睹矣。	半数雷同。于吕祖谦《书说》之绍介、时澜增修之评述皆用朱氏序文。

序号	朱彝尊序跋按语	题署纳兰成德之序文	备注
8	**《曝书亭集》卷三四** **《聂氏三礼图序》** 六经有图，三《礼》尤不可少。郑康成、阮谌、梁正、夏侯伏朗之书，吾不得而见之矣。博采诸图成书者，洛阳聂崇义也。当周显德中，崇义以国子司业兼太常博士，与国子祭酒汝阴尹拙同僚。其论祭玉，援引《周礼》正文，拙无以难。迨宋建隆初，考正《三礼图》，表上于朝。时拙已迁太子詹事，被诏，集儒学之士，重加参议。拙多所驳正，崇义复引经释之。书成，拜紫绶、犀带、白金、缯帛之赐，颁其书于学官，绘图宣圣殿后北轩之壁。至道初，旧壁崩剥，命易以版，改作论堂之上。咸平中，车驾幸学，亲览观焉。斯亦儒者稽古之荣矣。乃有贾安宅等，言其未见古器，出于臆度，而陈用之撰《太常礼书》，陆农师撰《礼象》，皆以正聂氏之失而补其阙遗。有诏毁论堂画壁。然窦学士俨序，称其采三《礼》旧图，凡得六本，钻研寻绎，推较详求，原始要终，体本正末，能事尽焉，则非出于臆度者也。永嘉陈伯广跋卷尾云："观其图，度未必尽如古昔。苟得而考之，不犹愈于求诸野乎。"斯言得之。	**《河南聂氏三礼图序》** 《九经》，《礼》居其三，其文繁，其器博，其制度今古殊，学者求其辞不得，必为图以象之，而其义始显。即书以求之，不若索象于图之易也。《礼》之有图，自郑康成始。而汉侍中阮谌受《礼》于綦母君，取其说为图。又有梁正、夏侯伏明、张镒三家，而今皆无传矣。周世宗厘正典礼，洛阳聂崇义以国子司业兼太常博士，凡山陵禘祫、郊庙器玉之制度，悉从其讨论，乃考正《三礼》旧图，缋素而申释之，篇叙其凡，参以古今沿革之说，至宋建隆三年表上于朝也。诏太子詹事尹拙集儒学之士重加参议，拙所驳正，崇义复引经释之。当书成时，太祖嘉其刊正疑讹，既被紫绶犀带、白金缯帛之赐，颁其书学官，又以其图绘国子监宣圣殿后北轩之壁。逮至道初，旧壁颓落，命易以版，改作于论堂之上。咸平中，天子幸学，亲览观焉。《宋史》列诸儒林之首，可谓极儒生稽古之荣矣。其后陆佃撰《礼象》、陈祥道作《太常礼书》，正聂氏之失而补其阙。于是贾安宅、王普交言崇义未尝亲见古器，出于臆度，有诏毁学宫旧画两壁图。然绎窦学士俨序聂氏书，称其博采旧图，凡得六本，则实原于梁、郑、阮、张、夏侯诸家之言，而非出于臆说。《礼图》之近乎古者，莫是书若也。惟是尹拙依旧图画釜，聂氏去釜画镬，两人异同，当日下中书省集议。张昭谓釜不可去，而《周官》《仪礼》皆有镬，因请两存之，图镬于鼎下。而今流传雕本，有釜无镬，则有不可解者，请以质深思博学之君子。	部分雷同。于聂崇义《三礼图》进献及遭遇之述论近同，又同援窦俨序作评。

序号	朱彝尊序跋按语	题署纳兰成德之序文	备注
9	**《曝书亭集》卷四二** **《跋鲁斋王氏书疑》** 鲁斋王氏《书疑》九卷，《宋史·艺文志》著于录。按汉儒于经文遇有错简，斤斤守其师传，不敢更易次第。至宋二程子，始更定《大学篇》，而朱子遂分为经传，又取《孝经》考定，继是有更定《杂卦传》者，有更定《武成》《洪范》者，余亦不数见也。鲁斋王氏于《诗》《书》皆疑之，多有更易。《书》则于《舜典》"舜让于德弗嗣"下补入《论语》"尧（作帝）曰：咨尔，舜！天之历数在尔躬，允执其中，四海困穷，天禄永终"二十四字，于"敬敷五教在宽"下补入《孟子》"劳之来之，匡之直之，辅之翼之，使自得之，又从而振德之"二十二字。余若《皋陶谟》《益稷》《武成》《洪范》《多方》《多士》《立政》，皆更易经文先后而次第之。观者叹其用心之巧，然亦知者之过也。	**《王鲁斋书疑序》** 《书疑》九卷，宋金华王文宪公柏所著。《书》自伏、孔二家《传》出，于是有今文、古文之别，由唐以前，未有疑之者。有宋诸儒，始疑古文后出，非尽孔壁之旧，然于今文，固未有拟议也。其并今文而疑之，则自公始。公高明绝识，于群经穿穴钻研，不狃于训诂之旧。故虽以二千年相传口授壁藏之书，汉、唐诸儒所服习者，犹有缺佚脱误之疑，至谓："《大诰》'宁王遗我大宝龟，西土有大艰，人亦不靖'之语，无异于唐德宗奉天之难，委之于定数，圣如姬公，宁肯为此语？"《洛诰》复辟之事，谓："成王幼，周公代王为政。成王长，周公归政于王。苏氏所谓归政，初无害义，何所嫌而避此名乎？"其不苟为同如此。元吴礼部师道言："公初见何北山，北山谦抑，不敢以弟子视之。公宏论英辩，质疑往复，一事或十数过。"公之为此书也，岂一得于北山与？是书之最善者，如订正《皇极》之经传，谓《论语》"咨尔舜"二十二言、《孟子》"劳来匡直"数语，宜补《尧典》缺文；《禹贡》叙一事之终始，《尧典》叙一代之终始，《禹贡》当继《尧典》之后，居《三谟》之前。皆卓然伟论，即以补伏、孔所未逮可也。	部分雷同。评《书疑》之善尽用朱氏之语。又，《经义考》按语与《跋鲁斋王氏书疑》近同。
10	**《经义考》卷一八〇** **《徐氏晋卿春秋经传类对赋》按语** 是书晁氏《读书志》、赵氏《读书附志》、郑氏《通志略》、陈氏《书录解题》、朱氏《授经图》、焦氏《国史经籍志》皆无之。晋卿，皇祐中为将仕郎，试秘书省校书郎。区斗英者，元至中长沙教授也。	**《春秋经传类对赋题辞》** 《春秋》其事二百四十年，其文一万八千言尔，视诸经为最简。左氏作《传》，而事与文详矣，学者不能殚记也。宋皇祐中，徐秘书以韵语包括之，计一万五千言，而其义大备。《记》曰："属辞比事，《春秋》教也。	似有参考。各书目于《春秋经传类对赋》之著录疑参取朱文。

序号	朱彝尊序跋按语	题署纳兰成德之序文	备注
		属辞比事而不乱,则深于《春秋》者也。"诵秘书之赋,其比事之切,非深于《春秋》者能然欤？春秋赋见《宋艺文志》,有崔昇、裴光辅、尹玉羽、李象诸家,而晁氏《读书志》又有杨筠《分门属类赋》十篇,独不载是书。朱氏《授经图》、焦氏《国史经籍志》亦无之,则诸君子皆未之见者。古人之书,往往不尽传于后世,或并其姓氏失之。若秘书赋,寥寥数简,以藏书家所未及见者,幸得传于今日,此予所为矊然而喜也。	

　　综上,题署纳兰成德之经解序文计有六十五篇,可以判定出自朱彝尊手者六篇,参考朱彝尊者四篇,共计十篇,将近总数之六分之一。而颇值玩索者,《通志堂经解》子目中唯一附列时人序文者又系朱彝尊所撰《春秋权衡序》。基于以上史实,并参照朱彝尊所言"通志堂诸书初刊时皆有跋,刻在成德名下,后因交不终,刊去"①之"内幕",与纳兰成德"异姓昆弟"张纯修所云"(成德)极留意经学,而所为经解诸序,从未出以相示"②之情状,以及张云章"以为非我朱先生不能"③之评判,则朱彝尊代成德撰写或助其撰写部分经解序文之事,可以定谳。

　　又,《通志堂集》收有《雪山王氏诗总闻序》,是文为朱彝尊《曝书亭集》卷三四《雪山王氏质诗总闻序》,见上表。林庆彰以《通志堂经解》未录《诗总闻》判定《雪山王氏诗总闻序》系徐乾学之误收④,此论似亦不准确。《通志堂经解》之编刻实不乏已刻成而复去子目、计划刊刻而撤销子目等情状⑤,是以叶德辉《书林清话》云:"是书随刻随印,亦随时排目,故其目录有多寡之不同。"⑥而王质《诗总

　　① 陆陇其《三鱼堂日记》卷一〇,第272页。
　　② 张纯修《饮水诗词集序》,见纳兰成德《饮水诗词集》卷首,清康熙三十年(1691)张纯修刻本。
　　③ 张云章《朴村文集》卷三《与朱检讨竹垞》,见《清代诗文集汇编》第175册,第28页。
　　④ 林庆彰《通志堂经解之编纂及其学术价值》,见《通志堂经解研究论集》,第225页。
　　⑤ 王爱亭《昆山徐氏所刻〈通志堂经解〉版本学研究》,山东大学2009年博士学位论文,第68页。
　　⑥ 叶德辉《书林清话》卷九,第202页。

闻》不见于今《通志堂经解》,或亦属上述情形,朱彝尊盖于是书计划刊刻或刊行时已完成序文撰写。康熙三十年(1691)徐乾学为成德编刊遗集,此时《通志堂经解》盖未全部蒇功①,而徐氏或又未细核《通志堂经解》定版目录,遂录《雪山王氏诗总闻序》入《通志堂集》。

此外,张云章《与朱检讨书》称经解诸序"间有似出他手者,某亦能辨之"②,惜关涉隐私,并未言明。笔者通过排查《经义考》于《通志堂经解》子目序跋之引录,发现朱彝尊间有不附载成德序文而径援陆元辅、黄虞稷、张云章、徐乾学等时人语者,经进一步对照知题署纳兰氏之《书集传或问序》几乎尽取张云章语,题署纳兰氏之《程积斋春秋序》部分借用黄虞稷语,则张、黄亦曾为《通志堂经解》诸序出力。余若《文公易说序》《董氏周易程朱氏说序》似有借鉴徐乾学、张云章语句现象,由于所涉言辞仅限一二句,尚不能判定其间关系。

四、余　论

清初大家朱彝尊因宋元解经之作日益消亡而颇怀忧惧,力欲表彰诸作,限于能力,遂改劝友人徐乾学实现构想。虑及宋元经解之现状与官方推尊程朱理学之号召,徐乾学遂从朱氏倡导启动《经解》纂刊。朱彝尊于《通志堂经解》之编刻颇具倡启之功。

而朱彝尊之倡导实承继大儒顾炎武藏弆宋元说经诸书之创议,更变"悉储"为刊刻,实现了流布方式之超越,由顾炎武而朱彝尊复至徐乾学,是为《通志堂经解》编刻之渊源。而《通志堂经解》编刊之促成,又系朱彝尊与顾炎武合力推动宋元经解流布、宣扬传递实学、导引清初学风建设之实例。

朱彝尊既于《通志堂经解》编刊有倡启之功,又积极为《经解》之刊刻提供文献支持,更代纳兰成德撰写子目序文,贡献突出。此间因缘折射出朱氏与徐乾学、纳兰成德之交谊,体现出朱氏、顾炎武等清初大儒对于实证学风建设之推

---

① 据戴晟《亡友刘君予言行略》知《通志堂经解》于清康熙三十年(1691)八月十一日尚未全部蒇功(参杨国彭《胡季堂与〈通志堂经解〉的补刊》,《文献》2019年第1期,第71页),《通志堂集》前严绳孙《成容若遗稿序》之题署时间为清康熙三十年(1691)秋九月。

② 张云章《朴村文集》卷三《与朱检讨竹垞》,《清代诗文集汇编》第175册,第28页。

动,也彰显出朱氏本人对于"崇儒传道"文化使命之践履。

又,顾炎武《日知录》卷一八"《四书五经大全》"条考出胡广等所辑《四书大全》实因倪士毅《四书集释》而纂,《诗经大全》系袭刘瑾《诗传通释》而编,《春秋大全》则蹈汪克宽《春秋胡传纂疏》而成。顾氏又云:"其三经,后人皆不见旧书,亦未必不因前人也。"①根据朱彝尊《经义考》卷四九"《周易传义大全》"条按语:"永乐中诏修《五经四书大全》……不知胡广诸人,止就前儒之成编,一加抄录,而去其名,如《诗》则取诸刘氏,《书》则取诸陈氏,《春秋》则取诸汪氏,《四书》则取诸倪氏,《礼》则于陈氏《集说》外,增益吴氏之《纂言》,《易》则天台鄱阳二董氏、双湖云峰二胡氏。于诸书外全未寓目,所谓大全乃至不全之书也。"②知此后竹垞承亭林踵考另三经大全之所据:《周易大全》杂抄宋董楷《周易传义附录》、元董真卿《周易会通》、元胡一桂《周易本义附录纂疏》、元胡炳文《周易本义通释》;《书传大全》因袭元陈栎《尚书集传纂疏》、元陈师凯《书蔡传旁通》;《礼记大全》采诸元陈澔《礼记集说》、元吴澄《礼记纂言》③。根据陆陇其《三鱼堂日记》所云:"(康熙二十九年八月)十二。朱锡鬯来,言永乐时,胡广等纂《大全》,多袭取先儒之书,可见其为小人。今宜将先儒原书刊行,庶天下知广等之陋。"④又参照董楷《周易传义附录》、董真卿《周易会通》、胡一桂《周易本义附录纂疏》、胡炳文《周易本义通释》、陈栎《尚书集传纂疏》、陈师凯《书蔡传旁通》皆为《通志堂经解》收录之实,则朱彝尊或亦曾参与《通志堂经解》之选目。

[作者简介]崔晓新,文学博士,鲁东大学文学院副教授。

---

①　顾炎武撰,黄汝成集释《日知录集释》卷一八,第410页。

②　朱彝尊《经义考》卷四九"《周易传义大全》"条。

③　朱彝尊《经义考》卷一四四"《礼记大全》"条引陆元辅语,称"《礼记大全》就陈氏《集说》而增益之,凡四十二家"。以上三大全之所据又参《钦定四库全书总目》。

④　陆陇其《三鱼堂日记》卷一〇,第270页。

朱彝尊《经义考》著录南宋蜀人著作六种考述

江苏　林日波

朱彝尊(1629—1709),字锡鬯,号竹垞、醧舫、松风老人,晚号金风亭长、小长芦钓鱼师,浙江秀水(今浙江嘉兴市)人。生于明清易代之际,曾参加秘密的抗清活动,谋划恢复,事败后,奔走落拓,游幕于大江南北,结交了曹溶、王士禛、顾炎武、孙承泽、陈维崧等诸多名士。康熙十八年(1679),以荐举博学鸿词科,授翰林院检讨,参与编修《明史》。其后数年,宦海沉浮,康熙三十一年(1692)罢官归里,潜心著述。《清史稿》卷四八四有传①。

据朱桂孙、朱稻孙撰《皇清钦授征仕郎日讲官起居注翰林院检讨祖考竹垞府君行述》载,朱彝尊著述遍及四部,其中"皇皇三百卷巨著《经义考》,就是朱彝尊在经学及目录学领域内集大成之作,是其一生治学心血之重要结晶"②。朱彝尊于康熙二十五年(1686)始辑《经义考》,四十四年四月,于康熙第三次南巡至浙江时,进呈《经义考》之《易》《书》两部分,获赐"研经博物"匾额③。对朱彝尊其人其书,《四库全书总目》提要称:"彝尊文章淹雅,初在布衣之内,已与王士禛声价相齐。博识多闻,学有根柢,复与顾炎武、阎若璩颉颃上下。凡所撰述,具有本原。是编统考历朝经义之目,初名《经义存亡考》,惟列存、亡二例。后分例曰存、曰阙、曰佚、曰未见,因改今名。……上下二千年间,元元本本,使传经原委,

---

① 赵尔巽等《清史稿》,中华书局,1977年,第13339—13340页。
② 张宗友《〈经义考〉研究》,中华书局,2008年,第2页。
③ 杨谦《朱竹垞先生年谱》,见《北京图书馆藏珍本年谱丛刊》第79册,书目文献出版社,1999年,第555页。张宗友新编《朱彝尊年谱》承其说且增补新材料(凤凰出版社,2014年,第509—510页)。

——可稽,亦可以云详赡矣。"①

　　然以一人之力孜孜不倦地爬梳群书,难免百密一疏,故自《经义考》刊行以来,围绕其订正、续补之作蔚成系列,嘉惠后学良多②。今不揣谫陋,略就读宋人别集所见,对《经义考》中著录的南宋蜀人著作六种进行考述,冀有所补。

　　一、《经义考》卷一〇八"《诗》十一"著录:"李氏心传《诵诗训》五卷。佚。"

　　李心传(1166—1243),字微之,一字伯微,号秀岩,隆州井研(今属四川)人。庆元元年(1195)科举不第,遂绝意场屋,闭门著书。宝庆二年(1226)以荐召为史馆校勘。绍定四年(1231)赐同进士出身,历将作监丞、实录院检讨官。绍定五年除秘书郎。六年,差通判成都府。端平元年(1234)除著作佐郎,兼四川制置副使司参议官。嘉熙二年(1238)以秘书少监兼史馆修撰,除秘书监。坐言事罢职奉祠,居湖州。淳祐三年(1243)致仕,卒③。

　　李心传初以史学名世,中年以后研治经传,勤于著述,成绩斐然。其弟子高斯得《耻堂存稿》卷五《跋李秀岩先生〈学易编〉〈诵诗训〉》称:

> 先生中年以后,穷极道奥,经术之邃,有非近世学士大夫所能及者。又其天质强敏绝人,《三礼辩》二十余万言,二百日而成,《学易编》二百八十日而成,《诵诗训》亦逾年而成,考订郑、王、孔、贾之谬,折中张、程、吕、朱之说,精切的当,有功于学者为多。④

　　与高斯得对李心传的学识大力揄扬的态度不同,元初方回却称"心传之学,走马看锦,非所谓沉潜乎训义,反覆乎句读者也",并具体指出其《诵诗训》等书"皆一读不再读,而率然笔记者也"⑤,颇为贬抑。

　　高斯得《跋》中又言其"来守桐江,首以《诗》《易》二书刻之";俞琰《读易举要》则记载,李心传《学易编》成书于嘉定九年丙子(1216),"淳祐八年(1248),门

---

①　永瑢等《四库全书总目》卷八五,中华书局,1960年,第732页。
②　参见张宗友《〈经义考〉续补诸作考论》(《古典文献研究》第十一辑,凤凰出版社,2008年,第319—336页)。
③　脱脱等《宋史》卷四三八《李心传传》,中华书局,1977年,第12984—12986页。参见佚名撰,张富祥点校《南宋馆阁续录》卷八、九,中华书局,1988年,第301、318、355、359页。
④　高斯得《耻堂存稿》卷五,见《景印文渊阁四库全书》第1182册,台湾"商务印书馆",1986年,第78页。
⑤　方回《续古今考》卷三二,见《景印文渊阁四库全书》第853册,第543页。

生高斯得守桐江,序其书,刊于桐江"①,合而观之,《诵诗训》当刊刻于1248年。

《宋史·李心传传》称其有"《诵诗训》五卷"②,《宋史·艺文志》则未见著录。《经义考》本条之著录,或即源自《宋史·李心传传》。

二、《经义考》卷一〇八"《诗》十一"著录:"许氏奕《毛诗说》。《宋志》:'三卷。'佚。"

许奕(1170—1219),字成子,简州(今四川简阳)人。庆元五年(1199)进士,签书剑南东川节度判官。历知夔州、遂宁府、潼川府。累权礼部侍郎兼侍讲③。

《经义考》卷八二"《尚书讲义》"条引"魏了翁撰碑"称:"其所裒粹断稿……得《毛诗说》三卷。"④

三、《经义考》卷一八四"《春秋》十七"著录:"张氏浚《春秋解》六卷。佚。"

张浚(1097—1164),字德远,号紫岩,汉州绵竹(今属四川)人。政和八年(1118)进士,调山南府士曹参军。高宗朝,累官同中书门下平章事、兼知枢密院事都督诸路军马。秦桧当政,遭摈斥。孝宗即位,除少傅,封魏国公。隆兴二年(1164)除少师,判福州⑤。

朱熹《少师保信军节度使魏国公致仕赠太保张公行状》称其有"《春秋解》六卷"⑥。朱彝尊《潜采堂宋元人集目录》著录:"《朱子大全》一百卷、《续集》十一卷、《别集》□卷。嘉靖壬辰苏信序。四十册。又一部一百卷、《续集》五卷、《别集》七卷。康熙戊辰臧眉锡序。二十册。"⑦《竹垞行笈书目·心字号》著录:"《朱

---

① 俞琰《读易举要》卷四,见《景印文渊阁四库全书》第21册,第465页。

② 脱脱等《宋史》卷四三八,第12986页。

③ 参见魏了翁《鹤山先生大全文集》卷六九《显谟阁直学士提举西京嵩山崇福宫许公奕神道碑》(《四部丛刊初编》景乌程嘉业堂藏宋刊本)、脱脱等《宋史》卷四〇六本传(第12267—12271页)。

④ 朱彝尊撰,林庆彰等主编《经义考新校》,上海古籍出版社,2010年,第1552页。据魏了翁《显谟阁直学士提举西京嵩山崇福宫许公奕神道碑》,文字有改动。

⑤ 事见杨万里撰,辛更儒笺校《杨万里集笺校》卷一一五《张魏公传》(中华书局,2007年,第4403—4424页);郭齐、尹波点校《朱熹集》卷九五《少师保信军节度使魏国公致仕赠太保张公行状》(四川教育出版社,1996年,第4798—4902页);脱脱等《宋史》卷三六一本传,第11297—11311页。

⑥ 郭齐、尹波点校《朱熹集》卷九五,第4901页。

⑦ 朱彝尊撰,杜泽逊、崔晓新点校《潜采堂宋元人集目录》,上海古籍出版社,2010年,第344页。

子全集》四十本。"①《经义考》未注明出处，盖即依据朱氏所藏三种朱熹集之一。

四、《经义考》卷一八六"《春秋》十九"著录："任氏续《春秋五始五礼论》五卷。佚。"

任续（1114—1170），字似之，潼川府郪县（今四川三台）人。以父任补官。绍兴七年（1137）为汉州雒县尉。十三年，为昌州永川尉。二十一年，中进士，选沣州州学教授。二十八年，为开州教授。隆兴元年（1163）迁夔州路转运司主管文字。乾道二年（1166）擢守恭州。六年，病卒②。

周必大《恭州太守任君续墓志铭》称其所著书"有《任氏春秋》十五卷、《春秋五始五礼论》五卷"③。《潜采堂宋元人集目录》《竹垞行笈书目》中均未见周必大文集，《经义考》未注明出处，朱彝尊所据何书已难考。

五、《经义考》卷二一五"《论语》五"著录："张氏浚《论语解》四卷。佚。"

《经义考》引魏了翁《张魏公〈紫岩论语说〉序》，称张浚下世后六十三年后，"得《论语解》于公之从曾孙希亮"④，则此书宝庆三年（1227）前后尚存。朱彝尊《潜采堂宋元人集目录》著录："《魏了翁鹤山集》一百十卷。淳熙己酉吴渊序。嘉定三年畅华后序。二十册。"⑤则其所引魏氏文盖出此本。

张浚事迹见前。杨万里《张魏公传》、朱熹《少师保信军节度使魏国公致仕赠太保张公行状》均记载张浚有"《论语解》四卷"⑥。

六、《经义考》卷二四三"群经五"著录："刘氏光祖《山堂疑问》。《通考》：'一卷。'佚。"

《通考》即马端临《文献通考》，其文多承袭陈振孙《直斋书录解题》。《经义考》载：

> 陈振孙曰："起居郎简池刘光祖德修撰，凡一卷。庆元中，谪居房陵，与

---

① 朱彝尊撰，杜泽逊、崔晓新点校《竹垞行笈书目》，第 377 页。

② 参见周必大《庐陵周益国文忠公集》卷三四《恭州太守任君续墓志铭》，见周必大撰，王蓉贵、（日）白井顺点校《周必大全集》，四川大学出版社，2017 年，第 323—324 页。

③ 周必大《庐陵周益国文忠公集》卷三四，见《周必大全集》，第 324 页。

④ 朱彝尊撰，林庆彰等主编《经义考新校》，第 3931 页。

⑤ 朱彝尊撰，杜泽逊、崔晓新点校《潜采堂宋元人集目录》，第 347 页。

⑥ 杨万里撰，辛更儒笺校《杨万里集笺校》卷一一五，第 4424 页。郭齐、尹波点校《朱熹集》卷九五《少师保信军节度使魏国公致仕赠太保张公行状》，第 4901 页。

其子讲说诸经,因笔记之。以其所问于《诗》为多,遂取吕氏《读诗记》尽观之,而释以己意,附《疑问》之后。"①

刘光祖(1142—1222),字德修,号后溪,一号山堂,简州阳安(今属四川)人。初以恩补官。乾道五年(1169)进士,调剑南东川节度推官。淳熙五年(1178)除太学正,累迁秘书郎。出知果州。光宗即位,除军器少监。宁宗即位,召除司农少卿。庆元五年(1199)贬居房州。开禧二年(1206)除利路运判。三年,除潼州路提刑、权泸州。嘉定三年(1210)任荆襄制置使。四年,知潼川府。八年,提举玉隆万寿宫。卒谥文节②。

《直斋书录解题》之外,真德秀撰《刘阁学墓志铭》中亦有关于《山堂疑问》的记载。朱彝尊《潜采堂宋元人集目录》著录:"《真德秀集》五十五卷。万历二十六年金学曾序。二十四册。"③在《经义考》卷三二刘氏《续东溪易传》下,引及此墓志,而删去其中《山堂疑问》的相关文字。《刘阁学墓志铭》载:

> (公)少从族父兄东溪先生伯熊学,已志乎古人之大方。及长,博参诸老而融会其异同,旁综百家而搜揽其精粹。……公在房,谪居无事,取东溪所传《易》续之,盖东溪传止《睽》,公续之,始《蹇》,叹曰:"睽,离也;蹇,难也,非数也耶?"闲与诸子讲论,辑为一编曰《山堂疑问》。④

据此,刘光祖所续刘伯熊《易》传内容,当主要是对《蹇》至《未济》二十六卦进行阐释,则《山堂疑问》所载"与其子讲说诸经"的内容,除《诗》外,亦应有不少与《易》相关。再进一步考察,刘伯熊师从李石(号方舟)学《易》,今存《方舟易学》"专论互体,每卦标两互卦之名而以爻辞证之"⑤,作为方舟《易》学的再传,刘光祖论《易》当以"互体"为主而不出"十例"范围⑥。

---

①　朱彝尊撰,林庆彰等主编《经义考新校》,第4383页。

②　脱脱等《宋史》卷三九七《刘光祖传》,中华书局,1997年,第12097—12102页。参见真德秀《西山先生真文忠公文集》卷四三《刘阁学墓志铭》,《四部丛刊初编》景江南图书馆藏明正德本。

③　朱彝尊撰,杜泽逊、崔晓新点校《潜采堂宋元人集目录》,第347页。

④　真德秀《西山先生真文忠公文集》卷四三。

⑤　永瑢等《四库全书总目》卷七《方舟易学提要》,第48页。

⑥　李石《方舟集》卷一九《周易十例略》,见《景印文渊阁四库全书》第1149册,第754—770页。

　　综观《潜采堂宋元人集目录》《竹垞行笈书目》所载各类典籍，朱彝尊藏书可谓丰富，不难推知其广搜博采前代史志、书目、别集等文献，勤勉不懈地完成自己的宏业，但通过对《经义考》著录的南宋蜀人著作六种的简要考述，朱彝尊似乎并没有将其披览所得的与一书有关的资料汇总、相互参证，算是一个缺憾，值得后世学人集思广益加以弥补，更大程度地发挥其学术价值。

　　[作者简介]林日波，文学博士，凤凰出版社副总编辑。

传承与开新：朱彝尊《经义考》的文献典范意义

江苏　张宗友

一、引　言

《经义考》三百卷(实存二百九十七卷)①，是中国经学文献学、史部目录学史

---

① 按：《经义考》的卷数，一般著录都作三百卷，而实存二百九十七卷(卷二八六、卷二九九、卷三〇〇有目无文)。康熙四十二年(1703)，毛奇龄为撰《经义考序》云："今竹垞于归田之余，乃始据畴昔所见闻，合古今部记，而著为斯编，曰《经义考》，此真所谓古文旧书外内相应者。乃其所分部，则敕撰一卷，尊王也。十四经为经义者，共二百六十三卷，广经学也。逸经三卷，惟恐经之稍有遗，而一字一句必收之也。谶纬五卷，纬虽阋，说经者也。夫纬尚不废，而何况于经？拟经十二卷，此则不惟自为义，并自为经者。然而见似可瞿也，其与经合耶？是象人而用之也，否则罔也。又有师承三卷，则录其经之各有自者。广誉一卷，立学一卷，刊石五卷，书壁、镂版、著录各一卷，通说四卷，此皆与经学有微系者，然而非博极群籍，不能有此。家学一卷，自序一卷，补遗一卷，共三百五卷。书成示予，予曰：嗟乎！少研经学，老未能就，不及见诸书，而年已七十九矣。"(《毛西河先生全集》卷二九，清嘉庆刻本)又朱彝尊《与王阮亭》书札中云："侍《经义考》一编，三百余卷，已雕就三分之一，而限于力，未能即竣，必借高文弁其端，庶不致补袍覆酱。"又另一札(收者姓名待考)中云："所辑《经义考》分卷三百有八，仅雕就百卷，而困于力，终莫有好事者相助。"(以上二札，收入胡愚、王利民辑《曝书亭集外诗文补辑》卷九，见沈松勤主编《朱彝尊全集》第 20 册，浙江大学出版社，2021 年，第384 页)由"三百余卷""三百五卷""分卷三百有八"云云，知《经义考》有不断增益之过程，其总卷数曾多达三百八，原不止三百之数。朱彝尊生前财力有限，仅刻其半，身后家境益困，其孙(朱稻孙)保存不善，颇有佚失，故至乾隆朝续刻时，止有二百九十七卷。检卢见曾补刻本《经义考》前所载毛氏序，已将"十四经为经义者，共二百六十三卷"，改作"十四经为经(注转下页)

上的一部名著。梁启超指出，《经义考》"把竹垞以前的经学书一概网罗，薄存目录，实史部谱录类一部最重要的书，研究'经史学'的人最不可少"①。数十年来，学界对该著颇有影印、整理与研究。就影印而言，该著最早的刊本——清康熙秀水朱氏曝书亭原刻、乾隆卢见曾续刻本——通常被称作"卢刻本"，被收入《朱彝尊全集》，由国家图书馆出版社影印出版（2021年）；该著受到乾隆皇帝弘历题诗褒扬，收入《四库全书》，因此产生的四库诸本（包括文渊阁本、文津阁本、文澜阁本以及《四库全书荟要》本），也陆续得以在四库系列影印本中面世。就整理来说，学界已有三家四种整理本。台湾"中央研究院"林庆彰先生最早主持该著之点校工作，先后有《点校补正经义考》（"中研院"文哲研究所筹备处，1997年）一种及其修订本《经义考新校》（上海古籍出版社，2010年）一种，是为"一家二种"。另两家整理本分别是北京大学《儒藏》编纂与研究中心主持的《儒藏（精华编）》本（北京大学出版社，2018年）、沈松勤主编的《朱彝尊全集》本（浙江大学出版社，2021年）。就研究而言，学界对《经义考》一书关注较早，研究者众，成果丰硕，已有六十多篇论文（包括数篇学位论文），20世纪的重要论文由林庆彰、蒋秋华结集为《朱彝尊经义考研究论集》（"中研院"文哲研究所筹备处，2000年）；另有以下几种研究专著出版：杨果霖《朱彝尊〈经义考〉研究》（花木兰文化出版社，2005年），司马朝军《经义考通说疏证》（收入其《国故新证》内，武汉大学出版社，2010年），张宗友《经义考研究》（中华书局，2009年；增订本，凤凰出版社，2020年）。

综上所述，可知学界对《经义考》的研究已十分全面，且成就卓著，《经义考》研究是当前经学文献学、史部目录学研究的一个热点。但也应看到，既有研究偏重于文字句读、校勘、疏证、补正等文献层面，对于《经义考》在中国古代文献文化史上的典范意义，还缺少更为深刻的探索与发明。本文即致力于《经义考》文献典范意义的申论，主要围绕以下几个问题展开：《经义考》作者朱彝尊其人；《经义考》的著作属性；《经义考》何以问世；《经义考》在内容上具有何种特点；

（续上页注）义者，共二百五十八卷"；"家学一卷，自序一卷，补遗一卷，共三百五卷"，改作"家学一卷，自叙一卷，共三百卷"，以与三百之数相合。

①　梁启超《中国近三百年学术史》之十三《清代学者整理旧学之总成绩》，见氏著《饮冰室合集》第10册，中华书局，1989年，第203页。

《经义考》在形式上有何种特点;《经义考》典范性之体现;《经义考》其书对当下学术工作与文化建设之启示。

二、《经义考》作者朱彝尊其人

知人论世是中国古典学术传统之一。《经义考》作者朱彝尊(1629—1709),字锡(cì)鬯(chàng),嘉兴府秀水县(今嘉兴市秀洲区)人。朱氏性爱竹,自号竹垞;又号金风亭长、小长芦钓鱼师等。

朱彝尊是明代显宦之后。曾祖父朱国祚(1559—1624),字兆隆,号养淳。万历癸未(1583)一甲一名进士,官至武英殿大学士、户部尚书,以清廉刚正著称。卒,赠太傅,谥文恪。祖父朱大竞(1578—1636),字君吁,号忱予,官至云南楚雄知府,以清廉著称。嗣父朱茂晖(1598—1675),字子若,号晦在。诸生,以荫授中书舍人。生父朱茂曙(1601—1663),字子蕑,庠廪生,人称安度先生。

朱彝尊生当有明季世,其嗣父、生父均未出仕;朱国祚、朱大竞为官清廉,朱家不事生产,至明末则家道急遽中落,朱彝尊因有"乱余生计无长策""人生衣食在力作"①之浩叹。朱彝尊以秀水朱氏长子长孙的身份②,不得不于十七岁时入赘冯家,可见秀水朱氏没落之窘状。

崇祯十七年、顺治元年(1644),明朝灭亡。次年,嘉兴城破。朱彝尊遂往来山阴道上,同祁理孙、班孙兄弟及魏耕等相结交,有抗清之举。后"通海案"发,被迫依人远游,落拓于江湖。抗清无望,是朱彝尊生平第二大挫折。

康熙十七年(1678),清廷下诏征召博学鸿儒。朱彝尊应征入都,次年中试,授翰林检讨,与修《明史》。后又典试江南,知起居注,入直南书房。但在复杂的

---

① 朱彝尊诗题《漫感》,见朱墨林、冯登府辑《曝书亭集外稿》卷一,沈红梅主编《朱彝尊全集》第48册,国家图书馆出版社,2020年,第275—276页。

② 朱彝尊祖父朱大竞,系文恪公朱国祚之长子。本生父朱茂曙系朱大竞次子,而其嗣父朱茂晖则系朱大竞之长子。故于文恪公一系,朱彝尊具有长子长孙之身份。朱彝尊应征博学鸿儒、出任翰林检讨后,复信二弟,重申自己作为"宗子"的身份:"祭田原应宗子主管,向因苦于独力支持,以是各房为长房分劳过当。今四房诸弟俱殁,继嗣未定,谁为主嗣者?不佞宗子也,岂有不力任?"(朱彝尊《复两弟》,见胡愚、王利民辑《曝书亭集外诗文续补辑》卷三,沈松勤主编《朱彝尊全集》第21册,第51页)

官场生态中，书生本色、以崇儒重道、传承文献为己任的朱彝尊，显然未能长袖善舞，分别于康熙二十三年（1684）、三十一年，两度罢官。晚年归田园居，往来苏、杭之间，汲汲以著述为务①。

朱彝尊以学术研究与文学创作名世，代表作有《经义考》《日下旧闻》《曝书亭集》《明诗综》《词综》等，对中国古典文献之传承，贡献卓著②。

三、《经义考》之性质

《经义考》，初名《经义存亡考》。《经义考》的性质，从其书名上即可以觇知：

所谓"经义"，"经"指"经典"，即儒家之核心典籍（由最初之五经发展至十三经）；"义"指义理，即经典中所包含之义理。《经义考》之"经义"，不仅包括经典之义理，也包括对经典加以阐释、解说的经解著述之义理。

所谓"存亡"，"存"指现存，"亡"指亡佚；以含义相反之"存亡"为词，其义即指经学著述流传存亡之现状。朱彝尊后来删去"存亡"二字，是因为随着编撰工作的推进，对图书流存状态有了更为精细的描述方法，即采用"存""佚""阙""未见"这四个词语加以标记；此即学人所乐道之"四柱法"。考知图书的存亡现状，也是考求经义的外在体现。

所谓"考"，就是对"经义""存亡"的考求与梳理，包括：（1）历代有哪些经学著述；（2）各著述之流存面貌如何（以上两点，一般通过以书名为核心的条目部分加以著录）；（3）各著述之学术源流如何（这一点，一般通过辑录本书序跋、前儒论说等加以体现）；（4）该著有无全本，或遗文佚字；（5）有哪些问题需予补充、说明或进一步予以申论（以上两点，一般通过按语来实现）。

据此可知，《经义考》通考历代著述，备列相关资料，展现学术源流，论析经学问题；融文献、考据于一体，所追求者乃是学术史意义上的经学之"大义"（朱彝尊《曝书亭集》卷三三《寄礼部韩尚书书》中自称："微言虽绝，大义间存。"）。

---

①　关于朱彝尊的家世与其一生事行，详张宗友《朱彝尊年谱》（凤凰出版社，2014年）之考证与勾勒。

②　关于朱彝尊在古典文献传承上的贡献，详张宗友《朱彝尊与清初文献传承》（见氏著《尺牍·事行·思想：朱彝尊研究论集》，凤凰出版社，2020年，第241—262页）。

因此,《经义考》是一部以经学著述及其学术源流为主要内容的经籍总目,兼具经学文献学、史部目录学的双重性质。梁启超称此书为"研究'经史学'的人最不可少"(见前引),将其归结为"经史学"著作,可谓洞明其旨,深具卓识。

四、《经义考》何以问世

这个问题主要考察影响《经义考》问世的学术动因。结合经学史、目录学史与思想史,可知《经义考》得以问世,是以下几个方面因素综合影响的结果:

(一)《经义考》是清初士人对明末心学进行反思与反拨的产物。中国古典学问,儒学占主流地位。儒学的核心,是以经典训诂、义理阐释为主体的经学。汉唐经学、程朱理学,是经学发展的两大阶段与两大形态[①]。理学发展至明代,王守仁的阳明心学大张其帜,流传甚广。但是阳明心学的末流,只谈心性而"束书不观",流于狂禅,造成了空疏而狂妄的学风。明清易代,杰出学者如黄宗羲(1610—1695)、顾炎武(1613—1682)等开始反思明朝灭亡的原因,都对王学末流的空疏学风深表不满[②],因此提倡实学,清初学风由此开始走向征实。朱彝尊正是这批杰出学者中的一员。

(二)《经义考》是清代前期系统整理经学文献的产物。清代前期,学界出现了系统整理经学文献的学术风气。表现有三个方面:

首先,清廷纂修御定经解。从顺治帝福临开始,康熙帝玄烨大力推进,雍正

---

① 清代中期纂修《四库全书》,纪昀奉命编纂《总目》,将汉唐经学、程朱理学简要地概括为汉学、宋学,并在梳理经学流变之后说:"要其归宿,则不过汉学、宋学两家,互为胜负。"(永瑢、纪昀等《钦定四库全书总目·经部总叙》,武英殿刻本,见《景印文渊阁四库全书》第1册,台湾"商务印书馆",1983年,第54页)

② 如黄宗羲云:"自明中叶以后,讲学之风,已为极弊,高谈性命,直入禅障,束书不观,其稍平者则为学究,皆无根之徒耳。"(全祖望《鲒埼亭集外编》卷一六《甬上证人书院记》,见全祖望撰,朱铸禹汇校集注《全祖望集汇校集注》第2册,上海古籍出版社,2000年,第1059页)顾炎武云:"今之君子则不然,聚宾客门人之学者数十百人,'譬诸草木,区以别矣',而一皆与之言心言性,舍多学而识,以求一贯之方,置四海之困穷不言,而终日讲危微精一之说,是必其道之高于夫子,而其门弟子之贤于子贡,桃东鲁而直接二帝之心传者也。"(顾炎武《亭林文集》卷三《与友人论学书》,见顾炎武撰,华忱之点校《顾亭林诗文集》,中华书局,1983年,第40页)

帝胤禛接续前修,乾隆帝弘历总其成。御定经解中至少两类是成系列者:一是"日讲"系列,有5种(《日讲四书解义》二十六卷,成书于康熙十六年[1677];《日讲书经解义》十三卷,问世于康熙十九年;《日讲易经解义》十八卷,康熙二十三年编讫;《日讲礼记解义》六十四卷,创始于康熙朝,告成于乾隆朝;《日讲春秋解义》六十四卷[另有《总说》一卷],亦创始于康熙朝而纂成于乾隆朝);二是"汇纂"系列,有3种(《钦定春秋传说汇纂》三十八卷、《钦定诗经传说汇纂》二十一卷、《钦定书经传说汇纂》二十四卷[后两种成书于雍正朝])。通过上述努力,清前期诸帝终于将经学话语的主导权从儒家学者那里转移到了自己手里①。

其次,汇总宋元经解,刊刻丛书。即徐乾学、纳兰性德之《通志堂经解》。这套经解丛书的纂修,最早是出于朱彝尊的建议。

再次,汇集历代经学著述,编成总目。这就是朱彝尊的《经义考》三百卷。

(三)《经义考》是经学目录发展的学术必然。《经义考》是经籍总目,从目录类型上说,属于学科目录中的经学目录。从学科目录发展史上看,经学目录产生最早(肇始于郑玄所编的《三礼目录》),但从汉代至明代,经学目录并没有文学目录那样发达。例如,六朝时期,即产生了《新撰文章家集叙》(荀勖)、《文章志》(挚虞)、《续文章志》(傅亮)、《晋江左文章志》(宋明帝)、《宋世文章志》(沈约)、《义熙以来新集目录》(丘渊之)等系列文学目录,在解题体例上既有叙录体,也有传录体,可谓极一时之盛。与此相对的是,自郑玄《三礼目录》之后,直至宋代《经书目录》(欧阳伸)、《经略》(高似孙)及明代《经序录》(朱睦㮮),经学目录寥寥可数,无论著录还是体例,都乏善可陈②。须知经学是中国古代最重要的学问,经部典籍向来稳居于图书分类的首类,因此,出现与经学发展相适应的经学目录,实属应有之义。《经义考》的编纂,正是对经学目录发展的呼应。

(四)《经义考》是朱彝尊本人"博综"之治学追求的学术结晶。朱彝尊的治学取向,同其早年所受教育有关。朱彝尊先后入朱氏家塾、谭氏家塾读书,第二次塾师是其第八叔父朱茂晥。朱茂晥鉴于当时政局鱼烂的现实,认为习读"时

① 关于清初御定经解的纂修及其经典阐释话语权的讨论,详张宗友《"表章圣经","治统所系":清初御定经解之经典化与学术影响》,《古典文献研究》第十七辑上卷,凤凰出版社,2014年。

② 关于中国经学目录产生与发展的讨论,详张宗友《中国古代经学目录的产生与发展》,《古典文献研究》第七辑,凤凰出版社,2004年。

文"、走科举之路已没有意义,因此教导朱彝尊放弃举业而学习诗古文,读《春秋左氏传》《楚辞》《文选》及黄淳耀文稿等,即选择以学术立身的人生取径①。因此,朱彝尊古学根基极为深厚。综观朱彝尊一生,在学术研究与文学创作两个方面都取得了卓越的成就。在学术上,朱彝尊强调"博综";在文学上,则强调"雅洁"。由"博综"与"雅洁"所构成的"博雅",正是朱彝尊作为一代文儒的文化品格与特色②。朱彝尊"博综"的学问取向,是以博学为基础、以综合为特色,博览群籍,通贯四部,撮要发凡,实事求是,自然是对王学末流空谈性理的一种反拨。朱彝尊的代表作,史部著作如《日下旧闻》,文学著作如《明诗综》《词综》,本人诗文集《曝书亭集》,都具有"博综"的文化品格。由此观之,则《经义考》正是朱彝尊"博综"之治学倾向在经史学领域卓有成效之实践与结晶。

五、《经义考》内容特点

《经义考》以通考历代经解著作及经义为宗旨,在内容上有以下三个部分组成:

(一)历代著述。《经义考》通考上起先秦、下迄清初近两千年的经学著述,共考出 8275 条。这些著述条目,是朱彝尊从经、史、子、集四部文献中搜集、考析出来的,可谓是广搜博采,遍征四部。自有目录以来,见诸书目著录的经学著述,从来没有如此之繁富者。《经义考》之著录,可谓远迈前修。

(二)诸儒论说。对于《经义考》所著录的每一个经学著述条目,朱彝尊均尽可能地辑录有关作者的简要生平、后世学人关于该著的重要评议资料,逐一分附其下。此类传记及论说资料,超过一万条,蔚为大观;各条资料大多是从史部、子部、集部文献中搜集、厘析、节取出来的,经过了精心的抉择与编辑,可谓"述而不作"。

---

① 关于朱彝尊以学问立身的人生取径之形成,详张宗友《朱彝尊家学考——兼论竹垞文学与学术之起点》(见《尺牍·事行·思想:朱彝尊研究论集》,凤凰出版社,2020 年,第 265—290 页)。

② 关于朱彝尊以文儒自期的心路历程,详张宗友《"多文之谓儒"——以〈原教〉篇为中心看朱彝尊之"文章尔雅"》(见《尺牍·事行·思想:朱彝尊研究论集》,第 219—240 页)。

　　(三)学术按语。对于与经学著述条目相关的史实或经学问题,朱彝尊还通过"按语"的形式加以说明、考辨或申论,寓学术研究于书目编纂之中,鲜明地表达了朱彝尊本人的学术见解,丰富了经学目录的学术内容。《经义考》共有按语一千余条。这是朱彝尊介入经学研究、同前人与时贤进行学术对话的重要手段,可谓"述而有作"。

　　总之,《经义考》通考历代经学著述,共考出 8275 条;辑录上万条作者传记与诸儒论说资料,另有上千条按语进行说明、考辨或申论,大略相当于为有关经学著述建构了简明的学术史。因此,《经义考》具有经学内容的"集成性",既是一部经籍总目,也是一部经学资料的汇编,还是一部融汇了个人学术见解的独特的经学史,典型地体现了朱彝尊"博综"的治学取径在经学文献学与史部目录学两个领域内的实践与成就。

六、《经义考》形式特点

　　《经义考》在形式上的特点,就是具有开放性的著录体系。这一体系由外在的形式体系与内在的逻辑体系构成,各具特色。就外在的形式体系(显性结构)而言,《经义考》是由经学条目、辑录资料、按语三块内容构成的经学著作;就内在的逻辑体系(隐性结构)而言,《经义考》是一部由三十个门类构成的经学总目。

　　试以《经义考》卷五卜商《易传伪本》条为例(原文中双行小字,今另加括号表示):

卜子(商)《易传伪本》

　　《隋志》二卷。(《唐志》同。《中经簿》:"四卷。"《七录》:"六卷。"《释文序录》:"三卷。"《国史志》《中兴书目》:"十卷。")

　　佚。(今存别本十一卷。)

　　《家语》:卜商,卫人,字子夏,好论精微,时人无以尚之。

　　刘歆曰:汉兴,韩婴传。

　　荀勖曰:丁宽所作。

　　张璠曰:或馯臂子弓所作,薛虞记。(陆德明日:"虞,不详何许人。")

　　……

　　按:《子夏易传》见于《隋经籍志》止二卷,《释文序录》止三卷尔。至宋《中兴书目》益为十卷,而今本多至十一卷,不独篇第悉依王弼,并其本亦无异辞。考陆氏《释文》所引,如《屯·六二》"乘马班如,乘音绳,班如,相牵不进貌"。《比·传》"地得水而柔,水得地而流,故日比"……"衃"作"茹",今文皆不然。又王氏《困学纪闻》引《泰·六五·传》云:"汤之归妹也。"今亦无之,且书中引《周礼》《春秋传》,其伪不待攻而自破矣。[①]

　　(一)外在的形式体系(显性结构)。在这个层次上,《经义考》是由经学条目、辑录资料、按语三块内容构成的经学著作。其中经学条目是以书名(个别是篇名)为核心的各种著录要素的集合,包括撰人、卷数、出处、存佚等要素。"存佚"是对图书流存面貌的著录,最为人称道的优点是采用了"四柱法"。所谓"四柱法",就是用"存""佚""阙""未见"四个术语,用来描述经学著作的流存状态。这种著录方法,涵盖了某种经学著述的各种可能状态,是极为完备的。例如上揭卜商《易传伪本》,朱彝尊根据《隋志》(即《隋书·经籍志》)标揭其卷数,又注出《唐志》[②]、《中经簿》(即荀勖《中经新簿》)、阮孝绪《七录》、陆德明《经典释文·序录》、宋《国史艺文志》及《中兴馆阁书目》等典籍所著录的卷数;朱氏复指出此书已佚,现存十一卷本则为托名卜商(子夏)的伪本。至于辑录资料,则包括作者传记资料与诸儒论说。上揭卜商《易传伪本》例中,所引《家语》(即《孔子家语》)文字,即是撰者卜商之小传;自"刘歆曰"以下,均是前儒论说(凡十五家);另有辑自《唐会要》《崇文总目》《国史志》及《中兴书目》相关的资料各一条。

　　以上三块内容,从书目视角上看,可以分成条目部分与解题部分。前者以书名(部分条目是以篇名)为核心,后者包括诸儒论说与编者按语。以辑录资料为主体的解题类型是辑录体,在辑录体的基础上加上考证性内容则是辑考体。上揭卜商《易传伪本》例,最末即是朱氏按语,广证陆德明《经典释文》中所引文

---

　　① 朱彝尊《经义考》卷五,清康熙秀水朱氏曝书亭刻、乾隆二十年(1755)卢见曾续刻本,沈红梅主编《朱彝尊全集》第 14 册,国家图书馆出版社,2021 年,第 164—173 页。

　　② 按:检《旧唐书·经籍志》,甲部经录有"《周易》二卷",注云:"卜商传。"又《新唐书·艺文志》,甲部经录有"《周易》卜商《传》二卷"。

本,以证当时所传《子夏易传》与之有异,进而论定当时《子夏易传》传本之伪。此类考证,就是朱彝尊进行经学文献辨伪的工作。显然,《经义考》是以辑录体为主而兼有辑考体的解题体例。辑考体的体例发端于马端临《文献通考·经籍考》,但直到朱彝尊的《经义考》,才成为一种得以大规模运用的体例。虽然辑考体不是《经义考》的主体,但《经义考》却是辑考体书目的代表作之一。

(二) 内在的逻辑体系(隐性结构)。在这个层次上,《经义考》可以看作是含有由三十个门类构成的分类体系的书目。《经义考》分类体系的特点,在于它并不是在同一个平面上展开的,而是具有多维性,是立体的。事实上,《经义考》的三十个门类,可以分为以下七组:

(1) 御注类、敕撰类。首揭二类,意在尊王(即尊崇清廷)。朱彝尊后来编纂《明诗综》,首列帝王,用意正同。

(2) 易、书、诗、周礼、仪礼、礼记、通礼、乐、春秋、论语、孝经、《孟子》、尔雅、群经、四书等。以上十五类,系传统经部分类之主体,也是《经义考》的核心部分。其分类标准,在于典籍内容与性质。

(3) 逸经类、谶纬类、拟经类。以上三类,系经典之辅助部分,也从文献内容与性质的角度予以分类。

(4) 承师类(广誉附)、宣讲类、立学类。以上三类,从经学传授的角度进行分类,涉及经学源流与制度。

(5) 刊石类、书壁类、镂板类。以上三类,系从经典载体形制的角度进行分类。

(6) 著录类、通说类。以上二类,系从历代记录与诸儒通论的角度进行分类。

(7) 家学类、自叙类。以上二类,系述著者自身之学术渊源,具有《经义考》书录的性质(仿《淮南子·要略》与《史记·太史公自序》之例)。

以上七组分类,突破了历代书目分类的惯例(通常分易、书、诗、礼、乐、春秋、论语、孝经、小学等类),是经学史、目录学史在分类上的重大贡献。

总之,《经义考》在形式上,既有外在的形式体系(显性结构),通过"四柱法"等手段细致地勾勒经学著作的流存状态;又有内在的逻辑体系(隐性结构),通过多维的分类视角,构建了立体的分类体系。内在的逻辑体系与外在的形式体系相结合,使《经义考》具有强大的著录体系,并且极具开放性,能够承载不同类型的经学内容,大大突破了经学目录单一的著述常例。

七、《经义考》典范性之体现

如上所述,就内容而言,《经义考》共收录至清初的 8275 条著述,辑佚诸儒论说上万条,并且有按语逾千条。就此而言,《经义考》既是一部经籍总目,又是一部经学资料总汇,还是一种蕴含有作者本人经学见解的特殊的经学史。因此,《经义考》具有经学内容的集成性。就形式而言,《经义考》既有外在的显性结构(形式体系),又有内在的隐性结构(逻辑体系),内外两种结构有机结合,构成了强大的著录体系,便于全书内容以书目的形式在平面上展开,具有极强的承载各种经学内容的学术能力。因此,《经义考》具有书目体制上的开放性。经学内容的集成性与书目体制的开放性相结合,就使得《经义考》成为一部集大成式的经学目录,极具学术张力。《经义考》的文献典范意义,端在于此。

《经义考》的典范性,具见下表所示:

《经义考》的典范性	经学内容的集成性:学术总汇	(一) 经学著述(8275 条)	
		(二) 诸儒论说(逾万条)	
		(三) 学术按语(逾千条)	
	书目体制的开放性:著录体系	外在的形式体系(显性结构)	由条目、解题两大部分构成的形式体系
		内在的逻辑体系(隐性结构)	由三十个门类构成的多维、立体的分类体系

由于《经义考》的典范性,后世出现了以《经义考》为中心的补作、续作与校订之作,并且各成系列:

(1) 校订系列。有翁方纲《经义考补正》十二卷、胡尔荣《经义考校勘记》二卷、罗振玉《经义考校记》等。

(2) 补作系列。有全祖望《读易别录》三卷、王聘珍《经义考补》、谢启昆《小学考》五十卷、钱东垣《补经义考》四十卷、冯登府《逸经补正》三卷、林国赓《经义考补》、陆茂增《经义考补遗》、陈矩《孟子弟子考补正》等。

(3)续作系列。有冯浩《续经义考》、杨谦《续经义考》十卷、朱休承《续经义考》、钱东垣《续经义考》二十卷、佚名《续经义考》二十卷等。

此外,像谢启昆《小学考》等小学目录,章学诚《史籍考》等史学目录,王重民《老子考》等子学目录,都是以《经义考》作为学术前承而编撰的。这些以《经义考》为中心的著作群的出现,是《经义考》具有文献典范性的明证①。

必须指出的是,朱彝尊集经学内容之大成、建立开放性极强的著录体系的做法,虽然受到了经解著作以经为本,以注、疏、正义、集解层累地进行阐释的形式启发,以及解题书目汇辑相关资料(如马端临《文献通考·经籍考》)、类书编纂按主题汇总材料(如王应麟《玉海·艺文》)的著述形式的影响,但更主要的则出于朱氏本人的学术创新,吸纳众家,融汇众长,既有传承,又别开生面,成就了《经义考》的典范价值。

八、《经义考》对当下之启示

作为古代中国最大的一部经籍总目,《经义考》具有经学内容上的集成性与书目体制上的开放性,从而具有文献典范意义,后世因此出现了以之为中心的著作群。《经义考》的典范意义,对于当下的学术工作与文化建设,也极具启示意义。简要地说,体现在两个方面:

首先,书目编制上的启示。在大型书目的编制上,要尽可能地容纳不同类型的学术内容,使之具有内容上的集成性;同时要采用完备的形式结构与精严的逻辑结构,构成能承载不同内容的著录体系,使之具有形式上的开放性。

其次,学术研究上的启示。鉴于《经义考》的前驱性成就,《广经义考》(或者

---

① 按:时贤讨论有清一代诗学成就,有云:"正像学术一样,清初学者只是提出了许多问题,尚未及深入探讨,学风也不够细致,经乾嘉时代的穷研细讨,清学方开花结果。"〔蒋寅《清代诗学史(第一卷):反思与建构(1644—1735)》,中国社会科学出版社,2019年,第61页〕此语仅就大体而言。若就清初经学文献之整理而论,朱彝尊《经义考》之编纂,解决了经学总目之纂修远远落后于经学发展的历史问题,并且以其著录之宏富、体例之完备、考证之精详而具集大成性质,以之为核心的校订、补作、续作三个衍生著作群,学术视野、规模与成就均不足以相提并论。易言之,尽管存在各种不足,《经义考》甫一问世,即成为经学目录的巅峰之作,不仅远迈前修,而且迄今未见有突破其格局与成就的同类著作。

名为《中国历代经义考》《中国历代经学著述考》)的大型文献编纂项目,今天就有了启动与开展的优越条件。通过这个项目,就能摸清中国古代经学著述的"家底",尽可能地为每一种著述建构一个简明的学术史。该项目的开展,必将大力推动经学文献学与学术史、思想史的深入研究,学术前景极为广阔。

九、结　语

作为清初大家朱彝尊的最重要的学术代表作之一,《经义考》既是一部经学文献学著作,也是一部目录学著作,是中国古代最大的一部经学总目。《经义考》产生于清初对明末心学进行反思与反拨的学术环境之中,是中国经学与目录学发展到清初的学术必然,是清代前期系统整理经学文献的重大学术建构,同时也是作为一代文儒的朱彝尊"博综"的治学取向在经学、史学领域的重要实践与结晶。从内容上看,《经义考》通考历代经学著述,共著录 8275 个条目;同时辑录作者传记与诸儒评述资料,共有上万条之多,进行补充说明、考辨与申论的按语则有上千条,因此是一部集大成式的经学著述与特殊的经学史,具有经学内容的集成性。从形式上看,《经义考》既有外在的形式体系(显性结构),又有内在的逻辑体系(隐性结构)。前者能集合多种著录要素,尤其以精细地描述经学著作流传存亡状态的"四柱法"(即"存""佚""阙""未见"四端)著闻于世;后者共分三十个门类,构建起多维的立体的分类体系。从解题体例上看,《经义考》是一部以辑录体为主、辑考体为辅的解题书目。内外两种著录结构相结合,使《经义考》具有严密的著录体系,具有书目体制上的开放性。经学内容的集成性与书目体制的开放性相结合,使得《经义考》极具学术张力,堪称中国古代经学目录的集大成之作,从而使《经义考》成为经学文献学与史部目录学的典范之作。由于《经义考》的典范性,后世出现了以之为核心的著作群以及以之为范式其他学科目录(如《史籍考》等)。对于今天的书目编制与学术研究而言,《经义考》仍然是先驱性著作,在内容集成性与形式开放性上,具有恒久的典范意义与参考价值。

[作者简介]张宗友,文学博士,南京大学文学院教授。

《经义考》"王氏(柏)《诗辨说》"条朱彝尊按语所涉"豳诗雅颂"问题考论

江苏 谢葆瑭

一、引 言

朱彝尊(1629—1709),字锡鬯,号竹垞,浙江秀水人。所著《经义考》三百卷,是古代卷帙最为浩繁的经学典籍著述总目,著录条目达八千二百余条[①]。通过辑录经传、序跋为一编的方式,揭示经学发展演变的历史。朱彝尊在编目的同时,常附增按语,其中往往能提示经学研究中的重要问题。

《经义考》卷一一〇诗类著录王柏《诗可言集》《诗辨说》,朱彝尊于后者下按语:

> 诗有《南》、有《风》、有《雅》、有《颂》,用之乡人邦国,秩然一定而不可紊。故一《豳》也,有《豳诗》、有《豳雅》、有《豳颂》。《鼓钟》之诗曰:"以《雅》以《南》。"《论语》:"《雅》《颂》各得其所。"《南》之不可移于《风》,犹《风》之不可杂于《雅》《颂》也。自朱子专主去《序》言《诗》,而郑、卫之《风》皆指为淫奔之作,数传而鲁斋王氏遂删去其三十二篇,且于二《南》删去《野有死麕》一篇,而退《何彼襛矣》《甘棠》于《王风》。夫以孔子之所以不敢删者,鲁斋毅然削之;孔子之所不敢变易者,鲁斋毅然移之。噫!亦甚矣。世之儒者

---

① 详参张宗友《〈经义考〉研究》,中华书局,2009年。

　　以其渊源出于朱子而不敢议,则亦无是非之心者也。①

宋儒讲经,变汉儒谨守师法之风,好立新说。遇滞涩难通之处,或有甚者,改定经文,更易次序,以曲从己见,王柏则其一也。其所著《书疑》,变乱经文,朱彝尊已于书类下按语斥其非。王氏为朱熹再传弟子,其《诗》学于郑卫之诗,持论与朱熹同,以为二《风》所载,皆为淫奔之诗。然朱熹尚不敢变动《诗》三百之篇什,至王柏悍然删诗,变乱诗篇,遂遭至后世学者“鸣鼓而攻之”。朱彝尊此条按语,同为斥王氏而作。《四库全书总目·经部总叙》亦斥王柏“其弊也悍”。

　　朱彝尊用以阐释《诗》之篇什“秩然一定而不可紊”,例举“豳诗”“豳雅”“豳颂”(以下三者并称省作“豳诗雅颂”)作为论据,则提示了另一个《诗经》学的重要论题。今人研究,多集中于厘清“豳诗雅颂”究竟为何,或考察“豳诗雅颂”所反映的周先民岁时习俗②。然而,直接与“豳诗雅颂”有关的先秦时期的文本依据仅有《周礼》,除非有更多材料发现,否则很难还原一个“真实”的历史。因此,不妨从“经学诠释”的角度考虑此问题,即思考历代学者为何做出相应的解释? 他们的学术前承如何? 此问题的实质究竟为何? 各说的优劣如何? 本文即试图梳理并分析历代重要学者对“豳诗雅颂”解释的源流关系,回应上述提出的问题。

二、“一诗三体”说:汉唐之间的诠释

　　“豳诗雅颂”出自《周礼·春官·籥章》:

---

① 朱彝尊撰,林庆彰等主编《经义考新校》卷一一〇,上海古籍出版社,2010 年,第 2047—2048 页。按:此条按语“故一豳也”,标点本作“故一《豳》也”,然此处当承前句“用之乡人邦国”,“豳”尽为地名,而非十五国风之“《豳风》”,今正之。

② 如许新堂《豳风豳雅豳颂辨》(《民彝》1927 年第 1 卷第 8 期)、田中和夫《豳风〈七月〉的郑玄笺与〈周官〉籥章的记述研究》(田中和夫著,李寅生译《豳风〈七月〉的郑玄笺与〈周官〉籥章的记述研究》,见《汉唐诗经学研究》,凤凰出版社,2013 年,第 70—84 页)、刘茜《诗·豳风·七月》与《周礼》“豳诗、豳雅、豳颂”之关系考述》(《中华文化论坛》2006 年第 3 期,第 144—148 页)、付林鹏《〈周礼·籥章〉与周部族的岁时活动》(《民族艺术》2014 年第 3 期,第 121—127 页)、刘再华《魏源〈诗古微〉论〈诗经·小雅〉》(《中国文学研究》2015 年第 1 期,第 26—30 页)等。

籥章掌土鼓、豳籥。中春昼击土鼓，龡《豳诗》以逆暑。中秋夜迎寒，亦
如之。凡国祈年于田祖，龡《豳雅》，击土鼓，以乐田畯。国祭蜡，则龡《豳
颂》，击土鼓，以息老物。①

《周礼》一书，西汉初出时尚名《周官》，多不为今文经师所重视，而刘歆独重之，
至王莽篡汉后《周官》曾短暂列于学官。西汉末年到东汉，古文学逐渐占据上
风，《周礼》的阅读与接受也逐渐扩大，甚至明德马皇后对《周礼》也有研读②，而
学者中诸如郑兴、张衡、马融、郑玄、贾逵等大儒对《周礼》均有注释。其中，尤以
郑玄《周礼注》对《周礼》的传播与经典化贡献巨大。郑玄为《毛诗》作《笺》，时已
见《周礼》，遂"援《礼》解《诗》"。因《豳风》中仅《七月》一诗的内容，关乎逆暑迎
寒、祈年蜡祭，另外六首诗均与此无涉，遂用《籥章》所载《豳诗》《豳雅》《豳颂》，
对应《七月》一诗的不同章。然比对《籥章》与《七月》郑玄的注释，却有自相牴牾
之处，如下表所示：

	籥章注	七月笺
豳诗	《豳诗》,《豳风·七月》也。吹之者,以籥为之声。《七月》言寒暑之事,迎气歌其类也。此《风》也而言《诗》,《诗》总名也。迎暑以昼,求诸阳。③	春女感阳气而思男,秋士感阴气而思女,是其物化所以悲也,悲则始有与公子同归之志,欲嫁焉。女感事苦而生此志,是谓《豳风》。④(《七月》二章下笺语)
豳雅	《豳雅》,亦《七月》也。《七月》又有"于耜举趾""馌彼南亩"之事,是亦歌其类。谓之雅者,以其言男女之正。⑤	既以郁下及枣助男功,又获稻而酿酒,以助其养老之具,是谓《豳雅》。⑥(《七月》六章下笺语)

---

① 郑玄注,贾公彦疏《周礼注疏》卷二四,清嘉庆刊本,中华书局,2009 年,第 1731 页。

② 《后汉书》卷一〇上《明德马皇后传》:"能诵《易》,好读《春秋》《楚辞》,尤善《周官》《董仲舒书》。"(范晔撰,李贤等注《后汉书》,中华书局,1965 年,第 409 页)

③ 郑玄注,贾公彦疏《周礼注疏》卷二四,第 1731 页。

④ 毛亨传,郑玄笺,孔颖达等正义《毛诗正义》卷八之一,清嘉庆刊本,中华书局,2009 年,第 831 页。

⑤ 郑玄注,贾公彦疏《周礼注疏》卷二四,第 1731 页。

⑥ 毛亨传,郑玄笺,孔颖达等正义《毛诗正义》卷八之一,第 835 页。

续表

	籥章注	七月笺
豳颂	《豳颂》,亦《七月》也。《七月》又有"获稻作酒""跻彼公堂,称彼兕觥,万寿无疆"之事,是亦歌其类也。谓之颂者,以其言岁终人功之成。①	于饷而正齿位,故因时而誓焉。饮酒既乐,欲大寿无竟,是谓《豳颂》。②(《七月》卒章下笺语)

据此,郑玄"以经证经",依《籥章》《七月》互证,以一诗中兼有《风》《雅》《颂》,遂首开"一诗三体"之说。然而,郑玄在《籥章注》中,以《七月》首章上六句"七月流火,九月授衣。一之日觱发,二之日栗烈。无衣无褐,何以卒岁"为《豳诗》,以首章下五句为《豳雅》,以第六、七章和卒章为《豳颂》。而在《七月笺》中,则以首章至二章"殆及公子同归"为《豳风》,以六章为《豳雅》,以卒章为《豳颂》③。两种注释存在明显差异。

自郑玄以降,魏晋南北朝《毛诗》《周礼》相关著述不可谓不丰,就《隋书·经籍志》所载,诗类"通记亡书,合七十六部"④,除两汉著作七部,则汉唐间著作约略有近七十种;周礼类著作则有十五种⑤。遗憾是今已亡十之有九,幸唐代诸经注疏将汉唐之间的经说旧注熔铸其中。其中,《毛诗正义》是由孔颖达等学者在刘焯《毛诗述议》、刘炫《毛诗义疏》的基础上删定而成⑥。然《毛诗正义》中未见更多有关汉唐之间更多"豳诗雅颂"的论断,《周礼注疏》中亦未见。或汉唐以来,以"师法""家法"讲经之遗风尚存,又或是有新说而遭删定而亡,亦未可知。《毛诗正义》与《周礼注疏》对"豳诗雅颂"问题的论析也就成为考察这一时段的一个"重要指标"。孔颖达于《七月》二章下对郑玄之说做出解释,姑不嫌冗赘,兹录于此:

---

① 郑玄注,贾公彦疏《周礼注疏》卷二四,第 1731 页。
② 毛亨传,郑玄笺,孔颖达等正义《毛诗正义》卷八之一,第 836 页。
③ 贾公彦认为郑玄在《籥章注》中的《豳雅》指的是"三之日于耜,四之日举趾,同我妇子,馌彼南亩,田畯至喜",孔颖达则认为是《七月》的首章。相较之下,孔颖达认定《籥章注》中《豳雅》的范围要大于贾公彦。尽管二者之说都能体现郑玄两种注释的矛盾性,但贾氏之说似更稳妥,今依此说。
④ 魏徵、令狐德棻《隋书》卷三三,中华书局,1973 年,第 918 页。
⑤ 魏徵、令狐德棻《隋书》卷三三,第 919 页。
⑥ 详参程苏东《〈毛诗正义〉"删定"考》(《文学遗产》2016 年第 5 期)。

　　此章所言,是谓豳国之风诗也。此言是《豳风》,六章云是谓《豳雅》,卒章云是谓《豳颂》者。《春官·籥章》云(按:中略,引文见前)以《周礼》用为乐章,《诗》中必有其事。此诗题曰《豳风》,明此篇之中,当具有风雅颂也。别言《豳雅》《豳颂》,则《豳诗》者是《豳风》可知,故《籥章注》云"此《风》也而言《诗》,《诗》总名也",是有《豳风》也。且《七月》为《国风》之诗,自然《豳诗》是《风》矣。既知此篇兼有雅颂,则当以类辨之。风者,诸侯之政教,凡系水土之风气,故谓之风。此章"女心伤悲",乃是民之风俗,故知是谓《豳风》也。雅者,正也。王者设教以正民,作酒养老,是人君之美政,故知获稻为酒是《豳雅》也。颂者,美盛德之形容,成功之事。男女之功俱毕,无复饥寒之忧,置酒称庆,是功成之事,故知"朋酒斯飨,万寿无疆",是谓《豳颂》也。《籥章》之注,与此小殊。彼注云"《豳诗》,谓《七月》也。《七月》言寒暑之事,迎气歌之,歌其类",言寒暑之事,则首章"流火""膚发"之类是也。又云《豳雅》者,亦《七月》也。《七月》又有"于耜举趾,馌彼南亩"之事,是亦歌其类也。则亦以首章为《豳雅》也。又云《豳颂》者,亦《七月》也。《七月》又有"获稻酿酒""跻彼公堂,称彼兕觥,万寿无疆"之事,是亦歌其类也。兼以"获稻酿酒",亦为《豳颂》。皆与此异者,彼又观《籥章》之文而为说也。以其歌《豳诗》以迎寒迎暑,故取寒暑之事以当之;吹《豳雅》以乐田畯,故取耕田之事以当之;吹《豳颂》以息老物,故取养老之事以当之。就彼为说,故作两解也。《诗》未有一篇之内,备有风雅颂,而此篇独有三体者,《周》《召》陈王化之基,未有《雅》《颂》成功,故为《风》也;《鹿鸣》陈燕劳伐事〔戎〕之事,《文王》陈祖考天命之美,虽是天子之政,未得功成道洽,故为《雅》。天下太平,成功告神,然后谓之为《颂》。然则始为《风》,中为《雅》,成为《颂》,言其自始至成别,故为三体。周公陈豳公之教,亦自始至成,述其政教之始,则为《豳风》;述其政教之中,则为《豳雅》;述其政教之成,则为《豳颂》。故今一篇之内,备有风雅颂也。言此豳公之教,能使王业成功故也。①

孔颖达作《正义》,大体秉持"疏不破注"的原则,依照注疏之体,须"不放过一字",逐字逐句作解。面对郑玄"一诗三体"说,孔颖达自然须做出解释,也必须处理并弥合郑玄两处文本注释的矛盾。

━━━━━━━━━━

　　①　毛亨传,郑玄笺,孔颖达等正义《毛诗正义》卷八之一,第832页。

孔氏的解释大致可两断之,由"此章所言"而下至"故作两解也"为一段,其后文本另作一段。前者率先要解释郑玄何以将《籥章》中《豳诗》(《豳风》)《豳雅》《豳颂》对应《七月》之不同章,以及《籥章注》与《七月笺》之间的矛盾。《豳风》载诗七首,豳地乃周先祖公刘率其部族所迁居之地,乃周部族兴起之地,历代学者依据《诗序》所云"《七月》,陈王业也。周公遭变,故陈后稷先公风化之所由,致王业之艰难也"[①],《七月》为歌咏周先民于豳地劳作的艰难创业史,以《豳风》仅《七月》一篇,而《鸱鸮》以下至《狼跋》六诗,与豳地无所涉,乃因与"美周公""周公东征"有关,而系于《豳风》之中。且《豳风》七诗中,仅《七月》一篇体量丰富,中涉豳地节候、农事、祭祀等众多与周先民生活息息相关的活动。故因"《周礼》用为乐章,《诗》中必有其事",此乃古人受圣人造作经典,所言定然不虚的影响,郑玄即认定《籥章》之中《豳诗》三者,皆指《七月》而言,那么何为《豳诗》《豳雅》《豳颂》?《正义》"风者,诸侯之政教,凡系水土之风气,故谓之风""雅者,正也""颂者,美圣德之形容,成功之事",此皆从《诗大序》"诗有六义"中申说,因《风》关乎地方水土、人伦风俗,《雅》与王者美政有关,《颂》则关涉祭祀告神,孔氏由此解释郑玄《七月笺》分别将首二章、六章、卒章与《豳风》《豳雅》《豳颂》相关联。至于《籥章注》和《七月笺》之间的矛盾,孔氏解释此为郑玄随文注解,因《籥章》载逆暑迎寒、祈年田祖、蜡祭之事,从《七月》诗文中寻找与之相"类"之文句"以当之"。贾公彦《周礼注疏》同样以随文生训的方式解释郑玄的矛盾。

那么,《七月》明明为《国风》之诗,何以其中能兼有《雅》《颂》? 此则为孔氏疏解后一段要解决的问题。孔氏以为,据《诗序》言《周南》《召南》乃"正始之道,王化之基"[②],季札观乐,亦称二《南》"始基之矣,犹未也"[③]。故《周南》《召南》虽陈文王、召公之化,仍未王道始基,未成美政,未得功成,故尚为《风》。《鹿鸣》虽陈文王宴会嘉宾之事,《文王》乃述文王受命之事,亦未能为《颂》。孔氏此论,以《风》《雅》《颂》三者是递进关系,由王业之始,至王业之成。孔氏认为《七月》中既有与《风》诗相关的物候、人伦、风俗之事("一之日觱发""女心伤悲,殆及公子同归"等),有与《雅》诗政教之事("十月获稻,为此春酒,以介眉寿"等),又有与

---

① 毛亨传,郑玄笺,孔颖达等正义《毛诗正义》卷八之一,第 829 页。
② 毛亨传,郑玄笺,孔颖达等正义《毛诗正义》卷一之一,第 569 页。
③ 司马迁撰,裴骃集解,司马贞索隐,张守节正义《史记》卷三一,中华书局,1982 年,第 1452 页。

《颂》诗敬告功成之事（"跻彼公堂，称彼兕觥，万寿无疆"），乃为周先祖风化所及，艰苦创业，"自始自成"，故一诗之中兼有三体。

孔颖达、贾公彦都试图说解弥合郑玄两种注释的矛盾，理由是郑玄面对不同的文本，随文解释，在经学诠释中也十分常见。这种理由虽有一定的道理，但孔氏、贾氏为疏解郑氏之说，仍不免委曲附会，实际上也并未消解郑玄对《豳诗》《豳雅》《豳颂》划定的模糊性，加之除《籥章》外，没有更多与"豳诗雅颂"有关的文本依据，《毛诗正义》《周礼注疏》中亦未保留汉唐之间有关此问题的其他旧注旧说，因而给唐以后的学者留下较大的阐释空间。

三、宋元明时期"豳诗雅颂"诠释的新变与衍义

宋人接续唐中后期疑古疑经思潮的萌芽，将其壮大，发展为当时的学术风潮。宋人在论述"豳诗雅颂"的问题时，联系了其他《诗经》学的"子问题"，如结合诗乐关系等进行研究、解释。宋代既有延续郑玄、孔颖达、贾公彦"一诗三体"的经学论说，也有新说出现，大体上可以归类为三种派别，即"一诗三体""一诗三用"与《七月》不得兼涉雅颂"，扩宽了"豳诗雅颂"诠释的内核与外延。

欧阳修是北宋《诗经》学转变的先驱，也是"豳诗雅颂"问题《七月》不得兼涉雅颂"一说的导夫先路者。欧阳修《豳问》一文①，全篇以问答的形式，认同毛公、郑玄对《七月》本义的判断。至于"豳诗雅颂"等难题，"阙之可也"②。《周礼》本是"不完之书"，故汉初六经复出，"《周礼》独不为诸儒所取"，只有郑玄尤为推崇，将《七月》一诗三分，以合《籥章》的记述。欧阳修以《诗大序》对《风》《雅》《颂》的界定为据，攻驳郑玄，认为他"自相牴牾"，《七月》仅为《风》诗，不当兼有

---

① 欧阳修著，李逸安点校《欧阳修全集·居士外集》卷一一，中华书局，2001年，第896—898页。清代康熙、乾隆年间流传的三种本子均以周必大本为底本，但均无《豳问》一篇。嘉庆二十四年（1819），欧阳衡以欧阳安世本为底本，重新编校了《欧阳文忠公全集》一百五十八卷，其中包含了新从明代唐顺之《荆川稗编》中辑佚出来的《本末论》《时世论》《豳问》《鲁问》《序文》五篇（详见《欧阳修全集前言》）。李之亮《欧阳修编年笺注》详细考察《欧阳修全集》中各篇的写作时间。但对于列在佚文的《豳问》一篇则无相关考证，今或已不可考。

② 欧阳修著，李逸安点校《欧阳修全集·居士外集》卷一一，第897页。

《雅》《颂》之体。王安石《周官新义》在欧阳修阙而不论的基础上继续申说，以为《豳雅》《豳颂》非指《七月》而言，当原有其诗，只是如《九夏》在流传过程中佚失①。南宋时程大昌亦持此论，其《诗论》七"逸诗有《豳雅》《豳颂》而无《豳风》，以证《风》不得抗《雅》"②，其八"论《豳诗》非《七月》"③，俱与此有关。晚于程大昌的王柏同样接受此说，"欧阳公并与《周礼》遂毁之，则过矣；王氏谓豳故有诗而今亡，后世妄补之云耳，此言近之矣"④。两宋《周礼》研究中，诸如王昭禹《周礼详解》、朱申《周礼句解》并持此论。

至于"一诗三用"说，由王质较早提出。王质在《诗总闻》中反对郑玄"一诗三体"之说，但不否定《豳诗》《豳雅》《豳颂》的存在，将《豳诗》三者与音乐相联系。三者均以《七月》作为乐歌，其歌词均为诗中多的不同文字篇章。三者区别在于《风》乐、《雅》乐、《颂》乐奏乐所使用的乐器不同，但"击鼓而节之则同"⑤，鼓点节奏相同。顾炎武《日知录》将王质此说总结为"一诗而三用"⑥。

仍以"一诗三体"解读《龠章》和《七月》的学者亦有之，南宋经学大家吕祖谦即是。《吕氏家塾读诗记》卷一《六义》援引众家之说：

> 《大序》："《诗》有六义焉：一曰风，二曰赋，三曰比，四曰兴，五曰雅，六曰颂。"（按：中略《龠章》经文，引文见前。）孔氏曰："郑氏笺《七月》二章云'是谓《豳》风'，六章云'是谓《豳》雅'，卒章云'是谓《豳》颂'。自始至成，别为三体。"程氏曰："《国风》，大、小《雅》，三《颂》，《诗》之名也。六义，《诗》之义也。一篇之中，有备六义者，有数义者。"又曰"学《诗》而不分六义，岂能知《诗》之体也？"张氏曰："今一诗之中，盖有兼见风、雅、颂之意，赋、比、兴亦然。"吕氏曰："《诗》举有此有义，得风之体多者为《国风》，得雅之体多者

① 王安石著，吴人整理《周官新义》卷一〇，上海书店出版社，2012年，第373页。
② 《诗论七》开篇即言"《周官》之书，先夫子有之，其《龠章》所歕，逸诗有《豳雅》《豳颂》而无《豳风》"。
③ 此系朱彝尊辑录陆元辅《经籍考》对程大昌《诗论》（《经义考》作《诗议》，四库馆臣辨之已详）每篇核心论点的绌概，详参朱彝尊撰，林庆彰等主编《经义考新校》卷一〇六，第1978—1980页；又程大昌《考古编》卷二，民国校刻《儒学警悟》本。
④ 王柏《诗疑》卷二《豳风辨》，清《通志堂经解》本。
⑤ 王质《诗总闻》卷八，武英殿聚珍版丛书本。
⑥ 顾炎武撰，黄汝成集释，栾保群点校《日知录集释》卷三，中华书局，2020年，第139页。

为大、小《雅》，得颂之体多者为《颂》。《风》非无雅，《雅》非无颂也。"董氏曰："《崧高》既列于《大雅》矣，然其诗曰'其风肆好'，又曰'吉甫作诵'。"①

虽无直接对"豳诗雅颂"作解，然吕祖谦率引孔颖达"一诗三体"，又集程氏、张氏、吕氏之语用以证成之②，知吕祖谦当从郑玄之说，以为《七月》一诗可兼风、雅、颂三体。不仅《风》诗可有雅颂之义，《雅》诗《颂》诗亦可备风义。

朱熹是宋代《诗经》学的集大成者，《诗集传》于《狼跋》之末"《豳国》七篇，二十七章，二百三句"下，备列"豳诗雅颂"三种说解：

> 郑氏三分《七月》之诗以当之，其道情思者为《风》，正礼节者为《雅》，乐成功者为《颂》。然一篇之诗，首尾相应，乃剟其一节而偏用之，恐非此理。故王氏不取，而但谓本有是诗而亡之，其说近是。或者又疑，但以《七月》全篇，随事而变其音节，或以为《风》，或以为《雅》，或以为《颂》，则于理为通，而事亦可行。如又不然，则《雅》《颂》之中，凡为农事而作者，皆可冠以"豳"号。其说具见于《大田》《良耜》诸篇，读者择焉可也。③

王氏，即王安石。"或者"则就王质而言。以凡与农事相关之《雅》《颂》诗为《豳雅》《豳颂》之说，即否定《七月》为《豳雅》《豳颂》，实与欧阳修、王安石等"《七月》不得兼涉雅颂"之说本质相当。故虽涉四种解释，但可归为三类。朱熹平日与弟子商论"豳诗雅颂"之事，又见《朱子语类》：

> "诗有六义"，先儒更不曾说得明。却因《周礼》说《豳诗》有《豳雅》《豳颂》，即于一诗之中要见六义，思之皆不然。盖所谓"六义"者，《风》《雅》《颂》乃是乐章之腔调……问："《豳》之所以为《雅》为《颂》者，恐是可以用《雅》底腔调，又可用《颂》底腔调否？"曰："恐是如此，某亦不敢如此断，今只说恐是亡其二。"(《纲领》)④

> 问："《豳诗》本《风》，而《周礼》籥章氏祈年于田祖，则吹《豳雅》；蜡祭

---

① 吕祖谦著，梁运华点校《吕氏家塾读诗记》，浙江古籍出版社，2017年，第14页。

② 吕祖谦《吕氏家塾读诗记》为集解体《诗》学著作，征引多以"某氏曰"，今未能详辨确指所引为何家之说，详参方媛《〈吕氏家塾读诗记〉姓氏考》，《古籍研究》2017年第2期，第45—56页。此程氏当为程子，详后引《朱子语类》。

③ 朱熹集撰，赵长征点校《诗集传》卷八，中华书局，2017年，第153页。

④ 黎靖德编，王星贤点校《朱子语类》卷八〇《诗》一，中华书局，1986年，第2067—2068页。

息老物,则吹《豳颂》。不知就《豳诗》观之,其孰为《雅》? 孰谓《颂》?"曰:
"先儒因此说,而谓《风》中自有《雅》,自有《颂》,虽程子亦谓然,似都坏了
《诗》之六义。然有三说:一说谓《豳》之诗,吹之,其调可以为《风》,可以
《雅》,可以《颂》;一说谓《楚茨》《大田》《甫田》是《豳》之《雅》,《噫嘻》《载
芟》《丰年》诸篇是《豳》之《颂》,谓其言田之事如《七月》也。如王介甫则
谓《豳》之诗自有《雅》《颂》,今皆亡之。数说皆通,恐其或然,未敢必也。"
(《豳七月》)①

结合《诗集传》所释,朱熹对这一疑难问题,"读者择焉可也""某亦不敢如此断"
"未敢必也",持较为审慎的态度。但朱熹显然反对郑玄割裂《七月》文辞为三体
的说法,《语类·豳七月》所言"有三说"(实为二类)皆通,径斥"一诗三体"之说
于外。朱熹以《豳雅》《豳颂》本有诗而亡,"近是";以"一诗三用"为"于理为通,
而事亦可行";而论农事诗冠以"豳"号,见《诗集传》诸篇什注释:

> 田祖,先啬也,谓始耕田者,即神农也。《周礼·籥章》"凡国祈年于田
> 祖,则吹《豳雅》,击土鼓,以乐田畯"是也。(《甫田》)②

> 前篇有"击鼓以御田祖"之文。故或疑此《楚茨》《信南山》《甫田》《大田》
> 四篇,即为《豳雅》。其详见于《豳风》之末。亦未知其是否也。(《大田》)③

> 或疑《思文》《臣工》《噫嘻》《丰年》《载芟》《良耜》等篇,即所谓《豳颂》
> 者。其详见于《豳风》及《大田》篇之末。亦未知其是否也。(《良耜》)④

今未见此说前承,或即为朱熹所提出,亦未可知,胡应麟《困学纪闻》、陈启源《毛
诗稽古编》、钱澄之《田间诗学》、顾栋高《毛诗订诂》等径以此说源出朱子⑤。

朱熹《诗集传》标志"《诗经》宋学"由北宋欧阳修倡导的《诗》学革新,从萌芽
走向成熟⑥。朱子之学在南宋晚期始盛行,宋元之际更是"如日中天"。加之元
仁宗延祐年间,《诗经》科考以朱子《诗集传》为主,南北士子偕传朱氏学。至明

---

① 黎靖德编,王星贤点校《朱子语类》卷八一《诗》二,第 2112 页。
② 朱熹撰,赵长征点校《诗集传》卷一三,第 242 页。
③ 朱熹撰,赵长征点校《诗集传》卷一三,第 244 页。
④ 朱熹撰,赵长征点校《诗集传》卷一九,第 356 页。
⑤ 详参胡应麟《困学纪闻》卷三,《四部丛刊三编》景元本;陈启源《毛诗稽古编》卷一
五,《皇清经解》本;顾栋高《毛诗订诂》卷三,清光绪江苏书局刻本。
⑥ 洪湛侯《诗经学史》,中华书局,2002 年,第 362 页。

永乐十二年(1414),胡广等奉敕编纂《五经大全》,其中《诗经大全》直接在刘瑾《诗传通释》的基础上删削而成,后以《诗经大全》作为取士的标准①。尽管明中后期,复古之风逐渐兴起,开始有一批学者综采汉宋,但总体而言,明代的《诗经》学研究,依旧受朱熹《诗集传》影响最为深远。故元明时期,《诗经》学大体为朱子之学所笼罩,此间出现众多羽翼《诗集传》的著作②,而专主研究《周礼》的学者在《籥章》的解释中,也多衍义朱子之说,无甚新见。元明时期,学者就"豳诗雅颂"仍有探讨,但不出"一诗三用"(如胡炳文《四书通》等)与"《七月》不得兼涉雅颂"二说(如柯尚迁《周礼全经释原》、姜炳璋《诗序补义》、王志长《毛诗注疏删翼》等),多为朱子基础上申说。至于"一诗三体"说,就笔者所见,此期学者较少采纳,成为"豳诗雅颂"诠释的"潜流"。

四、清儒对"豳诗雅颂"的重新诠释

元、明两代推崇朱熹之说,致使当时《诗》学研究僵化。明中后期已有对朱熹《诗》学的"反叛",此时"汉学"的复活,为明代《诗》学研究重新注入了活力,这也成了清代"汉学"兴盛的先声③。康熙末年开始御定编纂,于雍正五年(1727)刻成《钦定诗经传说汇纂》,已经透露出《诗》学转向的端倪。乾隆帝在《御制月令七十二候诗》中御案道"晦翁旧解我疑生"。不久后,于乾隆二十年(1755),再度以"钦定"形式,由清廷颁发《钦定诗义折中》,号召改从毛、郑,以自上而下的形式推动《诗》学研究转向,"汉学"亦由此复兴④。朱熹之学,在清代仍有极大的影响力,科举仍以朱子《诗》为准绳。但清初期的《诗》学著作,则不再完全宗主朱子之说。清乾隆以前,以钱澄之《田间诗学》为代表的杂采汉宋的《诗》学著作,与以陈启源《毛诗稽古编》为代表的复古考据的《诗》学著作相继诞生,"《诗经》清学"逐渐兴盛。

清儒学术进入对前人研究总结的阶段。就"豳诗雅颂"的问题而言,"一诗

---

① 洪湛侯《诗经学史》,第 421 页。
② 如许谦《诗集传名物钞》、刘瑾《诗传通释》等。
③ 刘毓庆《从经学到文学——明代〈诗经〉学研究》,商务印书馆,2001 年,第 61 页。
④ 洪湛侯《诗经学史》,第 482 页。

三体"说和"一诗三用"之说,又重新被论及,于朱熹之说亦有了新的论证与阐发。这一时期几乎所有讨论"豳诗雅颂"问题的论著都会综采前人多种观点,进行考证、辨析与总结,并在此基础上进一步阐发。

陈启源《毛诗稽古编》是清初重要的《诗》学著作。陈启源以郑玄之说为其"臆度之见",然不妨碍诗义的理解。批驳朱熹所论《风》《雅》《颂》不得相涉之论,以《节南山》诗中有"家父作诵",《崧高》有"吉甫作诵","诵""颂"二字本通,知《雅》诗亦有颂义;以《崧高》"其风肆好",知《雅》诗中有风义。故一诗之中可兼备数义。虽反对郑玄强分《七月》为三体,赞同此诗确可兼有多义,此承吕祖谦之说明矣。陈氏驳农事诸篇为《豳雅》《豳颂》,陈氏举《诗序》为证,因朱熹舍序言诗,强分诸篇以"豳"之名;驳本有诗而亡,陈氏以季札观乐事为证,时经典未遭秦火,假使果有《豳雅》《豳颂》,鲁人何为不歌;驳随事而变其音节,陈氏指出朱子以诗兼数义为"坏六义",变奏风乐雅乐颂乐,"不为坏六义乎"的自相矛盾。逐一反驳朱熹所论三说,以为无一可取①。

至朱彝尊作《经义考》时,前人关于"豳诗雅颂"的论说已是极为丰富。朱彝尊虽未对此问题直接做出回应,"王柏《诗辨说》"条下的按语,主要是为批评王柏悍然删削经文的做法,然而其中的论证过程,却可窥见朱彝尊面对如此纷繁的诠释史,做出的理解与选择。朱氏言:

> 《诗》有《南》、有《风》、有《雅》、有《颂》,用之乡人邦国,秩然一定而不可紊。

《南》《风》《雅》《颂》,此为四诗说,有其前承。最早苏辙《诗经集传》根据《小雅·鼓钟》"以雅以南",以《小雅》《大雅》释"雅",以《周南》《召南》释"南",即有将二《南》与二《雅》并立的趋势②。这种观点对王质、程大昌均有影响。二《南》在《国风》中具有特殊性,一是二者并非国名,二是二者为正风。王质将《南》作为诗之一体,与《风》《雅》《颂》并列;程大昌《诗论》首篇即论古无《国风》之名,季札观乐称《周南》《召南》《小雅》《大雅》《颂》,至于其他诸国之诗,径称国名。程大昌《诗论》的一个核心观点即二《南》应从《国风》中独立。顾炎武《日知录》"四诗"一

---

① 详参陈启源《毛诗稽古编》卷八,《皇清经解》本。
② 洪湛侯《诗经学史》,第22页。

条,更以《南》《豳》《雅》《颂》为四诗①。朱彝尊未从顾氏之说,所论显然承王质、程大昌而来。朱氏续言:

> 故一《豳》也,有《豳诗》、有《豳雅》、有《豳颂》。《鼓钟》之诗曰:"以《雅》以《南》。"《论语》:"《雅》《颂》各得其所。"《南》之不可移于《风》,犹《风》之不可杂于《雅》《颂》也。

朱彝尊对《诗经》十分精熟,从《斋中读书十二首》其五、其六可见一斑②,自然对"豳诗雅颂"的问题也有所了解。从其所论,知朱氏持《七月》不得兼涉雅颂"之论。至于朱氏认为《豳诗》是否是《七月》?《豳雅》《豳颂》是否为逸诗,则不得而知。

　　清代《诗经》学以马瑞辰、胡承珙、陈奂成就最高。其中,陈奂《诗毛氏传疏》未有与"豳诗雅颂"有关的解释,盖因陈奂不满郑玄采用齐、鲁、韩三家诗说,专主毛传,毛传未有述及"豳诗雅颂",故阙而不论。马瑞辰在《毛诗传笺通释》中,有专文《豳雅豳颂说》讨论"豳诗雅颂"。他首先辨明籥章一职所执掌的"豳籥",乃是豳人熟习"籥"这个乐器,因名之为"豳籥"。除迎寒逆暑外,祈年、蜡祭均不吹奏《豳诗》,而是吹《雅》《颂》的诗篇。马氏认为正是由于使用"豳籥"进行吹奏,因而所演奏的《雅》《颂》,才冠上"豳"号,记载为所谓的《豳雅》《豳颂》③。实际上否定了《豳雅》《豳颂》这两个概念的存在,祈年、蜡祭不过是吹奏《雅》《颂》中的诗篇罢了,"正不必强分《七月》一诗以备三体矣"④。胡承珙《毛诗后笺》以为,三分《七月》之说,是孔颖达会错郑玄之意⑤。他认为《七月》一诗,与《崧高》

---

　　①　关于王质、程大昌、顾炎武的"四诗"说,洪湛侯《诗经学史》辨之已详(见《诗经学史》,第22—24页)。

　　②　这两首论学诗讨论遵信《诗序》与否、淫奔之诗、孔子删诗等问题。详朱彝尊《曝书亭集》卷二一,《四部丛刊初编》景清康熙本。

　　③　马瑞辰《毛诗传笺通释》卷一,中华书局,1989年,第14页。"古者《风》《雅》《颂》皆可吹以籥,籥章以豳籥吹《豳诗》及《雅》《颂》,故首以豳籥冠之耳。观言逆寒暑吹《豳诗》,足证惟迎寒暑方以豳籥吹《豳诗》,外此则不吹《豳诗》。……祈年吹《豳雅》,祭蜡吹《豳颂》,盖祈年用《雅》,以豳籥吹之,因曰《豳雅》;祭蜡用《颂》,以豳籥吹之,因曰《豳颂》。"

　　④　马瑞辰《毛诗传笺通释》卷一,第14页。

　　⑤　强调"取义不同",认为孔颖达没有理解《周礼注》中"是亦歌其类"的真正意涵。如将《七月》用于逆暑迎寒之时,则主要取义于与逆暑迎寒这件事相关的一类诗句,比如"七月流火,九月授衣。一之日觱发,二之日栗烈",以及与之相关的诸如"二之日凿冰冲冲,三之日纳于凌阴"等。

一诗类似,兼备了风、雅、颂多义①。篇章一职,每逢祭祀,都要吹奏《七月》全篇,而非断章用诗,只是在不同的祭祀场合,称呼因相关祭事而变名,即《豳诗》《豳雅》《豳颂》。同时,胡承珙也对王安石、王质、朱熹、陈启源等学者的观点有所辩驳②。虽对王质之说有所驳斥,但就其所论,亦是"一诗三用"之说。只不过是由王质用不同乐器演奏《七月》,改变为在不同祭祀场合变换称呼。

观清代学者对"豳诗雅颂"的诠释,较之前代,已不再简单纠结于"豳诗雅颂"究竟为何,而是重在回顾这一问题的学术源流,并利用逻辑找出前人说解中的纰漏之处,以此申说心得,重新对这一《诗经》学的难题做出诠释。此外,清代经学除"汉学复兴""汉宋之争"外,还有另一条线索,即"今古文之争","豳诗雅颂"问题,也牵涉其中。今文经学家皮锡瑞《论赋、比、兴、豳雅、豳颂皆出于〈周礼〉,古文异说不必深究》一文,批驳郑玄、孔颖达"一诗三体"之说,又强烈攻击王质之说,认为王质之说"尤谬"③。除《周礼》之外,无言"豳诗雅颂"之书,为古文经异说,"无裨经义,其真其伪,其是其非,可以不论"④。此论又与欧阳修相类,皆以《周礼》不足俱信为据。皮氏直斥"异说",此论调明显带有门户之见,但另一方也可见"豳诗雅颂"确实是《诗经》学中的重要论题。

五、三种"豳诗雅颂"诠释辨析

综合上述有关"豳诗雅颂"问题主要三种观点的产生与演变,这一问题的实质是学者对于"诗之六义"界定的问题,特别是对风、雅、颂的界定。

郑玄以《豳诗》三者对应《七月》不同章,乃是其"援礼解经"的一贯做法。以礼中所言,必信其实,必有其事,故在没有其他证据佐证下,两种文本注释的差异,透露出郑玄强为之说、勉为之解的痕迹。将"逆暑迎寒"的《豳诗》认定为《七月》,三种"豳诗雅颂"的论点几乎没有异议。但以《七月》的不同篇章对应《豳

---

① 胡承珙撰,郭全芝校点《毛诗后笺》卷一五,黄山书社,1999 年,第 673 页。
② 胡承珙亦引朱熹三说,但其中"谓以《七月》随事而变其音者,饶氏鲁也",认为此说出自饶鲁。此大误,饶鲁之学出自朱熹后学。此为胡承珙失考。
③ 皮锡瑞《经学通论》卷二,中华书局,1954 年,第 52 页。
④ 皮锡瑞《经学通论》卷二,第 53 页。

雅《豳颂》,使一诗兼备多体,是对风、雅、颂三体区分的模糊化。在郑氏"一诗三体"的基础上,发展出程子、吕祖谦等"一诗可见六义"的说法。持此论者,多以《小雅·节南山》"家父作诵",或《大雅·崧高》"吉甫作诵,其诗孔硕,其风肆好,以赠申伯"为证,以为一诗可有多体,可兼多义,以此弥合郑玄的矛盾,或佐证郑说。然而,无论是《毛诗笺》还是《毛诗正义》,对《雅》诗中的"风""诵",均不释为作诗体的《风》和《颂》。郑玄注《周礼·大师》有言:"颂之言诵也,容也,诵今之德,广以美之"①,用声训的方式,将"颂"释为"诵"。尽管"诵""颂"二者具有相同的义素,但二者的义域有很大的区别。"诵今之德,广以美之",加之"颂者,美盛德之形容,以其成功告于神明","颂"是用于歌功颂德、告成功于神明。而"诵"不仅可以表示赞美,如《崧高》吉甫作诵,是为了赞美申伯的功德,又如《左传·襄公三十一年》"文王之功,天下诵而歌舞之"②,"诵"亦可以表示讽谏、讽刺,如《节南山》"家父作诵,以究王讻",又如《左传·襄公二十八年》"穆子不说,使工为之诵《茅鸱》"③。可见"诵"与"颂"并不能完全等同④,故以《节南山》《崧高》作为一诗可见多体的证据,不能成立。

反对"一诗三体"的学者,则需对一诗可有多体多义的观点做出回应。王质将"豳雅豳颂"与乐器乐曲结合,以《周礼》中《瞽矇》《笙师》《眡瞭》所记述的音乐演奏的乐器进行互证。《笙师》中"雅"即是一种乐器⑤,《眡瞭》中的"颂"亦是一种乐器⑥。由此,王质认为《豳诗》《豳雅》《豳颂》均用《七月》作为歌曲,节奏相同,区别在于将土鼓、豳籥与琴瑟、钟鼓合奏,则成《豳诗》,用土鼓、豳籥与"雅"等乐器合奏,则成《豳雅》,用土鼓、豳籥与声音缓慢的"颂"合奏,则成《豳颂》。由于主奏的乐器是豳籥,王质综合郑众、郑玄之说,认为豳籥所吹成的为"豳地之乐",因而有"豳"名。关于王质之说的问题与缺陷,陈启源已指明。但陈启源

---

① 郑玄注,贾公彦疏《周礼注疏》卷四五,第 1719 页。

② 杨伯峻《春秋左传注》,中华书局,2009 年,第 1195 页。

③ 杨伯峻《春秋左传注》,第 1149 页。

④ 关于"颂""诵"的差别,前人已有较为丰富的论述。可参见黄侃《文心雕龙札记》,上海古籍出版社,2000 年,第 71—73 页;段立超《"颂"字本义考》,《古籍整理研究学刊》2006 年第 2 期,第 67 页。

⑤ 张西堂《诗经六论》,商务印书馆,1957 年,第 105 页。《钟鼓》一诗中,有"鼓钟钦钦,鼓瑟鼓琴,笙磬同音。以雅以南,以籥不僭",该章亦可证南、雅初均为一种乐器。

⑥ 张西堂《诗经六论》,第 112—115 页。"颂"即"庸",即是"镛",亦是得名于乐器。

"况乐器亦安得有风、雅、颂之别哉"①,其说欠妥。《诗经》所录之诗,全部与乐是相互配合的,顾颉刚《论诗经所录全为乐歌》已有充分的论述,故季札能从鲁国乐师所奏之乐中分辨其中的不同。而从今人的研究观之,"风"为一种"声调","雅"与"颂"初为乐器名,后孳乳演变为乐调之名。后由于诗乐分离,风、雅、颂则成为《诗经》的一种体式,而其初与乐器、音乐的关系,自然不好被理解②。虽然王质的论述固有其问题,但从"豳诗雅颂"中认识到风、雅、颂与乐器、音乐有着紧密联系性,这是其说的先进性。

以《豳雅》《豳颂》为亡逸之《诗》,以农事诗冠以"豳"号,均不认可有《豳雅》《豳颂》存留或存在,即《豳雅》《豳颂》绝不为《七月》。这一派的观点很明显认为《风》《雅》《颂》三者不得相涉,《风》就是《风》,不可为《雅》为《颂》。以王安石为代表,认为《豳雅》《豳颂》为亡诗,此种观点对"豳诗雅颂"问题的思考与处理最为简单,先秦文献典籍中存有诸多引用逸诗的记录。在肯定《七月》不得为《雅》《颂》的前提下,既然《豳雅》《豳颂》仅见于《周礼》,且《周礼》的源流、成书时间、作者等均存在疑问,那么直接将《豳雅》《豳颂》作为亡诗来处理,则可完满地回避"豳诗雅颂"的问题。豳地处戎国之间,据古代学者理解,本不当有《雅》《颂》的存在。又《豳风》属变风,未成王业,亦不得有《雅》有《颂》。这是将《豳雅》《豳颂》作为亡诗来处理的学者所无法解决的问题。朱熹《诗集传》所言农事之诗冠以"豳"号的说法,亦有其理据,如不将《豳雅》《豳颂》作为亡诗处理,那么就需要在二《雅》、三《颂》中寻找作为《豳雅》《豳颂》之诗。《七月》与农事以及与农事相关的祭祀有关,于是便在《雅》《颂》中找到《楚茨》等与《七月》有着相似句式、体裁的所谓农事诗,与《豳诗》《豳雅》相对应。此说虽是推测,并无确证,但胜在从《籥章》的文本本身出发,而不受制于郑玄之说,其推测还是具有一定的生命力③。从"农事诗"这一角度思考问题,对后世的《诗经》分类考察(如战争诗、宴饮诗、怨刺诗等),亦有一定的影响。

---

① 陈启源《毛诗稽古编》卷八,清《皇清经解》本。

② 洪湛侯《诗经学史》,第 20—22 页。

③ (日)田中和夫著,李寅生译《豳风〈七月〉的郑玄笺与〈周官〉籥章的记述研究》,见《汉唐诗经学研究》,第 80 页。

六、余　论

本文的重点不在于解决《豳诗》《豳雅》《豳颂》究竟是什么,而是意在通过分析历代"豳诗雅颂"的诠释,厘清这一《诗经》学论题解释演变的几个历史节点。在这些关键的历史节点中,其时代背景、学术思潮如何,又是如何影响学者的观念、思想,学者之间又是怎样相互影响,又是如何使得"豳诗雅颂"问题的讨论观点逐渐丰富多样。"豳诗雅颂"虽为《诗经》学的一个"子问题",但其内核与外延十分丰富,与其他众多的问题互有关联,诸如风、雅、颂之界定,诗乐关系,《七月》与周族祭祀,《七月》与其他《豳风》之诗的关系,"南""豳"可否独立为诗的一体等等。

《经义考》"王氏柏《诗辨说》"条朱彝尊提示的"豳诗雅颂"这一论题,其诠释史实际上是一个较为漫长的历程。自郑玄开始,"豳诗雅颂"的问题得到了关注,其后各个朝代有关《诗经》《周礼》的论著,或多或少对这一问题有所论述,并逐渐形成了三大观点。另外,宋代的方岳、李复、杨万里、陆游,元代的王祯,明末的屈大均、陈昌,清代的全祖望等,在其诗词创作中,使用了"豳雅""豳颂""土鼓"等与"豳诗雅颂"相关的词汇元素。可见"豳诗雅颂"以其丰富的内涵,甚至影响到了文学作品的创作。

[作者简介]谢葆瑭,南京大学文学院 2020 级硕士研究生。

朱彝尊《经义考》提要的按语及价值述论

广东　周亚萍

经学是我国封建社会的学术主流,自西汉初发端就呈现出一种恢宏的气势。发展至清朝,经学已有厚厚的积淀。在这种成熟的学术背景下,朱彝尊的经学专科目录学巨著《经义考》便应运而生。

朱彝尊(1629—1709),字锡鬯,号竹垞,浙江秀水人。清代著名学者,著有《曝书亭集》《日下旧闻》《经义考》等;编选《明诗综》《词综》等。其中《经义考》三百卷,是朱氏考证历代经籍存佚的著作,在每一书下,首列作者、卷数,再考述其存、佚、阙、未见各情形,并一一详载该书序、跋及诸家评论,若有己见者,则以按语形式附于卷末;是中国古代经学专科目录的集大成之作。

一、《经义考》提要按语所涉及的内容

按语,或称按、案语,是编者对某些问题、资料、安排的说明和解释,或对原文的评论、说明或考证,在我国古代大型类书《北堂书钞》《册府元龟》《艺文类聚》《永乐大典》等中都有不同程度的运用。前人对按语的编写和运用为朱彝尊编撰《经义考》提供了很好的示范作用。《经义考》提要中的按语是朱彝尊经学思想和学术理论最直接的体现,是我们了解朱氏思想宗旨及"辨章学术,考镜源流"的重要途径。从总体上看,"按语"本来应该归属于提要——是提要不可分割的部分,但由于它在《经义考》中的地位非同一般,因而有单独进行讨论的必要。研究这些按语,对于我们因书究学,了解经学源流同样很有启发意义。

《经义考》提要中的按语涉及内容相当广泛,大致归纳起来,可以分为如下几类:

(一) 考作者,探明作者身份信息

朱氏在撰写《经义考》提要时,非常注重对图书作者的考证,对于有些鲜为人知的图书作者或是由于年代久远而生平不详者,朱氏均附按语一一加以考证。

如《易》类卷十一著录有殷融《象不尽意论》一书,该书作者殷融在正史中没有传记记载,朱氏则通过辑录《南史》中其曾孙的传记资料,来考察殷融其人:

> 按:《南史·殷景仁传》云:"陈郡长平人,曾祖融,晋太常。"《隋志》有《晋太常卿殷融集》十卷。(72①)

通过这段文字,我们能够了解到殷融的籍贯、官职及著述情况。

再如《尔雅》类卷二百三十七著录有孙炎《尔雅音》一书,孙炎为汉时人,因年代久远,已难知其生平,朱氏通过广搜碑录考证作者相关情况:

> 按:《访碑录》载淄州长山县西南三十里长白山东有孙炎碑,碑阴有门徒姓名,系甘露五年立,惜今不可得见矣。(1203)

朱氏的这段按语虽没有考证出孙炎究竟为何人,但无疑为研究提供了重要的线索。

此外,朱氏还查检了许多大型类书以考作者生平。如《春秋》类卷一百七十八尹玉羽《春秋音义赋》:

> 尹玉羽,京兆长安人,以孝行闻,杜门隐居,刘鄩辟为保大军节度推官,仕后唐,至光禄少卿,晋高祖召之,辞以老,退归秦中。《春秋》二书之外,又著《自然经》五卷、《武库集》五十卷。其行事散见于《册府元龟》。(922)

对于难知作者朝代的,朱氏亦附按语加以考证。如《易》类卷十四崔憬《周易探玄》:

---

① 本文征引之《经义考》,均以中华书局 1989 年缩印《四部备要》本为底本,为简明起见,随文标注卷数及页码,不再附注详细版本信息。

> 按：崔憬，时代莫考，李鼎祚《集解》引用最多，称为《新义》，中援孔《疏》，其为唐人无疑矣。(89)

在这里，朱氏通过李鼎祚《集解》的引文考作者朝代，证据确凿。

还有根据书中内容来考证作者朝代的。如《易》类卷十八薛温其《易义》：

> 按：薛氏《易》说散见《周易义海》，其释《蛊二》云："危行言孙，信而后谏，非梁公之徒孰能与此？"又释《涣·象》云："二以身入险，四则辅君，任事上下，同济厥事，乃济李晟入险，陆贽辅后，二爻之象。"又释《既济·象》云："衰乱之起，必自逸乐，开元之盛，继以天宝，初吉终乱之验也。"皆引唐事以为之证，当属宋初人。(113)

薛温其《易义》一书本来已经亡佚了，但朱氏通过辑佚《周易义海》中的相关资料，考证出作者薛温其为宋初人。

对于前人记载作者情况有误的，朱氏也附按语予以说明。如《易》类卷三十五舒澥《易释》：

> 按：奉化二舒，兄津，字通叟，弟澥，字平叟，著《易释》《系辞释》，共二十有三卷。王氏《续通考》指为通叟所作，误也。(197)

类似的错误还有很多，朱氏均以按语的形式一一加以纠正。

对于有些书的作者生平情况已难以考订的，朱氏亦附按语予以说明。如《周礼》类卷一百二十五郑宗颜《周礼讲义》：

> 按：宗颜，未详何时人。见叶氏《菉竹堂目》、焦氏《经籍志》及《授经图》。(667)

在这里，朱氏并未考证出郑宗颜系何时人，但这并不能说明他的疏漏，相反更说明了他治学的严谨、客观，而且也为我们进一步了解作者提供了有用的线索。类似的按语还有很多，作者已不可考而著述得以流传下来，朱氏均予以如实的按断。

《经义考》中涉及作者的按语有很多，除了考证作者的生平著述外，还有一种很重要的情形就是考证书的作者究竟为谁。如《易》类卷四著有《周易》一书，对于《周易》的作者为谁，历来说法不一，在《经义考》提要中，朱彝尊也以按语的形式发表了自己的看法：

按：《连山》《归藏》惟其不著时代，致儒者纷纭。或以为宓牺，或以为神农，或以为黄帝，或以为夏商之书，迄无定说。《周易》成于殷之末世，虑其与《归藏》淆也，爰以代名，盖无俟外史达书名于四方，灼然共信为文王、周公、孔子之作述，是可法也，郑氏周普之义殊为牵率。

又按：六经自秦火之后，惟《周易》为完书，虽费直更之于前，王弼乱之于后，其余无可议者。而欧阳永叔、王景山乃疑及系辞，张芸叟疑及爻辞，李邦直、朱新仲、王巽卿疑及《序卦传》，皆高明之过也。(38—39)

通过按语，我们可以了解到朱氏对于《周易》一书的看法，他认为《周易》的成书年代为殷之末世，对于《周易》的作者，他认同"为文王、周公、孔子之作述"的说法。从第二条按语可以看出朱氏反对删改经文，对于欧阳修等疑经学者的观点亦持否定态度，认为"皆高明之过也"。短短的一条按语显示了他作为汉学学者对经的认识和态度。

对于作者不明的著述，朱氏亦附按语以说明。如《易》类卷六十八著有《易说》一书，但作者不详：

按：《易说》二卷，未详何人所撰，郑端简公家所藏抄本，或系端简公稿亦未可定。(377)

这条按语虽没有考出《易说》一书作者究竟为谁，但提供了相关的版本信息，为了解该书提供了宝贵的线索。

对作者完全同名的现象，朱氏亦附按语加以考证。如《书》类卷八十三著录陈大猷《尚书集传或问》一书，关于陈大猷其人，有东阳陈大猷，亦有都昌陈大猷，究竟谁为《尚书集传或问》的作者？通过朱氏的按语，我们可以得到确切的答案：

按：叶文庄《菉竹堂书目》有陈大猷《尚书集传》一十四册，西亭王孙《万卷堂目》亦有之，其书虽失，或尚存人间。未知其为东阳陈氏之书与？抑都昌陈氏之书与？考鄱阳董氏《书纂注》列引用姓氏，于陈氏《书集传》特注明东斋字正未，可定为东阳陈氏之书而非都昌陈氏所撰也。(461)

朱氏通过《书纂注》所引用的姓氏，考证出《尚书集传或问》的作者为东阳陈大猷而非都昌陈大猷，可谓考订精详，证据确凿。

《经义考》中著录的有些典籍属于集体编撰的性质,朱氏对其编撰人员亦附按语加以说明。如《书》类卷八十七著有刘三吾等《书传会选》。《书传会选》属于集体修撰的性质,不便一一著出姓名,朱氏便以按语的形式说明参与纂修的人员:

> 按:《书传会选》载纂修诸人,无靳观、吴子恭、宋麟,而有国子祭酒胡季安,左春坊左赞善门克新,右春坊右赞善王俊华,翰林修撰许观、张信,编修马京、卢原质、齐麟、张显宗、景清、戴德彝,国子助教高耀、王英定、公静,儒士靳权,凡一十五人,盖永乐中修《实录》,以许观、景清等皆坐逆党,因连类而删去之也。(477)

通过按语,我们不仅了解到编修人员,同时也了解到当时相关的历史背景。

《经义考》提要中有大量的按语是考辨伪托之作的,如《诗》类卷一百十一林泉生《诗义矜式》:

> 按:泉生行状、墓志俱吴海作,平生著述只载《春秋论断》而无《诗义矜式》一书,殆书贾所托也。(594)

考出此书作者,疑为"书贾所托"。书贾为利所驱,多有作伪之事。如《周礼》类卷一百二十五著有吴澄《周礼经传》一书,朱氏亦以按语的形式考辨作者:

> 按:草庐吴氏著书不闻有《周礼经传》,康熙丁丑五月之望,西吴书贾以抄本求售,纸墨甚旧,题曰"吴澄著",中间多有改削,又有黏签,其议论序次均不同于《考注》,疑是其孙伯尚之书,然无"先公"字样,但有"闻之师曰"之文,不审为谁所撰,姑附于此。(667)

朱氏在按语中一一指明疑点,考证精确翔实,其客观求实的态度由此可见一斑。

对于有些图书的作者在其他的目录书中有不同记载的,朱氏也附按语加以说明。如《春秋》类卷一百七十九杨均《鲁史分门属类赋》:

> 按:是书《宋艺文志》作崔昇撰、杨均注。(925)

类似的还有如《春秋》类卷一百八十六吴曾《春秋考异》:

> 按:《春秋考异》,陈氏《书录解题》云:"不著名氏,录三传经文之异者。"而《宋艺文志》题作吴曾,今从之。(957)

如此按语，也为我们进一步探究该书作者提供了有利的线索。

(二) 考文献，理顺文献相关信息

《经义考》提要中有许多按语是关于书目考辨的，朱氏以按语的形式对文献的有关内容进行了整理，如考辨、辑佚、校勘、补充说明等，通过这些按语，我们也对书目的相关信息有了更为明确的了解。

有考篇目、卷数的，如《易》类卷二十六著有程大昌《易原》一书，该书已经亡佚了，《宋志》著录为十卷，朱氏以按语的形式对该书加以考证：

> 按：篁墩程氏辑。《新安文献志》载有三篇。(156)

通过按语，我们对该书的情况有了一些新的了解，也为考证该书提供了一些新的线索。

又如《易》类卷四十八雷思齐《易筮通变》：

> 按：雷氏《易筮通变》，书凡五篇：一、卜筮，二、之卦，三、九六，四、衍数，五、命蓍。(267)

简短的一条按语让我们了解到该书的大致内容。

再如《书》类卷八十六著有赵杞《尚书辨疑》：

> 按：叶氏《菉竹堂目》载之止云一册，无卷数。(475)

虽然朱氏没有考证出具体的卷数，但这更显出了他的科学、客观，也为我们了解该书提供了一条重要的参考信息。

古书原本是不分篇章的，在流传的过程中后人往往分以篇卷，加上篇名，但篇卷的次序分合往往不尽相同，对此，朱氏亦以按语的形式加以考证。如关于《中庸》一书的分章情况，《礼记》类卷一百五十三著有黎立武《中庸分章》一书，朱氏在按语中详细介绍了该书的分章情况：

> 按：黎氏《中庸》分为十五章：自"天命之谓性"至"万物育焉"为第一章；"仲尼曰"至"惟圣者能之"为第二章；"君子之道费而隐"至"察乎天地"为第三章；"子曰道不远人"至"君子胡不慥慥尔"为第四章；"君子素其位而行"至"反求诸其身"为第五章；……"诗曰衣锦尚䌹"至"无声无臭至矣"为第十五章，各绘一图，大指谓中庸之道出于《易》，盖主郭氏父子兼山白云之说者。(802)

而在《礼记》类卷一百五十五著录管志道《中庸订释》一书时,管氏对《中庸》的分章又有不同。

> 按:管氏《订释》分《中庸》为三十五章:以"人莫不饮食也"一节合"子曰道其不行矣夫"为一章;析"子曰无忧者"一节为一章;自"武王缵太王、王季、文王之绪"至"孝之至也"为一章;以"郊社之礼"一节自为一章;自"哀公问政"至"礼所生也"接在下位一节,然后接以"故君子不可以不修身"一节为一章;……自"唯天下至诚"至末为一章,谓"通篇未有径以《诗》云作章首者,故订之"云。(810)

按语详细说明了二书对《中庸》不同的分章情况。

还有关于分卷情况的,如《春秋》类卷二百八著有马骕《春秋事纬》一书,朱氏在按语中介绍了其分卷情况:

> 按:马氏《左传事纬》凡十二卷,前有《序传》一卷、《辨例》三卷、《图说》一卷、《览左随笔》一卷、《春秋名氏谱》一卷、《左传字音》一卷。骕字宛斯,邹平人,尝会萃三代之书为《绎史》,人目之曰"马三代"。(1067)

通过这条按语,我们了解到马氏《春秋事纬》一书分卷及各卷内容的大致轮廓。

我国古代文献堆积如山,其中真伪参半,又常时代混淆,要从古人遗留下来的残编断简中得到正确的东西,便需要有辨伪识真的眼光,朱氏在撰写《经义考》提要时,曾多处以按语的形式对古书进行辨伪。如《易》类卷二著有《连山》一书,该书早已亡佚,但后来出现了不少伪书。对此,朱氏一一进行了辨伪:

> 按:《连山》《归藏》,《汉志》不载,则其亡已久,而郦道元注《水经》引《连山易》云:"有崇伯、鲧伏于羽山之野。"是元魏时尚有其书矣,若司马膺所注,度即刘炫伪本尔。李淳风《乙巳占》云:"有冯羿者得不死之药于西王母,姮娥窃之以奔月,将往,枚筮于有黄,有黄占之曰:'吉,翩翩归妹,独将西行,逢天晦芒,无恐无惊,后且大昌。'姮娥遂托身于月。"是亦伪本。《连山》之文今其书亦亡,毛渐所序《三坟》首列《山坟》,谓是《连山》之易伏羲所作,其象有崇山君、伏山臣、列山民、兼山物、潜山阴、连山阳、藏山兵、叠山象等义。其言曰:"天皇始画八卦,《连山》名《易》,君、臣、民、物、阴、阳、兵、象始明于世。"荒诞不足信也。

又按：黄佐《六艺流别》载《连山·繇辞》《复·初七》曰：龙潜于渊，存神无畛。《象》曰：复以存神，可致用也。《剥·上七》曰：数穷致剥，终吝。《象》曰：致剥而终，不知变也。……不知本于何书？岂有《连山》之《易》乃效王弼《易传》之体乎？作伪者拙且为刘炫笑矣！（25）

前一条按语以《汉志》不曾著录《连山》《归藏》为依据，考察出来后来的郦道元《水经注》引《连山易》、李淳风《乙巳占》、毛渐所序《三坟》之《山坟》为伪本。后一条按语以《六艺流别》的内容体例乃是效法王弼《易传》，而断定其伪。证据确凿，不仅识别出真伪，而且也为我们进行古书辨伪展示了科学的方法。

还有从行文风格来进行辨伪的，如《通礼》类卷一百六十四著录吴澄《三礼考注》一书：

按：草庐先生诸经解各有叙录，余购得《周官礼》乃先生孙当所补，其余《仪礼》则有《逸经》，《戴记》则有《纂言》，今所传《三礼考注》以验对先生之书，论议体例多有不合，其为晏氏伪托无疑。（852）

这条按语便是将所见《三礼考注》和作者其他著作进行对比，从议论体例上进行辨伪。

古代文献在流传过程中存在着严重的阙佚情况，常常是前代《艺文志》或《经籍志》著录的书，过了这一时期便亡佚了，或是书中部分内容出现严重的阙失，对此，朱彝尊在编撰《经义考》时也进行了考证。如《易》类卷十陆绩《周易注》：

按：陆氏《易注》已亡，今《盐邑志林》载有一卷，乃系抄撮陆氏《释文》、李氏《集解》二书为之，所存者几希矣。其经文异诸家者，"履帝位而不疚"作"疾"，"明辨晰也""晰"作"逝"，"纳约自牖"作"诱"，"丧羊干易"作"场"，"妇子嘻嘻"作"喜喜"……曹侍郎秋岳曾见藏书家有存三卷者，惜侍郎没，无从访求矣！（66）

通过详细考证书中内容，得出《盐邑志林》中流传下来的《易注》一卷系抄撮他书引文而成，而陆氏《易注》已亡。

又如《孟子》类卷二百三十四余允文《尊孟辨》：

按：余氏《尊孟辨》五卷，今惟辨温公《疑孟》十一条、《史剟》一条、李泰伯《常语》十七条、郑叔友《艺圃折衷》十条，附载《晦庵全集》中。（1183）

通过按语,详细载明遗文存留情况。

对于古书的流传及流传中的阙失情况,朱氏也都作了详细的考证。如《诗》类卷一百九著有刘克《诗说》一书,朱氏便通过按语考其流传存阙:

> 按:刘氏《诗说》,《宋志》及焦氏《经籍志》、朱氏《授经图》均未之载,昆山徐氏传是楼有藏本,乃宋时雕刻,惜第二、第九、第十卷都阙,前有总说,楮尾吴匏庵先生题识尚存。克,信安人。(585)

再如《周礼》类卷一百二十九史浩《周礼天地二官讲义》:

> 按:史卫王《讲义》一十四卷,自《冢宰》至《司关》而止,余所抄者文渊阁残本系宋时雕板,第存七八九而已,《天官》阙《司书》以前,《地官·司徒》亦阙其半,《小司徒》之后皆无之,此非完书,度储藏者寡,不审海内尚有别本否也。(683)

这条按语详细载明史氏《讲义》一书的版本、存留阙遗情况,让我们对该书的面貌有了更为明晰的认识。

石经也是《经义考》收录的对象。对于石经的存毁情况,朱氏亦以按语的形式给予明确的说明。如《刊石》类卷二百八十九著录有《宋国子监石经》:

> 按:《宋太学石经》在开封,陈永之犹及见之,惜未有好事者摹拓,今则沉于黄河淤泥之下矣。(1485)

此外,对于有些书目,朱氏虽未明确考出流传存佚,但为该书的流传情况提供了线索。如《易》类卷十五著录有蔡广成《周易启源》《周易外义》二书,朱氏附按语曰:

> 按:二书《绍兴书目》俱有之,《外义》止一卷。(94)

类似的按语还有很多,都为我们进一步了解该书提供了重要的线索。

对于那些已经散佚的古代文献,特别是古代著名学者的著作,历代的学者都想尽办法,希望通过其他书籍中引用的材料,重新搜集、整理出来,以图恢复书的原貌,或恢复其中的一部分,这个工作便是辑佚。朱彝尊在著录《经义考》时,也做了大量的辑佚工作,这对于我们进一步了解古代文献大有裨益。如《书》类卷七十九著录有范镇《正书》一书,该书已经亡佚了,但朱彝尊从类书中辑佚出部分内容：

> 按：蜀公《正书》，《志》《传》不载，莫详其篇目，王氏《困学记闻》采其一
> 条云："舜之五刑：流也、宫也、教也、赎也、贼也。流宥五刑者，舜制五流，以
> 宥三苗之劓、刵、椓、宫、大辟也。"胡氏《皇王大纪》本之，而以墨、劓、刵、宫、
> 大辟为贼刑之科目，可谓精确之论。(438)

通过朱氏辑佚的这则材料，不仅让我们对该书原貌有了一定的认识，而且也让
我们对古代的刑法制度有了进一步的了解。

又如《诗》类卷一百三著录刘芳《毛诗笺音证》一书，该书已佚，朱氏从《太平
御览》中辑佚出部分资料：

> 按：刘氏《诗笺音证》，其诠"辔"字义云："辔是御者所执，不得以辔为
> 勒、以勒为辔者，盖是北人避石勒名也。今南人皆云马勒，而以鞊为辔，反
> 覆推之，此为明证。《诗》称'执辔如组'，又曰'六辔在手'，以所执为辔审
> 矣。俗儒咸以辔为勒，而曾无窹者。"其诠"蟋蟀"云："蟋蟀，今促织也，一名
> 蜻蛚，楚谓之蟋蟀，或谓之蛬，南楚谓之王孙也。其诠"蟏蛸"云："蟏蛸，长
> 蜻小蜘蛛，长脚者俗呼之为喜子"。见《太平御览》。(559)

这条按语不仅有辑佚之功，而且还保存了古代的训诂学资料。

再如《仪礼》类卷一百三十六刘表《后定丧服》：

> 按：杜佑《通典》引刘表《后定丧服》文云："父亡在祖后，则不得为祖母
> 三年，以为妇人之服不可逾夫。孙为祖服周，父亡之后，为祖母不得逾祖
> 也。"又云："既除丧，有来吊者以缟冠深衣于墓受之，毕事反吉。"又云："君
> 来吊臣，主人待君到，脱头经贯左臂，去杖，出门迎。门外再拜，乃厌还。先
> 入门，东壁向君让，君于前听进。即堂，先哭，乃止于庐外，伏哭，当先君止。
> 君起，致辞，于对而不言，稽颡以答之。"(719)

通过辑录的这则材料，使我们对古代的丧礼制度有一个更深入的了解。

朱彝尊不仅广搜书目进行辑佚，而且在辑佚古书的时候非常注重保留古书
的原貌，有的连注文也一起保留。如《礼记》类卷一百四十七虞潭《投壶变》：

> 按：《投壶变》文仅存于今者有云：谓之投壶者取名修(他由反)簜，渐而
> 转易，铸金代焉，逮之于后，人事生矣。壶底去一尺，其下笋以龙玄(玄，月

中虾蟆随其生死也,横以笋龙蛇之类),运之以鱣(平表切)鰕,(谓龙下鱣蟧也)燕尾也(燕识候而归,人来去有恒,投而归之,自数之数极也)。矢十二(数之极也),长二尺八寸(法于恒矢,古用柘棘)。古者投壶,击鼓为节,带剑十二(脸频二带谓之带剑),倚十八(倚并左右如狼尾状)、狼壶二十(令矢圆转面于壶口)、剑骁七十八(带剑还如后也)、三百六十筹得一马(言三百六十岁功成也,马谓之近党,同得胜也),三马成。右见《御览》,其书不知何人所注,文字沿讹,未能纠正。(773)

这条按语完整地保留了注文,不仅于恢复古书原貌有功,而且还保存了珍贵的训诂学资料。

作品经过复制,由于存在内容方面的增删修改,以及复制方法、载体、形制、时间、字号、行款、纸张、墨色、装订的不同,形成不同的版本。研究各种图书版本出现和发展的历史,比较各种图书版本的异同优劣并加以鉴别,这在清代已非常兴盛,形成为一门专学。清代从事于版本之学的学者很多,版本目录层出不穷。朱彝尊在撰写《经义考》提要时,也非常重视对版本的著录。如《易》类卷十董遇《周易注》:

> 按:董氏《易注》"君子体仁"作"体信",与京氏、荀氏同;"衰多益寡","衰"作"桴",与郑氏、荀氏同;"洗心退藏于密","洗"作"先",与京氏、荀氏、虞氏、张氏同;"夫坤隤然示人简矣","隤"作"妥",与陆氏、姚氏同;余如"拔茅如以其汇征","汇"作"夤","贲如皤如","皤"作"橎","君子得舆"作"德车","妇丧其茀"作"笄","为乾卦"作"幹卦",与诸家别。(61)

通过按语,详细载明董氏《易注》与各家《周易》注本文字的异同。

除了考证各个版本文字的异同,朱氏还以按语的形式考证版本源头以及流传情况,如《易》类卷三十一朱熹《蓍卦考误》:

> 按:程子《易传》依王辅嗣本,朱子《本义》用吕伯恭本,原不相同,自克斋董氏合之,移朱子本以就程子之书,明初兼用之取士,其后学者多置程《传》专主朱《义》,于是姑苏成矩叔度为奉化教谕,削去程《传》,乃不更正以从朱子之旧。当新镂时,杨文懿守陈序之,有云:"是编异朱子元本,亦以便士也,好事者何容喙哉!"文懿盖心非之而不能夺也。今用之,三百年习《易》者茫然不知《本义》元本若矩者,岂非朱子之罪人与?(175)

朱氏以按语的形式给我们详细揭示出《易传》版本的源流。

书的版刻刊印情况也是朱氏所关注研究的范围。如《书》类卷八十七著录有徐善述《尚书直指》一书，关于该书的成书刊刻情况，朱氏便以按语的形式加以说明：

> 按：是书徐文肃为东宫讲官时所进，未曾刊行，亦不列撰书姓名。其后中珰钱能从宫中携出，遂为镂版。于时钱溥、刘宣序之，童轩跋之，皆不知为文肃所著。予从同里曹侍郎溶家见之，因为标出。(480)

此外，对于各个版本内容的存阙情况，朱氏也在按语中予以说明。如《周礼》类卷一百二十九史浩《周礼天地二官讲义》：

> 按：史卫王《讲义》一十四卷，自《冢宰》至《司关》而止，余所抄者文渊阁残本，系宋时雕版，第存七、八、九三卷而已。《天官》阙《司书》以前，《地官·司徒》亦阙其半，《小司徒》之后皆无之，此非完书，度储藏者寡，不审海内尚有别本否也。(683)

类似的按语还有很多，朱氏对版本的考证不仅使我们了解到某一时期图书印行流布的大概情况，而且对于还原古书原貌、读书治学都有非常重要的意义。

（三）考学术源流，梳理经学发展脉络

朱彝尊在编纂《经义考》时，并不仅仅是搜罗著录一些图书，更多的是通过著录图书，辨析学术发展的源流，从学术的角度梳理出经学发展的脉络，也即章学诚所说的"辨章学术，考镜源流"。这一点在按语中也有鲜明的体现。如《易》类卷五在著录施雠《周易章句》一书时，便以按语的形式补充说明施氏《易》的师承传授：

> 按：施氏《易》见于《后汉书》者，沛人戴宾以授陈留刘昆桓公。又广汉景鸾亦受施《易》。(43)

又如《易》类卷三十五著录有阳枋《存斋易说》、阳岊《字溪易说》二书：

> 按：二阳《易说》，其学本于朱子门人晏氏。黄晋卿所谓大阳先生枋、小阳先生岊也，其后裔又有《玉井易说》，而杨用修志全蜀艺文、曹能始记蜀中著作，均未之及，何与？(195)

以按语交代出学术渊源。如《易》类卷七十一牛思纯《太极宝局》：

> 按：思纯，师德之子，见赵元辅所编《象数钩深图》，其述古今《易》学传授：邵雍传之司马光，光传之牛师德，师德传子思纯。（393）

通过按语，介绍易学在宋代的师承传授情况。

此外，对于部分学术问题，朱氏以按语的形式直接发表自己的学术见解。如《诗》类卷一百十四李经纶《诗教考》《诗经面墙解》：

> 按：《诗》三百十一篇，孔子所定，蔽以一言，曰"思无邪"，而朱子则曰："彼虽以有邪之思作之，而我以无邪之思读之，是作诗者不皆思无邪矣？"因以春秋列国卿大夫盟会宴飨所赋，百世之后，尽定为淫奔之诗，数传而鲁斋王氏竟删去三十二篇，谓今三百五篇非夫子之旧。秦火后《诗》不能独全，汉儒取删去之诗足数，此支离之说也。大经《诗教考》盖本诸王氏，《诗》本无邪，而王氏删之于前，李氏削之于后，亦异于孔子之旨矣。（607）

在这里，朱氏通过按语发表自己对《诗经》的看法，对于《诗》的主旨，朱氏否定"淫奔"之说，而主张孔子的"思无邪"之说。

有很多按语是朱氏对书的评价以及他对于经的认识。如《周礼》类卷一百二十九钱馝《冬官补亡》：

> 按：说《周礼》者言《冬官》不亡，散见五官中，故自临川俞氏而后，多以意取五官之属，强补《冬官》，独平湖钱氏据《尚书》《大小戴记》《春秋内外传》补亡，凡二十有一。曰《司空》、曰《后稷》、曰《农正》、曰《农师》、曰《司商》、曰《甸人》、曰《火师》、曰《水师》、曰《舌人》、曰《工人》、曰《舟虞》、曰《匠师》，则本诸《国语》；曰《寄》、曰《象》、曰《狄鞮》、曰《译》，则本诸《王制》；曰《野虞》、曰《工师》、曰《舟牧》，则本诸《月令》；曰《工正》、曰《圬人》，则本诸《左氏传》。不袭前人之言，可谓温故知新者矣！（689）

朱氏用按语概括出钱氏《冬官补亡》的主要内容，并认为其书的价值在于"不袭前人之言"，对该书的评价较高。

再如《礼记》类卷一百四十九冯应京《月令广义》：

> 按：冯公讲学，参研于主静穷理之间，乃所辑《月令广义》冗杂不伦，至采及帝释天神诞日，是岂儒者之言乎？（784）

从按语中可以看出,朱彝尊对《月令广义》一书评价甚低。朱氏对经的认识也反映出其作为汉学学者的主张。

朱氏还在按语中对书的源流进行探讨。如《礼记》类卷一百五十九王守仁《大学古本旁释》:

> 按:《大学》在《小戴记》中原止一篇,朱子分为经、传,出于独见。自《章句》盛行,而永乐中纂修《礼记大全》,并《中庸》《大学》文删去之,于是诵习《章句》者不复知有《戴记》之旧。阳明王氏不过取郑注孔义本而旁释之尔。近见无锡张夏辑《雒闽源流录》,于《阳明传》,谓其叙《古本大学》则倒置经文,反以是为阳明罪,果足以服天下后世之心乎? (828)

朱氏通过按语揭示出《大学》一书的源流,让我们对此书的来龙去脉有一个清楚的认识,并且从按语中也可以看出作者对理学持否定的态度。

此外,我们还可以通过按语了解朱氏对移经、删经的态度。如《书》类卷八十四王柏《书疑》:

> 按:汉儒于经文遇有错简,斤斤守其师传,不敢更易次第。至宋二程子始更定《大学篇》,而朱子遂分为经、传,又取《孝经》考定。继是有更定《杂卦传》者,有更定《武成》《洪范》者,余亦不数见也。鲁斋王氏于《诗》《书》皆疑之,多有更易。《书》则于《舜典》"舜让于德弗嗣"下,补入《论语》"尧(作帝)曰:'咨! 尔舜! 天之历数在尔躬,允执其中。四海困穷,天禄永终'"二十四字,于"敬敷五教在宽"下补入《孟子》"劳之来之,匡之直之,辅之翼之,使自得之,又从而振德之"二十二字。余若《皋陶谟》《益稷》《武成》《洪范》《多方》《多士》《立政》,皆更易经文先后而次第之,观者未尝不服其精当,然亦知者之过也。 (464)

这条按语详细考证出《书》在王柏手中具体的更易情况,考证详实,证据确凿,并且最后以"亦知者之过也"表明反对窜改经文的态度。

再如《礼记》类卷一百四十九《唐明皇御刊定礼记月令》:

> 按:诸经垂世,《礼记》间杂秦汉之文,然一入《小戴记》中,群儒恪守其说,虽以天子之尊,大会讲殿,议有异同,文无更易。迨唐明皇始命李林甫等刊定《月令》,乱其篇次,增益其文。沿及宋元,说经者逞其私智,移易《尚

书》,离析《大学》,笔削《孝经》,变置《周官》,出入风雅,皆唐之君臣为之作俑也。当不韦作《吕览》时,悬之国门,人莫敢增损一字,岂意数百年后,突有弄麝林杜不识字之李哥奴,逢君之恶,肆行改窜,几无完文,亦可谓无忌惮之尤者已!今其改本唐开成中石经具存。(782)

在这里,朱氏极力批判李林甫等改窜经文的行为,抨其为"无忌惮之尤者",表现出他作为一名汉学学者要求保留经文原貌的态度。

(四)纠误,拨正前人某些误说

《经义考》作者在著录图书时,见前人对某书的相关情况说法有误的,也都以按语的形式加以纠正。如《易》类卷三十二著有王宗传《童溪易传》一书,董真卿记载宗传为临安人,朱氏经过考证,纠正了董真卿的说法:

> 按:林焞亦宁德人,淳熙八年与宗传并举进士,焞序称与童溪"生同方,学同学,同及辛丑第",则宗传为宁德人无疑,鄱阳董氏以为临安人,误矣。(181)

又如《书》类卷七十五《周书》:

> 按:《周书》篇目七十,合以序一篇,适如《汉志》,李仁父、刘后村谓阙其一,误也。(418)

再如《仪礼》类卷一百三十一田俊之《仪礼注》:

> 按:陆氏《释文·序录》载《注解传述人》,于《仪礼》有郑康成注,此外马融、王肃、孔伦、陈铨、裴松之、雷次宗、蔡超、田俊之、刘道拔、周续之,凡十家,云自马融以下并注《丧服考》,《隋经籍志》十家之中惟载王肃《仪礼注》十七卷,其余未尝有全书注也。《旧唐书·经籍志》于马融《丧服纪》下云,又一卷郑玄注,又一卷袁准注,又一卷陈铨注,又二卷蔡超宗注,又二卷田僧绍注,亦未载诸家有全书注。至《新唐书·艺文志》始载袁准注《仪礼》一卷,孔伦注一卷,陈铨注一卷,蔡超宗注二卷,田僧绍注二卷,并不著其注《丧服》,则误以《丧服注》为《仪礼》全书注也。下至郑氏《通志略》,既于《仪礼》全书注载袁准、孔伦、蔡超宗、田僧绍姓名,而又于《丧服传注》五家复出,由是西亭王孙《授经图》、焦氏《经籍志》皆沿其误。今未敢遽删去,仍两

载之,而辨其非是,当以陆氏《序录》为正也。(695—696)

这条按语详细考证了《仪礼》各注家所注《仪礼》卷数、内容情况,指出田俊之并未注《仪礼》全书而只是注其《丧服》,纠正了《新唐书·艺文志》、焦循《经籍志》、《授经图》中的记载错误,并且让我们对《仪礼》各家注的情况有了进一步的了解。

再如《春秋》类卷一百九十李明复《春秋集义》:

> 按:《宋史·艺文志》载李明复《春秋集义》五十卷,又载王梦应《春秋集义》五十卷,予尝见宋季旧刻即李氏原本,而王氏刊行之,非王氏别有《集义》也,《宋史》两存之,误矣。(978)

详细考证出《春秋集义》一书系李明复所作,由王梦应刊行,指出了《宋史·艺文志》记载的错误。

(五) 说明著录理由、收书原因

《经义考》主要收录经部的书籍,对于有些看起来不能归入经部的,朱氏亦予以收录,并附按语说明收书理由。如《易》类卷九魏伯阳《周易参同契》:

> 按:《参同契》本道家之言,不当列于经义,然朱子尝为之注,且谓无害于《易》,故附载之。是书诸家注解颇众,则概略而不记也。(60)

通过按语,我们可以知道《周易参同契》本为道家之书,因朱子为之作注,于是朱彝尊便将其书收录进来,从中也可以看出其尊崇朱子的态度。

再如《孝经》类卷二百二十三陆澄《孝经义》:

> 按:陆澄《孝经义》,隋唐《志》、《经典·序录》皆不载。然在开元所采六家之例,故特著之。(1138)

以按语说明收录理由。

对于有些书目的归类,朱氏也以按语加以说明。如《群经》类卷二百四十四钱时《融堂四书管见》:

> 按:钱氏《四书管见》有《孝经》而无《孟子》,与朱子所定《四书》不同,故附以《群经》。(1239)

因钱氏《四书》不同于朱熹《四书》，朱彝尊便将其归入《群经》类。

再如《拟经》类卷二百七十五著有《楚书梼杌伪本》，对于该书为什么不归入《春秋》类而归入《拟经》类，朱氏亦附按语予以说明：

> 又按：于钦作《齐乘》，张唐英作《蜀梼杌》，《乘》与《梼杌》不可谓经，然亦《春秋》之类，附识于此。（1401）

对于有些没有收录进来的，朱氏亦附按语以说明。如《拟经》类卷二百七十二文德翼《隐卦》：

> 按：邵德芳《忍》《默》《恕》《退》四卦，何廷秀《忠》《勤》《廉》《慎》四卦，皆拟《周易》体制以教人，正无不可，若宇文材之《笔》卦，犹不失《毛颖传》之遗。至于淮南潘纯子素作《辊》卦，平江蔡卫宗鲁作《吝》卦，扶风马琬文璧作《调》卦，以及屠本畯田叔作《抢》《谑》《馋》《谄》四卦，难乎免于侮圣人之言矣，故置不录。（1386）

对于其他人的拟经类的作品不予收录，因朱氏认为其"难乎免于侮圣人之言矣，故置不录"。

再如《拟经》类卷二百七十七晏婴《晏子春秋》：

> 按：诸家《春秋》不尽拟经，然既托其名，不容不录，若葛立方之《韵语阳秋》、崔铣之《文苑春秋》，缘附不伦，斯去之。（1411）

说明不予收录的理由是"附不伦"。

二、《经义考》提要的价值

《经义考》是一部经学专科目录的集大成之作，其提要在考据、经学以及目录学方面都具有极高的学术价值。

（一）树立了通过书目提要进行考据的典范

《经义考》通考历朝经义之目，搜罗宏富，辑录众说，而且对所录资料考证辨析,时加按语。孙诒让称此书"择撢群艺,研核臧否,信校雠之总汇,考镜之渊薮也"①,可见其在考据方面所做出的贡献。如《书》类卷七十六著录有孔安国《尚书传》,首先辑录孔安国的序,交待古文经之原委;接下来朱氏辑录了从《隋志》到宋代的学者关于孔安国《尚书传》的相关资料。其中,有考证学术渊源的;有考证篇目的;有考证书中特定的一篇的;有考证孔安国的生平及著述的;有考证学术传承的。

宋代理学大兴,疑经思潮大盛,因而自宋以来有许多学者怀疑孔《传》为伪作:

> 洪迈曰:"孔安国《古文尚书》自汉以来不列于学官,故左氏传所引者,杜预辄注为《逸书》,……汉宣帝时河内女子得《泰誓》一篇献之,然年月不与序相应,又不与《左传》《国语》《孟子》众书所引《泰誓》同,故马、郑、王肃诸儒皆疑之。"

> 又曰:"《逸书》虽篇名或存,既亡其辞,则其义不可复考,而孔安国注必欲强为之说……"

> 朱子曰:"安国《书传》恐是魏晋间人作,托安国为名。汉儒训释文字有疑则阙,今此却尽释之。"

> 又曰:"孔氏《书序》不类汉文,疑是晋宋间文章。"

> 陈振孙曰:"孔注历汉末无传而晋初犹得存者,虽不列学官而散在民间,故邪然终有可疑者。"(420—421)

学者王柏从三个方面分析其疑:

> 王柏曰:"《古文尚书序》可疑者三:一曰《三坟》言大道,《五典》言常道,夫大与常何自而分别也。……二曰孔壁之书皆科斗文字,以世所传夏商鼎彝盘匜之类,举无所谓科斗之形,序者之言不过欲耀孔壁所藏之古耳。……孔氏遗书如《周易》十翼、《论语》《大学》《中庸》之属,皆流传至今,初不闻有科斗之字于他书,而独纪载于《书大序》,其张皇妄诞欺惑后世无疑。三曰增多伏生之书二十五篇,其所增之篇固伏生之所无也,然伏生之所有恐孔壁亦未必尽存……窃恐此十三篇之艰涩,孔壁未必有也,是故无所参正而

---

① 孙诒让《温州经籍志·叙例》,见《续修四库全书》第 918 册,上海古籍出版社,2002年,第 1 页。

艰涩自若,安国但欲增多伏生之数,掩今文而尽有之,反有以累古文也。"

　　金履祥曰:"朱子曰安国之序绝不类西汉文字,履祥疑东汉之人为之……后汉之时谶纬盛行,其言孔子旧居,事多涉怪,如阙里草自除、张伯藏壁一之类。若此附会多有之,则此为东汉传古文者托之可知也。"

　　熊朋来曰:"孔壁二十五篇,东汉诸儒解经者皆未见,故先儒疑孔安国传亦伪也。"(421)

从提要中可以看出,宋代以来的学者从作者、内容、篇数、行文风格等各方面对《尚书古文传》真伪提出怀疑。孔安国《尚书传》究竟是否伪作? 为进一步弄清事实,朱氏在按语中亦对其进行考证:

　　按:孔安国《书序》,《昭明文选》录之,世皆笃信,惟朱子谓其不类西汉文字,疑后人所托……考之《汉书》,司马迁尝从安国问,故迁盖与都尉朝同受书于安国者也。然迁述《孔子世家》称安国为今皇帝博士,至临淮太守,早卒,《自序》则云予述黄帝以来至太初而讫,是安国之卒本在太初以前,若巫蛊事发乃征和二年,距安国之殁当已久矣……伪作安国序者乃云会国有巫蛊事,经籍道息竟出自安国口中,不亦刺谬乎? ……按其本末,安国书序之伪不待攻而自破矣。(421)

这条按语通过考证史实以证孔安国书序之伪,可谓资料翔实,证据确凿。朱氏并不只是从史实的角度证伪,而且还从多方面的角度进行了考辨。如:

　　又按:《论语》虽有"周亲不如仁人",孔氏注云……于《尚书传》则云……一人而两处说经互异。又《论语》"予小子履"一节云:"此伐桀告天之文,《墨子》引《汤誓》若此。"亦与《书传》相戾,此一疑也。(422)

这是从《论语注》与《尚书注》的内容进行比较辨析。再如:

　　又按:司马迁《殷本纪》云纣淫乱不止,微子数谏不听……迁受书于安国,其说必本于安国也,乃今安国传云……自梅赜昧史公说《书》本于安国,不加质验而巧为之辞,伪托之迹毕露矣。(422)

这是从《殷本纪》与《尚书传》的内容进行对比来辨伪。另如:

　　又按:古文之存于今者,惟岣嵝禹碑,奇古难识。余如坛山石、岐阳猎碥,皆与大小篆不甚相远……当时诵习授受未必用蝌蚪之文,何独孔壁所藏《书》与《论语》《孝经》悉蝌蚪文字? 安国《书序》作伪者借此欺人,鲁斋王氏疑之当矣!(422)

这是从文字的角度来进行辨伪。

从这条著述的按语中可以看出,《经义考》搜罗资料之丰富、搜罗范围之全面、考证之精详、作者学术态度之谨慎求实,由此可见一斑。它对于转变清初空疏的学风具有不可忽视的贡献,《经义考》的完成,树立了通过按语进行考据的典范,也奠定了它开创清初考据学的地位。

(二) 较为全面地梳理总结了经学文献

《经义考》对一千多年来的经籍做了较为客观、完整的总结,为经学入门之必读书目,在经学方面具有极高的学术价值。

首先,《经义考》著录每种图书的撰者、书名、卷数、存佚情况,又涉及图书的版本、校勘、流传、刊印以及辑佚等,这对于我们全面了解该书,还原经籍的面貌有着重要的意义。如《论语》类卷二百十一《鲁论语》,该书已经亡佚了,朱氏在提要中将与该书相关的资料都辑录起来:

班固曰:"传《鲁论语》者,常山都尉龚奋、长信少府夏侯胜、丞相韦贤及子玄成、鲁扶卿、太子太傅夏侯建、前将军萧望之、安昌侯张禹,皆名家。"

陆德明曰:"《鲁论语》者,鲁人所传,即今所行篇次是也。"

欧阳修曰:"《论语》,汉兴,传者三家,鲁人传之谓之《鲁论》,齐人传之谓之《齐论》,出于孔壁则曰《古论》。三家篇第先后皆所不同,考今之次即所谓《鲁论》者也。"

郑耕老曰:"《论语》,一万二千七百字。"

《宋鉴》:"端平元年,太常少卿兼侍讲徐侨奏《论语》(一书《先圣格言》),乞以《鲁经》为名,升为早讲。从之。"

按:《鲁论语·尧曰篇》无"不知命"一章,《齐论语》则有之,盖后儒参入其字义异读者,"传不习乎",读"传"为"专","崔子弑齐君"作"高子","未尝无诲"读为"悔"……(1084)

提要详细介绍了有关《鲁论》传授、篇次、字数等方面的内容,按语比较了《鲁论》

和《齐论》的不同,这对于恢复《论语》的原貌有重要的意义。

其次,提要中汇聚了历代诸儒的经学观点、经学思想,对我们研究经学无疑具有重要的启发作用。如对于《诗》的成书过程,历来说法不一,有采诗说,有删诗说,朱氏在《诗》类卷九十八著录《古诗》一书时,便辑录了各种成书说法:

> 司马迁曰:"古者《诗》三千余篇,及至孔子去其重,取可施于礼义,上采契、后稷,中述殷、周之盛……故曰《关雎》之乱以为《风》始,《鹿鸣》为《小雅》始,《文王》为《大雅》始,《清庙》为《颂》始,三百五篇孔子皆弦歌之,以求合《韶》《武》《雅》《颂》之音,礼乐自此可得而述,以备王道、成六艺。"
>
> 又曰:"《诗》三百篇,大抵圣贤发愤之所为作也。"(531)

可以看出司马迁认为《诗》是经孔子删定整理后,而为三百零五篇的,而班固则认为《诗》是由采诗官采录收集而成的:

> 班固曰:"古有采诗之官,王者所以观风俗、知得失、自考正也。孔子纯取周诗,上采殷,下取鲁,凡三百五篇。遭秦而全者,以其讽诵,不独在竹帛故也。"(531)

可以说司马迁和班固是最早提出删诗说和采诗说的,我们从朱氏辑录的材料中不仅可以看到不同的学术观点,而且也可以考见学术源流。此后不同学者的不同主张,朱氏均予以辑录。

有主张孔子删诗说的。如:

> 李行修曰:"夫《诗》者,其辞主文谲谏而不汗,其教温柔敦厚而不愚,仲尼采之合三百五篇,善者全而用,不善者全而去。"
>
> 欧阳修曰:"删诗云者,非止全篇删去也。或篇删其章,或章删其句,或句删其字,如'唐棣之华,偏其反而。岂不尔思? 室是远而',此《小雅·唐棣》之诗也。夫子谓其以室为远,害于兄弟之义,故篇删其章也。'衣锦尚絅,文之著也',《邶·鄘风·君子偕老》之诗也。夫①子谓其尽饰之过,恐其流而不返,故章删其句也。'谁能秉国成,不自为政,卒劳百姓',此《小雅·节南山》之诗也,夫子以能之一字为意之害,故句删其字也。"(531—532)

---

① 按:"夫",原作"君",依《四库全书》本改。

在这里,欧阳修不仅认同删诗说,而且还指出具体的删法及理由。

其后,周子醇也持相同的观点。如:

> 周子醇曰:"孔子删诗,有全篇删者,《骊驹》是也,有删两句者……有删一句者,'素以为绚兮'是也。"(532)

郑樵则主张录诗说:

> 郑樵曰:"上下千余年,《诗》才三百五篇,有更十君而取一篇者,皆商周人所作,夫子并得之于鲁太师,编而录之,非有意于删也。删诗之说,汉儒倡之。"(532)

也有人不同意删诗说,如朱熹、叶适等:

> 朱子曰:"人言夫子删诗,看来只是采得许多诗,夫子不曾删去,只是刊定而已。"

> 又曰:"当时史官收诗时,已各有编次,但经孔子时已经散失,故孔子重新整理一番,未见得删与不删。"

> 叶适曰:"《史记》:'古诗三千余篇,孔子取三百五篇。'孔安国亦言'删诗为三百篇'。按:周诗及诸侯用为乐章,今载于《左氏传》者皆史官先所采定,就有《逸诗》殊少矣,疑不待孔子而后删十取一也。又《论语》称'诗三百',本谓古人已具之诗,不应指其自删者言之,然则《诗》不因孔氏而后删矣。"(532)

在这里,朱子认为孔子只是对《诗》进行整理,并不见得删诗。叶适也认为《诗》非经孔子而删。

此后,黄淳耀、汪婉也不同意删诗说:

> 黄淳耀曰:"孔子有正乐之功,而无删诗之事。盖删诗者,汉儒之说也。"

> 汪婉曰:"删诗之说,昉于史迁,其言不可据依。"(533)

从提要中可以看出,对于《诗经》成书过程的各种说法,朱氏均毫无偏见地予以收录,这为我们研究《诗经》成书提供了一条十分清晰的学术线索,并且在最后朱氏还通过按语发表了自己的看法。按语首先追溯了各种说法的源头,并对各种说法进行辨析,最后提出自己的观点,可谓成一家之言:

> 按:孔子删诗之说倡自司马子长,历代儒生莫敢异议,惟朱子谓经孔子重新整理,未见得删与不删,又谓孔子不曾删去,只是刊定而已。水心叶氏亦谓《诗》不因孔子而删,诚千古卓见也……嘉定陶庵黄氏亦谓孔子有正乐之功而无删诗之事。愚心媿之,窃以《诗》者掌之王朝,班之侯服,小学大学之所讽诵……由是观之,《诗》之逸也非孔子删之可信已。(533—534)

朱氏的提要为我们考察《诗》的成书展现了一条清晰的学术脉络,并且朱氏的按语也为我们提供了另一个思考的角度。

(三)让辑录体提要的撰写方式更为成熟

《经义考》提要采用了辑录体书目的撰写方式,其特点是博采众说,汇聚群籍。这一体例由元马端临《文献通考·经籍考》首开,朱氏《经义考》仿《经籍考》体例而成,但二书相比较而言,朱氏《经义考》在提要撰写上搜罗资料更为全面。如《毛诗故训传》一书,《文献通考·经籍考》和《经义考》都收录了该书,但《文献通考·经籍考》在提要中只是收录了晁公武和陈振孙对该书的解题,《经义考》提要则将历代有关《毛诗故训传》的资料都收录进来了:

有关于该书流传的:

> 郑康成曰:"鲁人大毛公为《诂训传》于其家,河间献王得而献之。"(548)

有关于该书师承传授的:

> 徐整曰:"子夏授《诗》于高行子,高行子授薛苍子,薛苍子授帛妙子,帛妙子授河间大毛公,为《诗故训传》于家,以授赵人小毛公。"(548)

而同是《诗》的传授,陆德明的说法又有不同:

> 陆德明曰:"子夏授曾申,曾申授李克,李克授孟仲子,孟仲子授根牟子,根牟子授孙卿,卿传毛亨,亨授毛苌。"(548)

有考其来源的:

> 孔颖达曰:"汉初为传训者皆与经别行,故石经书《公羊传》并无经文,毛亨为《故训》,亦与经别。至马融注《周礼》,欲省学者两读,故具载本

文焉。”

　　魏了翁曰:“大毛公学于荀卿。”

　　王应麟曰:“徐整谓子夏授高行子,即《诗序》及孟子所谓高子也,赵岐云:‘高子,齐人。’”

　　又曰:“陆玑以曾申为申公,误。”(548)

朱氏最后附以按语说明其流传存佚情况:

　　按:大毛公《诗故训传》二十卷,《崇文总目》载之,则宋初犹存也。(548)

从朱氏提要可以看出,他对于有关《毛诗故训传》的材料辑录得更加全面,也为我们研究该书提供了更多的参考,这也让辑录体撰写提要的方式更为成熟。

　　此外,《经义考》提要还采用“互著”法。“互著”一说最早是由清人章学诚提出的,他在《校雠通义》中说:“古人著录,至理有互通,书有两用者,未尝不兼收并载,其于甲乙部次之下,但加互注,以便稽检而已。”①“如避重复而不载,则一书本有两用而仅登一录,于本书之体既有所不全,一家本有是书而缺而不载,于一家之学亦有所不备矣。”②互著亦称“互注”“互见”“附加著录”,指一书内容涉及两个主题或两类以上时,将此书在目录分录的有关各类中重复著录。章学诚认为,“互著”在汉刘歆《七略》中已有使用,后来的佛经目录《开元释教录》以及马端临的《文献通考·经籍考》都广泛采用互著的方法。前人的著作都为朱氏编写《经义考》提供了较好的示范。如《论语》类卷二百十一著录有《齐论语》,朱氏在该书提要中对该书其中的一篇《问王》进行考证,疑该篇为《问玉》而非《问王》:

　　按:《汉志》:“《论语》十二家。”“齐二十二篇。多《问王》《知道》。”如淳曰:“《问王》《知道》皆篇名。”说者谓是内圣外王之业,此傅会也。《论语》二十篇皆就首章字义名篇,非有包括全篇之义,今《逸论语》见于《说文》《初学记》《文选注》《太平御览》等书,其诠玉之属特详,窃疑《齐论》所逸二篇,其一乃《问玉》,非《问王》也。考之篆法,三画正均者为王,中画近上者为玉,初无

――――――――――

　　①②　章学诚著,王重民通解《校雠通义通解》卷一《互著第三》,上海古籍出版社,1987年,第15页。

大异,因讹玉为王耳。王伯厚亦云:"《问王》疑即《问玉》。"亶其然乎?(1084)

而在《逸经》卷二百六十二著录《论语》逸篇《问王》时,便采用了互著法,以按语的形式进行互注,以避免重复:

> 按:《逸论语·问王》篇疑是《问玉》,说见《论语》部。(1323)

此外,朱氏在辑录书目作者的生平资料时,对于好几种著述都为同一撰者的情况,通常只是在最先著录的著述条目下记录该撰者的资料,这也可视为互著法的一种运用。

总之,《经义考》提要撰写中成熟地运用互著法,进一步推动了古代目录学著录方法的发展。

三、结　语

《经义考》一经问世,即为学界所重,《经义考》提要中的按语是朱彝尊经学思想和学术理论最直接的体现,具有独特的价值,是我们了解朱氏思想宗旨及"辨章学术,考镜源流"的重要途径。乾隆年间成书的《四库总目》经部多本之《经义考》,《总目》中因朱氏成说者时见,利用《经义考》材料进行考辨者尤多,可见其价值之大。但另一方面,《经义考》为二千年来经部之总汇,二千年来,卷帙浩繁,载籍无穷,以一人之力,间有遗误,在所难免,也因此清代为之拾遗补续者不乏其人。《经义考》虽然有不足之处,但总体来说,这些并不掩盖其作为经学专科目录巨著的光辉。

[作者简介]周亚萍,深圳市红岭中学教师,中国古典文献学硕士。

论朱彝尊对《四书》的梳理与研究

——以《经义考》为中心

山东　张春燕

《经义考》为清初朱彝尊所辑,卷帙浩繁,涉及先秦至清初经学著述八千四百余种,著者四千三百余人。《经义考》原三百卷,因阙《宣讲》《立学》《家学》《自序》,现存二百九十七卷,以书名为纲,辑录历代所著说经之书,文献源于《汉书·艺文志》《经籍考》等目录及各代官修大典,同时也参考其他列传史书。朱彝尊网罗各方经籍,考订源流,论其旨意,著其作者、来源、卷数及各家评说,征其序跋,并有按语,实为经典传世之作。

朱彝尊对《四书》相关文献的著录,主要依据《七录》《汉书》《隋书》《宋史》《文献通考》等,著录"中庸类"五卷,收录一百六十种文献;"大学类"六卷,收录一百八十九种文献;"大学中庸类"一卷,收录七十五种文献;"论语类"十一卷,收录三百七十二种文献;"孟子类"六卷,收录一百六十三种文献;"四书类"八卷,收录三百三十四种文献。

乾隆评论道:"朕阅四库全书馆所进钞本朱彝尊《经义考》,于历代说经诸书,广搜博考,存佚可征,实有裨于经学。"[①]《经义考》汇集历代说经诸书,是文献汇集典范。《经义考》亦是朱彝尊阐发自己对先秦至清代经学发展独特见解的学术著作。学界对《经义考》的研究,多数论其补正、考辨,兼论目录、版本,但就《经义考》来,对《四书》进行研究的较少。本文旨在根据《经义考》著录《大学》《中庸》《论语》《孟子》及"四书类"书目及相关引语,梳理其有关《四书》的内容。

---

① 朱彝尊撰,林庆彰等主编《经义考新校》,上海古籍出版社,2010年,第11页。

一、兼采众家

清代学者的治学方法多是网罗旧说、博采众家、融会贯通,朱彝尊也不例外。《经义考》援引文献并非全部来自主流一脉,凡是朱彝尊认为有可取之处的观点,便纳入《经义考》中,有主流的一方,亦有与其相对的一方,所以一条著录之下常多有相对立的观点。现对《经义考》中辑录的《大学》《孟子》作者的说法进行探讨。

1.《大学》作者

关于《大学》一书的作者问题,朱彝尊援引黄震、方孝孺、钱士馨、冯屹章等人论述,于引文中分为三方。

一方推崇程颐的观点,认为《大学》是孔子留下的话,体例与《礼记》其他篇章体例不同。此派学者有黄震、方孝孺等人:

> 黄震曰:"程氏谓《大学》乃孔子遗书,初学入德之门,无如《大学》者,然其诠次与《礼记》原书不同。"①

> 方孝孺曰:"《大学》出于孔氏,至程子而其道始明,至朱子而其义始备。"②

一方推崇朱熹思想,认为《大学》并非孔子遗书,而是孔子弟子曾参及其门人所述,后世多有学者考证探究,阐发议论:

> 钱馚曰:"《大学》一篇,汉、唐诸儒并未言作者,晦翁分叙《经》《传》,迁次其文,定为曾子及其门人所述,世遂信而莫敢疑。"③

传统视角下,《大学》为曾子及其弟子所作,朱熹以《经》《传》分之,《经》一章,《传》十章。《经》一章,为孔子之言而曾子述之,是曾子所记,《传》十章,是曾子之义而曾子弟子所记。黎立武作《大学本旨》否定朱熹的观点,认为《大学》中《经》一章是曾晳的话,并非孔子之言,其他《传》部为曾子之言。

---

① 朱彝尊撰,林庆彰等主编《经义考新校》卷一五六,第 2854 页。
② 朱彝尊撰,林庆彰等主编《经义考新校》卷一五七,第 2874 页。
③ 朱彝尊撰,林庆彰等主编《经义考新校》卷一五六,第 2862 页。

一方认为《大学》既不是孔子遗书，也不是曾子及其弟子所作。不少学者根据《礼记》中《大学》未曾注明作者及时代，质疑《大学》为曾子所作的真实性：

> 冯屺章曰："《大学》在《戴记》中，从未尝属谁氏作，不知朱子何以确指为曾子。"①

> 钱默曰："《大学》一篇，汉、唐诸儒并未言作者，晦翁分叙《经》《传》，迁次旧文，定为曾子及其门人所述，世遂信而莫敢疑。"②

古籍文献并未明确记载《大学》为何人所作，多数学者认为《大学》为曾子所作。就《大学》作者引发的争议，朱彝尊援引各家论说，将其分类而论，条理明确。

2.《孟子》作者

《孟子》一书的作者问题，《经义考》收录了四种不同观点。

一派学者认为《孟子》为孟子所作。此派的代表学者有应劭、贾同、朱熹、王应麟、何异孙、赵岐、阎若璩等人。

> 赵岐曰："此书孟子之所作也，故总谓之《孟子》。"③

> 朱子曰："《孟子》七篇，观其笔势，如镕铸而成，知非缀辑所就也？"

> 又曰："《孟子》疑自著之书，故首尾文字一体。"④

其观点最早为东汉赵岐在《孟子题辞》中提出，论述《孟子》为孟子所作。朱熹则从文章风格的一致性方面论说，主要认同此观点。阎若璩依据《论语》为孔子弟子及其门人所著，故《论语》中多有记载孔子容貌，而《孟子》原文并未记载孟子容貌及行为，大多是言语及出处，而认为《孟子》为孟子自著。

一派学者认为《孟子》为孟子及其弟子所作。此派的代表学者有司马迁、董铢等人。

> 司马迁曰："退而与万章之徒，序《诗》《书》，述仲尼之意，作《孟子》七篇。"⑤

---

①② 朱彝尊撰，林庆彰等主编《经义考新校》卷一五六，第 2862 页。
③ 朱彝尊撰，林庆彰等主编《经义考新校》卷二三二，第 4174 页。
④ 朱彝尊撰，林庆彰等主编《经义考新校》卷二三一，第 4167 页。
⑤ 朱彝尊撰，林庆彰等主编《经义考新校》卷二三一，第 4163 页。

董铢曰:"观七篇文字,笔势如此,决是一手所成,非《鲁论》比也。然其间有如云'孟子道性善','言必称尧舜',亦恐是其徒所记。"①

此观点最早由司马迁提出,认为《孟子》主要作者为孟子,由孟子及其弟子共同书写。朱彝尊所引文献中也多论述此一观点。司马迁为西汉人,距《孟子》成书时代较其他各派更早,或与事实更为接近,故此派观点是最为可信的。

一派学者认为《孟子》并非孟子所作,为其弟子及其门人所作。此派的代表学者有姚信、韩愈、林慎思、苏辙、晁说之等人。

韩子曰:"轲之书,非自著。既没,其徒万章、公孙丑记其言耳。"②

晁说之曰:"按此书,韩愈以为弟子所会集,非轲自作。今考其书,则知愈之言非妄发也。书载孟子所见诸侯,皆称谥,如齐宣王、梁惠王、梁襄王、滕定公、滕文公、鲁平公是也。夫死然后有谥,轲著书时,所见诸侯,不应皆死。且惠王元年至平公之卒,凡七十七年。孟子见惠王,王目之曰叟,必已老矣,决不见平公之卒也。故予以愈言为然。"③

此观点最早由姚信提出。后有部分学者赞同此观点,亦找出《孟子》非孟子所作的佐证,即从孟子周游列国顺序以及诸侯谥号判断。

一派学者认为《孟子》并非为孟子、或孟子弟子所作,乃后人仿作:

邵博曰:"大贤若孟子,其可议乎?后汉王充乃有《刺孟》,近代何涉有《删孟》。《刺孟》出《论衡》,韩退之赞其'闭门潜思,《论衡》以修'矣。则退之于孟子醇乎醇之论,亦或不然也。"④

此派又有冯休作《删孟子》十七篇,表明《孟子》是后人所作,语义详明。司马光认为《孟子》是东汉时期出现的伪书,作《疑孟论》说之。李觏作《常语》以表达对《孟子》的批判。郑厚《艺圃折衷》抵制《孟子》,言语犀利。邵博《邵氏闻见后录》中卷十一至卷十三中专门记载十家批判《孟子》为伪书的论述。

---

① 朱彝尊撰,林庆彰等主编《经义考新校》卷二三一,第 4167 页。
② 朱彝尊撰,林庆彰等主编《经义考新校》卷二三一,第 4164 页。
③ 朱彝尊撰,林庆彰等主编《经义考新校》卷二三一,第 4166 页。
④ 朱彝尊撰,林庆彰等主编《经义考新校》卷二三二,第 4174 页。

二、阐发己说

　　《经义考》撰于康熙二十五年(1686)，援引文献极为丰富。朱彝尊早年游历之时，即已开始准备所需资料。至中年撰书时，所撰条目大多从手中现有资料中选取援引，朱彝尊认为其中有不当或未明之处，则以按语的形式附于正文之后以说明。朱氏于《曝书亭集》中言："见近日谭经者，局守一家之言，先儒遗编，失传者十九，因仿鄱阳马氏《经籍考》而推广之，自周迄今，各疏其大略。"①

　　朱彝尊援引众家言论，将各派观点一一罗列，以阐明《四书》研究中的各种疑问，为后代研究《四书》提供客观、有条理的论说线索。同时，朱彝尊引文后的按语，除却补充论据完善，更是阐发自己观点。在总结《大学》作者一说中，朱彝尊从《汉书·艺文志》角度出发，阐发议论。

　　《汉书·艺文志》记载"《曾子》十八篇"②，今见于《大戴礼记》者十篇，称为"《曾子》十篇"，为第四十九、第五十八篇，分别是：《曾子立事》《曾子本孝》《曾子立孝》《曾子大孝》《曾子事父母》《曾子制言上》《曾子制言中》《曾子制言下》《曾子疾病》《曾子天圆》。朱彝尊认为《大戴礼记》中所记载的"《曾子》十篇"皆带有"曾子"二字，其余未见八篇应与此十篇类似，不应只存"大学"二字，以此怀疑《大学》为曾子所作的真实性：

　　　　其余虽无闻，使其存，亦必冠以曾子，如《大戴》所记矣。③

　　义理阐发、学术争辩是经学发展中必不可少的环节，独尊一家思想则会有损学子研经的开放性、创新性。朱彝尊引《汉书·艺文志》《大戴礼记》《答林择之书》《樗斋漫录》等典籍，表明自己对《大学》作者说的态度。

　　按语是朱彝尊思想态度的一大体现，其次援引诸家论说中亦带有朱氏的倾向性，多数辑录文献并非引自原著，而是辗转多书，其内容有阙、脱等情况。

　　　　晁公武曰："皇朝孙奭等，采唐张镒、丁公著所撰，参附益其阙。古今注

---

① 朱彝尊《曝书亭集》卷三三，《四部丛刊初编》本，商务印书馆，1926年。
② 班固《汉书》卷三〇，中州古籍出版社，1991年，第288页。
③ 朱彝尊撰，林庆彰等主编《经义考新校》卷一五六，第2862页。

《孟子》者,赵氏之外,有陆善经。奭撰《正义》,以赵《注》为本,其不同者,时时兼取善经,如谓'子莫执中'为'子等无执中'之类。大中祥符中书成,上于朝。"①

本条所引晁公武言与《郡斋读书志》原文有出入,并非引自《郡斋读书志》,而是转引于《文献通考》。《经义考》中辑录文献多是根据马端临《文献通考》,因而在著录文献时,带有一定的文献倾向。

三、《四书》入经

《大学》《中庸》《论语》《孟子》四书本不相合,《论语》《孟子》为先秦经典,在汉代已受到重视。相对于《大学》《中庸》,《论语》《孟子》显然已广为学者所知。《论语》在西汉张禹时成为重要的儒家经典,《七略》及《汉书·艺文志》中列入"六艺略",《七录》中列入"经典录"论语部,《隋书·经籍志》中列入"经部"论语类;从汉至唐代,《孟子》一书一直视列为"子部"经典,据《新唐书》卷四十四记载:"《论语》《孝经》《孟子》兼为一经,其明经、进士及道举并停。"②唐朝时经学受到冲击,《论语》《孟子》《孝经》兼为一经,作为科举考试科目,此条侧面佐证唐朝时《孟子》已开始向经部书转型,至南宋陈振孙《直斋书录解题》将《孟子》列入经部,与《论语》并列入"语孟类"。

> (赵)岐《(孟子)题辞》曰:"汉兴,除秦虐禁,开延道德。孝文皇帝欲广游学之路,《论语》《孝经》《孟子》《尔雅》皆置博士。"③

> 王祎曰:"《论语》,先汉时已行,诸儒多为之注。《大学》《中庸》二篇在《小戴记》中,注之者,郑康成也。《孟子》初列于诸子,及赵岐注后遂显矣。"④

《大学》《中庸》原为《礼记》中第四十二篇和第三十一篇。此二篇及其注释

---

① 朱彝尊撰,林庆彰等主编《经义考新校》卷二三三,第 4186 页。
② 欧阳修、宋祁等《新唐书》卷四四,中华书局,1975 年,第 1167 页。
③ 朱彝尊撰,林庆彰等主编《经义考新校》卷二三二,第 4175 页。
④ 朱彝尊撰,林庆彰等主编《经义考新校》卷二五二,第 4513 页。

在宋以前官修目录典籍中未有独立著录,仅是作为《礼记》中的两篇存在。

> (杨)时《〈中庸解〉自序》曰:"《中庸》之书,盖圣学之渊源,入德之大方也。……子思之学,《中庸》是也,孟子之书,其源盖出于此。"①

《大学》《中庸》本为圣学经典,但宋以前并未广受重视,其不被儒生尊崇有很多原因:一为世人尊《论语》《孟子》,而于《大学》《中庸》,则未多有尽心尽力者。二为《大学》是百圣传心之要典,此书虽然留存于世,然上古资料也已亡佚,多数学子治学研经,想破解《大学》难题,也因古籍亡佚而退却,少有突破性成果。三为汉代以来,儒者多传章句训诂而不复求圣人之言。

自汉以来,儒生多注重章句训诂,其中不乏学者研读《大学》《中庸》二篇。《中庸》于东汉时逐渐进入儒者视野,自郑玄时已有学者以此为治学典籍,为其作传、注、疏解。唐韩愈、李翱二人,先后研治《大学》《中庸》二篇,独立成书。至于宋代,先觉贤士逐渐重视《大学》《中庸》二篇,多将此二篇作为"圣学之渊源"。

> 陆深曰:"《中庸》杂出《戴记》,至二程始尊信而表章之,今独行与《六经》并。然晋戴颙尝传《中庸》,梁武帝为《中庸讲疏》,已知重《中庸》矣,非但始于宋也。"②
>
> (真)德秀《〈大学衍义〉自序》曰:"求治者既莫之或考,言治者亦不以望其君,独唐韩愈、李翱尝举其说,见于《原道》《复性》之篇,而立朝论议,曾弗之及。"③

汉唐以来,《大学》《中庸》《论语》《孟子》虽有传承,博士讲书,然汉注重训诂之学,多以训诂说之,唐注重文辞章句,多以章句说之。至宋代以后,诸儒说《四书》,多存在说《大学》《中庸》而不及《论语》《孟子》者,说《论语》《孟子》不及《大学》《中庸》者,至朱熹《四书》集大成后,《四书》与《六经》并重而行,不再分科传习,成为一体。

> 王义山《〈四书衍义〉序》曰:晦翁《四书》,与《六经》并行于天地间,为天

---

① 朱彝尊撰,林庆彰等主编《经义考新校》卷一五一,第2791页。
② 朱彝尊撰,林庆彰等主编《经义考新校》卷一五一,第2782页。
③ 朱彝尊撰,林庆彰等主编《经义考新校》卷一五六,第2865页。

地立心，为生民立命，为前圣继绝业，为万世开太平。此书也，盖自洙、泗而后。①

《四书》学的兴起与发展是中国经学史上的重大事件。庆历之际的"尊孟"运动是《四书》学发展的开端，此后经历"尊孟"与"疑孟"两派争辩，程颢、程颐等人的推崇发展，宋代学子多根据《四书》或其中单本进行注疏，至南宋朱熹撰写《四书章句集注》，四部经典合为一部，正式确立为《四书》。《四书》名称由朱熹所定，"特其论说之详，自二程始。定著《四书》之名，则自朱子始耳"②。

> 程钜夫《〈四书说〉后序》曰："《四书》至朱子注释精矣，然朱子修改，易箦未已，天假之年，则今本犹未为定本也。"③

朱熹钦定《四书》，至晚年时注释完成，其许多见解未曾收入《章句》《或问》等中。其后赵顺孙《四书笺义纂要》搜集百家经传子史，钩玄提要，本末兼备，与熊禾《标题四书》、杜瑛《旁通》同为一类；其门人黄榦著书，阐明朱熹未曾阐述的见解；饶鲁著书，阐明《四书》思想，又有前人所未曾阐发的见解；胡炳文撰《四书通》，删减《纂疏》《集成》中论述不当之处，阐发《通释》《集疏》中未见之义理。自汉至宋，《四书》地位不断升格，周予同将《四书》升格过程总结为三部分："《论语》经典地位的提高；《孟子》从子部升到经部；《大学》《中庸》，由单篇的'记'升格为专经。"④《经义考》详细考证《四书》升格过程中有关的经典著述，梳理各书年代，对后世研究《四书》的兴起与发展具有不可替代的参考价值。

四、师承谱系

汉代经学，在传承过程中注重师法、家法。皮锡瑞在《经学历史》中写道："前汉重师法，后汉重家法。先有师法，而后能成一家之言。师法者，溯其源，家

---

① 朱彝尊撰，林庆彰等主编《经义考新校》卷二五三，第 4534 页。
② 永瑢等《四库全书总目》卷三五，中华书局，1965 年，第 293 页。
③ 朱彝尊撰，林庆彰等主编《经义考新校》卷二五四，第 4546 页。
④ 周予同《中国经学史讲义》，上海文艺出版社，1999 年，第 111—112 页。

法者,衍其流也。"①师法与家法是源与流的关系,先有师法,后有家法,二者不可分割。江藩在《汉学师承记》中说道:"经术一坏于东西晋之清谈,再坏于南北宋之道学。元、明以来,此道益晦。至本朝,三惠之学,盛于吴中;江永、戴震诸君,继起于歙。从此汉学昌明,千载沉霾,一朝复旦。"②江藩认为经学发展先后经历了魏晋玄学、宋元理学的冲击,至清朝时诸家学子访求经义,考辨源流,为恢复汉学本源而贡献颇著。

汉学是清代经学体系中的关键环节,汉学与清代经学不断融合是清代治学的特色。因而朱彝尊在撰写《经义考》时,并未局限于经学书目梳理,而是在完善书籍目录的基础上,以经师为内在撰写线索,将经学师承谱系写完善。朱彝尊设《承师》五卷,梳理各经承师脉络;除此五卷外,对各经经师的著录,存于各卷辑录文献中。

《经义考》中对经学师承谱系的叙写,首要依据《史记》《汉书》《隋书》等典籍记载。《论语》分齐、鲁、古三家,《经义考》首先引用《汉书》《隋书》等各代史志目录,阐明汉以前《论语》经师的脉络,汉以后多以《张侯论》作为传习版本。

> 班固曰:"传《齐论》者,昌邑中尉王吉、少府宋畸、御史大夫贡禹、尚书令五鹿充宗、胶东庸生。唯王阳名家。""传《鲁论语》者,常山都尉龚奋、长信少府夏侯胜、丞相韦贤及子玄成、太子太傅夏侯建、前将军萧望之、安昌侯张禹,皆名家。"③

孟子弟子有乐正克、万章、公孙丑、浩生、孟仲子、陈臻、充虞、屋庐连、彭更、公都子、徐辟、陈代、咸邱蒙、高子、桃应、滕更等人,《经义考》中所著孟子弟子皆引"赵岐曰"作注,以赵岐《孟子注》作为阐发《孟子》师承发展的根据。

《大学》《中庸》经师始于东汉,《经义考》中叙写《小戴礼记》四人:刘佑、高诱、郑康成、卢植,其后叙写朱子授礼弟子:黄榦、刘爚、杨复、黄士毅、许升、吴必大、熊以宁、孙调、叶味道、蔡渊、刘黼、李方子、郑可学、刘胡泳、吕焘、李闳祖、童伯羽、汪德辅、廖德明、余大雅、包扬、李辉、董铢等人。此部分内容在"四书类"著录条目中亦见参考。

---

① 皮锡瑞《经学历史》,中华书局,1959年,第136页。
② 江藩《汉学师承记》卷一,上海书店,1983年,第4页。
③ 朱彝尊撰,林庆彰等主编《经义考新校》卷二一一,第3854—3855页。

《承师》五卷汇集经学发展中有师承关系的儒者，各经具体师承关系于引文中记载。例如对"四书类"中，有"师从朱子""朱子弟子"一类文字于各作者名下，师承于谁，清晰无二。

五、考辨章节

《论语》《孟子》成书较早，章节内容分辨明白。《大学》《中庸》自朱熹时划分章节，对于章节的划分，多有争论考辨，以探索最为合理的划分方式。

1.《大学》阙文或错简

《大学》古本原无经传，朱熹以经传说之，分为三纲领、八条目。朱熹章节分类是以"大学之道，在明明德，在亲民，在止于至善"[①]作为《大学》三纲领，其下统率的八条目则是根据"古之欲明明德于天下者，先治其国……身修而后家齐，家齐而后国治，国治而后天下平"[②]简化而来。对于朱熹划分的"八条目"，宋代及后代学者对其存有疑问，一为"八条目"中不应只存在"六条目"，而未见"格物""致知"；二为《大学》中"三纲领"理应重于"八条目"，但实际到宋代时，《大学》古本中并未有关"三纲领"的释义，因此学者认为《大学》古本存在错简或阙文。

朱熹认为其中阙《格物致知传》，因而作《章句》《或问》《集传》等典籍补其阙略，发其微义。朱熹《章句》等著述影响深远，后代学者多依据《章句》著书论理。程仲文《大学释旨》言辞精简、逻辑严密；许衡《大学要略直说》直说《大学》教人之道、圣贤传经之旨；李朝佐《大学治平龟鉴》以朱熹《章句》思想为基础，扩展理论、考证事实。

> 王祎曰："《大学》在《礼记》中通为一篇，朱子始分为经传，以明德、亲民、止善为三纲领，以格物、致知、诚意、正心、修身、齐家、治国、平天下为八条目。惟其间阙《格物致知传》，朱子以为亡而补之。"[③]

程颢、程颐二人认为《大学》古本存在编简错乱，故作《大学定本》，这是已知

---

① 丁鼎《礼记解读》，中国人民大学出版社，2010 年，第 593 页。
② 丁鼎《礼记解读》，第 594 页。
③ 朱彝尊撰，林庆彰等主编《经义考新校》卷一五六，第 2859 页。

最早的改本,此后又有吕大临《大学解》、苏总龟《大学解》、谭惟寅《大学解》、喻
樗《大学解》、廖刚《大学讲义》、何侗《大学讲义》、张九成《大学说》、萧欲仁《大学
篇》等,于朱熹之前论述《大学》古本编简情况,试图改正文字顺序。朱熹之后,
《大学》阙文或编简问题更加模糊,董槐、王柏、车若水等人继承前人改本之说
法,更改古本,探究《大学》编简的最初文字。

> 方孝孺曰:"《大学》出于孔氏,至程子而其道始明,至朱子而其义始备。
> 然《致知格物传》之阙,朱子虽尝补之,而读者犹以不见古全书为憾。董文
> 清公槐、叶丞相梦鼎、王文宪公柏皆谓《传》未尝阙,特编简错乱,而考定者
> 失其序,遂归经文'知止'以下,至'则近道矣'以上四十二字,于'子曰:"听
> 讼,吾犹人也"'之右为《传》第四章,以释致知格物,由是《大学》复为全书。
> 车先生清臣尝为书以辨其说可信矣。"①

> 方孝孺曰:"太史金华宋公欲取朱子之意补第四章章句,以授学者而未
> 果。浦阳郑君济仲辨受学,太史公预闻其说,而雅善篆书,某因请以更定次
> 序书之,将刻以示后世。"②

《大学》古本未见"格物""致知"条目及"三纲领"释义,两派学者援引各类事
实依据,著书论说,一派坚持《大学》古本部分章节编简错乱,以致未见"格物"
"致知"二传,一派认为《大学》古本是为阙文,著书阐述其观点,两派学者相互交
锋,各述己说。

2.《中庸》章节分类

《中庸》通常认为是子思所作,《经义考》中著录的《汉中庸说》是文献记载中
最早的解诂《中庸》的著作。

> 《孔丛子》:"子思曰:'文王困于牖里作《周易》,祖君屈于陈蔡作《春
> 秋》,吾困于宋,可无作乎?'于是撰《中庸》之书四十九篇。"③

《孔丛子》记载《中庸》是为四十九篇。孔颖达注《五经正义》时,将《中庸》分
为上、下两卷进行阐释,是为《礼记》卷五十二和卷五十三。朱熹将《中庸》分为

---

① 朱彝尊撰,林庆彰等主编《经义考新校》卷一五七,第 2874 页。
② 朱彝尊撰,林庆彰等主编《经义考新校》卷一五八,第 2893—2894 页。
③ 朱彝尊撰,林庆彰等主编《经义考新校》卷一五一,第 2781 页。

三十三章,作《章句》《或问》说之,然而《戴记》中所载篇目错简过半,《中庸》以旧编传书,与《大学》三纲八目的分章相比,《中庸》难分章节。朱熹分为三十三章节,多有牵强固执、曲解迂说之处,后世学者或信或疑,多有著述说之。

> 杨守陈曰:"《中庸》之言,若散而无统,乱而无伦,故虽有错简,而卒未易见。"①

> (陈)栎《(中庸口义)自序》曰:"朱子……其言曰:'首章子思推本所传之意以立言,盖一篇之体要,其下十章,则引先圣之言以明之,至十二章,又子思之言,其下八章,复引先圣之言明之,二十一章以下,至于卒章,则又子思之言,反复推明,以尽所传之意者也。'"②

陈华祖《中庸分章》、杨守陈《中庸私抄》、陈栎《中庸口义》,多补充《章句》《或问》牵强之处。王柏《订古中庸》以朱熹本第二十一章为界,分为上、下两个部分,为"中庸论"和"诚明论",进行阐释。官志道《中庸订释》分《中庸》为三十五章,参照章本,考订翔实、修饰文辞,与朱熹三十三章相比,没有较大变动,只在各章分合处有所增减,注释多与原文相似。

湛若水以干支划分《中庸》章节,认为《中庸》为一干四支,四支与一干相互呼应,不可分割。

> (湛)若水《(中庸测)自序》曰:"故《中庸》者,一干而四支者也。夫天下之支,未有不原于干者矣;天下之干,未有不因支焉以发明者矣。是故以明乎慎独之功者,莫大乎一支;以言乎体道,而致之中和位育者,莫大乎二支;以言乎体道之极功,而放之中和位育之极致者,莫大乎三支;以言乎反本而约之,其功密,其为效远,其体用一者,莫大乎四支。是故一干本根,纯粹精矣;四支发挥,旁通情矣。"③

关于《中庸》章节划分,《汉书·艺文志》记载《中庸》二篇,《孔丛子》记载《中庸》四十九篇,孔颖达分为两卷,朱熹分为三十三章,王柏与孔颖达相似,分为上下两章。诸儒对《中庸》章节划分依据不一,今本《中庸》多据朱熹三十三章本。

---

① 朱彝尊撰,林庆彰等主编《经义考新校》卷一五四,第 2831 页。
② 朱彝尊撰,林庆彰等主编《经义考新校》卷一五三,第 2822 页。
③ 朱彝尊撰,林庆彰等主编《经义考新校》卷一五四,第 2834 页。

六、总　结

朱彝尊《经义考》为矫正学术不实之风气，考证源流，汇集先秦至清代文献书目，著录文献八千余种。其中著录了有关"四书类"著述，对梳理和构建《四书》发展过程具有重大参考价值，笔者主要根据《经义考》中《四书》相关部分兼采众家、阐发己论的写作特色，议论《四书》入经过程、考辨章节目录，梳理《四书》发展脉络。

[作者简介]张春燕，山东理工大学文学与新闻传播学院硕士研究生。

中古佛教目录解题之产生与发展

——兼论朱彝尊《经义考》解题体例之前承

江苏　张　聪

一、朱彝尊及其《经义考》

朱彝尊《经义考》网罗自秦汉至清初经学书籍,通考历代经义,广博渊深。书凡三百卷(实存二百九十七卷),分为御注、敕撰、易、书、诗、周礼、仪礼、礼记、通礼、乐、春秋、论语、孝经、孟子、尔雅等二十余类。所收之书均著录撰者姓名、书籍卷数、存佚情况,并旁征博引群书资料、前儒评价,若有己见,则以按语形式附于条目之下,可谓义例精详,俨然一部经学学术史。

《经义考》以目录为形式,以考求经义为指归,是经学目录之集大成者。张宗友《〈经义考〉研究》指出:"自汉以迄清初,在《经义考》问世之前,并无一部真正能反映经学发展的学科目录。有限的几部书目,也各有其不足。如郑玄《三礼目录》,虽有首创之功,但毕竟以三种礼书为主,不及他经;甚至仅被视作'一书之目录'。下及明代,朱睦㮮《授经图义例》之著述重心,在图示授经源流,后附仅为简目。其《经序录》一书,则在简目之下,辑列各序;故其所重在序,甚至可以序文汇编视之。"①与前代诸目录相比,《经义考》采辑了大量文献资料,按照特定的体例,归于各条目之下,从而反映了经学之发展脉络,确为"辨章学术,考镜源流"之书。故在目录编纂方面,《经义考》内容之丰富,卷帙之巨大,实为历

---

① 张宗友《〈经义考〉研究》(增订本),凤凰出版社,2020年,第43页。

代之最。

《经义考》问世之后，深刻影响了后世经学目录的编纂。清人有诸多围绕《经义考》的衍生之作，或是以为《经义考》皇皇巨著，至为宏富，不必另起炉灶，故以其书为础柱，进行续、补、订讹等工作。如沈廷芳《续经义考》、全祖望《读易别录》、卢文弨《经籍考》、冯浩《续经义考》、翁方纲《经义考补正》、王聘珍《经义考补》、罗振玉《经义考校记》等，皆为此类。①

二、《经义考》解题体例之特点

中国古典目录以"辨章学术，考镜源流"为追求，因此具有学术史性质，受到学人高度重视。所谓目录，包括一书之目录与群书之目录。前者由一书之篇目与叙录构成，是了解一部著作的重要途径。后者以书名为中心，往往具有著录体系、分类体系、解题体系等体制性要素，提供关于某时代、某地域或某学科的图书面貌信息，成为研究古代学术源流的重要凭借。

从解题体系的角度来看，《经义考》这部经学目录之提要，采用以辑录体为主、辑考体为辅的方式。所谓"辑录体"，即是抄辑与著录书籍相关的各种资料文献，以达到介绍书籍内容、彰显学术源流等目的的一种目录解题。而"辑考体"，是在辑抄资料的基础上，以按语等形式加以考辨的提要形式，是辑录体的扩充与延伸。《经义考》每一篇目之下，除广采各家评论资料外，还会以按语形式，对某些问题作出考辨，是这一解题的代表性目录。

朱彝尊《曝书亭集·寄礼部韩尚书书》称："……见近日谭经者，局守一家之言，先儒遗编，失传者十九，因仿鄱阳马氏《经籍考》而推广之，自周迄今，各疏其大略。微言虽绝，大义间存，编成《经义考》三百卷，分'存''佚''阙''未见'四门，于十四经外，附以逸经、毖纬、拟经、家学、承师、宣讲、立学、刊石、书壁、镂板、著录，而以通说终焉。"②朱彝尊直言，《经义考》之体例直接来源于马端临《文献通考·经籍考》。

---

① 张宗友《〈经义考〉研究》（增订本）第 431 页至第 459 页详细介绍了诸家著作之内容。
② 朱彝尊《曝书亭集》卷三三，见《四部丛刊初编》第 279 册，商务印书馆，1926 年。

事实上,辑录体这种提要方式,在普通目录中的运用较少,且时代较晚。王重民《中国目录学史论丛》称:"还有辑录体的提要,就是不由自己编写,而去钞辑序跋、史传、笔记和有关的目录资料以起提要的作用。这一方法是在这一时期(中古时期)内由僧祐开其端,而由马端临的《文献通考·经籍考》、朱彝尊《经义考》得到进一步发挥,和叙录体、传录体并称,我拟称之为辑录体。"①这段话揭示,辑录体解题的产生,或是受到中古时期内典目录的影响。其中所谓"由僧祐开其端",则是指南朝梁律师释僧祐所编写的佛教目录《出三藏记集》。因此,要追索辑录体这一体例之发端,必须将目光投向中古时期的佛教目录。

三、中古佛教目录之概况

(一) 佛教目录之产生

佛教目录指以佛教典籍为著录对象的书目,是古典目录的重要组成部分。中国古代佛教目录产生于佛教典籍流布中土之后。对于中国来说,佛教本是一种异质文明,在其传入之初时,呈现的是一种原始且蒙昧的状态。无论是秦始皇时释利防持经东来,还是汉哀帝朝伊存口授《浮屠经》,皆是传说,并非信史。②明帝梦见金神,白马驮经的记载始见于北魏杨衒之所撰《洛阳伽蓝记》③,时代相

---

① 王重民《中国目录学史论丛》,中华书局,1984 年,第 80 页。

② 费长房《历代三宝记》:"又始皇时有诸沙门释利防等十八贤者赍经来化,始皇弗从,遂禁利防等。夜有金刚丈六人来,破狱出之。"(《历代三宝记》卷一,见《中华大藏经》第 54 册,第 143 页)《三国志·魏书·东夷传》裴松之注:"昔汉哀帝元寿元年,博士弟子景庐受大月氏王使伊存口受《浮屠经》曰'复立'者,其人也。"(《三国志》卷三〇,中华书局,1959 年,第 859—860 页)

③ 杨衒之《洛阳伽蓝记·白马寺》:"白马寺,汉明帝所立也,佛入中国之始。寺在西阳门外三里御道南。帝梦金神长丈六,项背日月光明,胡人号曰佛。遣使向西域求之,乃得经像焉。明帝崩,起祇洹于陵上,自此以后,百姓冢上,或作浮图焉。"(范祥雍注《洛阳伽蓝记校注》卷四,上海古籍出版社,1978 年,第 196 页)

去甚远,而此事又不见《后汉书》,亦不可信。《后汉书》记载的"楚狱"①,是典籍中比较可信的佛教的初次登场。楚王刘英在徐州大起浮屠,被认为聚众谋反,不为朝廷所容忍,此事距所谓的"白马驮经"不过数年时间。由此可知,佛教此时初入中国,但全无组织与体系,是不被接受的民间信仰,且佛教典籍的传入与流布迟滞于佛教本身。至于东汉末年,胡僧若支娄迦谶、支谦、安世高之辈纷纷来夏,携来佛典,译经于斯肇始。至此,佛教不再是单纯的民间信仰活动。

　　魏晋南北朝时期,即所谓的"中古时期"(起自曹魏建立,迄于隋灭南陈),是佛教发展的关键时期。上层的推动使佛教逐渐风靡整个中国,无论南北,佛寺弥望,译经风行。而佛教典籍的大规模传入,正是佛教目录产生之先声。

　　曹魏初年,出现了见于文献记载的最早的佛教目录,即朱士行所撰《汉录》。竺法护、聂道真等人特撰目录,收录已译诸经,故有"佛教目录之兴,盖伴译经以俱来"②之说。出经日多,处则充栋宇,出则汗牛马,既而混淆杂糅,不显作者;鱼目混珠,真伪难辨,当时信士虽欲遍览,却不能得其法。因此,各种佛教目录(或简称"经录"③)应运而生。这一时期,出现几部颇负盛名的佛教目录。由东晋道安法师撰写的《综理众经目录》,被视为历史上第一部综合性的佛教目录,这部空前精善的经录对后世颇有影响。至于南北朝,佛教目录体例逐渐完善,臻于成熟。南朝梁律师僧祐在道安经录体例的基础上进一步完善,编写《出三藏记集》,内容丰富,且是现存最早的完整经录。但魏晋南北朝复杂的政治局势、佛教自身的发展状况及编写经录的不同目的,使得这一时期佛教目录总体上呈现极其驳杂的面貌。可以说,中古时代特殊的政治环境及释教自身的特性,造就

---

　　① 范晔《后汉书·光武十王列传·楚王英传》:"英少时好游侠,交通宾客,晚节更喜黄老学,为浮屠斋戒祭祀。八年诏令天下死罪皆入缣赎,英遣郎中令奉黄缣白纨三十匹诣国相,曰:'托在蕃辅,过恶累积,欢喜大恩,奉送缣帛,以赎愆罪。'国相以闻。诏报曰:'楚王诵黄老之微言,尚浮屠之仁祠,絜斋三月,与神为誓,何嫌何疑,当有悔吝?其还赎,以助伊蒲塞桑门之盛馔。'……十三年,男子燕广告英与渔洋王平、颜忠等造作图书,有逆谋,事下案验。有司奏英招聚奸猾,造作图谶,擅相官秩,置诸侯王公将军二千石,大逆不道,请诛之。楚狱遂至累年,其辞语相连,自京师亲戚诸侯州郡豪桀及考案例,阿附相陷,坐死徒者以千数。"(《后汉书》卷四二,中华书局,1974年,第1428—1430页。)

　　② 姚名达《中国目录学史·宗教目录篇》,上海古籍出版社,2002年,第196页。

　　③ 按:佛教典籍初入,体裁混杂,经、律、论不区分,一律称"经"。众录虽是经律论录,亦多称"众经目录"或"经录"。故本文中所称"经录"者,与佛教目录略同。

了中古佛教目录与普通目录截然不同的特殊面貌,而这些断裂且复杂的文本,也蕴藏着魏晋南北朝之现实、观念、学风等方面的特点。

目录有学术史之功用,古典目录学的关注点不仅在于留存书名,更在于分类与著录体例所反映出来的学术观念,学脉之承继,文章之流变,都可从中窥见。与传统目录一样,经之功用,不仅在记录书名信息,还在于反映释教之学术史,学问之滥觞、发展、变化皆蕴于其中。梁启超《佛家经录在中国目录学之地位》一文,更以为佛教目录有五事胜于普通目录:

> 一曰历史观念甚发达,凡一书注传译渊源、译人小传、译时、译地,靡不详叙。二曰辨别真伪极严,凡可疑之书皆详审考证,别存其目。三曰比较甚审,凡一书而同时或先后异译者,辄详为序列,勘其异同得失,在一丛书中抽译一二种,或在一书中抽译一二篇而别题书名者,皆一一求其出处,分别注明,使学者毋惑。四曰搜采遗逸甚勤,虽已佚之书,亦必存其目以俟采访,令学者得按照某时代之录而知其书佚于何时。五曰分类极复杂而周备,或以着译时代分,或以书之性质分。性质之中,或以书之涵义内容分,如既分经、律、论,又分大、小乘;或以书之形式分,如一译、多译,一卷、多卷等等。①

因此,对佛教经录进行研究,不仅有助于厘清释教思想之渊源,而且可作为普通目录之对照,以资借鉴规仿。

(二) 中古佛教目录之分类

在研究中古佛教目录具体内容之前,先要对其性质作出简单的区分。从收录经籍时代的角度来讲,佛教目录有通录及断代录。譬如史书有通史与断代史,通录著录经录之范围囊括古今南北,如释道安法师之《综理众经目录》、释僧祐律师《出三藏记集》等;断代录的情况更为复杂,由于政权频繁的更迭、译经人行迹的变换,在时代之外,还得引入地域这个标准。如道安法师之《凉土异经录》《关中异经录》,专记凉地、关中异经。又如《赵录》虽名"赵",著录经籍之时代与地域,却不局限于前赵或后赵,应视为收录整个北方经籍。又如竺道祖《众

---

① 梁启超《佛学研究十八篇》,上海古籍出版社,2009 年,第 334 页。

经目录》，分《魏录》《吴录》《晋世杂录》《河西录》，其中《魏录》《吴录》，虽以朝代为名，却分记同一时期南北之经。《河西录》，顾名思义，当专记河西地区之经籍。此外，还有释僧叡《二秦录》、释道慧《宋齐录》等，皆为断代之录。

从功用的角度区分，则这一时期的佛教目录又可分为知见录、藏经录及译经录。知见录，不必著录者全部经眼，凡有文献记载的，皆可编写入录。如僧祐之《出三藏记集》，即为知见录。撰写这类经录，需要搜集大量资料，而其内容最为广博，若非仔细考核，容易陷入存伪之窠臼。藏经录，一般为寺院藏经目录，如《定林寺藏经录》《一乘寺藏众经目录》《陈朝大乘寺藏经目录》等，即为此类。这类经录或用以清点藏书，故条目与书籍一一对应，一般不会出现有目无书的情况。译经录，专指个人译经录，如真谛《录》、竺法护《录》等。这种经录仅收录个人所翻译佛经，其性质相当于普通文士之文集。

《校雠广义》将中国古典目录分为三类，即：综合目录、学科目录与特种目录。综合目录是以某时期、某地区、某类型的所有书为对象而编制的目录，收录范围包括多学科书籍；学科目录是专门著录某学科的目录；而特种目录是为某种特定需要而编纂的目录。从这一角度出发，则部分佛教目录具有学科目录与特种目录双重性质。首先，佛教目录因专著录佛教典籍，当归入特种目录。但如真谛《录》、释道安《古异经录》《注经杂经录》等、释僧祐《出三藏记集》中的《抄经录》《异经录》，皆是为某种特定需要而编纂的目录，具有强烈的目的性，亦是特种目录之属。

以上就中古佛教目录之类型作出粗略的分类，可见其复杂。经录之体系，包括著录体系、分类体系、解题体系等，作为目录之主要组成部分，也显示出极大的差异性与复杂性。不过，正如当时由分裂走向统一的政局一般，佛教目录之体例也在三百多年间的发展中逐渐整饬。南北朝末期，南方与北方都出现了敕撰官修经录。南朝梁有释僧绍所编《华林佛殿众经目录》及释宝唱所编《梁代众经目录》；北魏有李廓所编《元魏众经目录》；北齐有释法上所编《高齐众经目录》。其中，宝唱、李廓和法上《录》之目录，完整地保留在隋代费长房编写的《历代三宝记》当中，三者的分类条目昭示了经录规范的建立，佛教目录体制已趋于成熟。

中古佛教目录对后世经录影响深远，经过近三百年的发展，为后世佛教目录提供了著录的基本范式。所谓范式，即是提供了著录体系、分类体系及解题体系这三个方面的基本框架。从著录体系来说,《大唐内典录》《开元释教录》等佛教目录沿袭了《出三藏记集》"篇目＋小传"的著录方式。从分类体系来说,后世经录之分类基本上在南北朝末年便已确立。从解题体系来说,《出三藏记集》采用的辑录体解题方式,不仅为《大唐内典录》《开元释教录》等佛教目录沿用,还与马端临《文献通考・经籍考》、朱彝尊《经义考》等普通目录遥相呼应,实具首创之功。

(三) 中古佛教目录解题体系之考察

余嘉锡《目录学发微》:"一曰部类之后有小序,书名之下有解题者;二曰有小序而无解题者;三曰小序、解题并无,只著书名者。昔人论目录之学,于此三类,各有主张,而于编目之宗旨,必求足以考见学术之源流,则无异议。"[①]以小序与解题之有无为标准划分目录类别,可见其对此二要素的重视。中古佛教目录亡佚者居多,因此,要探究其解题体系,便需充分利用《众经别录》、道安《综理众经目录》及僧祐《出三藏记集》三部有文本留存的经录。

在此之前,还要明确叙录体、传录体及辑录体三种解题的概念。三种解题的区分由王重民在《中国目录学史论丛》提出:"我为称名的方便,拟把从刘向叙录直到《四库全书总目》的提要都称为叙录体的提要,把用传记方式的都称为传录体的提要。看来,这一时期最发达的是传录的提要。另外,还有辑录体的提要,就是不由自己编写,而去钞辑序跋、史传、笔记和有关的目录资料以起提要的作用。"[②]叙录体,是从作者、内容、版本等方面全方位介绍书籍的解题,同时"论其指归,辨其讹谬",最为主流。传录体,是以介绍作者为主的解题,鲜作学术方面的探讨。辑录体,是广集相关资料,依次附于条目之后的解题。

费长房《历代三宝记》:"《众经别录》二卷,未详作者,似宋时述。"[③]《开元释教录》:"《众经别录》二卷,未详作者,言似宋时。总分十例,具如后列。"[④]《历代三宝记》保存了《众经别录》的完整目录,但在相当一段时间里,这部经录的内容却无踪可寻。直至二十世纪三十年代,王重民先生在敦煌遗书中发现了《众经

---

① 余嘉锡《目录学发微》卷一,巴蜀书社,1991 年,第 2 页。
② 王重民《中国目录学史论丛》,第 80 页。
③ 费长房《历代三宝记》卷一五,见《中华大藏经》第 54 册,第 357 页。
④ 释智升《开元释教录》卷一〇,见《大正新修大藏经》第 55 册,第 573 页。

别录》之残本，苏晋文、潘重规、白化文、方广锠等人进行了整理。于是得览此录真容，虽非全貌，亦弥足珍贵。残本《众经别录》包括"大乘经录第一"部分内容、"三乘通教录第二"全部内容及"三乘中大乘录第三"部分内容。以下是《众经别录》的一条著录：

　　《贤愚经》十三卷　　明今昔因缘为宗　　文质均(23)
　　元嘉廿二年初宋文帝时凉州沙门昙于于阗得(24)①

这是《众经别录》中信息比较完整的一条著录，在篇目"《贤愚经》十三卷"之下，"明今昔因缘为宗"，是阐述《贤愚经》之意旨；"文质均"，是评骘文字之风格；"元嘉廿二年初宋文帝时凉州沙门昙于于阗得"，是记录此经所出时间、地点和作者。虽然简短，但对经籍的介绍算得上是十分全面了。在《众经别录》的文本当中，每目之下，阐述意旨与评骘风格的部分是固定的。前者除"明……为宗"的句式之外，还有"以……为宗""明……事"的表达。后者除"文质均"外，还有"文""质""文多质少""多质""不文不质"等评语。虽然，其具体含义已经难辨，但若援引叙录体、传录体及辑录体解题的分类概念，那么，《众经别录》则明显采用了叙录体解题。余嘉锡《目录学发微》："盖叙录之体，即是书叙，而作叙之法略如列传。故知目录即学术史也。"②叙录体解题涉及广博，与此书之作者、内容、版本等，凡相关的信息，皆可写入解题，并且会论其得失，做出评价。《众经别录》之解题虽篇幅简短，但有作者、年代、译经地点(时有)，又涉及内容，品其文质，实具叙录之功用。"文质均"等解题文字充满了六朝风格，是当时学风在经录中的体现。

　　释道安的《综理众经目录》原本虽已亡佚，但其大部分内容经僧祐整理，保留在《出三藏记集》中。检寻《出三藏记集》中明确为"安公云"的文字，大致有六类内容。

　　一是论出处。如：

　　《义决律》一卷，或云"《义决法行经》"。安公云："此上二经出《长阿

---

　　①　白化文《敦煌写本〈众经别录〉残卷校释》，《敦煌学辑刊》1987 年第 1 期，第 17—20 页。括号中的数字代表在原文中的行数。

　　②　余嘉锡《目录学发微》卷二，第 37 页。

含》。"今阙。①

《问署经》一卷,安公云:"出《方等部》。"或云"《文殊问菩萨署经》"。②

《圣法印经》一卷,天竺名"《阿遮昙摩》"。又(图)安公云:"出《杂阿含》。"③

二是标异名。如:

《宝积经》一卷,安公云:"一名《摩尼宝》。"光和二年出。《旧录》云:"《摩尼宝经》二卷。"④

三是记年代,如前《宝积经》所引。又如:

安公《经录》云:"中平二年十二月八日,支谶所出其经首略'如是我闻',唯称'佛在王舍城灵鸟顶山中'。"⑤

四是辨性质。如:

《大道地经》二卷,安公:"《大道地经》者,《修行经》抄也。外国所抄。"⑥

五是别译人。如:

《五盖疑结失行经》一卷,安公云:"不似护公出。"⑦

右十三部凡二十七卷,汉桓帝、灵帝时月支国沙门支谶所译出,其《古品》以下至《内藏百品》,凡九经,安公云:"似支谶出也。"⑧

右三十四部凡四十卷,汉桓帝时安息国沙门安世高所译出,其《四谛》《口解》《十四意》《九十八结》,安公云:"似世高撰也。"⑨

六是评优劣,安世高等《传》中可见。如:

唯世高出经为群译之首。安公以为,若及面禀,不异见圣。列代明德,

---

① ② ④ ⑥ ⑧ 　释僧祐《出三藏记集》卷二,见《大正新修大藏经》第 55 册,第 6 页。
③ 　释僧祐《出三藏记集》卷二,见《大正新修大藏经》第 55 册,第 8 页。
⑤ 　释僧祐《出三藏记集》卷七,见《大正新修大藏经》第 55 册,第 49 页。
⑦ 　释僧祐《出三藏记集》卷二,见《大正新修大藏经》第 55 册,第 8 页。
⑨ 　释僧祐《出三藏记集》卷二,见《大正新修大藏经》第 55 册,第 6 页。按:金藏本作"以世高撰也"。校勘记,资、径、丽众藏皆作"似世高撰也",据改。

咸赞而思焉。①

从道安之录的相关文字来看,《出三藏记集》似乎也是采用了叙录体解题的方式。更重要的是,其中出现了考证的文字。也就是说,道安在关注某部经书自身之内容意旨外,还有意识地追溯文献的来源,考辨记录的真伪,具有贯通的学术史的眼光。这或许就是中古佛教目录从实用性的书簿向系统性的学术著作的转变。

而僧祐的《出三藏记集》作为唯一完整流传下来的中古佛教目录,更清晰地展现了南北朝末期佛教目录的解题结构。与普通目录不同的是,《出三藏记集》整本书是一个有机的整体,因此,考察此书的解题体系,需从宏观与微观两方面着手。《出三藏记集》全书凡十五卷,僧祐自序曰:"祐以庸浅豫凭法门……缀其所闻,名曰《出三藏记集》,一撰缘记,二铨名录,三总经序,四述列传。缘记撰则原始之本克昭,名录铨则年代之目不坠,经序总则胜集之时足征,列传述则伊人之风可见。"②全书正是由"撰缘记""铨名录""总经序"和"述列传"四个部分构成。卷一为"撰缘记"部分,僧祐《出三藏记集序》后,尚有《集三藏缘记第一》《十诵律五百罗汉出三藏记第二》《菩萨处胎经出八藏记第三》《胡汉译经文字音义同异记第四》《前后出经异记第五》五篇。这一部分之主旨在使"原始之本克昭",可视为全书之序。卷二至卷五为"铨名录"部分。卷二,记为"录上卷",下有两个子目,依次为《新集经论录第一》《新集异出经录第二》。卷三,记为"录中卷",下有《新集安公古异经录第一》《新集安公失译经录第二》《新集安公凉土异经录第三》《新集安公关中异经录第四》《新集律分为五记录第五》《新集律分为十八部记录第六》《新集律来汉地四部序录第七》七个子目。卷四,记为"录下卷",为《新集续撰失译杂经录》第一。卷五,记为"录下卷",下有《新集抄经录第一》《新集安公疑经录第二》《新集疑经伪撰杂录第三》《新集安公注经及杂经志录第四》《小乘迷学竺法度造仪记第五》及《喻疑第六》六个子目。卷六至卷十二,为"总经序"部分,其中,卷六至卷十一,共摘录了九十八篇佛教典籍的序言。卷十二,为"杂录",保存了宋明帝敕陆澄撰法论、竟陵王法集、僧祐法集等十部非正经之佛教书籍之叙录。卷十三至卷十五,为"述列传"部分,收录三十二篇

---

① 　释僧祐《出三藏记集》卷一三,见《大正新修大藏经》第 55 册,第 95 页。
② 　释僧祐《出三藏记集》卷一,见《大正新修大藏经》第 55 册,第 1 页。

僧人传记,系僧祐亲自撰写。

这四个部分,卷一"撰缘记"为全书之总序,将卷二至卷五之"铨名录"为目录之正录,卷六至卷十二"总经序",钞辑众经序跋,既可视为独立的辑录体目录,同时,亦起到丰富"铨名录"部分内容、补充信息的作用。故王重民将《出三藏记集》视为辑录体解题之滥觞:"还有辑录体的提要,就是不由自己编写,而去钞辑序跋、史传、笔记和有关的目录资料以起提要的作用。这一方法是在这一时期(中古时期)内由僧祐开其端,而由马端临的《文献通考·经籍考》、朱彝尊《经义考》得到进一步发挥,和叙录体、传录体并称,我拟称之为辑录体。"①而《出三藏记集》将经序聚于一处,在形式上与后世辑录体目录将资料分散在各条目之下的做法不同,但就功用来说,却是殊途同归。

从微观的角度来看,在辑录材料之外,《出三藏记集》中还有许多考证内容,实现辑考体之端倪。在"铨名录"的部分中,僧祐通常在相关条目之下引据道安《录》《旧录》等经录之语。部分条目之下,还会做出相应的考证,或推测相应经籍之内容,或说明某经录之现状。如:

> 《大般泥洹经》二卷。安公云:"出《长阿含》。"祐案,今《长阿含》与此异。②

> 《删维摩鞊经》一卷。祐意谓先出,《维摩》烦重,护删出逸偈也。③

> 《数练意章》一卷。《旧录》云:"《数练经》。"安公云:"二经出《生经》。"祐案今《生经》无此章名。④

> 《说人自说人骨不知腐经》一卷。安公云:"上四十五经出《杂阿含》。"祐校此《杂阿含》唯有二十五经,而注解作四十五,斯岂传写笔散,故重画致谬欤?夫《晋记》之变三豕、《鲁史》之温五门,古贤其犹病诸,况佣写之人哉。⑤

考证之语,不仅在著录篇目之下,篇目之后的"小序",也往往是僧祐的考辨

---

① 王重民《中国目录学史论丛》,第80页。
② 释僧祐《出三藏记集》卷二,见《大正新修大藏经》第55册,第6页。
③ 释僧祐《出三藏记集》卷二,见《大正新修大藏经》第55册,第8页。
④ 释僧祐《出三藏记集》卷三,见《大正新修大藏经》第55册,第15页。
⑤ 释僧祐《出三藏记集》卷三,见《大正新修大藏经》第55册,第16页。

总结。余嘉锡《目录学发微》："僧祐《出三藏记集》十五卷，现存佛藏，其第六卷至第十二卷皆系诸经论原序（经义考之录序跋，其体例即出于此）。其第十三至十五卷，皆译家传记。费长房《历代三宝记》及道宣、智升二录，每以一人之所译著汇其目于前，而后叙其人之始末，略如列传，即于传中兼及其著作之意，疑其义例窃取《王志》也。"所谓"每以一人所译著汇其目于前，而后叙其人之始末"，非道宣《大唐内典录》、智升《开元释教录》凿空而得，中古时期佛录早已有之，上述《众经别录》及《出三藏记集》即是这种架构。但南北朝之经录多不叙译者始末，如《众经别录》，仅简单叙述译者、译经时间与译经地点，《出三藏记集》于作者、时间、地点外，有时会记录经书之由来，有时会就文本的疑点进行考辨。如卷二《光赞经》至《菩萨斋法》后，僧祐序曰："合二件，凡一百五十四部，合三百九卷。晋武帝时沙门竺法护到西域得胡本还，自太始中至怀帝永嘉二年以前所译出。祐捃摭群录，遇护公所出，更得四部，安《录》先阙。今条入录中。安公云：'遭乱录散，小小错涉。'故知今之所获，审是护出也。"①这是对竺法护译经录做出考辨。

《出三藏记集》这种体例，不仅为辑录体解题之滥觞，还具有保留史料文献之价值。陈垣称其："至于本书经序及列传中，有涉及各朝帝王及士庶者，均可为考史资料。如吴主孙权之于支谦，宋文帝之于求那跋陀罗，以及宋彭城王义康、谯王义宣、齐竟陵文宣王子良等，皆与诸僧应接。此书撰自裴注《三国志》后，为裴松之所未见，故魏、吴诸僧事，可补《三国志注》者尚多。"②余嘉锡以为这种体例之善，在于引证博而文辞典，辑录体"诚以则古称先，述而不作，前贤既已论定，后人无取更张也"。又曰："考订之文，尤重证据。博引繁称，旁通曲证，往往文累其气，意晦于言。读者乍观浅尝，不能得其端绪，与其录入篇内，不如载之简端，既易成诵，又便行文。"③

辑录体之外，《出三藏记集》中还使用了叙录体及传录体解题。如卷五"杂经志"中录入僧法尼诵经二十七部后，详述其来龙去脉，是为叙录体④。而卷十三至十五"述列传"部分，为僧祐亲作高僧传记，实可视为传录体解题，以补充前

---

①　释僧祐《出三藏记集》卷二，见《大正新修大藏经》第 55 册，第 9 页。

②　陈垣《中国佛教史籍概论》，上海书店出版社，2005 年，第 4 页。

③　余嘉锡《目录学发微》卷二，第 76 页。

④　释僧祐《出三藏记集》卷五，见《大正新修大藏经》第 55 册，第 40 页。

录提及僧人之生平信息。因此,《出三藏记集》的体例是极其复杂的,是一部兼有叙录、传录、辑录三种解题方式的目录。

四、《出三藏记集》之辑录体解题与六朝学风

王重民将《出三藏记集》视为辑录体目录之开端,但后世佛教目录几乎抛弃了这一做法,而使得《出三藏记集》尤为特殊。宋代往后,辑录体及辑考体解题反而应用于普通目录中,如马端临之《文献通考·经籍考》、王应麟之《玉海·艺文》、朱彝尊之《经义考》,皆采用了此种解题。

那么,为何僧祐编撰《出三藏记集》时会采用这样的方式呢? 僧祐《出三藏记集序》曰:

> 原夫经出西域,运流东方,提挈万里,翻转胡汉。国音各殊,故文有同异;前后重来,故题有新旧。而后之学者,鲜克研核,遂乃书写继踵,而不知经出之岁,诵说比肩,而莫测传法之人。授之受道,亦已阙矣。夫一时圣集,犹五事证经,况千载交译,宁可昧其人世哉!

> 昔安法师以鸿才渊鉴,爰撰经录,订正闻见,炳然区分。自兹已来,妙典间出,皆是大乘宝海,时竞讲习。而年代人名,莫有铨贯,岁月逾迈,本源将没,后生疑惑,奚所取明。祐以庸浅,豫凭法门,翘仰玄风,誓弘大化。每至昏晓讽持,秋夏讲说,未尝不心驰庵园,影跃灵鹫。于是牵课羸恙,沿波讨源,缀其所闻,名曰《出三藏记集》。一撰缘记,二铨名录,三总经序,四述列传。缘记撰则原始之本克昭,名录铨则年代之目不坠,经序总则胜集之时足征,列传述则伊人之风可见。并钻析内经,研镜外籍,参以前识,验以旧闻。若人代有据,则表为司南;声传未详,则文归盖阙。秉牍凝翰,志存信史,三复九思,事取实录。有证者既标,则无源者自显。庶行潦无杂于醇乳,燕石不乱于荆玉。①

作为僧人,僧祐十分清楚佛教经书在中土流布的状况。佛教典籍本以西域

---

① 释僧祐《出三藏记集》卷一,见《大正新修大藏经》第 55 册,第 1 页。

文字书写,故较普通书籍,更多了校译这一项工作。几百年间,底本与译人层出不穷,因年岁推远,而前期译经活动大多是无系统、无组织的,使得大量经书译出之始末湮没无闻,不可考辨。至僧祐之时,前代典籍仍是混乱淆杂的状态。僧祐格外推崇道安,认为他"鸿才渊鉴,爰撰经录,订正闻见,炳然区分",并要借鉴道安之经验,将道安之后的典籍整理诠次,考明本源。这项工作的开展需要大量文献资料的支撑,僧祐受业于当时的律学宗师法颖,与竟陵王等显贵交好,又深受梁武帝礼遇,这为他撰写《出三藏记集》提供了有利条件。僧祐的成书除自撰部分,还将道安经录拆入,故道安录与僧祐新撰部分,共同构成了自佛教东来至于南朝梁的完整的佛教典籍脉络。

前期佛教典籍混乱的局面,导致"合本"的出现。而辑录体解题的产生,或许与南北朝时"合本子注"形式的书籍开始流行有关。"合本子注"是陈寅恪提出的一个重要概念,其《支愍度学说考》称:"中土佛典译出既多,往往同本而异译,于是有编纂'合本',以资对比者焉。"①"子注"本指文中的夹注小字,然合本中的子本略类注疏,遂将这一体制称为"合本子注"。陈寅恪认为,由佛教译经兴起的"合本子注"这一新文体,影响到魏晋六朝史注之编写模式。《读〈洛阳伽蓝记〉书后》:"……郦意衔之习染佛法,其书制裁乃摹拟魏晋南北朝僧徒合本子注之体……抑更有可申论者,裴松之《三国志》注人所习读,但皆不知其为合本子注之体。刘孝标《世说新语》注亦同一体材,因经后人删削,其合本子注之体材,益难辨识。至《水经注》,虽知其有子注,而不知其为合本。"②陈垣《云冈石窟之译经与刘孝标》中亦揭示佛经翻译对史注体例之影响:"以今日观之,孝标之注《世说》及撰《类苑》,均受其在云冈石窟寺时所译《杂宝藏经》之影响。印度人说经,喜引典故;南北朝人为文,亦喜引典故。《杂宝藏经》载印度故事,《世说》及《类苑》载中国故事。当时谈佛教故事者,多取材于《杂宝藏经》;谈中国故事者,多取材于《世说新语》注及《类苑》,实一时风尚。"③引文提到的几种史注,如

---

①　陈寅恪《支愍度学说考》,见氏著《金明馆丛稿初编》,上海古籍出版社,1980年,第161页。

②　陈寅恪《读〈洛阳伽蓝记〉书后》,见氏著《金明馆丛稿二编》,生活·读书·新知三联书店,2001年,第177—178、180页。

③　陈垣《云冈石窟之译经与刘孝标》,见氏著《陈垣学术论文集》第一集,中华书局,1980年,第446页。

裴松之《三国志》注,博搜当时之史料文献,传统训诂注释外,鸠集传记,广征异闻,补陈寿《三国志》未记载之重要人物及事件,史料与陈《志》有出入的,仍抄以备异。另如郦道元《水经注》、刘孝标《世说新语》注,亦是采百家史事注一书。又辑录体目录之特征即在于旁征博引以作提要之用。钞辑资料,正与前揭诸史注之做法相同。《出三藏记集》"总经序"部分所录经序中,还有记录"合本"制作过程的文字中。而"铨名录"部分有《新集异出经录》一门,将同本异译之经录聚于一处,即是"合本"在目录中的一种表现。如其著录《般若经》:

> 般若经。
>
> 支谶出《般若道行品经》十卷,出《古品遗日说般若》一卷。竺佛朔出《道行经》一卷,《道行》者,《般若》抄也。朱士行出《放光经》二十卷,一名《旧小品》。竺法护更出《小品经》七卷。卫士度抄《摩诃般若波罗蜜道行经》二卷。昙摩蜱出《摩诃钵罗若波罗蜜经》五卷,一名《长安品经》。鸠摩罗什出《新大品》二十四卷,《小品》七卷。
>
> 右一经七人异出。①

僧祐既处佛门,明晓"合本"之法,其交往又不局限于释教内部,故在此史学昌明的时代,接触到史注编写之方法,或因此更易受启发,而将辑录文献之方法应用于目录编写之中。

但同时,还要注意佛教目录与普通目录间的关系。《目录学发微》提到:"王俭作《七志》,《隋志》言其'不述作者之意,但于书名之下每立一传',是已变叙之名,从传之实,亦以叙录之体,本与列传相近也。其为《隋志》不满,盖嫌其偏重事迹,于学术少所发明耳。阮孝绪《七录》,大略相同。及释僧祐、道宣、智升之徒为佛书作目录,皆为译著之人作为传记。盖其体制摹拟儒家,故与王、阮不谋而合矣。"②即认为,《出三藏记集》的编纂体例是受到了普通目录的影响,故部分又呈现出传录体解题的面貌。普通目录发端自西汉成帝时刘向校中秘图书,由来已久,六朝之时,目录迭出,较佛教目录而言,更为成熟。因此,普通目录作为僧祐编写佛教目录最为直观的参照物,是十分合理的推测。

总之,六朝儒、释、道等思想之间不是壁垒分明的,在不断的碰撞融合之中,

---

① 释僧祐《出三藏记集》卷二,见《大正新修大藏经》第 55 册,第 14 页。
② 余嘉锡《目录学发微·目录体制二·叙录》卷二,第 37 页。

僧祐始终秉持"撰缘记、铨名录、总经序、述列传"之理念，又受到当时学风的影响，使得《出三藏记集》呈现出如此面貌。

<h2 style="text-align:center">五、《经义考》对中古佛教目录之借鉴</h2>

唐后众佛教目录，如释道宣《大唐内典录》、释智升《开元释教录》，都部分运用了辑录体解题，但这种解题形式始终未成为佛教目录的主流。随着后世佛教各方面规范逐步建立，官方设置的大藏经，遂成标准。隋、唐大藏目录之体例，继承于北齐法上《众经目录》，与《出三藏记集》有相当大的出入。大藏经的设立，让经、论、律、传记等，各归其部，故大藏目录再不必广增资料，以资考辨，以存信史。辑录体目录由此销声匿迹，数百年后，竟重现于普通目录中。年岁推远，又无资料佐证，由此看来，辑录体解题的复出，或许只是一种偶合。因此，若说《经义考》之体例直接借鉴中古时代的佛教目录，并无明确的证据，但《出三藏记集》与《经义考》之间，确有一些隐秘的共通性，或可视为一种无意识的规仿，一种暗合。

首先，同作为辑录体目录，二者采辑资料以彰显学术渊源，是一致的。《经义考》所辑录的文献资料，据《〈经义考〉研究》分析，这些资料大致可分为三类："第一类，直接标举引用典籍之名称者。所引资料，主要是列举撰者生平大略。第二类，不言文献所出，而是标明诸家论说，因此一般采用'某某曰'的形式者。所引内容，主要评价当前著述之学术得失。第三类，标明单篇文献者（如'某某《序》、《自序》、《自述》'等）。所引资料，主要是相关著作之序、跋及撰者之传记资料，直接涉及撰者之学术取向及成书背景。"①其中第三类，录序跋文献，与《出三藏记集》相同，故余嘉锡称"《经义考》之录序跋，其体例即出于此"。

其次，《经义考》与《出三藏记集》在编撰目的上，也有相似之处。朱彝尊在经学方面主张"博学"，这个主张，或与清初学风有关。朱氏为孙承泽《五经翼》所撰序中写道：

> 盖圣人之道，莫备乎经学者，必老成人是师。庶学有统，而道有归。然守一家之说，足以自信，不足以析疑。惟众说毕陈，纷纶之极，而至一者始

---

① 张宗友《〈经义考〉研究》（增订本），第 259—260 页。

见。故反约之功,贵夫博学而详说之也。……予惟经学之不明非一日矣。自汉迄唐各以意说,散而无纪,其弊至于背畔,贵有以约之,此宋儒传注所为作也。今则士守绳尺,无事博稽,至问以笺疏,茫然自失,则贵以广之。①

朱彝尊于经学方面的旨趣,是"博学而详说"。惟有吸取百家学说,才能从其中归纳出至一之道。但只有"博",则如汉唐间儒生,"散而无纪",莫有发明;只求"详说",则如明末清初之士人,抱门户之见,守空疏之言,无有考辨。这两种情况,皆非朱彝尊所认可的经学传承方式,因此慨叹"经学之不明非一日矣"。另,"局守一家之言",还导致"先儒遗编,失传者十九",正逢易代之时,文献之厄,又令朱彝尊内心焦燎。这种情况下,辑考体解题恰能满足朱彝尊著书之目的,网罗诸家典籍,在保存文献、使先贤之著述不至于亡佚的同时,又符合朱氏经学方面"博学"的主张,而考辨按语,又满足了"详说"的要求。而《出三藏记集》之作,是由于先贤事迹模糊,典籍散佚,佛法不显。或许,正是同处于文献传承的危机之下,二者遂采用这种方式保存资料,彰显学脉源流。

此外,朱彝尊可能受到了注疏、集解、汇校等经学传统文体的影响,正如僧祐受到"合本子注"的影响。两汉之时,解经以名物训诂为主,而经学传授之方式,或以口授,或以章句。至于后世,则逐渐出现了笺、注、解、证、集解、集注、汇注等新的解经形式。其中,集解、集注等,似乎与辑录体有一定的相似之处。如何晏《论语集解序》曰:"……所见不同,互有得失。今集诸家之善,记其姓名,有不安者,颇为改易,名曰《论语集解》。"②又如杜预《春秋左氏传序》称:"……然刘子骏创通大义,贾景伯父子、许惠卿皆先儒之美者也。末有颍子严者,虽浅近亦复名家。故特举刘、贾、许、颍之违,以见同异。分经之年与传之年相附,比其义类,各随而解之,名曰《经传集解》。又别集诸例,及地名、谱第、历数,相与为部,凡四十部,十五卷,皆显其异同,从而释之,名曰《释例》。将令学者观其所聚异同之说,《释例》详之也。"③朱彝尊编纂《经义考》,固然直接受到的是马端临《文献通考·经籍考》的影响,但作为一部经学专科目录,朱氏未尝没有从经学的角度去考虑。

---

① 朱彝尊《曝书亭集》卷三四。
② 何晏《论语集解》,元岳氏荆溪家塾刻本。
③ 杜预《春秋左氏传序》,见萧统等编《文选》卷四五《序上》,上海古籍出版社,2019年,第2074页。

　　由此观之,《经义考》与《出三藏记集》时代相隔虽远,也没有直接影响的关系,却在某些方面存在共性。从编写目的来说,二者都面对着书籍流布混乱淆杂,不成体系,甚至濒临亡佚的局面,因此都以保留前人著述,征辑相关文献为目标。从编写方式来说,二者作为各自领域的专科目录,或多或少地从各自著录对象的文体中获得启发。因此,尽管山海千重,《出三藏记集》与《经义考》在各种因素作用下,都选择了辑录(考)体的解题方式,可谓殊途同归。

　　需要明确的是,虽然二者之间存在许多相似之处,不过,《经义考》体例最直接的来源还是马端临的《文献通考·经籍考》。《文献通考·经籍考》是最具有代表性的辑录体解题,所采辑的资料,包括传记序跋,相当丰富,虽以辑录体为主,但已有考辨论述之语,可见其向辑考体转变的趋势。朱氏之书整饬精审的体例,是吸收《文献通考·经籍考》之优点而来的。

六、结　语

　　《经义考》之解题体例,或来源于三个方面。其体例远承中古佛教目录之传统,近受马端临《文献通考·经籍考》影响,而又有经书集解、集注等潜移默化,最后呈现出以辑录体为主、辑考体为辅的面貌。朱氏博采经籍、史传、文集、书目等各类文献,收录传记、序跋、评论等各方面资料,汇编于一帙,又加按语自抒胸臆,体制之善,堪称辑录体解题目录之典范,极具有学术张力,为经学目录集大成之作,于保存前代珍贵文献资料、建立经学目录体制规范、研究经学发展之源流等方面,皆具有极其重大的意义。

　　[作者简介]张聪,南京大学文学院 2020 级硕士研究生。

朱彝尊与《崇文总目》之"再发现"

——兼论清代目录学经典谱系之建构

江苏 于 快

清代是中国古代最后一个封建王朝，是古典学术发展的至高峰，也是对之前各种学术成果与理论进行集大成式反思的时期。目录学作为一门专门学科，概莫能外。有关古代目录学及其学术发展的研究，自民国以来，步姚名达、余嘉锡等先贤之武，研究成果丰硕。就专著而言，徐有富《目录学与学术史》颇具代表性。大体而言，以书目本身客观体制之嬗变来反映编目观念的变化，用以观照相应学术观念与思潮、学科演进与发展者占大多数。然而，所谓目录学作为专门学术之成立，更核心的问题应该是不同时代语境下人们对于目录学本身应该是什么的不断回应；而其中的一个重要线索是对于目录学经典谱系之建构与发展的考察。就这一点来说，前贤所作的论述还很不集中。

古典目录学的经典谱系在清代集其大成并基本定型，而宋代官修的《崇文总目》是谱系中极其重要的枢纽。其在清初的"再发现"，是由当时嘉兴府秀水县的文学、学术大家朱彝尊（锡鬯，竹垞。1629—1709）所唤起的。朱彝尊的目录学思想及其代表作《经义考》的目录学成就，前人已多有叙述。但关于朱氏之理论、观点与实践如何介入清代目录学经典谱系的建构，未得到充分的关注。这是朱彝尊目录学思想与影响的一个侧面，亦是其编撰、整理文献的重要业绩及学术成就。因此，下文即以《崇文总目》在清初的重新阐释为嚆矢，论述经典谱系建构与发展中隐伏的两条主要脉络。

一、朱彝尊的主观阐释：解题传统的初步建立

《崇文总目》是北宋庆历初年由王尧臣、欧阳修等人纂修的官修书目,原本共六十六卷。至南宋以后,"绍兴改定"、删除序释、有些条目下注"阙"字的一卷本广为流传,而繁重的原本渐渐亡佚。由宋迄清初,不是没有文献涉及《崇文总目》一卷本与六十六卷本的关系,如章如愚《山堂考索》与陈振孙《直斋书录解题》就客观地记录了它与《秘书省续编到四库阙书目》相类,是绍兴初再改定的本子;而《山堂考索》所记"《嘉祐搜访阙书目》"、王应麟《玉海·艺文》里的"绍兴求书阙记　群书会记"条,其实已经暗示了一卷本《崇文总目》应该也是一个简化版的阙书目录。但值得注意的是,包括这些平面的史料与客观的记录,在五百多年中,并没有人对此下过明确的论断。即使是朱彝尊不曾见过、保存在《永乐大典》中的《续宋会要》,也只是记载绍兴初向子固有"乞下本省,以《唐艺文志》及《崇文总目》所阙之书,注'阙'字于其下,付诸州军,照应搜访"①的札子,并没有直接提到删除序释的行为。因此,这个现象其实具有主观阐释上的真空。而自南宋迄清初,朱彝尊首先关注到了这个间隙,并联系相关事实加以阐释,其重要性不言而喻。

朱彝尊首先在《经义考·著录》中表达了自己的观点:

> 按:《崇文总目》当时撰定诸儒,皆有论说。凡一书大义必举其纲,法至善也。其后若《郡斋读书志》《书录解题》等编,咸取法于此。故书虽有亡失,而后之学者览其目录,犹可想见全书之本末焉。乃夹漈郑氏持论,谓《崇文总目》每书之下必著说,据标类自见,何用更为之说,又何用一一强为之说,使人意怠。于是绍兴中改定此书,仅存六十六卷之目,悉去论说。书之散佚者,学者遂无由知撰述之本旨矣。幸而尚存其概者,则鄱阳马氏之功也。②

---

① 永瑢等《钦定四库全书总目》卷八五,见《景印文渊阁四库全书》第2册,台湾"商务印书馆",1983年,第758页。

② 朱彝尊撰,林庆彰、蒋秋华、杨晋龙等主编《经义考新校》卷二九四,上海古籍出版社,2010年,第5323页。按:《新校》此段文字将"使人意怠"断句为"使人意怠于是",误。

朱氏在《曝书亭集·崇文总目跋》中亦写道:

> 《崇文总目》六十六卷,予求之四十年不获。归田之后,闻四明范氏天一阁有藏本,以语黄冈张学使,按部之日传抄寄予。展卷读之,只有其目,当日之叙释,无一存焉。乐平马氏《经籍考》述郑渔仲之言,以排比诸儒,每书之下必出新意著说,嫌其文繁无用。然则是书因郑渔仲之言,绍兴中从而去其序释也。书籍自刘《略》、荀《簿》、王《志》、阮《录》以来,不仅条其篇目而已,必稍述作者之旨以诏后学。故赞《七略》者,或美其剖判艺文,或称其略叙洪烈。其后殷淳则有《序录》,李肇则有《释题》,必如是而大纲粗举。若尽去之,是犹存虎豹之鞟,与羊犬何别欤?《唐志》十九家,《宋志》六十八部,今存者几希。赖有是书,学者获睹典籍之旧观。欧阳子集收《总目叙释》一卷,余则马氏《志》间引之,辞不费而每书之本末具见,法至善矣。渔仲徒恃己长,不为下学后觉之地,此谓君子一言以为不知者也。①

按朱氏原跋原见于其所藏《崇文总目》旧抄本之上,较此简略。该本后为陆心源所得,今藏日本静嘉堂文库。原跋传至陆氏已有脱漏,末署"康熙庚辰九月竹垞老人书,年六十有二"②。庚辰为康熙三十九年(1700),晚于《经义考》初稿完成之日。可知朱彝尊有关《崇文总目》的看法,在其获见天一阁传抄本之前即已成型。既然前人都有未明确论说,朱氏的这一新观点是受何启发呢?其实,在跋中就有所透露,乃是受马端临《文献通考》的影响。观马氏此书"《崇文总目》六十四卷"条目下,引晁公武说、陈振孙说,尤其是在陈氏"题云'绍兴改定'"的客观论述后,即引了郑樵在《通志·校雠略》中的两段评论作结。这种排比方式极有可能误导读者,以为郑樵与"绍兴改定"之间存在着某种因果关系。

朱彝尊的上述论断,有几个方面的要点。首先是对于郑樵与《崇文总目》关系的认识。朱氏将《崇文总目》叙释的芟除当作受郑氏针对此书解题"泛释无义"评论的直接影响,这就意味着解题的不可得见并非出于对书目实用的改造,而是源自某种师心自用的主观学说。由于朱彝尊认为,书目的解题是后代之学

---

① 朱彝尊著,王利民校点《曝书亭集》卷四四,吉林文史出版社,2009 年,第 489 页。

② 陆心源《皕宋楼藏书志》卷三七,见《清人书目题跋丛刊》一,中华书局,1990 年,第 411 页。

者获睹典籍之旧观、了解每书之本末的必要条件,故其对于这种主观的意见便表示极力的反对。在《经义考·著录》中,朱氏评论刘知幾:"至隋书始勒成《经籍志》,附著《七录》之目于下,经典借是略存。而刘知幾反讪之,谓骋其繁富,凡撰志者宜除此篇,抑何见之褊乎?"又评论《文渊阁书目》:"按:古书著录,未有未详其篇卷数及撰人姓氏者,故其卷帙宁详无略……昔之人岂好骋其繁富哉? 盖以述作者之意,俾论世者知其概焉尔。"评价万历重编《内阁书目》:"萱等略述作者之旨,较正统书目大为过之,惜已残阙无足观,有识者惟有抚卷浩叹而已。"①这些单独下的按语,表明朱彝尊对于书目解题的资料性质已经形成了系统的认识。而对于书目中解题价值的重视,复与朱彝尊对于解题传统的提撕相勾连。在上引的跋中,他初步建构起了由刘歆《七略》、荀勖《晋中经簿》、王俭《七志》、阮孝绪《七录》至殷淳《序录》、李肇《释题》,以迄《崇文总目》的经典谱系;而在按语中,他又认为《郡斋读书志》与《直斋书录解题》咸取法于此:于是一个以《崇文总目》为枢纽、以解题传统为线索的经典谱系便初步建构起来了。

杭世骏在《道古堂全集·崇文总目跋》中针对朱彝尊的说法提出过不同的意见:

> 竹垞检讨谓删去解题始于郑夹漈作《通志略》,非也。马贵与撰《通考》,王伯厚著《玉海》,生后夹漈百余年,其书皆引证其说。嘉定七年,武夷蔡骥刻《列女传》,首简亦引此书,则知此书在宋时原未有阙,后世传钞者畏其繁重,乃率意删去耳。②

杭氏虽然意识到因郑樵删叙释说的不可靠,但他认为是传抄者畏其繁重之故,这从根本上证明了杭氏同样以为这是一个主观率意的结果。从主观率意与客观需求两个视角来观察《崇文总目》解题的芟除以及目录学解题传统的埋灭,是大不相同的。朱、杭两人在考证结果上相对立,但究其底层逻辑却并无相违。这实际上反映了朴学兴起之时,清前期学者依傍《崇文总目》反思目录学解题传统的一致性。

---

① 朱彝尊撰,林庆彰、蒋秋华、杨晋龙等主编《经义考新校》卷二九四,第 5317、5326—5328 页。

② 杭世骏《道古堂文集》卷二六,见《清代诗文集汇编》第 282 册,上海古籍出版社,2010年,第 275 页。

二、《四库总目》的权威话语：解题/校雠传统的
定型与其反面建构

乾隆时期编纂《四库全书》，是弘历将治统与学统、道统高度结合，利用"圣人"权力对以书籍为重要载体的古典文化学术折衷别裁，包含寓禁于征、寓毁于修在内的成果。《四库全书总目》是其附属产物，其中的提要，自然是相应书籍定评的权威话语。而其本身作为一部目录学著作，对于书目传统的反思，包含了其对于自身价值的定位。这些不仅仅在馆臣有关《总目》体制与前代书目的比较说明中体现出来，更凸显于其对于目录学经典谱系的建构之中。

在《四库全书总目》"《崇文总目》"条的提要下，馆臣全面沿袭了朱彝尊的看法，认为"考原本于每条之下，具有论说。逮南宋时郑樵作《通志》，始谓其文繁无用。绍兴中，遂从而去其序释"①。翁方纲当初在撰写分纂稿时，所云"然自昔刘歆《七略》之作……去其序释"②，是《总目》这句话的原貌，几乎一字不差地搬用了朱氏《崇文总目跋》的文字。不仅四库所辑《崇文总目》的底本，是朱彝尊的传抄本；四库馆臣从欧阳修文集和马端临《文献通考》中辑出部分叙释，于少数条目下引用《永乐大典》的佚文，都是受到朱氏跋语的启发③。这说明就《崇文总目》在清代的再认识而言，无论是观点、理论还是实践，朱彝尊都引领时代潮流，为此书在目录学谱系中的经典化奠基。

《四库总目·目录类小序》云：

> 郑元有三礼目录一卷，此名所昉也。其有解题，胡应麟《经义会通》谓

---

① 永瑢等《钦定四库全书总目》卷八五，见《景印文渊阁四库全书》第 2 册，第 757—758 页。

② 翁方纲撰，吴格整理《翁方纲纂四库提要稿》，上海科学技术文献出版社，2005 年，第 418 页。

③ 相关梳理参张固也、唐黎明《〈崇文总目辑释〉"补释撰人"考》（原载《文献》2011 年第 3 期，收入张氏著《古典目录学研究》，华中师范大学出版社，2014 年，第 143 页）；赵庶洋《〈四库全书〉本〈崇文总目〉底本质疑》（《中国典籍与文化》2010 年第 3 期，第 62—65 页）。

始于唐之李肇。① 案《汉书》录《七略》，书名不过一卷。而刘氏《七略别录》，至二十卷，此非有解题而何？隋志曰："刘向《别录》、刘歆《七略》，剖析条流，各有其序，推寻事迹。自是以后，不能辨其流别，但记书名而已。"其文甚明，应麟误也。今所传者，以《崇文总目》为古，晁公武、赵希弁、陈振孙并准为撰述之式。惟郑樵作《通志·艺文略》，始无所诠释，并建议废《崇文总目》之解题；而尤袤《遂初堂书目》因之。自是以后，遂两体并行。今亦兼收，以资考核。②

其中馆臣所引《隋志》的一段话，原书作：

> 刘向《别录》、刘歆《七略》，剖析条流，各有其部。推寻事迹，疑则古之制也。自是之后，不能辨其流别，但记书名而已。③

可以看到，在"推寻事迹"这一句上，四库馆臣是明显地通过改变句读来断章取义，而这种说法恰好证明了馆臣的语言策略与意图。在《隋书经籍志序》中，"推寻事迹"原与下"疑则古之制"相连，意为推寻向、歆父子"剖析条流，各有其序"的事迹，认为这源出古已有之的传统。这里面向的主要是向、歆父子分类部次并撰写部序的做法；而馆臣却略去"疑则古之制"一句，将"推寻事迹"属上读，则此四字反而成了向、歆编纂书目的脚注，指代其为每书都撰写书录的做法。其实馆臣在这里描述的重点，完全是解题传统的发展历史；而《隋志》簿录类小序所谈的，根本是部序的发展历史。馆臣欲援引旧说以为己证，当然得改变句属，希求瞒天过海。

　　《四库全书总目》重视目录学的解题传统，是和《崇文总目》经典地位的确立密不可分的。此处又可分为理论与实践两方面。在理论层面，《崇文总目》在目录类提要中居于首位。对于清人来说，现在流传下来能见到的最早的、独立的官修书目，实属《崇文总目》。《崇文总目》是四库馆臣认识和论述目录学传统的重要起点与支点，有着极大的话语权和影响力。馆臣不仅受朱彝尊学说与实践的强烈影响，更循着朱氏已开辟出来的道路，亲自辑校出十二卷的四库本《崇文

---

　　① 按：胡应麟并无《经义会通》一书，其《经籍会通》内并未提及李肇《经史释题》。馆臣所言恐亦源自上引朱彝尊《经义考·经籍》内的相关文字。

　　② 永瑢等《钦定四库全书总目》卷八五，见《景印文渊阁四库全书》第1册，第757页。

　　③ 魏徵等《隋书》卷三二，中华书局，1997年，第992页。

总目》，这些都会促使他们将关注的焦点放在被主观意图所施加影响的解题传统上。而有明以来，受《文渊阁书目》的典范性影响，明代的官修与私家书目大都贪图省简，竟纷纷有如账簿，甚于徒记书名，连作者与卷数等最基本的著录项都予以抛弃。这些历史上的新现象、新趋势，不仅促使馆臣向这条传统上思考，更激起一种振作衰势、恢复传统之责须在我的责任感。因此在一方面，馆臣需要强化解题传统的经典谱系。就《总目》目录类提要与凡例来看，至少挑选了包括刘向《别录》、刘歆《七略》、宋《崇文总目》、晁公武《郡斋读书志》、陈振孙《直斋书录解题》、马端临《文献通考》、朱彝尊《经义考》等重要节点。《隋志》在"自是以后，不能辨其流别，但记书名而已"之后云："博览之士，疾其浑漫，故王俭作《七志》，阮孝绪作《七录》，并皆别行。大体虽准向、歆，而远不逮矣。"①就解题的传统而言，王、阮亦是承上启下的重要环节。而馆臣在向、歆父子与《崇文总目》间，有意略去了这些过渡阶段，这充分说明其想建立的谱系是面向当代的，就像《隋志》所描述的是当时的"现代史"一样②。另一方面，馆臣需要建构解题传统的反面，这个传统的建立标准即为无解题。它的被建构，完全是出于陪衬解题传统的需求，在《四库总目》的语境里还谈不上什么义理。以《崇文总目》简本为坐标，馆臣将郑樵的负面影响进一步放大，不仅认为"《宋史·艺文志》纰漏颠倒、瑕隙百出，于诸史志中，最为丛脞"，是出于"高宗误用樵言，删除序释之流弊"；还认为尤袤《遂初堂书目》的体例是因袭了郑樵的观点，因此与《崇文总目》的简本一样，"若存若亡，几希湮灭"③。这些说法在事实上恐怕都是没有什么依据的。馆臣虽然在《遂初堂书目》的提要里提到"其例略与史志同"，但并没有就此"例略"生发开来，重点还是在于它的无解题之上。这条"无解题"的传统，至少包括《崇文总目》简本、尤袤《遂初堂书目》、明《文渊阁书目》《秘阁书目》《菉竹堂书目》《国史经籍志》等重要节点。

---

① 魏徵等《隋书》卷三二，第 992 页。

② 蒋彤（1807—1844）《汪容甫先生精法楼校书记》云："厥后代承是业，其著者魏荀勖四部、宋王俭《七志》、梁阮孝绪《七录》。然不能正其流别，但记书名而已，则犹是目录家也。宋王尧臣并合四馆书……"按《隋书·经籍志》簿录类小序说的"不能辨其流别，但记书名而已"，并不包括"博览之士，疾其浑漫，故王俭作《七志》、阮孝绪作《七录》"在内。蒋氏此语无疑是为四库馆臣所建立的这个经典谱系下注脚。见李恩绶原纂、李丙荣续纂《丹徒县志摭余》卷一七，民国七年（1918）本。

③ 永瑢等《钦定四库全书总目》卷八五，见《景印文渊阁四库全书》第 2 册，第 758 页。

在实践层面,《崇文总目》的再发现,是与它在校勘方面的典范意义相关联的。时任安徽学政朱筠在《奏陈购访遗书及校核〈永乐大典〉意见折》中建议:

> 著录校雠,当并重也。前代校书之官,如汉之白虎观、天禄阁,集诸儒较论异同及杀青;唐宋集贤校理,官选其人。以是刘向、刘知几、曾巩等,并著专门之业。列代若《七略》《集贤书目》《崇文总目》,其书具有师法。臣请皇上诏下儒臣,分任校书之选,或依《七略》,或准四部,每一书上必校其得失,撮举大旨,叙于本书首卷,并以进呈,恭俟乙夜之披览。臣伏查武英殿原设总裁、纂修、校对诸员,即择其尤专长者,俾充斯选,则日有课,月有程,而著录集事矣。①

《军机大臣等议覆安徽学政朱筠条奏搜辑遗书事宜》中云:

> 一、据称……等语,查古人校定书籍必缀以篇题,诠释大意。《汉书·艺文志》所称"条其篇目,撮其指意"者。所以论得失,使读者一目了然,实为校雠良法。但现今书籍较之古昔,日更繁多,况经钦奉明诏访求,著录者自必更为精博。若如该学政所奏,每一书上必撮举大旨,叙于卷首,恐群书浩如烟海,难以一一概加题识。查宋王尧臣等《崇文总目》、晁公武《读书志》,皆就所有之书编次目录,另为一部,体裁最为简当,应即仿其例,俟各省所采书籍全行进呈时,请敕令廷臣详细校定,依经史子集四部名目分类汇列,另编目录一书,具载部分卷数、撰人姓名,垂示永久,用昭策府大成,自轶唐宋而更上矣。②

曾参加过修纂《四库全书》的馆臣翁方纲在《观象台浑天仪歌》中写道:

> 昔者七略崇文目,校理各任专家才。③

馆臣许兆椿作于乾隆四十七年(1782)春二月二日的《恭和御制经筵毕文渊

---

① 中国第一历史档案馆编《纂修四库全书档案》,第 21 页。
② 陆锡熊《颐斋文稿》,见《清代诗文集汇编》第 375 册,第 337—338 页。此书原认为是陆费墀所作,经后人考辨,实为陆锡熊《宝奎堂余集》之定本。详参苗润博《国家图书馆藏"陆费墀〈颐斋文稿〉"考辨——兼用陆锡熊对〈四库全书〉的贡献》(《中国典籍与文化》2014 年第 3 期,第 115—120 页。)
③ 翁方纲《复初斋诗集》,见《清代诗文集汇编》第 381 册,第 98 页。

阁赐宴以《四库全书》第一部告成庋阁内用幸翰林院例得近体四律首章即叠去岁诗元韵》云：

> 篇分永乐收残阙，目纪崇文订谬悠。从此艺林濡雅化，仰瞻奎藻五云雷。①

在实际操作层面，著录解题是校勘雠对的成果。由于书目的校勘具有师法，它也具有可以被建构的传统。在《四库总目》的语境下，校勘与著录可以被认为是一体两面的事物，也是典范书目必不可少的特质。从上引的军机处议覆来看，刘氏父子虽在书目的"校雠良法"上堪称最早的典范；但如果结合著录解题的实际情况来看，《崇文总目》堪称可追寻的最早标的。

在卷首的第九条《凡例》中，馆臣从"校理秘文"的刘向、"刊定官本"的曾巩，排比至宋《崇文总目》、晁公武《郡斋读书志》、陈振孙《书录解题》、马端临《文献通考》，竟于《四库总目》，关心的核心问题却是解题能否反映"本书之始末源流"②。晁、陈、马等人恐怕都不具备官方校书那样的环境与条件，"校书"一词所包含的含义应该外延至有关校订考核书籍的相关学问，这也正是目录类提要中馆臣所秉持的重要标准。故《文渊阁书目》提要言："士奇等承诏编录，不能考订撰次，勒为成书，而徒草率以塞责，较刘向之编《七略》，荀勖之叙《中经》，诚为有愧。"③《国史经籍志》提要言："盖万历间陈于陛议修国史，引竑专领其事，书未成而罢，仅成此志，故仍以国史为名。顾其书丛钞旧目，无所考核，不论存亡，率尔滥载。古来目录，惟是书最不足凭。"④如果不能考订并撰写合格的解题，即使有校书的形式，也根本不能被纳入校书的传统。因此，校书活动与撰写解题，在客观形式上不能归于一事，但《四库总目》在实际操作的层面上究其内在精神，将其建构进了同一经典谱系。

也正是以修书活动的整体来看，《崇文总目》可以由被追摹的具体典范，渐渐变成四库编目的某种象征。朱彝尊早在《宋太宗书库碑跋》中就引王明清《挥麈录》里的记载为同调，将宋初这种建崇文院、徙三馆、编修《崇文总目》的行为

---

① 许兆椿《秋水阁诗集》，见《清代诗文集汇编》第 420 册，第 140 页。
② 永瑢等《钦定四库全书总目》卷首，见《景印文渊阁四库全书》第 1 册，第 36 页。
③ 永瑢等《钦定四库全书总目》卷八五，见《景印文渊阁四库全书》第 2 册，第 763 页。
④ 永瑢等《钦定四库全书总目》卷八七，见《景印文渊阁四库全书》第 2 册，第 794 页。

看作一种"以役其心,俾卒老于文字"的文化活动。朱氏于篇末还抒发了"虽然,亡国之臣,世主往往轻视之如土芥,而重绳之以刀锯。帝独容之禁侍之列,给笔札,事纂述,谓非世主所难能欤?"①可见类似崇文编目这种带有帝王政治色彩的文化编纂活动,清初就曾被视作盛世明君与强权的象征。《钦定日下旧闻考》中记载文渊阁内有乾隆御书联□□曰:"壁府古含今,借以学资主敬;纶扉名副实,讵惟目仿崇文?"②由此可见《崇文总目》的文化意义是四库全书的最高主持者与裁断者亲自肯允的。后人叶昌炽在《覃溪学士〈四库全书提要〉稿本歌为刘翰怡京卿作》诗中云:"溯昔盛时际雍乾,海内文物归陶埏。天禄琳琅宛委编,崇文总目体例沿。次者明钞上宋镌,缪篆诘屈摹印鲜。阁装叶叶回风旋,谒者陈农奉使还……"③便是将《崇文总目》放置进盛世征书修书的总体背景下表意。

　　《四库全书总目》围绕着"解题/校雠"为主轴,建构了目录学的经典谱系之后,后世在基本遵循了这一权威话语的同时,也不断地根据自己的认知与需求丰富这一谱系。张履程《〈钦定四库全书简明目录〉序》云:"目录则《崇文总目》《郡斋读书志》《子略》《经义考》,为藏书家征文所必资。"④此是将《子略》一书纳入。如方东树《汉学商兑》云:"又明道士白云霁作《道藏目录详注》四卷……每条各为解题,仿《崇文总目》《直斋书目》例。"⑤此是将《道藏目录详注》一书纳入。李元度《〈史书纲领〉序》云:"承学之士,既有《经义》《小学》诸考以导经术之源,而于史部复得是编为圭臬……"⑥此是将《小学考》《史书纲领》两书纳入。《(嘉庆)直隶太仓州志·考证凡例》记载:"其晁公武《读书志》、陈振孙《书录解题》、马端临《经籍考》、钱曾《读书敏求记》、朱彝尊《经异考》,则摘取著书大意,即《四库全书提要》亦复如此。"⑦此是将《读书敏求记》纳入。总的来说,主要有三条路径。一是将《四库总目》未著录本书但提及过的、未明确纳入谱系的节点纳入:

①　朱彝尊著,王利民校点《曝书亭集》卷五一,第 535 页。
②　于敏中等编《日下旧闻考》卷一二,北京古籍出版社,1985 年,第 166 页。
③　叶昌炽《奇觚庼诗集》卷五,民国十五年(1926)本。
④　丁国樑修,梁家荣纂《续修建水县志稿》卷一四,民国九年(1920)本。
⑤　方东树《汉学商兑》卷上,见江藩、方东树著,钱锺书编《汉学师承记(外二种)》,中西书局,2012 年,第 222 页。
⑥　李元度《天岳山馆文钞》卷二七,见《清代诗文集汇编》第 683 册,第 422 页。
⑦　鳌图、汪廷昉修,王昶等纂《(嘉庆)直隶太仓州志》卷首,见《江苏历代方志全书·直隶州厅部》第 5 册,凤凰出版社,2018 年,第 353 页。

如郑玄《三礼目录》、荀勖《晋中经簿》、殷淳《序录》、王俭《七志》、阮孝绪《七录》、李肇《经史释题》等；二是将《四库总目》著录本书但未明确纳入谱系的节点纳入：如高似孙《子略》、白云霁《道藏目录详注》、钱曾《读书敏求记》等；三是将成书或刊印于《四库总目》后的书目纳入，如专科书目有《小学考》《史书纲领》等，藏书目录有高儒《百川书志》、陆心源《皕宋楼藏书志》等。

三、章学诚与后起修志者的同调：
艺文/簿录传统的崛起

《四库总目》所建构的，以"解题/校雠"为核心主轴，以"无解题"作为其反面的目录学传统，及由此建构出的经典谱系，在乾嘉以后又有一次重大的新变。其核心的动因是乾嘉考据学气氛下史家意识的彰显与回归，其权舆以章学诚为代表，其成为风气则是通过嘉道以后一大批修方志者的同调并行。

前文已述，《四库总目》在目录学中所建构起的"无解题"传统，本身就是依靠其反面"解题/校雠"传统而得以成立的，乃后者的附庸，在彼之语境下还谈不上什么条畅的义理。这条传统在《总目》虽有初荄，却隐伏不显，受到理论与实践两方面的限制。除却上文所言，古典学术发展至清中叶，已达鼎盛，数万种书籍背后是庞大的学术容量与繁杂的学术分支，欲凭借各部序即说清理顺道尽"作者之意"，几不可能。因此，解题功能与容量的增加，借以分担部序的巨大压力，亦是学术发展的必然态势。《总目》凡例云："如其义有未尽，例有未该，则或于子目之末，或于本条之下附注案语，以明通变之由。"①兹即是显证。此外，《总目》经过乾隆授权和把关，是圣人文化独断权力的直接体现，自然要体现圣人敦崇风教、厘正典籍之至意。凡例即云："前代藏书率无简择，萧兰并撷，珉玉杂陈，殊未协别裁之义。今诏求古籍，特创新规，一一辨厥妍媸，严为去取。"②既然需要褒贬去取，需要给书籍定评，那么解题的地位就显得更为重要，其功能也进一步扩展。与此同时，在朴学主流风气的引领下，馆臣们对于具体书籍的考证

---

① 永瑢等《钦定四库全书总目》卷首，见《景印文渊阁四库全书》第 1 册，第 37 页。
② 永瑢等《钦定四库全书总目》卷首，见《景印文渊阁四库全书》第 1 册，第 34 页。

勘察，自然也主要在解题里体现。因此，分部类次固然重要，但相比起解题在《总目》中所承担的任务，真是退居其后了。

而这条"无解题"的伏脉，正是史家意识所唤起并加以改造的。章学诚是乾嘉时期史学理论方面的重要人物，一生未能得进四库馆。他在《校雠通义》中提出了著名的"辨章学术，考镜源流"①，历来被看作与四库馆臣编目的理论与实践相同调，而广泛地加以引用。本文考察的是章学诚对于乾嘉以后目录学经典谱系之新变所起到的作用，因此关注点有所侧重。

章氏在此方面所起到的最大的贡献，莫过于其对史家"别识心裁"之义的提撕，对此余英时在《章实斋与柯灵乌的历史思想——中西历史哲学的一点比较》中已有论述，不必老生常谈②。适用于本章的主题，或许"别识通裁"一词更加全面。章氏在《文史通义·释通》篇两次使用"别识通裁"，来反向描述史类图书分类沿革演变中体例的淆乱与师法的失传。所谓"别识"，偏重于意识；"通裁"，偏重于实践。后者类似章氏在《〈天门县志艺文考〉序》里描述的"夫史体尚谨严，选事贵博采"③。章学诚对于乾嘉以后修方志者最大的鼓动，即在于这种方法论上的先导。章氏自身本编纂方志的名家，其在《（嘉庆）湖北通志检存稿·金石考》中即谈到："今按专门考订之书，与史志著录之体不同。班固《艺文》不载刘向叙录，即此意也……如有关考据，则须录全文，牵连所及，文字遂繁，可行于州县之志，不可行于通志也。即如艺文，非不知著录部次可仿陈直斋、晁公武诸家，增附题跋，亦以体制宜于州县而不便于通志耳。然毕竟一方之书，不比全史，故较郑樵之《艺文》《金石》两略已加详矣。"④事实上，乾嘉以后修方志艺文者最大的一个新特征就是，在编纂意识与实践中，既对《四库总目》所标定的典范书目自觉地学习，同时又自发地以"别识"的史学意识作为脉络，尝试建构艺文志在目录学经典谱系中的地位。而会其通、别其裁的实践理念，又恰好可以将这两种传统在志书的修纂实践上统一起来。

---

　①　章学诚撰，叶瑛校注《文史通义校注》，中华书局，2004 年，第 945 页。
　②　余英时《论戴震与章学诚 清代中期学术思想史研究》，生活·读书·新知三联书店，2005 年，第 234—282 页。
　③　章学诚撰，叶瑛校注《文史通义校注》，第 854 页。
　④　章学诚著，郭康松点校《湖北通志检存稿 湖北通志未定稿》卷四，湖北教育出版社，2002 年，第 259—260 页。

要之，章学诚"别识通裁"方法论对于后来修志者的指导，是其对于目录学经典谱系之建构最主要的贡献。反言之，目录学经典谱系的新变，却不能说完成于章氏之手。从理念上说，所谓"辨章学术，考镜源流"，主要是章氏追溯我国古代学术之本源，并通过"宗刘（向、歆）"而推衍出的结果。严格来说，这个观点的论证，可以与班固以下艺文志的传统无关。正因为章氏学说重在追溯本源，故其对于《文献通考·经籍考》以下目录的观照几无，对《四库总目》更是不置一词。纯理论推衍的局限性，决定了章氏不会把眼光聚焦于目录学经典谱系的展开。

对于嘉道以后的修志者来说，已经定型的《四库总目》本身既是修纂艺文者无法逾绕的高峰，其业已建构起来的经典谱系又提供给纂修者无法忽视的言语资源。然而修志者毕竟需面对具体的实践，不同于章学诚可以多做一些理论工作，他们所面临的困境便可能是如何在"后《四库总目》时代"寻求艺文志编撰的合法性以及编撰方式上的合理性——因为严格说来《四库总目》并没有赋予"无解题"这一传统以成立的义理与指导原则。

正如上文所提到的，修志者在章学诚"别识通裁"方法论的启发下，普遍采取了两个方面的策略。一是以"别识"与"独裁"的史学意识为中心，尝试建构艺文志为主的发展脉络与经典谱系。首先体现在对于班固《汉书·艺文志》地位的提撕。由于班《志》堪称艺文志之始祖，因此强调它的重要性与勾勒艺文志的发展史通常是一体两面的。如《湖南艺文志叙》开篇即明言："艺文之为志，肇于班氏《汉书》，凡以记载一朝纂述之目与篇卷。"之后又提到："自班《志》之后，各史皆仿其例，或谓之经籍志，而目录之学以兴。官私之书如宋之《崇文总目》《直斋书录解题》，其最著者。自是踵起代兴，指不胜屈。至本朝乾隆中儒臣奉敕编纂《四库全书总目》二百卷……"①其将班固《汉志》与各史志的传统下接《崇文总目》等经典书目，并认为目录之学以兴是由于艺文经籍志的推动，之中的建构意味是十分浓厚的。《（道光）徽州府志·艺文志》则言："按国史之有艺文志自刘向《别录》始，班固、荀勖以下因之。"将艺文传统上溯至刘向，并将荀勖等人纳

---

① 　罗汝怀《绿漪草堂文集》卷一三，见《清代诗文集汇编》第617册，第131页。

入,当然应视作一种建构的策略①。王棻《黄岩志书录序》云:"自班孟坚志艺文,而书始有录,顾于撰述大旨未有发明,读史者憾焉。宋王氏尧臣撰《崇文总目》,始为解题以系其下。其后晁氏公武《读书志》、陈氏振孙《直斋书录解题》因之……"②这里直是将书录的始祖看作班固,而解题传统的生发反在其后。以上胪举三种建构策略,其意无非是使艺文之传统在书目发展中占得独特且重要之地位。毋怪《(光绪)湘潭县志·艺文》自信地宣言:"斯后之览者,但观班刘之体,悟四部之疏,因流探源,使六艺九流粲然复章,即目录之学,何渠逊撰述?故具以所录著于篇。"③这种针对艺文传统强烈的独立意识,在清中后期的地方艺文志专书中体现得更为强烈。孙诒让《〈温州经籍志〉叙例》云:"郡邑之志经籍者,盖土训之骈枝,书录之流裔也……方志书目,此其蘲蒵。元明旧迹,多沿兹作。厥后撰著渐繁,纪载难悉,遂创专志,别帙单行。簿录之体不淆释地征文之例,斯为宏焉。"④孙氏在小注中又考察了专志发展的历史。这就是在区分艺文传统与解题传统之外,又进而求艺文志在志书内部的独立性。可以说,这个时期艺文志专书与方志书目蔚为大观、并行不悖的现象,正是同一意识下的产物。

前文所述,在《四库总目》的语境中,解题与校雠在客观形式上虽不尽相同,但在所建构的传统中却是一体两面的事物。同样,在这个时期,艺文也寻求与簿录(著录)结合起来,成为同俦。所谓簿录之学,在此是指注重部次条别的纲纪之学,它与讲究渊通精尽的校雠之学,可以被建构为一组相对的范畴。于是解题、校雠、精博与艺文、簿录、别裁,双峰并峙,分类标准在义理上取得了长足的进步。区分此两大传统较有系统性的文献,是王懿荣之子王崇燕光绪辛卯(1891)科山东乡试朱卷第五道策问。王氏云:"刘《略》为校雠之祖,班《志》为簿籍之宗。簿籍者,史氏之通裁;校雠者,儒家之盛业。古今书录权舆二家,虽繁

---

① 马步蟾纂修《(道光)徽州府志》卷一五,见《中国地方志集成·安徽府县志辑》第50册,江苏古籍出版社,1998年,第466页。

② 王棻《柔桥文钞》卷七,见林庆彰、赖明德、刘兆祐、张高评主编《晚清四部丛刊》第三编第96册,文听阁图书有限公司,2010年,第355页。

③ 陈嘉榆、王闿运等修纂《(光绪)湘潭县志》卷十,岳麓书社,2010年,第412页。

④ 孙诒让撰,潘猛补校补《温州经籍志》卷首,上海社会科学院出版社,2005年,第9页。又参校民国十年(1921)浙江公立图书馆刊本。

约不同,而谊各有当。自彭城《史通》未达斯旨,厥后郑樵轻訾孟坚,辄欲强簿籍之家,从校雠之法。近世学者扬其余波,掎摭弥精,失之愈远。"①开篇即布张两大系统。随后,王氏将刘歆《七略》、王俭《七志》、阮孝绪《七录》、晁公武《郡斋读书志》、陈振孙《直斋书录解题》等书纳入"校雠之学"的谱系;将班固《汉志》、郑默、荀勖《晋中经簿》、谢灵运、任昉《隋志》、刘昫、尤袤《遂初堂书目》等纳入"簿籍之学"的谱系;并认为从《崇文总目》、陈骙《中兴书目》、张攀《续中兴书目》,以迄至正秘书之志、《文渊阁书目》、《馆阁书目》、《续馆阁书目》、《国史经籍志》的流变,是校雠之学与簿籍之法的传统并行湮没不讲之过程。以上略举王氏之例,说明尽管其动机与修志者有所不同,但两者的共同目的都是通过建构经典谱系使艺文/簿籍传统较之解题/校雠传统分享平等的话语权。

艺文/簿籍经典谱系的纳入亦有三条进路,一是本身即具有正统性的、带官方色彩的各类经籍、艺文志,如班固《汉书·艺文志》,下迄焦竑《国史经籍志》等。二是《四库总目》收入但被划为"无解题"性质的一些书目,如尤袤《遂初堂书目》、明《文渊阁书目》等。三是方志、艺文专书以及其他著作门类中的一些代表性书籍,如宋孝王《关东风俗传》、高似孙《剡录》、祝穆《方舆胜览》、范成大《吴郡志》、施宿《嘉泰会稽志》、杨慎《全蜀艺文志》、祁承㸁《两浙著作考》、邢澍《全秦艺文录》等,不胜胪举。这些书所属部类不一,早已超出了狭义的簿录之体,但将其纳入同一谱系的主要标准却是统一根据它们与上述目录学传统有着内在的勾连。

伴随着此经典谱系逐渐强化的,是一些志书的修纂者自觉地运用"别裁"的史学意识,以区分艺文与一般书目之间不同的特征,采选更合适的编纂方式。例如有一大批方志编纂者虽然知道前志艺文以人为次与"著述通例稍殊",但或以为"而一人撰著,汇萃简中,亦知人论世之一助也"②,即因有助于全面了解乡彦情况而沿袭此例;或以为"今岁久,书多散亡,未易循名区别"③,即为防止部次乖谬、名不副实而遵从此例;或以为阮元所编《皇清经解》体例较善而沿袭此

――――――――

①　顾廷龙主编《清代朱卷集成》第 221 册,成文出版社,1992 年,第 151—158 页。

②　钱泰吉《甘泉乡人稿》卷一七《海昌备志发凡》,见《清代诗文集汇编》第 572 册,第221 页。

③　鳌图、汪廷昉修,王昶纂《(嘉庆)直隶太仓州志》卷首,第 353 页。

例①。在几为四库分类体系权威笼罩的时期,这些修志者秉别裁之史识,维艺文之传统,勇于破除权威话语的桎梏,公正采择"胜朝地志所纪艺文"②的惯例,实难能可贵。

二是向《四库总目》业已标定于谱系的经典书目学习。首先体现在艺文纂述名目风气的盛行。嘉道以前的旧志,多有博采汇辑一邑诗文或当地文献于艺文,以存释地征文之目的。《湖南艺文志叙》言:"而后之为志乘者,则沿祝穆《方舆胜览》,集录诗文多篇以为艺文一门,而别载纂述名目不谓艺文也。"③它认为祝穆此书是此做法的滥觞,后来形成一种因袭的风气。嘉道以后的修志者由于自觉地将艺文之传统纳入目录之学,又向《崇文总目》《四库总目》等经典书目模仿学习,故普遍认同书目著录的基本形式。《(同治)平江县志·例言》云:"若专录篇章,则自杨慎《全蜀艺文志》始也。后之作者以其非班氏法,遂从目录家例,止列书名,撮旨要。"即其显证。部分修纂者出于保存地方文献的特殊考虑,采用了艺文志内书目与文徵分列的做法。正如上书所云:"其诗古文则用范石湖《吴郡志》例分附各条下,不另立一门,以涤冗滥,法诚善矣。然诗文有无类可附而实关掌故及风土利弊、时事因革者,必尽惙置之,不可惜乎?……故稍变其例,上卷志书目……下卷则采录诗古文,取其有关民风政理者,间或以人存诗。"④或有艺文志摘取部分相关乡地文献附注于书目下者,其动机相同。这两种做法在章学诚《和州文征序例》与《天门县志艺文考序》中即已启其端矣。

而方志艺文确立通记一代存亡的收录范围,则更多地受到了《文献通考·经籍考》《经义考》等典范目录的影响。本来史家就有"选事贵博采"的编纂手法,修志者更有保存地方文献的意识;而《经义考》这种通记存亡的典范目录,包括"四柱法"在内的体例恰好能资以所用,借以提供方法上的参照。如《(光绪)诸暨县志·经籍志》云:"朱竹垞作《经义考》,初惟列存、亡二例,后分例曰存、曰佚、曰未见。盖以一人之见难遍,有非存、亡二例所能概者。吾邑文献屡经兵

---

① 张培仁修,李元度纂《(同治)平江县志》卷首《例言》,清同治十三年(1874)本。
② 孙诒让《温州经籍志·叙例》云:"胜朝地志所纪艺文,多以人次。"
③ 罗汝怀《绿漪草堂文集》卷一三,第131页。
④ 张培仁等修,李元度纂《(同治)平江县志》卷首《例言》,岳麓书社,2011年,第8页。

燹,荡然无什一之存,残简剩编,冀海内或有藏弆之家,则未见一例最为允当,故今从朱例焉。"①又如孙诒让《温州经籍志·叙例》在称赞朱氏之书"四者胪分,实便检斠"的便利后,复根据当时地方文献的实际情况,将"未见"与"佚"两类加以整合②。

　　然而若说《经义考》等经典目录对于修志者的最大影响,莫过于解题体制的扩容。《四库总目》所建构的经典谱系,正如《(光绪)巴陵县志·凡例》所描述的:"《崇文总目》每书下各为之说,而马氏《经籍考》则并载序跋,俾一书原委灿然具陈,法至善矣。国朝朱竹垞《经义考》、陆心源《皕宋楼藏书志》皆用马氏例,所录序跋尤多。"而"古书非经目睹,未能仿陈氏之《书录解题》、晁氏之读书志,各为考订也"③。这些修志者普遍承认《文献通考》《经义考》在经典谱系中即已处于较美备、集大成的地位;而对于他们来说,书籍大多不能仔细经眼,却想完整地考察一书之本末,两相结合,马、朱之书所提供的操作方法可能是最合适的。因此,在嘉道以后,大量的方志艺文与艺文专书都参考了这两书的著录体例,尤以朱彝尊《经义考》影响为巨。洪亮吉《〈全秦艺文录〉序》介绍邢澍此书云:"余读之,叹其搜罗之广博,类例之严整,大致仿历史艺文志等书,而参以近人朱检讨彝尊《经籍考》之例,分别门类,条举遗佚。"④《(民国)海康县续志·艺文志序》亦云:"国初朱竹垞《经义考》具列原书序跋、诸儒论说,有所考正附列案语于末,实全宗《经籍考》之例。其注存、佚、阙、未见,则兼仿《隋书·经籍志》之注亡缺。近代方志善本,若《广西通志》、阮《省志·艺文略》皆以《经义考》为楷模,兹取则之。"⑤又如王舟瑶《续修台州府志例言》云:"今拟略仿《崇文总目》、《书录解题》、《四库提要》、朱氏《经义考》之例,节录序文,揭其大旨,兼注存佚,

　　① 陈遹声修,蒋鸿藻纂《(光绪)诸暨县志》卷四六,见《中国地方志集成·浙江府县志辑》第41册,上海书店,1993年,第692页。
　　② 孙诒让撰,潘猛补校补《温州经籍志》卷首,第10页。
　　③ 姚诗德、郑桂星修,杜贵墀等纂《(光绪)巴陵县志》卷首,见《中国地方志集成·湖南府县志辑》第6册,江苏古籍出版社,2002年,第434—435页。
　　④ 洪亮吉《更生斋集·文甲集》卷三,见《清代诗文集汇编》第414册,第24页。
　　⑤ 梁成久纂修,陈景棻续修《(民国)海康县续志》卷二五,见《中国地方志集成·广东府县志辑》第45册,上海书店出版社,2003年,第104页。

庶可检稽。"①虽言四书,所模仿者亦以朱书为主。如此文献甚多,略举以概其余。正由于《文献通考》《经义考》两书对修志者有实际上的帮助,因此《四库总目》业已建立起来的经典谱系不仅没有受到质疑,反而在实践中得到了强化,与新建立起来的艺文/簿录谱系两翼并举。

需要指出的是,艺文/簿录的这条传统,在清朝鼎革后曾有过进一步的强化。最典型的拥趸者莫如孙德谦及其《汉书艺文志举例》一书。但孙氏面临的语境与前清诸贤,尤其是他极力服膺的章学诚已有所不同了。时逢封建王朝渐灭,前清的古典学术成果面临着被重新审视的问题。《四库全书总目》的权威话语亦开始落潮,学者们身处一个较为自由的场域。于是便会走向两条路子,一条是随着学术权威解体,对于目录学传统的审视日趋客观化;一条便是走向另一面的极端,物极必反。孙氏走的便是后一条路。王国维在《〈汉书艺文志举例〉跋》中言道:"君书精矣、密矣,其示后人以史法者备矣,所举各例本为修史志、编目录者言,不惮纤悉详尽。"②其实这话不如倒过来说,孙氏的学说正是有了章氏以来修志者孜孜以求的共同努力,才具备了某种基础;修志编目者却不是需受孙氏的启发才能将这条传统发扬光大。其同志者张尔田在序中所云的"惟史家目录,其体最尊",亦是在当时的语境下方能从容言之,而将《四库总目》贬入次一等的"官家之目录"③。正如前文所说的,实斋以"宗刘"为尊,实不曾走到这一步也。

四、余 论

本文主要以《崇文总目》价值的再发现发端,对清代目录学经典谱系的建构作了主要脉络上的解剖。在清前期,朱彝尊首先对于《崇文总目》简本的出现作了明确的主观阐释,填补了数百年的阐释真空。朱氏受马端临《文献通考》排比

---

① 喻长霖修,柯骅威等纂修《(民国)台州府志》卷首,见《中国地方志集成·浙江府县志辑》第44册,上海书店,1993年,第8页。

② 孙德谦《汉书艺文志举例》卷尾,见《二十五史补编》第2册,开明书店,民国二十六年(1937),第1711页。

③ 孙德谦《汉书艺文志举例》卷首,第1697页。

方式的影响,使郑樵"泛释无义"的相关评论与解题的芟除勾连,将观察解题佚亡的视角导引至某种主观意图与学说。在此基础上,朱氏建立起自身重视目录学中解题价值的系统看法,并初步建构出以解题传统为主轴、《崇文总目》为支点的目录学经典谱系。

朱彝尊的这一主观阐释,在清中期为《四库全书总目》全面沿用;朱氏整理《崇文总目》的理论与实践,亦为四库馆臣导夫先路。而这又不是有关于某种书目的简单定性,《崇文总目》作为清人能见到的、最早的官修目录,是馆臣认识目录学传统的重要支点与起点。《四库总目》重视目录学的解题传统,与《崇文总目》经典化地位的确立密不可分。在理论上,馆臣建构起以解题为主轴的目录学经典谱系;同时以"无解题"为标准初步建立起另一谱系,但它是前者的附庸,因前者而存在,尚谈不上什么成立的义理。在实践上,馆臣建立起以校雠为主轴的脉络。校雠在这里已泛化为校订考核书籍的相关学问,不是指严格形式上的校书活动。校勘雠对与著录解题虽在客观形式上不同,但究其内在精神却是一体两面的。因此在《四库总目》的经典谱系里,解题与校雠传统实是一条脉络。也只有将《崇文总目》放在整个修书校书的层面上来看,它才有了能够指代《四库总目》的象征意义。在《四库总目》建构起解题/校雠的权威谱系之后,后世又从三种途径将更多的书目纳入。

在《四库全书总目》业已定型的"后《四库总目》时代",为经典谱系带来新变并足以形成风气的,嚆矢于以章学诚为代表的、史家"别识通裁"意识的崛起。章氏对于目录学经典谱系建构最大的贡献,就是由于他提出了这样的方法论,既可以为艺文传统的建构提供完备的义理,又足以调和两种传统在实际操作层面的矛盾。但围绕着艺文传统的经典谱系的最终建立,却并非完成于章氏之手。章氏"辨章学术,考镜源流"的重要论断,在义理推衍上由"尊刘"得出,实际上毋需涉及艺文志的传统。关注学术之本源的课题,加之纯理论推衍的局限性,使得章学诚无法将眼光投射到经典谱系的展开。真正推动这一谱系形成的,是嘉道以后众多方志艺文与艺文专志修纂者的共同实践。面临着在"后《四库总目时代》"寻找书写合法性与编纂合理性的迫切需求,修志者采取了两条进路,一是以"别识独裁"的史学意识为中心,尝试建构艺文志为主的发展脉络与经典谱系。艺文、簿录、别裁与解题、校雠、精博构成相对的范畴,两种义理完足的传统由此开始双峰并峙。后来者既从三种途径不断地将相关书籍纳入艺文谱系,又有意识地区分艺文与一般书目之间的区别,以寻求合适的编纂途径。二是向《四库总目》业已标定于谱系的经典书目学习。首先体现在艺文纂述名目之风气的盛行;其次表现为确立通记一代存亡的收录范围及解题体制的扩容,后者受《经义考》的影响尤巨。《四库总目》确立起的经典谱系,亦因此得到修志者的认同与强化,两种传统得以并行不悖。

　　以上所勾勒出的两条主线,只是清代目录学经典谱系建构中的一个重要面向。例如以藏书家,尤其是版本学家为主要身份的士人对于此谱系的具体反应,以及龚自珍等思想激进者对经典话语的解构意味,便可能与主脉叙述有所差异。其他面向以及具体枝节的展开,唯有冀以来日。

　　[作者简介]于快,南京大学文学院 2021 级硕士研究生。

查慎行与朱彝尊的交游考

浙江　查玉强

秀水的朱彝尊与海昌的查慎行俱以杰出的诗词艺术成就，成为有清一代世所瞩目的诗坛巨擘。两人又因查继培（顺治九年［1652］进士，系查慎行之堂伯，朱彝尊之表舅）的关系，"幸托中表称兄弟"，而过从甚密。朱彝尊与查慎行都出身世家，且同处一朝先后入仕，都被钦点翰林入值南书房成为康熙之近臣。视两人之出处经历，以及擅长喜好，多有相似之处，诚如查慎行于《曝书亭集》序中所言："自谓平生出处之迹，以及入朝归老之岁月，与先生有仿佛相似者。"

一

康熙二十三年（1684），是查慎行与朱彝尊交游中的一个时间分界点，这一年查慎行首次进京。此前，查慎行与朱彝尊相见机会不多，这是因为朱彝尊久历江湖，后又入值翰苑，很少回家。两人交往有案可寻者只见两次：一、康熙十六年（1677）秋，直隶通永道龚佳育擢升江宁布政使，正游龚幕的朱彝尊随往江宁，此时朱彝尊将《江湖载酒集》词集寄示查慎行（见查慎行《余波词小序》）。二、康熙十七年（1678）秋，朱彝尊于博学鸿儒科应试前，返乡暂居，在此期间两人相见而谈诗论艺，朱彝尊在查慎行面前还盛赞其主家公子龚翔麟之诗品（见查慎行《田居诗序》）。这一阶段，初谙世事的查慎行追慕学有所成、载酒江湖的朱彝尊，奉之为赤帜。也正因为有了这十分有限的交往，查慎行与朱彝尊才在诗词文学方面得以搭建起交流联系的桥梁，或者说由此建立起了亦师亦友的关系。

　　而将朱彝尊康熙十七年难得的一次回乡再前推十四年，即至康熙三年（1664）朱彝尊因生父年前病故始离家出游时，其间也仅有三次返乡：第一次，康熙八年（1669）秋返乡，系为子完婚；并将生父、母落葬；又置竹垞于梅里。至孟冬即归济南刘芳躅幕。第二次，康熙十一年（1672）四月返乡，于家小住至六月，而后南下福州，八月返京（此年《江湖载酒集》编成）。第三次，康熙十四年（1675）九月嗣父卒，自通州奔丧归，返乡后约好友为诗课，次年复归。朱彝尊这三次返乡，查慎行均居于家，但因无文字记载，故不确定两人是否见过面——尽管按推测完全是有可能的：一、朱彝尊这几次回家，停留时间都不短，且家中均逢大事，或办红白事，或置阴阳宅，亲戚间应该有走动；二、只有两人见了面，方知双方志趣相投而惺惺相惜，才会有后来朱彝尊寄示《江湖载酒集》以及两人一见面便能谈诗论艺之事。

　　至于更早时，即康熙三年之前，那时朱彝尊还没离家出游，两人见面就方便了。两家所处，相距不远，才几十里地，无论水路与陆路，走动都方便。但那时见面，不过是亲戚间礼尚往来。因查慎行尚年幼（两人相差 21 岁），相互间不大会在诗词文学方面有什么交流。

　　康熙二十三年（1684），查慎行得族父查培继之资助，于四月间游学京师。查慎行甫抵京，即去宣武门外朱氏寓所拜会了贵为太史公的表兄朱彝尊。自此始，至康熙二十九年二月查慎行离京，两人有了比较频繁、深层的接触，由此也真正建立了良好的互动关系。后查慎行在为朱彝尊《曝书亭集》作序时，回顾这段交往，曾说起："（余）中年从事问学，质疑请益，受教最深。"查慎行与朱彝尊虽属平辈，互为中表，但他对朱彝尊敬重有加，一直以师长待之，其曾有"先生本师事，折节到侪辈"语（见查慎行《喜竹垞先生至》）。在京师游学期间，查慎行经常出入朱之寓舍，以请益诗词文学，还曾将受《江湖载酒集》启发转变词风而所填词作"就正于竹垞"。而朱彝尊也不以年长而自居，一直视查慎行为诗友、至交，当所著诗集《腾笑集》编成，便请其作序。此六年间，两人酬唱往返：重阳日同游长椿寺，联句作诗；乡邑扬雍建离京返里，一同以诗送别；朱彝尊移新居槐市斜街，查慎行率众友前往，作《三月晦日饮朱十表兄槐市斜街新寓》诗以贺乔迁之喜……查慎行还经常参与朱彝尊社交圈内诗文酒会等一系列活动。由于朱彝尊的延誉提携，查慎行于京城得以广交显宦名士，故而声闻禁中。

　　至康熙三十一年（1692），身为翰林院检讨的朱彝尊因才学过显加之书生积习而招人嫉妒被罢官去职,也由此结束了在京城十三年的(中间曾停职六年)官宦生涯,当年三月携眷离京。而查慎行早在三年前,即康熙二十八年八月,佟皇后薨之服丧期间,因连坐观洪昇之《长生殿》,被逐出太学,责令回籍。翌年二月离京前,查慎行曾前往朱彝尊寓所话别。

两人先后离京又各奔东西。年过花甲的朱彝尊自游离权力中心后,山水之情越发浓烈,曾重游广东以会老友;归来不久妻子病故,然仍在家乡周边寻胜访友。而人到中年的查慎行,则为生计奔波,虽中间曾几次入都应会试,然均"礼闱报罢"。在此期间,两人交往有案可稽者仅二:一、康熙三十二年(1693),查慎行与子双双中举,翌年春南归,朱彝尊持《小长芦图》见示于查慎行,嘱之题诗(见《敬业堂诗集》卷十八)。二、康熙三十六年(1697)春,查慎行会试下第,返乡时悉平湖李延昱将所藏图书二千五百卷赠朱彝尊,遂赋诗以贺(见《敬业堂诗集》卷二十三)。

至康熙三十七年(1698),朱彝尊由长孙陪侍,拟携所著经籍诗文去福建建阳刊刻,时邀查慎行同行。当年四月,朱、查一行先舟行至赣,再陆路入闽,至六月抵达福州。当时朱彝尊的门生、福建提学道汪薇闻讯,特来拜谒并宴请之。尔后又专程去了西郊的西禅寺品尝荔枝,朱彝尊好这一口,在恣意品尝同时,还按蔡襄《荔枝谱》所谓的三十二品,品评了荔枝的高下。而查慎行更在意当地的美味佳肴,其《食江瑶柱》诗曰:"半生梦想江瑶柱,客或夸示长朵颐。南游无一事,直为口腹宁非痴。"朱、查一行在闽中一直待到入秋方踏上归程,至八月初抵家。此次闽中游历,耗时四阅月,往返四千里,查慎行与朱彝尊朝夕相处,这也是两人一生中交往最密切的一段时光。两人一路上饱览风光,尽情游玩,也都留下了不少脍炙人口的诗篇,后朱彝尊以诗一卷(《曝书亭集》卷十八),查慎行以诗三卷(《敬业堂诗集》卷二十四至卷二十六)记载了此次结伴远游的经历。

闽游归来,查慎行与朱彝尊仍时有往来。康熙四十年(1701),查慎行有《病后过竹垞先生斋》所记:"偶因风雨宿君家,倦枕无眠到晓鸦。起向曝书亭上坐,一池荷叶两三花。"还有《喜竹垞先生至》《同竹垞德尹过马寒中山居》等诗,都记载了查慎行与朱彝尊相互间的交往,记载了一同访友寻胜等一些活动(见《敬业堂诗集》卷二十八)。

到了康熙四十一年(1702),查慎行时来运转。因其文名,得文华殿大学士张玉书、直隶巡抚李光地举荐,被康熙召入德州行宫,随后又召之入都,入南书房。第二年,参加殿试,赐进士;又一年特授编修。此阶段,朱彝尊则依然盘桓啸傲于山水之间;而查慎行则居于翰苑,七年伴君王之侧,三年领武英殿书局。其中只有康熙四十五年(1706)后这一年多时间,查慎行因葬双亲乞假归里,两人才有过几次见面:朱彝尊与查慎行昆仲泛舟西湖吟诗作赋;查慎行抵梅里朱家作客,被留宿彻夜长谈;朱彝尊又回访查府,遂诗酒唱和,回忆闽中之行……

至康熙四十七年(1708)早春,查慎行假满将返都门,朱彝尊不顾八十高龄,冒风雪赶往嘉兴杉青闸船码头。离别之际,朱彝尊挥手相送。查慎行伫立船头,泪眼模糊中望着渐行渐远的这位相交多年的良师益友,感慨不已。遂填词而曰:"兄言吾老矣,后会难期,酌我重斟十分酒。此意最殷勤,临发踟蹰,可敌得、石尤风否?"情真意切的话语中,"后会难期"竟一语成谶,这次相见成了两人的最后一次会面。第二年八月廿一日,朱彝尊八十寿诞,远在京城的查慎行寄诗以贺。两月后,朱彝尊即归道山。康熙五十三年(1714),朱彝尊故世后第五年,《曝书亭集》刊刻告竣,查慎行则为之作序。雍正三年(1725),朱彝尊将落葬于嘉兴百花庄,查慎行又参加送葬并赋诗以悼。查慎行敬重朱彝尊一如既往,没有因其逝去而有些许怠慢,哪怕是送表兄落葬的最后一程,依然是那么真诚而深情。其对表兄所持的这份情感,一直随之以终老。两人之交往也给世人留下了一段感人的佳话。

二

如上所述,查慎行与朱彝尊数十年之交往善始善终,其真情可谓亲密无间;而作为诗坛之领军人物,两位先贤在艺术上之切磋相容相惜,其厚谊同样令人称道不已。

朱彝尊与查慎行于康熙年间先后引领风骚于东南诗坛,这对亲密无间的中表兄弟虽置身于同一领域并执其牛耳,然相互间所持有的诗词理论与创作实践却是大异其趣,甚至还是针锋相对的。朱彝尊论诗尊唐鄙宋,对当时诗坛兴起的宋诗热颇为诟病,对学习南宋杨万里、陆游者尤为鄙薄。其评价陆游时曾有言:"陆务观《剑南集》句法稠迭,读之终卷,令人生憎……"当时,朱彝尊对宋代诗人逐一批评:"今之言诗者多主于宋,黄鲁直吾见其太生,陆务观吾见其太缛,范致能吾见其弱,九僧四灵吾见其拘,杨廷秀、郑德源吾见其俚,刘潜夫、方巨山、万里吾见其意之无余而言之太尽,此皆不成乎鹄者也。"他还仗着自己在儒林与文苑的地位,基本上骂遍了诗界热衷于宋诗者,"今之诗家,不事博览,专以宋杨、陆为师,庸熟之语,令人作恶"。而查慎行其诗宗法苏(轼)、陆(游),兼及范(成大)、杨(万里),尤其是近体诗更具陆游情调。他论诗虽也提出兼取唐诗,实际是以宋诗为本、唐诗为用,更多的还是推崇宋诗,其中用力最多者则是苏轼之诗。而在如何看待唐宋诗相互关系的问题上,朱彝尊认为唐诗与宋诗是继承关系。查慎行一开始也持此观点,但后来逐渐认识到唐、宋诗是两种不同的诗学体系,两者应该是并列关系。显然两位诗坛宿望在诗词理论基本处于相互对立的位置。而在诗词的创作实践上两人也是同样有别,朱彝尊讲究以学问为诗,他甚至还有点炫才,作诗主张多用典故,强调"语不雅驯者勿道"。而查慎行则强调在诗词创作中语言要浅显通俗,朴实无华,不逞书卷气,如其所言"吾诗若乡言""我诗质直无夸辞";作诗主张少用典,即便用之也不喜生僻,特别重视自然与白描,提出"白描绘景最为出色"。与此同时,两人的艺术审美情趣也是各有追求。朱彝尊将与妻妹不伦之恋的风怀诗完整地收录进《曝书亭集》,对此虽也有如纳兰性德辈以"我是人间惆怅客,知君何事泪纵横"句,表示理解与认可,但更多的友人则规劝之。时朱彝尊"欲删未忍,至绕几回旋,终夜不寐",最终还是"宁拼两庑冷猪肉,不删《风怀二百韵》"。而查慎行虽也有被友人强拉偶尔参加"妓席"之类的聚会,但他从未视之为享乐,更不会有忆妓香奁诸作出现在其诗词中。撇开道德层面的说辞,单就艺术审美情趣而言,两人确实是有很大区别的,朱彝尊所追求的是一种"真性情",而查慎行更显得中规合矩。

作为相交既久、相知甚深,甚至有点同病相怜的兄弟,相互间当然都十分明白对方在诗学上的观点、创作上的主张以及艺术审美上的情趣。但两人在现实往交时,却又能和睦善处。朱彝尊对查慎行一改其骂遍热衷于宋诗者的那种强硬做派,对其诗学主张更多地采取了忍让与倾听,甚至到后期还多多少少受到查慎行的一些影响,出现了由完全排斥宋诗,转变为尊唐主张不变又能兼取宋诗之倾向。以至朱彝尊后期的诗作,沈曾植曾评价道:"竹垞诗能结唐宋分驰之轨。"时洪亮吉更是认为:"朱检讨彝尊《曝书亭集》,始学初唐,晚宗北宋。"而查慎行坚持宋诗为本、唐诗为用的"唐宋互参"的主张,并成为有清一代效法宋诗的最有成就者。查慎行一直强调"唐宋互参",应该说在这个折衷唐宋的诗学主张当中,既有查慎行自身对诗词创作发展的深层思考,同时也很明显地看出朱彝尊在一定程度上对查慎行诗学主张所产生的影响。查慎行基本上是不认同朱彝尊的诗学观的,但他没有一概地加以排斥,而更多地显示出一种包容与尊重。查慎行对朱彝尊批评宋诗易落"浅易蹊径"等一些观点,还表现出了极大的关注;对朱彝尊批评江西诗派的黄庭坚的诗歌,甚至表示了相当的认同。

查慎行与朱彝尊双方学术观点、创作手法以及审美情趣迥异,但所有这些都没有妨碍两人在艺术上的相处交往。两人长期砥砺唱和,查慎行《敬业堂诗集》中酬唱最盛者除了其弟查嗣瑮,就是朱彝尊了。而朱彝尊的《曝书亭集》中,也多有与查慎行的唱和之诗。两人并无文人相轻之举,更没恶言相向之行,给对方更多的是包容与尊重,甚至还会吸收对方的一些合理要素为己所用,从而在艺术上达到了一种"和而不同""美美与共"的极高境界。两位先贤所具有的这种堪称典范的风度与雅量,直令后人击节叹赏。

三

若要全面完整地论述、评价查慎行与朱彝尊之间的往交,还有一事似不能不提及,从中或许更能窥见两人交谊之深厚与奇妙。

雍正元年(1723)正月,查慎行的门人沈房仲、沈椒园昆仲及沈楚望,在朱彝尊的京城故居——古藤书屋里,发现了查慎行遗失四十年之久的一批词作抄本。这就是当年查慎行首次进京拜访朱彝尊时,送交其审阅的一百四十余阕的长短句(后命名为《余波词》)。查慎行时见故物复归,殊出望外。这些词作是查慎行当年得朱彝尊词集《江湖载酒集》,"始知词出于诗,要归于雅",深受启发,而一改原先的词风,从康熙十八年(1679)至康熙二十三年,花五年时间所创作的。其题材包括纪游、访古、羁旅和悯农等,词风疏俊清朗,遣词造句工整凝练,这在当时的词坛中也堪称佳作。但曾以己之词作去启蒙查慎行的朱彝尊,为何又对查慎行精心创作而虔诚求教的词稿不置可否,甚至竟称词稿已丢失?查慎行对此也"颇以为阙事"(见查慎行《余波词小序》),但当着表兄的面又从来不置一辞。此事似乎成了横亘在两人之间,至死也没有解开的一个谜团。

欲解开此谜团,则须做一番考证剖析。然能供考证剖析的信息又实在不多,这里暂且先借助理性思维去进行分析推论。朱彝尊未应查慎行所求审阅词作,反将之束之高阁,究其原因不外乎:(一)要么朱彝尊勤于政事、忙于应酬而没有时间?这似乎不成立。因为自康熙二十三年(1684)至二十九年,朱彝尊正去职赋闲在家,有的是时间;(二)要么朱彝尊轻看查慎行,不把查的请求以及这些词作当回事?这显然也不可能。朱若轻看查,那也不可能在康熙二十五年春将自己刊印的《腾笑集》请查作序;(三)要么朱彝尊不喜欢这些词作?这些词作确实既非婉约亦非雄豪,而是疏俊清朗,自成一格。视两人之词风,的确大异其趣!那么,朱平日吟诗作赋时为什么能与查相互唱和,甚至是乐此不疲,而对这些词作却又如此不屑一顾?这似乎也说不通;(四)要么朱彝尊对这些词作有所顾虑?从朱彝尊当时所处的环境变化当中去进行分析,倒是可以找出点原因的。康熙十八年(1679),久处江湖的朱彝尊始得朝廷之赏识,举博学鸿儒科,授翰林院检讨,入值南书房,充任日讲起居注官。康熙二十年(1681),又由明史纂修官转任江南乡试副主考。此时的朱彝尊在儒林、文苑声誉鼎盛。康熙二十二年(1683),更是赐禁中骑马,赐居禁垣,至此可谓炙手可热了。可能也是应了"盛极必衰"那句老话吧,到了康熙二十三年(1684)正月,朱彝尊的运势出现了一个重大的转折:其因携带楷书抄手私入禁中,抄录四方所进图书,为掌院学士牛钮所劾,被降官一级。而就在此前一月,朱彝尊还参加了乾清宫的赐宴,受康熙之恩赏。不过一月之间,先宠后贬,圣上恩威几乎在一瞬间出现了极大落差,一直是顺风顺水的朱彝尊有点迷失方向了,他表现出一种无所适从,甚至是惶恐不安。而恰在此时,查慎行进京拜见表兄并请其审阅这些词稿。看到查慎行这些词作的内容或是感慨怀才不遇,如《水龙吟·登北固山》,吊古感今,咏史述怀;《解连环·访周雪客于汝南湾不值》,叹人生失意,伤怀才不遇。或是借古讽今,如《永遇乐·燕子矶同韬荒兄观剧》,词咏兴亡,若稼轩再现。而《郎州慢·余来武陵当兵燹之际触目荒凉溯刘宾客之旧游悽怆凭吊与姜白石追思小杜寄慨略同因和其自度扬州慢一阕以见意用其韵而易其名亦犹春霓秋霓之不改调云尔》,更是喟叹战争给民众带来了疾苦。总之,在这些词作当中流露出对现实的不满之意,不能不让惊魂未定的朱彝尊为之戒惧。而令朱彝尊担心的,还有查慎行这些词作当中所表现的十分显见的宗宋色彩,这也是极易引起为追求盛唐气象而极力推崇唐诗的康熙皇帝所诋斥。总之,出于不愿被查慎行这些抱怨牢骚之词所牵累,当然,也不愿让自己兄弟的前途因这些词作而受影响,朱彝尊遂称言遗失,实将之搁置于书斋,以俟他日境况有所转圜,再作定夺。但现实情况比朱彝尊自己想象的还要严酷得多,自降官一级后,朱彝尊的仕途每况愈下,再无转机。至康熙三十一年(1692),最终被罢官返籍。故查慎行的这批词稿在朱彝尊的有生之年也再无机会重见天光,而被尘封于古藤书屋之中。

对表兄朱彝尊当年的这番心思与这种做法,为弟的查慎行是否能体悟得到,世人不得而知。但从查慎行对表兄从无怨言,始终一往情深;以及涉足官场后循规蹈矩、谨言慎行的举止行为去做分析,查慎行似乎是领悟到了自己这位兄长的良苦用心。心有灵犀一点通,这种毋须言说的心领神会,也正是两位先贤神交的精彩与奇妙所在。

[作者简介]查玉强,工作于嘉兴五四文化博物馆。

朱彝尊的金石与史籍互证

广东　洪开荣

一、证史之谬

朱彝尊以碑证史的"史"有两层含义:一方面是指中国历代"正史"文献,另一方面是指历代金石学、地方志、诗文等个人著作。朱彝尊通过文献与碑碣的互参互证,找到前代史学著作中存在的问题并加以解决,正如朱彝尊所说:"予性嗜金石文,以其可证国史之谬。"①

(一)文字辨析

在《周鼎》铭文中有"立(位)中庭"一句,其中是"立"或者"位",自宋代以来一直争议很大。宋董逌撰《广川书跋》②、王黼撰《宣和博古图》③、吕大临撰《考古图》④、薛尚功撰《历代钟鼎彝器款识法帖》均释其字是"立"⑤,而宋欧阳修撰

———

　① 朱彝尊《金石文字跋尾》卷四,清光绪十六年(1890)刊《翠琅玕馆丛书》本,第 4b 页。

　② 董逌《广川书跋》卷二,明崇祯中虞山毛氏汲古阁刊《津逮秘书》本,第 4b 页。

　③ 王黼《宣和博古图》卷十七,明万历三十一年(1603)刻本,第 16b 页。

　④ 吕大临《考古图》卷三,见《景印文渊阁四库全书》第 840 册,台湾"商务印书馆",1986年,第 130 页。

　⑤ 薛尚功《历代钟鼎彝器款识法帖》卷一四,见《景印文渊阁四库全书》第 225 册,第617 页。

《集古录跋尾》①，赵明诚撰《金石录》则认为是"位"，见赵明诚《金石录》云："按古器物铭，凡言即'立'，或言'立中庭'，皆当读为'位'。盖古字假借，其说见郑氏注《仪礼秦泰山颂诗刻石》犹如此。"②朱彝尊与程邃就这一问题也曾有所争论，程邃赞同薛尚功等人的观点，认为该字应是"立"字，朱彝尊却不赞同这一观点，他认为既然《春秋》中"公即位"可以写成"公即立"，那么《周鼎铭》中"立"同样可以当作"位"字来释读。朱彝尊由此肯定了欧阳修和赵明诚的观点。

《郎中郑固碑》中有"逡遁"一词，欧阳修撰《六一题跋》云："'逡遁退让'之语，'遁'当作'循'……疑汉人用字多假借。"顾炎武认为欧阳修"假借"观点并不妥当，他列举了众多史料来论证，如"博稽《晏子春秋》作'巡遁'，《汉书》作'逡循'，《庄子》作'蹲循'，《灵枢经》《亢仓子》作'遵循'"。通过这几个词义类比得出"逡遁"是"逡巡"一词的异文。但是朱彝尊认为虽然"逡""遁""巡"三字读音均作"七伦切"，字义也都一样，但是"遁"字与"辶"字旁的字相结合，如组成"逡遁"一词，那么"遁"的读音就发生了变化，就变成了"足缩缩如有循"之"循"字的读音，所以朱彝尊不赞同顾炎武的观点，他认为："以为假借则可，不得谓之异文矣。"又如《唐博城令祭岳诗》有一字，顾炎武认为该字是"应"字，但是朱彝尊认为释为"应"字有误，应是"屦"字③。此外，朱彝尊曾专门写信给顾炎武，就"苓"字的音义问题进行争论④。这些争论和辨析都反映了当时良好的学术风气以及朱彝尊等人严谨的治学态度。

(二) 人名、碑名辨析

欧阳修《集古录跋尾》记载有《后汉孔君碑》，关于"孔君"的具体姓名，欧阳修并不清楚：

> 右《汉孔君碑》其名字磨灭不可见，而世次官阀粗可考，云：孔子十九代孙颍川君之元子也。……博陵太守，迁下邳为河东太守，建宁四年十月卒，

---

① 欧阳修《集古录跋尾》卷一，清光绪四年（1878）古香书阁印《三长物斋丛书》本第2b页。

② 赵明诚《金石录》卷十二，《四部丛刊续编》景旧抄本第3a页。

③ 朱彝尊《金石文字跋尾》卷四，第5b页。

④ 朱彝尊《曝书亭集》卷三十一《与顾宁人书》，《四部丛刊初编》景上海涵芬楼藏原刊本第5b—6a页。

其余文字历历可读,以上断绝处多文理难续,故不复尽录,然其终始略可见矣,惟其名字皆亡,为可惜也……

赵明诚对此有所考证,见《金石录》云:"今此碑虽残缺,而名字尚完可识,云君讳彪,字符上。又《韩府君孔子庙碑阴》载当时出钱人名,亦有'尚书侍郎孔彪元上',与此书正同。"①由此,赵明诚认为"孔君"之名即"孔彪"。而明代陈镐又将"孔彪"改为"孔震",见陈镐撰《阙里志》卷二《世家》云:"震,字符上。"②又如明彭大翼《山堂肆考》云:"孔君,孔子十九代孙,名震。"③朱彝尊见到孙承泽所藏该碑的宋拓本,发现碑中"讳彪,字符上"等字清晰尚存,所以朱彝尊认为陈镐《阙里志》所云"孔震"有误,即"孔君"是"孔彪"无疑④。

朱彝尊通过对《曹全碑》碑文阅读,发现碑中人名与史籍有不一致的地方。如《后汉书》中记载:"疏勒王臣盘为季父和得所射杀。"而《曹全碑》云:"和德弑父篡位",显然"和德"与"和得"两者人名不同。又《后汉书》云:"讨疏勒有戊己司马曹宽",而"曹宽"与"曹全"两者又不相同。所以,朱彝尊认为南朝范晔撰《后汉书》已经离汉两百多年了,传闻或已失真,要以汉代《曹全碑》的记载为准⑤。

《后汉书·郭符许列传》有"孔伷"之说。朱彝尊根据《汉泰山都尉孔宙碑》《韩敕碑阴》,以及司马彪《续汉书》,裴松之注《魏志》,均可证明《后汉书》记载有误,即"孔伷"应为"孔宙"⑥。但是朱彝尊却认为该问题的出现并不是撰写者范晔个人的过失,应是雕版刻书时"妄人所更"⑦。

曲阜孔庙有《汉鲁相乙瑛请置孔庙百石卒史碑》,该碑记载了鲁相乙瑛请求

---

① 赵明诚《金石录》卷十六,《四部丛刊续编》景旧钞本,第 7a 页。

② 陈镐《阙里志》卷二《世家》,明嘉靖刻本,第 65b 页。

③ 彭大翼辑,张幼学增定《山堂肆考》卷三十一《孔德让碑》,明万历二十三年(1595)刻本,第 2a 页。

④ 虽然朱彝尊将罪过归于明代陈镐,但殊不知始作俑者并非陈镐,见宋代孔传《东家杂记》云:"建宁二年,孔子十九世孙震,字上元,碑终,博陵太守,下邳相。"(孔传《东家杂记》卷下,清刻《琳琅秘室丛书》本,第 16a 页)又金孔元措《孔氏祖庭广记》就有《建宁二年博陵太守孔震碑》的记载。由两段材料发现,宋元已经有"孔震"一说的观点了。孔元措《孔氏祖庭广记》卷十一,清咸丰三年(1853)仁和胡氏木活字排印本,第 29b 页。

⑤⑥ 朱彝尊《金石文字跋尾》卷二,第 16b—17a 页。

⑦ 朱彝尊《金石文字跋尾》卷二,第 17a 页。

设置"百石卒史"之人主守孔庙,并掌管孔庙中的大量礼器。该碑名也一直有争议,明代有学者就认为是"白户卒史",如明陈镐撰《阙里碑记志》①,明孙克弘辑《古今石刻碑帖目》②,明王应遴撰《墨华通考》③等均以此命名。朱彝尊通过《乙瑛碑》拓本认为这样命名有误,并引用前人文献来论证自己的观点:

> 按《汉书·儒林传》,郡国置五经百石卒史。臣瓒以为卒史秩百石者。刘昭注续《汉书百·官志》,引应劭《汉官仪》:河南尹百石卒史二百五十人。《黄霸传》:"补左冯翊二百石卒史。"盖秩有不同,故举石之多寡别之。

郦道元《水经注》记载有《王纷碑》④。朱彝尊通过《王纯碑》拓本,认为郦道元观点有误,所谓《王纷碑》就是《王纯碑》,并且认为郦道元未曾亲历访碑,因只是听取传言而致误⑤。

朱彝尊通过《唐阿育王寺常住田碑》发现该碑是由秘书监正字郎"万齐融"撰文,而《旧唐书》却将"贺朝万"作为一人,而"齐融"作为一人。朱彝尊通过以碑证史,认为编写者错误地认为"贺朝"不应单名,于是将"万齐融"的"万"字归属为"贺朝",所以史书中"齐融"一说有误⑥。后来清罗士琳撰写《旧唐书校勘记》实际借鉴了朱彝尊这一观点。

黄冈张编修曾拓得《会稽山禹穴窆石题字》,后来请朱彝尊审定其文。该石原本并没有字,只是在汉永建元年五月,后人题字又刻于石上⑦,所以朱彝尊认为:"碑有铭而窆无铭,验其文乃东汉遗字。"⑧既然窆石本无铭文,而赵明诚《金石录》却云《汉窆室铭》⑨,朱彝尊认为赵明诚对原石文字的理解和命名有误⑩。

---

① 陈镐《阙里碑记志》历代碑记,清康熙八年(1669)刻《阙里志》本,第1a页。
② 孙克弘《古今石刻碑帖目》卷下,明万历刻本,第3b页。
③ 王应遴《墨华通考》卷八,明抄本。
④ 朱彝尊《金石文字跋尾》卷二,第7a—7b页。
⑤ 郦道元《水经注》卷八,《四部丛刊初编》本,第8a页。
⑥ 朱彝尊《金石文字跋尾》卷五,第5b—6a页。
⑦⑧　朱彝尊《金石文字跋尾》卷二,第5a页。
⑨ 赵明诚《金石录》卷一,《四部丛刊续编》景旧抄本,第3b页。
⑩ 在宋代,不仅仅赵明诚如此命名,又如宋陈思撰《宝刻丛编》、董逌撰《广川书跋》等也都定义为《窆石铭》。

（三）作者、姓氏辨误

关于《华山庙碑》书丹者姓名，历来众说纷纭，主要有三种说法。唐代徐浩在《古迹记》中认为是蔡邕所书，这是第一种观点。因碑文中有"遣书佐新丰郭香察书"一句，因此又有两种不同的说法。宋欧阳棐认为"郭香察"所书。宋洪适不赞同欧阳棐的这一观点，又认为是"郭香"察书。他们三人分别代表着三种不同观点和派别，后代大都延续着这三种观点并不断争论。明代赵崡撰《石墨镌华》云：

> 徐浩生唐盛时，去汉近，其人又深于字学，不应谬妄。至此皆不可晓，至如杨文贞公跋，遂以为"郭香书"，则"察"字无属，不成文理矣。

可见赵崡赞同徐浩的观点，并认为是蔡邕所书。朱彝尊就这一问题也提出了自己的看法，见《跋汉华山碑汉》云：

> 关中赵孝廉子函以"郭香察书"配"杜迁市石"，其说近是。载考司马彪《续汉书·律历志》，灵帝熹平四年，有太史治历郎中郭香姓名，殆即察书之人与。

虽然朱彝尊也是徐浩、赵崡这一派别的延续，但是他在碑文内容的基础上，又引用了司马彪《续汉书·律历志》这一新材料进行论证，显然比前代各学者更具说服力①。即便是观点不一样的翁方纲对朱彝尊这一引证也是颇为赞许②。

明代杨慎一直认为"薄烟羃远郊，遥峰没归翼"诗句为六朝人所作，见杨慎《秋林伐山》云："衢州烂柯桥断碑诗止存二句：'薄烟羃远郊，遥峰没归翼。'传以为古仙句。"又杨慎《丹铅总录》云："衢州烂柯桥断碑诗不全，中有句云：'薄烟羃远郊，遥峰没归翼。'可谓奇绝，盖六朝人语，唐人罕及也。"但是朱彝尊在衢州府西安县发现了唐嗣江王祎所题五言诗，其中就有"薄烟羃远郊，遥峰没归翼"这句诗，所以，朱彝尊认为杨慎的观点有误，并断定该诗句的作者就是唐代王祎。

朱彝尊还通过对《建雄节度使相里金碑》研究发现，该碑文的部分信息与史

---

① 顾炎武也赞同朱彝尊观点，同样引用《续汉书·律历志》进行论证。顾炎武《金石文字记》卷一，清嘉庆中虞山张氏刊本，第 17a—19a 页。

② 翁方纲《苏斋题跋》云："虽不能定为果中郎书，然顾亭林、朱竹垞皆谓《律历志》，郭香即此人。"翁方纲《苏斋题跋》卷上，清咸丰六年（1856）海昌蒋氏宜年堂刊《涉闻梓旧本》，第 10b 页。

实记载有所不同,如相里金,在《五代史》中记载他"字奉金",但是碑中却云"字国宝";史书中称"赠太师",而碑云"赠太子太师"。朱彝尊认为《五代史》以上记载有误,仍当以碑文为准①。

二、补史之阙

朱彝尊鉴赏的众多金石碑帖都是前人已利用的文献史籍之外的重要材料,这些材料不仅可以订正史籍,更是前人史籍的重要补充,正如朱彝尊所云:"惟金石之文,久而未泐,往往出风霜兵火之余,可以补旧史之阙。"②

(一) 对汉唐以来的正史补阙

《曹全碑》记载:"(曹)全以禁纲隐家巷者七年。"朱彝尊认为此事未见《后汉书》记载,以此可补汉史"党锢诸人之阙"③。《北海相景君碑》的题名涉及各类官员,包括督邮、督盗贼、议史、书佐、骑吏、吏、行义、修行、午、小史、竖等。朱彝尊认为"午"并不载于《续汉书·百官志》,以此可补汉史之阙④。

朱彝尊曾访得《太尉李光颜碑》和《安定郡王李光进碑》。二碑中涉及的某些问题并不见唐史记载,如《太尉李光颜碑》称:"光颜平吴元济师旋,请于朝,葬其兄。"又《安定郡王李光进碑》书"光进为安定郡王"等,史书均未记载,所以朱彝尊又说:"吾意碑辞定不诬矣。"即仍以碑文为准。又如《唐漳州陀罗尼石幢》,该碑为"游弈将王剸所造",至于官职"游弈将"之说,朱彝尊认为:"五代十国多有之,独不见于《唐会要》、新旧《书》。"⑤再者,如《唐北岳庙李克用题名碑》记载:"至三月,幽州请京和断,遂班师,取飞狐路,却归河东。"⑥朱彝尊认为这一历史事实也未见唐史有记载。因此,通过以上诸碑可以补唐史之阙。

---

① 朱彝尊《金石文字跋尾》卷五,第 13b—14a 页。
② 朱彝尊《金石文字跋尾》卷二,第 15a—15b 页。
③ 朱彝尊《金石文字跋尾》卷五,第 14a 页。
④ 朱彝尊《金石文字跋尾》卷二,第 15a—15b 页。
⑤ 朱彝尊《金石文字跋尾》卷五,第 7b 页。
⑥ 朱彝尊《金石文字跋尾》卷五,第 8a 页。

《北汉千佛楼碑》云:"承钧为睿宗皇帝,继元为英武皇帝。"①朱彝尊认为这是《五代史》所未曾提及的。又称"广运元年岁次甲戌",则即位改元之说,这也是《五代史》未详尽之处。因此通过此碑可补《五代史》之阙。

朱彝尊曾于太原访得《宋太宗书库碑》,该碑漫漶严重,其中可识者有:《太宗御制文集》四十卷又《集》一十卷,《怡怀诗》一卷,《回文诗》一卷,《逍遥咏》一卷,《至理勤怀篇》一卷。但是朱彝尊发现《宋志》仅仅提及《御制集》共有一百二十卷,没有具体说明所包含的内容。因此,该碑的发现可补《宋史》未详之处。

《元丰闽县令碑记》记载:"大朝开创以来,庚辰之岁,改县为闽州。"朱彝尊发现《元史》未曾记载改县为州之事,所以又云:"宋(宋濂)、王(王祎)诸公未免失于讨论矣。"即该碑可补《元史》之阙。又如《霍山庙建文元年碑》,立碑之时(建文元年,即 1399 年),明成祖朱棣发动了靖难之役,平息叛乱之后,"悉行革除旧典遗文,去之惟恐不尽"。在这样一种文化灾难面前,《霍山庙建文元年碑》竟然能保留下来实属不易,所以朱彝尊认为该碑记载的内容亦可补修元史之阙②。

(二) 对唐宋以来各种著述补阙

朱彝尊的金石研究不仅可以补历代正史之阙,而且也可以补唐宋以来的金石学、地方志、诗文等个人著作之阙。关于这部分内容,我们又可以分为两类:一类是朱彝尊用金石材料的相关内容直接补其阙,另一类是通过对金石材料内容的考证进而又补其阙。

1. 以金石材料补前人之阙

唐代儒官张参能辨别齐鲁之音,考订古今文字,被群儒奉为"龟镜"。他曾对《五经文字》进行详定,并亲书于太学孔子庙。朱彝尊由此断定张参"其书法必工",但是唐代关于书法理论的著作如"《书苑》《书谱》《书史》均未之及"③,由此可补唐代书史之遗阙。同时,朱彝尊又认为张参所定《五经文字》与张玄度

---

① 朱彝尊《金石文字跋尾》卷五,第 15a 页。

② 朱彝尊云:"尚留此一片石存存人间。世之君子有志于补修《惠宗实录》者,辞虽不多,所宜大书特书,布在方策者也。"(《金石文字跋尾》卷六,第 12a 页)

③ 朱彝尊《五经文字跋》,见《金石文字跋尾》卷四,第 14a 页。

《九经字样》同刻石附于九经之后,然而欧阳修所著《集古录》并未记载,由此又可补宋史之阙:

> 欧阳永叔最嗜金石文字,其序《集古录》云:"上自周穆王,下更秦汉隋唐五代,外至四海九州,名山大泽,穷厓绝谷,荒林破冢,神仙鬼物,诡怪所传,莫不皆有。"乃独唐所刻《石经录》中跋尾三百九十六篇,此独无有是唐刻石经,永叔当日反失于摹搨,未免类于昌黎韩子所云"挈撮星宿遗羲娥"矣。阙事三也。

《石淙碑》的主要内容包含了武则天的《夏日石淙诗(并序)》,以及十六位臣子的唱和诗作,并由薛稷书写,但是朱彝尊发现这些内容在唐宋人的众多著作中均未收录:

> 计敏夫《唐书纪事》亦不载,仅见之赵明诚《金石录》及《楼大防集》而已……若贾㻑《华岳诗》,李夐《恒岳诗》,任要、韦洪《岱岳观白蝙蝠诗》,三衢石桥寺李诨《古风》,临朐冯氏《诗纪》,海盐胡氏《唐音统签》,泰兴季氏《全唐诗集》皆略而不收。

历代学者遗漏如此重要的诗文,朱彝尊对此深表遗憾之情,又说:"斯碑亦弃不录,世遂莫知睿宗及狄梁公之有诗传于今。"因此,通过《石淙碑》可补唐宋著作之遗阙。

《汉丹水丞陈宣纪功碑》在明宪宗成化年间才被当地人发现,所以此碑很少有人著录①。朱彝尊认为此碑仅见邑人李蓘曾载于《丹浦款言》②。又如《唐李诨妒神颂碑》,在朱彝尊发现之前,均未出现在其他金石学著作中③。再者,《溪州铜柱记》拓本世间流传的非常稀少,朱彝尊认为即便是宋代翟耆年、赵明诚、曾巩、洪释四人的金石著作也都未曾收录。因此,以上诸碑通过朱彝尊著录可补宋人金石学之阙。

朱彝尊通过鉴赏《左龙武军统军检校司徒赠太保陇西李公神道之碑》和《唐故使持节代州诣军事代州刺史李公神道之碑》二碑,发现欧阳修著作中二碑的

---

① 朱彝尊《金石文字跋尾》卷二,第 20b 页。
② 朱彝尊《金石文字跋尾》卷二,第 21a 页。
③ 朱彝尊《金石文字跋尾》卷四,第 15b 页。

相关内容有所遗漏，并且认为欧阳修生活的时代虽然离晚唐、五代并不遥远，但是他已经对李国昌父子那段历史也并不熟悉了：

> 其为《唐家人传》谓太祖四弟，皆不知其父母名号，至国昌字德兴，《纪》亦遗之。是十三碑者，永叔亦未之。①

又如《汉桐柏庙碑》，欧阳修在《集古录》所录该碑碑文多有阙字，但是朱彝尊所得拓本字迹完好清晰，因此，朱彝尊通过所得拓本可补《集古录》阙失碑文：

> 《集古录》所载碑文"中山卢奴君"，"奴"下阙一字，斯碑云"卢奴张君"，特未详其名尔。……而"灵祇"下碑阙"报佑"二字。中云："从郭君以来，廿余年不复身至。"《集古录》阙其文。②

2. 以金石考证补前人之阙

关于《溪州铜柱记》最早的来源是楚王马希范与经州刺史彭士愁立誓结交，并范金为柱作为见证，又命掌书记天策府学士李弘皋作记，因此得名③。朱彝尊发现前人对李弘皋的本末讲述并不详尽，因此，朱彝尊以拓本为依据进行考证，以补前人观点未尽之处：

> 马希范之丧，天策府都尉希广，其同母弟武陵帅希萼，其庶弟弘皋主立希广，而大校张少敌忧之，谓曰："希萼次长，负气必不为都尉下，且与九溪蛮通好。若不得立，势将引蛮军为乱，幸熟思之。"弘皋不从，少敌遂辞去。希广立，未几，希萼果以武陵反，合九洞溪蛮，分路齐进，遂至长沙，缢希广于郊外，而支解弘皋。此事欧阳子亦略而不书。④

济宁州儒学孔子庙有《北海相景君碑》，该碑最早并不在此处，是后来从任城移置来的。关于何时立碑于此，朱彝尊对此有所考证：

> 以予考之，元天历间，幽州梁有，字九思，曾奉敕历河南北，录金石刻三万余通上进，类其副本为二百卷，曰《文海英澜》。于济得汉刻九于泗水中，葛逻禄乃贤寄以诗云："泗水中流寻汉刻，泰山绝顶得秦碑。"阅欧阳赵氏著

---

① 朱彝尊《金石文字跋尾》卷五，第11b页。
② 朱彝尊《金石文字跋尾》卷二，第8b页。
③ 朱彝尊《金石文字跋尾》卷一，第14a页。
④ 朱彝尊《金石文字跋尾》卷一，第15a—15b页。

斯碑本在任城，其移置于学者，必天历间矣。①

关于立碑时间，当时各地方志如《兖州府志》《山东通志》等均不记载。因此，朱彝尊的考证又可以补山东方志之阙。

朱彝尊曾访得《梁始兴安成二王墓碑》，该碑的书写者为贝义渊。关于"贝"姓，前人论及者也较少。宋代陈彭年所编《广韵》、郑樵撰《姓氏略》、明永嘉方日升补注黄公绍《韵会》等有所涉及，但在朱彝尊看来，上述所论均不及义渊②。因此，朱彝尊对"贝"姓作了详细的考证：

> 罗泌《国名纪》谓贝氏吴越多此姓，本诸《左传》郫氏。按《春秋传》，昭公十九年，楚子之在蔡也。郫阳封人之女奔之，生太子建。杜预注："郫阳，蔡邑。"二十三年《传》称，楚太子之母在郫，召吴人而启之。冬十月，吴太子诸樊入郫。杜预注："郫，郫阳也。"定公十三年《传》称，齐侯卫侯次于垂葭，实郫氏。杜预注："垂葭改名郫氏。高平巨野县西南有郫亭。"③

由论证可知，"贝"姓来源于"郫"姓，而"郫"姓又来自地名"郫阳"。但是《说文》《玉篇》《类篇》俱无"郫"字，而有"鄩"字。朱彝尊又根据国子监本《石经》改"鄩"字为"郫"字，而唐长安所镌刻《石经》仍作"鄩"字，即断定"郫"又来源于"鄩"字④。通过详细考证，朱彝尊很好地解决了"贝"姓的渊源问题，并以此补阙了前人论述。

综上所述，朱彝尊金石考证的贡献主要包括两个方面：其一，证史之谬。朱彝尊通过文献与碑碣的相互参照，对宋代以来遗留的文字释读、人名和碑名、作者和姓氏等方面存在的争议问题，提出自己的观点并加以解决。其二，补史之阙。朱彝尊借助金石材料，一方面弥阙汉至元代的正史文献，另一方面补充唐宋以来的诗文、金石、方志等阙失的重要资料。总之，朱彝尊所取得的金石学成就突破了元明以来金石学家重于收藏而轻于考证的局限性，为后代金石学的研究树立了优秀的典范，尤其为乾嘉时期金石考据的兴盛奠定了基础。

［作者简介］洪开荣，自由职业者。

---

① 朱彝尊《金石文字跋尾》卷二，第15a页。
② 朱彝尊《金石文字跋尾》卷三，第11a页。
③④ 朱彝尊《金石文字跋尾》卷三，第11a—11b页。

《食宪鸿秘》作者考

浙江　杨颖立

自清以来的江南古食谱中,《食宪鸿秘》是举足轻重的一部,因为它对之后江南古食谱的编写有指导意义。因此,说《食宪鸿秘》引领江南饮食文化也并不为过。如《调鼎集》,这本淮扬菜的集大成者就收录有《食宪鸿秘》的内容;之后其中部分条目又被袁枚的《随园食单》等饮食烹饪专著所引用;而顾仲的《养小录》更是直接将《食宪鸿秘》的分类目录照搬了过去。可以说,《食宪鸿秘》是江南古食谱的翘楚,而这本食谱却引出一桩史学公案。

原来,虽然后人认为《食宪鸿秘》的作者是朱彝尊,但朱彝尊生前的著述中皆未提及此书。且朱彝尊生前是否刊印过此书,因没有资料,也不得而知。正因为这些未解之谜,关于《食宪鸿秘》的作者就有了不同的猜测,同时给这本食谱蒙上了神秘的色彩。如有乾隆时期伪作说,清代学者李文田就持此说法。他认为,此书为乾隆中叶所作,托名朱彝尊。但此说法并未被学者们所接受。又有王士祯所作说,日本现代学者莜田统、田中静一在《中国食经丛书》一书中持有这一看法,后来有部分学者也认同这一看法。总的来说,众说纷纭、莫衷一是,此问题值得进一步考证。

笔者是认同此书为朱彝尊所作的。因为通过现存文献及朱彝尊的文稿比较,还是能找到一些揭示谜团的线索。

一、从《食宪鸿秘》的最早版本看

现存《食宪鸿秘》最早版本是清雍正本。这个版本有年希尧作的序文。在序文中年希尧道："盖大德者小物必勤,抑养和者摄生必谨,此竹垞朱先生《食宪谱》之所作为也。"①年希尧言之凿凿,《食宪鸿秘》是朱彝尊所作。年希尧序文的最后有"雍正辛亥仲冬长至后五日广宁年希尧书"一句。雍正辛亥即雍正九年(1731),此时距朱彝尊去世只过去了 22 年,许多事情应该还记忆犹新,有据可查,应该不会弄错。

朱彝尊生于明崇祯二年(1629),卒于清康熙四十八年(1709);年希尧生于康熙十年(1671),卒于乾隆三年(1738)。也就是说,朱彝尊死时,年希尧刚好三十八岁,年希尧虽晚朱彝尊一辈,但二人在时间上有交集、官场上有交往。因此,年希尧对朱彝尊应该是知晓了解的,所以年希尧为《食宪鸿秘》作的序文记述可信度应该很高。

年希尧为年羹尧兄,官至广东巡抚,工部右侍郎,雍正四年(1726)授内务府总管,管理淮安板闸关税务,雍正十三年(1735)削职。年希尧通音韵,工绘画,尤精数学。著有《视学》《刀圭面体比例便览》《重校增补五方元音全书》《古今画史》《三万六千顷湖中画船录》《雪桥诗话》《绘境轩读画记》《古瓷考略》等,是清代著名科学家。

一个注重自然科学的人为食谱作序应是顺理成章的。在序文中,年希尧还崇敬地评价道："奇思巧制,实居金陵七妙之先,取多用宏,疑在《内则》'八珍'之上,《馔经》《食品》,逊此宏通,《尔雅》《说文》,方兹考据。"②一个严谨的科学家是不会对一本伪作大加赞赏的;更不会张冠李戴,将一本不属于朱彝尊的著作强加给他。如果这样,岂不要让世人笑掉大牙,毁了一世英名。

乾隆(1736—1795)是清朝第六位皇帝爱新觉罗·弘历的年号,距雍正九年(1731)晚了 5 年。乾隆时期的伪作,怎么可能在雍正年间已刊印? 因此,乾隆时期伪作说也根本就站不住脚。

---

①② 年希尧《食宪鸿秘序》,见朱彝尊《食宪鸿秘》卷首,清雍正九年(1731)刻本。

二、从《食宪鸿秘》的内容看

朱彝尊一生大部分时间是在旅途之中度过的。其中几度寓居北京，清康熙十八年(1679)授翰林院检讨，更是接近了政治中心。

康熙十二年(1673)，朱彝尊四十四岁，客寓潞河(今北京市通州附近的北运河)，就在此时他写下了脍炙人口的《鸳鸯湖棹歌》100首，对家乡的地理、物候、风土、人情进行了倾情地吟唱。

《食宪鸿秘》所记食谱以浙江菜为主，兼及北京与其他地方，这与朱彝尊的生活经历相符。尤其是食谱中的许多菜肴的食材在朱彝尊的《鸳鸯湖棹歌》中都有所提及，可谓有迹可循，相互印证。

你看，鸭馄饨、河豚、蒌蒿、荻笋、野鸡、苔心菜、黄蚬、蛤蜊、鲈鱼、黄雀、江市鱼、南湖菱、香醪、鱼鲊、分湖蟹、香粳米等等，来自田野、河海的鲜物，嘉兴人日常烹饪的食材都可在《食宪鸿秘》中一一找到。

朱彝尊是浙江秀水(即嘉兴)人，从《食宪鸿秘》中就可以寻觅到许多与嘉兴菜有关的元素，如：

笋：这是嘉兴春季最常见的食物，书中就有笋油、笋干、笋豆、笋粉、糟笋；

蛤蜊：嘉兴靠海，海产丰富，书中有腜子蛤蜊；

鱼：嘉兴属江南水网地带，多鱼，人们喜食鱼，书中关于鱼的做法更是花样繁多，有鱼鲊、鱼饼、鲫鱼羹、风鱼、炙鱼、蒸鲥鱼、鱼酱、酒鱼、熏鲫、鲈鱼脍等；

蟹：有酱蟹、煮蟹、蒸蟹等；

禽：有鸭羹、鸡鲊、鸡醢、鸡豆、鸡松、炉焙鸡、封鹅等；

蛋：酱煨蛋、蛋腐、皮蛋、腌蛋等；

肉：有腊肉、金华火腿、千里脯、鲞肉、小暴腌肉、爨猪肉、柳叶鲊、酱肉等。

嘉兴最有特色的糟、醉两种烹饪技法，在《食宪鸿秘》的菜品中也得到了充分的体现，如：

暴腌糟鱼、糟蟹、糟鹅蛋、糟姜、糟茄、糟笋、糟乳腐、糟萝卜等；醉虾、醉蟹、醉萝卜、醉鱼等。

《食宪鸿秘》中还记载了名点八珍糕的配方。其实，在明朝御医陈实功

(1555—1636)的《外科正宗》中就有八珍糕的配方。陈实功极力推崇八珍糕,曾说:"服至百日,可轻身耐老。"自清乾隆,八珍糕一直是宫廷的养生糕点,然而到清末民初却在西塘成了享誉一方的名点。西塘是嘉兴市嘉善县下辖的一个镇,为什么八珍糕唯独在嘉兴发扬光大? 是否证明《食宪鸿秘》对嘉兴的影响力?这也可视作《食宪鸿秘》与朱彝尊渊源的一个佐证。

王士祯(1634—1711),原名王士禛,字子真、贻上,号阮亭,又号渔洋山人,人称王渔洋,谥文简。新城(今山东桓台县)人,常自称济南人,清初杰出诗人、学者、文学家。他一直在北方为官,足迹基本未过长江。对浙江菜应当并不熟悉,如果是他写的,那么应是鲁菜有所记述,可纵观全书,并未见鲁菜的踪影。因此,王士祯说是不能成立的。

三、从历史记述的相互印证看

《(光绪)嘉兴府志》卷三十三《物产》:"黄雀:海边小鱼所化《吴地记》。雅山之北有紫荡,皆黄茅,秋间黄雀不知其何来,飞集其间。至夜深土人以网张四围,逐得之。有二种:一名芦雀,味少劣《乍浦九山补志》;吾乡稻熟时张罗以捕黄雀,北则陶庄、南则马瞳所产独肥。喻物者比之披绵,朵颐者侈为珍馔《小丹邱客谈》。"①这是告诉我们:黄雀是嘉兴的特产,被视为珍馔。

朱彝尊的《鸳鸯湖棹歌》第九十首:"秋水寻常没钓矶,秋林随意敞柴扉。八月田中黄雀啄,九月盘中黄雀肥。"吟唱的即是自己怀念在家乡品尝黄雀的情景,并评论道:"黄雀味甚腴,产陶庄、马瞳。"②这与《(光绪)嘉兴府志》的记述无二。

这也说明朱彝尊尽管长年在外,但对家乡的特有珍馔"黄雀"念念不忘,情有独钟。

在《食宪鸿秘》"禽之属"有"制黄雀法":"肥黄雀,去毛、眼净。令十许岁童婢以小指从尻挖雀腹中物尽(雀肺若聚得碗许,用酒漂净,配笋芽、嫩姜、美料、

---

① 许瑶光修,吴仰贤纂《嘉兴府志》卷三十三,清光绪五年(1879)刻本,国家图书馆藏。
② 朱彝尊《曝书亭集》卷九,《四部丛刊初编》景清康熙五十三年(1714)刻本。

酒、酱烹之,真佳味也。入豆豉亦妙),用淡盐酒灌入雀腹,洗过,沥净。一面取猪板油,剥去筋膜,捣极烂,入白糖、花椒、砂仁细末、飞盐少许,斟酌调和。每雀腹中装入一二匙,将雀入磁钵,以尻向上,密比藏好;一面备腊酒酿、甜酱、油、葱、椒、砂仁、茴香各粗末,调和成味。先将好菜油热锅熬沸,次入诸味煎滚,舀起,泼入钵,急以磁盆覆之。候冷,另用一钵,将雀搬入,上层在下,下层在上,仍前装好。取原汁入锅,再煎滚,舀起,泼入,盖好。候冷,再如前法泼一遍,则雀不走油而味透。将雀装入小坛,仍以原汁灌入,包好。若即欲供食,取一小瓶,重汤煮一顷,可食。如欲久留,则先时止须泼两次。临时用重汤煮数刻更好。雀卤留顿蛋或炒鸡脯,用少许,妙绝。"①

《食宪鸿秘》中,对大部分菜肴的记述都是惜墨如金,甚是简洁,唯独对黄雀的烹制方法不厌其烦,大施笔墨。这与朱彝尊喜食家乡的黄雀相吻合,也正好印证了朱彝尊与《食宪鸿秘》的关系。

《食宪鸿秘》"饮之属"有"酒酸"一节,里面的记述则是又一实实在在的证据:"江南则镇江百花酒为上,无锡陈者亦好,苏州状元红品最下。扬州陈苦醇亦可,总不如家制三白酒愈陈愈好。南浔竹叶青亦为妙品。"②作者把"三白酒"作为"家制"。所谓"家制",就是家乡制作或自家制作的意思。

在《食宪鸿秘》中,作者不止一次提到"三白酒"。"卵之属"在"百日内糟鹅蛋"一节也有"新酿三白酒,初发浆,用麻线络着鹅蛋,挂竹棍上,横挣酒缸口,浸蛋入酒浆内"③的记述。

乾隆三十四年(1769),嘉兴人项映微撰写了《古禾杂识》一书,在这本记录嘉兴地方风俗的书中就有嘉兴酒的记载:"吾禾酒最恶劣。上者为三白,次者为十月白,又次者为月月白、中山酒;惟三白稍佳,然人嫌其燥辣,欲者绝少。肆中只有十月白以下数种耳。"④《乌青镇志》卷七《风俗》:"白面作曲,并白米、白水者,曰三白酒。"⑤

乌青就是嘉兴市桐乡县乌镇镇。这说明三白酒是嘉兴的特产,而"总不如家制三白酒愈陈愈好"一句证明了《食宪鸿秘》的作者是嘉兴人。这也是《食宪

①③　朱彝尊《食宪鸿秘》卷下。

②　朱彝尊《食宪鸿秘》卷上。

④　项映微《古禾杂识》,国家图书馆藏。

⑤　董世宁纂《乌青镇志》卷七,民国七年(1918)刻本。

鸿秘》是朱彝尊所著的一个证明。

四、从语言特征来看

嘉兴方言属吴语系，但所谓百里不同俗、十里不同风，也有着自己的语言特色。

在《食宪鸿秘》中，具有嘉兴方言特色的词语比比皆是。

"宿"：夜里睡觉；过夜。而嘉兴方言中"宿"却是个量词，指"一夜""两夜"……如过一宿、隔二宿等。《食宪鸿秘》中，"宿"当量词用达30次之多。

"滚"：奔涌翻腾，一般指翻滚。而嘉兴方言中"滚"却是指沸腾，如滚水、滚一滚、水中滚过等。《食宪鸿秘》中，此用语多达53次之多。

"熯"：干燥、热、烧、烘烤。在嘉兴方言中"熯"是一种烹饪技法，从嘉兴的名小吃"熯馄饨"的制作技法来看，是将馄饨放在涂有食油的平底锅上煎熟。"熯"这个字并不是常用字。查《新华字典》无此字录入，而《中国烹饪百科全书》也无此烹饪技法条目。可见"熯"这种烹饪技法只流行在嘉兴民间。《食宪鸿秘》中，此用法用了5次。

"脚"：人和某些动物身体最下部接触地面的部分。嘉兴的方言"脚"却另有解释：剩下的废料、渣滓。《食宪鸿秘》中，"酱之属""茄豆"一节就有"调去沙脚"一句，指除去黑砂糖的糖渣。此用法在《食宪鸿秘》中用了4次。

"拔"：把固定或隐藏在其他物体里的东西往外拉；抽出、吸出。现今多用"往外拉"的意思，而嘉兴方言用做"抽出、吸出"较普遍。如拔火罐、拔拔淡等。《食宪鸿秘》中，"蔬之属""醉萝卜"一节有"火酒拔盐味"一句，用做"抽出、吸出"的意思，用了2次。

"得法"：采用正确方法，找到窍门。嘉兴方言中，此词语用得比较普遍。《食宪鸿秘》中，"酱之属""黄豆腐"有"得法豆腐压极干"一句，用了2次。

"饧糖"：饴糖、麦芽糖，糖稀。嘉兴方言称"饧糖"。《食宪鸿秘》中，"饵之属""芝什麻"有"饧糖二两"一句，用了2次。

"地栗"：荸荠。嘉兴方言称"地栗"。《食宪鸿秘》中，"果之属""糟地栗"一节有"地栗带泥封干"之句。

可以说嘉兴方言纵贯《食宪鸿秘》全书。这也说明《食宪鸿秘》的作者是嘉兴人。

朱彝尊生在嘉兴碧漪坊。他的曾祖朱国祚就生在嘉兴,并在明万历、泰昌、天启三朝为仕,曾任礼部侍郎、入东阁加太子太保、户部尚书兼武英殿大学士,后退居回嘉兴。他的祖父朱大竞曾任云南楚雄知府,后退居也回嘉兴。他的父亲朱茂曙曾考中增生(秀才的一种),明亡后在嘉兴居家读书。虽然朱彝尊一生大部分时间都在旅途之中度过,但在退居后,也回了嘉兴,居梅会里(王店)。由此可知,朱家是嘉兴的百年望族。因此在他的文章中有较多的嘉兴方言痕迹。这也是《食宪鸿秘》是朱彝尊所著的另一个佐证。

五、从主流观点来看

主流观点认为,《食宪鸿秘》为朱彝尊的著述。

清道光年间,邵懿辰在其所编纂的《增订四库全书简明目录》中,将《食宪鸿秘》的作者记为朱彝尊。

邵懿辰(1810—1861),字位西,清仁和(今杭州)人。道光十一年(1831)举人,授内阁中书,后升刑部员外郎。咸丰四年(1854),在济宁防河无效,被罢官归里。十一年太平军围攻杭州,他助浙江巡抚王有龄对抗太平军,在战乱中身亡。他对经学颇有研究。文宗"桐城派",与曾国藩、梅曾亮、朱次琦等时有往来,探讨学问。他久官于京师,熟悉朝章国政,朝廷不少大典、礼制、诰文均出其手,且博览典章,撰有《礼经通论》《尚书传授同异考》《杭谚诗》《孝经通论》等。并精于目录学,所编《四库简明目录标注》20卷,是研究中国目录版本学的重要参考书。

民国时期,孙殿起先生在《贩书偶记》中,将《食宪鸿秘》归为朱彝尊所著。

孙殿起(1894—1958),版本目录学家、藏书家。字耀卿,别字贸翁,河北冀县人。孙先生利用经营古籍之便编成《贩书偶记》及《贩书偶记续编》。书中,孙先生对所经手书册的书名、卷数、作者的姓名、籍贯、刻板的年代等都做了详细地记录,对于卷数和版刻有异同者、作者姓氏有待考订者、书籍内容需要说明者,也偶有备注。由于考证严谨,学术界普遍认为其所著是一部反映清代著述的总目,作用相当于《四库全书总目》的补编。

而王绍曾先生在主编的《清史稿艺文志拾遗》中,也将《食宪鸿秘》列为朱彝尊所著。

王绍曾(1910—2007),江苏省江阴市人,山东大学古籍整理研究所教授。从二十世纪三十年代初,即从事目录版本校勘学的研究,有《目录学分类论》《二十四史版本沿革考》《史通引书考初稿绪论》等成果。1963年调入山东大学图书馆从馆员晋升为研究馆员。1983年调任古籍整理研究所教授,并任古文献专业硕士研究生导师。其主编的《清史稿艺文志拾遗》,增补清人著作58000余种,且均著录版本及书目依据,完善了一代史志目录。

《增订四库全书简明目录》《贩书偶记》《清史稿艺文志拾遗》等书均为目录专著,把《食宪鸿秘》归为朱彝尊著作,值得信赖。

综上所述,无论从《食宪鸿秘》的最早版本、内容、历史记述、语言特征,还是主流观点等方面,都可证实《食宪鸿秘》为朱彝尊所作。

[作者简介]杨颖立,嘉兴作家协会会员。

朱彝尊《鸳鸯湖棹歌》注析(二)

浙江　徐志平

三

春城处处起吴歌①,夹岸疏帘影翠娥②。

一叶舟穿妆阁③底,倾脂河④畔落花多。

自注:倾脂河在楞严寺⑤东,人家多跨水为阁。

【注释】　① 吴歌:吴地民歌。吴,指以苏州、嘉兴为中心的今长江的三角洲一带,也称"江南"。三国时是东吴辖区,后设吴郡。② 翠娥:指美女。③ 妆阁:即女子梳妆的阁楼。阁楼的一面临街,可以开设店铺;一面临水,在水中砌石柱或用木桩支撑,往往是作为家人起居卧室。这种阁楼在湘西称为"吊脚楼"。④ 倾脂河:嘉兴城内的一条河流。《(光绪)嘉兴府志》有"胭脂河"条目,说"一名倾脂河,相传西施曾倾脂水于此"。此河大约在今禾兴路与勤俭路交叉口往北至平家弄口。⑤ 楞严寺:据《(光绪)嘉兴府志》,寺院在"郡治西北二里三十步",即今禾兴路与勤俭路交叉的西北面,面临倾脂河。寺院始建于宋仁宗嘉祐八年(1063);宋神宗熙宁年间(1068—1078),僧永智在此演讲《楞严经》,丞相蔡源题额"楞严寺"。此寺后几度兴废,明初重建。嘉靖间毁于倭寇,万历间重建,万历皇帝母亲慈圣太后赐观音画像及袈裟。高僧紫柏铸大铜佛,重达 2 万多斤,并铸 25 小铜佛,工艺精美,名誉江南。此大铜佛毁于"文革"时。嘉兴甚至有谚语"嘉兴穷则穷,还有楞严寺里十万八千铜"。紫柏大师还在此开刻《大藏经》,后经明清替代,刻印也随之而搬迁各地,历时 120 多年,至康熙四十六年

(1707)才完工,史称《嘉兴藏》(因最后完工于杭州径山,又名《径山藏》)。全书10888卷,收诸经籍2141种,共2453册,344函。为佛经集大成的总集。

【赏析】　这首诗写嘉兴城内春日旖旎绮丽的风光,特别是突出了人家依枕河上、阁楼临水的水乡特点。朱彝尊后来在京城给将要到嘉兴任知府的樊咸修介绍嘉兴的特点:"倚阁千家齐临水,登楼百里更无山。"指出嘉兴城内水道纵横、两岸居民夹水而居的水乡风光。这种特色延续至今,自京杭运河行舟,从北面杉青闸进入城内,过端平桥即是月河街区,仍可见到这样的风情:人家倚水而居,沿河有阁楼绮窗,石埠沿级而下可至河边。

嘉兴这样的水乡风情,自大运河开凿以来即已形成。唐宋后的诗人笔下已有记载。其中元代萨都剌有《过嘉兴》一诗,描写乘着江南画船穿城而过的情景。元代另一位台州诗人陈孚的《嘉兴二首》(其二):"箫鼓声中十万家,垂杨浅映绿窗纱。象梳两两蝉鬓女,笑拥红娇买藕花。""十万家",虽可能有夸张,但反映出元代嘉兴的繁华。这首诗抓住了嘉兴运河水城的特色,人家沿河相连,枕河而住,河边杨柳依袅,映照着碧绿窗纱,使人望窗而生出无限的遐想。后两句抓住一个特写镜头:漂亮活泼的少女三三两两、笑语盈盈去买藕花。"象梳"是指贵重的象牙木梳,标志着这里的富裕和入时。朱彝尊的诗可能受此诗影响,所写的水城特色一致,而选择的角度不同。

朱彝尊诗的前两句总写春日嘉兴沿河两岸阁楼中美女演唱民歌的情景,隔着帘子,隐隐约约可见女子倩影。后两句则倒过来介绍这是驾舟在阁楼下的河中所见,末句既交代了小舟行经驶过跨河相连的水阁房,更富有情趣;也用"倾脂"的典故含蓄写出这里的古老历史和男女情事,给人以联想的余地。

同样的情景和特色,后来唱和朱彝尊棹歌的张燕昌在《鸳鸯湖棹歌一百首》中也写到过:

> 处处名花列肆廛,侬家西市市湖边。
> 凉风水阁浓香透,一带篷窗茉莉船。(第26首)
> 子夜低翻一曲歌,湘帘处处隐纤蛾。
> 人家好似船联泊,隔岸红楼跨水多。(第28首)

张燕昌的诗中更写到沿河人家阁楼似许多船联在一起,且有跨河而建的阁楼。陆以诚的和唱第11首也写道:

韭溪桥畔扣鸣艚,记得土风雅自操。

妆阁家家多跨水,谁云低处不容刀。

诗写从城南南湖流入市内、穿过城中流入北边运河的韭溪。南宋张尧同《嘉禾百咏》有《韭溪》:"终与双溪接,分流入郭来。市桥人影合,不解洗尘埃。"前两句写韭溪中来往的货船,敲着船帮,唱着"土风(民歌)"。后两句写沿韭溪两边是水阁,家家临水而居。最狭之处,小船(刀,即舠)也能驶过。而开阔处"艚(指货船)"也可驶行。

四

宝带河连锦带斜①,精严寺古黯金沙②。

墙阴一径游人少,开遍年年梓树③花。

自注:宝带、锦带俱水名。精严寺多梓树。

【注释】 ① 据《(光绪)嘉兴府志》,宝带河在府治(即子城)西二百步,为原子城南的护城河,在今禾兴南路一带。因唐代在此建有宝华寺而得名。锦带河在子城西,是子城西面的护城河。南连瑞虹桥,北连州后桥。因如锦带环抱府治(子城)而得名。河畔多栽梓树,旧又称梓墙脚下。民国初河畔筑路,取其谐音为紫阳街。② 精严寺:据《(光绪)嘉兴府志》,寺在郡治(子城)西一百八十步(今少年南路与勤俭路南有精严寺街)。原为尚书徐熙别业,东晋成帝咸和年间(326—334),因有井夜发光,遂舍宅为寺,初名灵光寺。五代吴越国世宗钱元瓘时立山门掘得一龟,改名灵龟寺。不久复名灵光。宋真宗年间(1008—1016)赐额"精严寺"。是嘉兴城内规模最大的寺院。寺前有"灵光井"(今中山路瓶山下)。寺内多种梓树。后精严寺搬迁至南湖南面,又搬迁至湘家荡。③ 梓树:一种乔木,叶大荫浓,春夏黄花满树,秋冬荚果悬挂,多作行道树。

【赏析】 这首诗写嘉兴城中心水道纵横、古寺庄严、树荫遮地的景色。嘉兴城古代多佛寺古塔,有"七塔八寺"之说。首句写出城中府治(子城)一带水道纵横、河水碧清和沿河的树木犹如宝带、锦带护卫着子城。第二句写附近精严寺的古老而庄严宁静。黯金沙,喻梓树开满黄花的树荫。后两句则点明寺院规模巨大而又古老,墙外浓荫遍地,游人稀少,梓树年年开花,已不知几多春秋。

　　关于精严寺的传说很多,显示其历史的古老,人文底蕴的深厚。宋代张尧同的《嘉禾百咏》有两首写道:

　　　　双瞳分日月,眉际一星悬。照见人间苦,三辰不在天。(《木纹观音》)
　　　　玉瓷祥光发,难藏世上名。定多慈护力,一饮百病轻。(《灵光井》)

前一首写传说唐咸通年间,河中漂来一木,碰见干净的水,木便浮起;遇见脏水,便下沉。人知有灵异,刻成木纹观音供奉。原供奉在五台院,后移至精严寺。后一首写灵光井,据说井水能治病。据此,乾隆年间的陆以诚在唱和朱彝尊棹歌的第35首中写道:

　　　　春日流莺似弄丸,徐熙宅畔雨初干。
　　　　木纹未识观音面,须向灵光仔细看。

诗前两句写春日雨后精严寺(原徐熙宅)一带的美丽风光,宿雨初干,黄莺啼鸣,声如流丸。后两句写寺院旁的灵光井和木纹观音。据说有一年天旱求雨,郡守晚上梦见白衣人告知面目不净,看不清,难以求雨。第二天看到木纹观音脸上不洁,就重新用井水洁净之。

　　朱彝尊族孙朱麟应唱和第18首也写道:

　　　　妾家门对徐熙宅,郎家径通范蠡湖。
　　　　妾依露井待郎至,郎见妆台忆妾无?

诗以民歌常用的男女爱情手法写灵光井的位置,自注中说"灵光井在精严寺北"。那么今天看到中山路上瓶山脚下的灵光井非精严寺的灵光井。据嘉兴地方文化专家陆明先生说:"瓶山西麓下那口井,与天籁阁项家有关,因为从此井往西去不几步便是项氏宅邸大门。此井井栏圈被汲水的桶绳勒出密层层的手指宽绳痕无数道。二十世纪七八十年代,附近居民人家仍用此井浣洗衣物和蔬菜,井水亦甘洌。直至1984年拓建中山路,井废,当时有好事者(搞地名普查)为之建亭勒碑,题名'灵光井'。虽然井址在灵光坊(精严寺、天籁阁均亦属灵光坊),但精严寺曾为禾郡首刹,名气实在够大的,徐尚书家的灵光井怎么会跑到瓶山脚下来呢?据井圈上的绳痕推测,此井为世所用,至少也有三四百年了。"

五

　　西埏里①接韭溪②流，一篑瓶山古木秋③。
　　惯是④争枝乌未宿，夜深啼上月波楼⑤。

　　自注：西埏里，载干宝《搜神记》⑥，在嘉兴县治西，韭溪之水经其下。瓶山，宋时酒务⑦。月波，秀州酒名，载张能臣《天下名酒记》⑧。楼系令狐挺⑨所建，宋人集题咏诗词甚多。

　　【注释】　① 西埏里：嘉兴古地名。见于干宝小说《搜神记》。从小说看，东吴晋代时其地在县治西，"埏"指墓道，这里大概是墓地附近。又有西埏桥。据乾隆年间的嘉兴人项映薇所著的《古禾杂识》记，这一带靠近鸿文馆，每遇府学岁科考试，学政亲临，下属七县秀才在此"赁屋而居"，加上做生意的，十分热闹。② 韭溪：从嘉兴城南流入市区的一条河流，经斜西街流入向东。位置相当于今中山路，西埏桥在韭溪上。据《（光绪）嘉兴府志》考证，古籍中记载的那条"韭溪"，"考其地势，绝无所谓韭溪者，惟在城有桥名韭溪。而张尧同诗亦有'分流入郭来，市桥人影合'之句，疑即南湖支流经城而达北运河者是也……韭溪实长水之正派，与松、霅、荆、漏四水相当，至隋穿漕渠。及府置城壕，其流分杀，遂迷其处。今城中韭溪桥处，乃其末流"。③ 篑（kuì）：古代盛土的竹筐。此指瓶山系堆积而成。瓶山：在嘉兴市区中心，子城北面。相传南宋时抗金名将韩世忠破金兵后，在此犒赏三军，饮酒后酒瓶堆积成山。这里曾多次出土陶制酒瓶，高近尺，口径三寸许，旁有两耳或无耳，人称"韩瓶"。而李日华《紫桃轩杂缀》认为"宋时立酒务于州治之后，罂垒之属，陶以给用。所退破甓，隐起成冈，所谓瓶山也"。嘉兴地方历史文化专家陆明老师根据"陶以给用"，认为这里是烧制陶制酒器的窑墩，因在市区，后搬迁而废址似小山。瓶山面临韭溪，自古即是一景点。"瓶山积雪"被列为"嘉禾八景"之一。另嘉善县魏塘镇也有"瓶山"，据《（光绪）嘉善县志》："故老相传，赵宋时置酒务于此。元废，罂缶所弃，积久成山。"④ 惯是：经常这样。⑤ 月波楼：月波，古代嘉兴的名酒。月波楼：宋代建造在嘉兴市内的一处名胜楼台。位置在今勤俭西路靠近环城路处（原嘉兴卫校一带）。

⑥ 干宝(283—351)：字令升，原籍河南新蔡，迁居盐官(今属海宁市)。官山阴令、始安太守、散骑常侍等。东晋学者。所作《搜神记》为志怪小说的代表作，其中有写到嘉兴的传说。⑦ 酒务：古代专营卖酒、收取酒税的机构。⑧ 张能臣：字次贤，北宋人，有《酒名记》，记载北宋时各地的名酒，其中有"秀州月波"。⑨ 令狐挺：宋真宗时曾任秀州(嘉兴)知州。

【赏析】　这首诗描写嘉兴市内西埏里、韭溪、瓶山、月波楼等古代地名和景色，反映出嘉兴古老深厚的历史人文渊源。首句写到韭溪自城西南的长水、鸳鸯湖流入嘉兴城中，自西向东至西埏里，这一带靠近府治(子城)，为市中繁华之处。而西埏里又是个古地名，见于东晋干宝所作的《搜神记》一书中，书中有发生在西埏里的鬼怪异事，从而也保存了这一地名。第二句写瓶山，其位置在府治(子城)的北面，与子城相对。嘉兴系平原，市中心有一小小瓶山，殊为难得。关于瓶山，又有许多传说。末两句又写到了西面的月波楼。月波楼建于宋代前期，系知州令狐挺所建，宋徽宗政和年间(1111—1118)，词人毛滂任嘉兴知州时重修，毛滂写了《月波楼记》介绍此楼，描写登楼所见的景色，指出此楼存在的文化精神意义：使人忘却尘世浮躁功利，沉浸于超然之中，而非徒观赏景物而已。月波楼作为城中赏月的佳处，下有金鱼池，水波粼粼，故名"月波"，将两者关联了起来。它又与嘉兴名酒"月波"同名，更被赋予多重意义，所以许多诗人词人在此题咏。朱彝尊的这首诗沿着韭溪，将嘉兴的几处名胜古迹有机联系起来，并选取秋日从白天到晚上的不同景色，构成意境优美、引人遐想的清幽景象。

毛滂曾与另一位北宋名词人贺铸(字方回)一起登临月波楼，毛滂留下《七娘子(和贺方回登月波楼)》一词。南渡后居嘉兴的词人朱敦儒有《好事近》组词，其中有"莼菜鲈鱼留我，住鸳鸯湖侧""吹笛月波楼下"等句。

乾隆年间的张燕昌在唱和朱彝尊棹歌第 7 首中涉及瓶山、月波酒：

瓶山古木郁苍苍，二月花开酒务香。

载得月波名酒去，醉来游遍燕春坊。

主要写瓶山的"酒"。"燕春坊"，作者有自注，是存放酒的酒库。

[作者简介]徐志平，嘉兴教育学院退休教师。

道是无情却有情

——朱彝尊《鸳鸯湖棹歌》中"郎"称谓浅析

浙江　徐如松

《鸳鸯湖棹歌》是明末清初词坛领袖朱彝尊的代表作之一。朱彝尊(1629—1709),号竹垞,嘉兴人,晚年居住在王店镇曝书亭。他在自序中说:"甲寅岁末,旅食潞河,言归未遂,爰忆土风,成绝句百首。语无诠次,以其多言舟楫之事,题曰《鸳鸯湖棹歌》,聊比《竹枝》《浪淘沙》之调。冀同里诸君子见而和之云尔。"①这一百首棹歌,仿《竹枝词》《浪淘沙》的曲调,从纵、横两个方面反映了嘉兴平原广阔的生活画面,有着杰出的艺术成就,是对南北朝民歌和唐代刘禹锡、白居易等革新民歌的继承与发展,因而诗歌问世后,唱和者至今络绎不绝。郭沫若先生曾以"鸳湖四百棹歌声,国际歌声入九陔"②赞扬其影响力。诗集因仿《竹枝词》《浪淘沙》的曲调,所以多用"郎"这个称谓。据笔者统计,《鸳鸯湖棹歌》一百首中,共有 18 首写到"郎",除第四十七首"酒市茶寮总看场,金凤亭子入春凉。俊游改作乌篷小,蔡十郎桥低不妨"中,"郎"仅作桥名出现,其他 17 首中的"郎"均为人称代词,所指丰富多样。

商务印书馆 2012 年版《古代汉语词典》中,"郎"的词条共七项,分别是:① 春秋鲁国国名,在今山东鱼台县东。② 官名,如侍郎、议郎、尚书郎、朝议郎等。③ 对青少年的美称。引申为对年轻女子称女郎。也指女子对丈夫或情人的昵称。还指对别人儿子的美称。④ 奴仆对主人的称呼。⑤ 对某些视为低贱

---

① 朱彝尊《曝书亭集》卷九,《四部丛刊初编》景清康熙五十三年(1714)刻本。

② 《西湖》文艺编辑部编《书来墨迹助堂堂　郭沫若同志浙江题咏》,《西湖》文艺编辑部出版,1979 年,第 34 页。

职业者的称呼,如牛郎、花郎等。⑥"廊"的古字,走廊。⑦ 姓氏。上海辞书出版社 2000 年版《辞海》中,"郎"的词条则有十项,经笔者仔细对照,发现词条内容基本一致,只不过作了具体化而已,比如:③ 旧时妇女对丈夫或所爱男子之称。④ 犹言官人,对一般男子的尊称。⑤ 指青少年男子。⑥ 称人家的儿子。笔者不揣才疏学浅,满怀桑梓之情,对《鸳鸯湖棹歌》中"郎"这一称谓作简单梳理与分析,以求教于方家。

一、女子对丈夫或情人的昵称

"郎"为旧时妇女对丈夫或情人的昵称,这在《竹枝词》《浪淘沙》等民歌体诗词中最为常见,《鸳鸯湖棹歌》自然也不例外。这里的"郎"有三种用法:一是已婚女子对丈夫的昵称,二是已婚女子对情人的昵称,三是未婚女子对意中男子的昵称。其中第一种情况多有哀怨之意,也有情深意笃;第三种情况自己谦称"妾"的年轻女子对"郎"的情感最为真挚直白、发自肺腑;而第二种情况则较难判断,原因是传统伦理道德不提倡有妇之夫红杏出墙,所以诗中难觅踪影。

(一) 已婚女子对丈夫的昵称

第三十一首《鸳鸯湖棹歌》:"长水风荷叶叶香,斜塘惯宿野鸳鸯。郎舟爱向斜塘去,妾意终怜长水长。"这是诗集中第二次出现的"郎"。这首词写微风轻拂荷叶香,在仲夏夜的长水河畔,风景这边独好。王店东郊练浦一带,水草茂盛,鱼虾丰腴,引逗一双双鸳鸯飞来觅食栖息。诗的上联托物起兴,其中的长水、斜塘,均为一语双关。"长水"比喻少女柔情似水、长流不息,愿有情人长相厮守在一起;"斜"通"邪",《乐府诗集》中有"长安有狭斜"①句,"狭斜"处多为娼妓居住;"塘"通"唐",取荒唐之意。"野鸳鸯"指非法姘居。下联谴责男子用情不专,行为荒唐,赞扬女子爱情专一,不改初心,似风荷举,出淤泥而不染。全诗以一个已婚女子的视角,写出对出门在外丈夫的爱恨交加,把写景、抒情、喻理巧妙地结合起来,诙谐幽默,意境深远。显然,这里的"郎",指的是已婚女子的丈夫,诗

---

① 郭茂倩编《乐府诗集》卷三五,中华书局,1979 年,第 514 页。

中"妾"对"郎"的态度是既爱又恨。与之相近的是第四十六首:"龙香小炳琵琶弯,切玉玲珑约指环。试按花深深一曲,海棠开后望郎远。"这首诗也表达了妻子在家愁肠欲断的悲怨哀愁。

与此相对的是,第三十六首《鸳鸯湖棹歌》中的"郎"。虽然也指已婚女子的丈夫,但丝毫没有谴责之意,更多地体现为关心体贴和换位思考。"三姑庙南豆叶黄,马王塘北稻花香。秋衣薄处宜思妾,春酒熟时须饷郎。"上联托物起兴,"三姑庙""马王塘"均是地名,都在王店镇,至今存在。"豆叶黄""稻花香"写出了时变化和物候转变,居家妇女时时处处关心着出门在外的丈夫的起居生活。下联直接以居家妇女的口吻,采取换位思考的角度,相信自己丈夫在深秋时节、衣衫单薄之时,一定会想到妻子会给他缝制御寒的冬衣;待到来年春暖花开时节,家里新酿春酒时,妻子一定会及时寄送给他品尝。诗的下联写女子从行动上关心出门在外的丈夫的生活,把她对丈夫的挚爱落实到了实处,于吃穿处见精神,提升了诗的意境。这首诗热情讴歌了女子对丈夫发自肺腑的爱,幽丽自然,细致入微,洋溢出浓厚的生活气息和柔绵的民歌风味。其中"稻花香"三字被鄂省抢注成著名的酒商标,所幸另一首棹歌中"清若空"三字被本乡黄酒厂传承了下来。

(二) 未婚女子对情人的昵称

第六十三首:"伍胥山头花满林,石佛寺下水深深。妾似胥山长在眼,郎如石佛本无心。""五胥山"即胥山,"胥山松涛"为旧时嘉禾八景之一,今山已不在,但地名尚存,在南湖区大桥镇。"石佛寺"在今凤桥镇梅花洲景区内,为唐代著名寺院。

这首诗上联写春天的胥山繁花似锦,艳丽多姿,石佛寺旁的一河春水沉静幽深,碧绿如蓝。这是文人的惯常写法,托物起兴,写出了热恋中少女的复杂心情,微妙难以捉摸。下联写姑娘直抒胸臆"妾似胥山长在眼",照应第一句,说自己像胥山上烂漫的春花,常出现在他眼前,情哥哥你随时可以观赏;"郎如石佛本无心"照应第二句,说自己的情哥哥却像石佛寺里的石佛一样,对自己的青春与美丽竟然无动于衷,姑娘为自己的一厢情愿感到丝丝伤神。这首诗写得十分优美,将情境的创设、思想情感的变化,通过传统的比兴手法,巧妙地表达了出来。与刘禹锡的"山桃红花满上头,蜀江春水拍山流。红花易衰似郎意,水流无限似侬愁”①，有着异曲同工之妙。这里的“郎”，与今天民歌中所唱的“情哥哥”是一脉相承的。

应该说，《鸳鸯湖棹歌》中“郎”，绝大多数指未婚女子对意中人的昵称。第三十五首“画眉墨是沈珪丸，水滴蟾蜍砚未干。休恨图经山色少，与郎终日远峰看”，第三十八首“小舫中流播燕艄，一螺青水练塘坳。随郎尽日盐官去，莫漫将侬半逻抛”，第四十四首“榆钱阵阵麦纤纤，野菜花黄蝶易黏。记送郎船溪水曲，平芜一点甑山尖”，第五十首“风樯水槛尽飞花，一曲春波潋滟斜。北斗阑干郎记取，七星桥下是儿家”，第五十一首“天星湖口好花枝，便过三春采未迟。蝴蝶双飞如可遂，教郎乞梦冷仙祠”，第六十二首“青粉墙低望里遥，红泥亭子柳千条。郎船但逐东流水，西丽桥来北丽桥”，第八十首“郎家湖北妾湖南，两桨缘流路旧谙。却似钓鳌矶边鹭，往来凉月影氄氄”，第九十二首“妾家城南望虎墩，郎家城北白牛村。白牛不见郎骑至，望虎何由过郭门”等，诗中的这些“郎”，都是年轻女子对意中人的呼唤。

二、奴仆对主人的称呼

“郎”在古代有“奴仆对主人的称呼”之义。《鸳鸯湖棹歌》中，作者将自己谦称为“奴仆”，将友人、客人尊称为“主人”。

比如《鸳鸯湖棹歌》中第一次出现“郎”，在第二十七首：“鹤湖东去水茫茫，一面风泾接魏塘。看取松江布帆至，鲈鱼切玉劝郎尝。”“鹤湖”在嘉善县境内，明末清初为著名风景区，“风泾”“魏塘”“松江”都是地名，即今日金山之枫泾镇、嘉善之魏塘和上海之松江。“鲈鱼”是松江名产美味。宋代诗人范仲淹有名篇《江上渔者》存世：“江上往来人，但爱鲈鱼美。君看一叶舟，出没风波里。”②诗的上联写盛产莼菜的鹤湖是著名的景区，它西接枫泾，东联魏塘，湖水悠悠向东流，不愧为嘉善的天然胜景。自元代起，松江即为棉花产地，后来诞生了棉纺织

① 刘禹锡《竹枝词九首》之二，见卞孝萱校订《刘禹锡集》卷二七，中华书局，1990年，第359页。

② 范仲淹《江上渔者》，见李勇先等点校《范仲淹全集·文集》卷三，中华书局，2020年，第41页。

家黄道婆,且明代开始就有"收不尽的魏塘纱,卖不尽的松江布"之赞誉了。所以下联由自然景色转入人文景色,写满载松江布的帆船,一艘艘接踵而至,生意非常繁忙。在码头上小憩的时候,可以约上三五好友或者生意伙伴品尝这里出产的特色菜——清蒸鲈鱼。全诗句句写景,清新自然,读来令人兴意盎然。我们既可以想象,是诗人站在岸上观看自然人文美景,触景生情,也可以假想为诗人邀请朋友在某家饭馆品尝鲈鱼美味。不管是哪种情况,诗中的"郎"都可以解释成"客人、友人"的意思,是对别人的尊称,也即传统美德的体现。

第四十首:"雨近黄梅动浃旬,舟回顾渚斗茶新。问郎紫笋谁家焙,莫是前溪读曲人。""顾渚"即湖州长兴顾渚山,相传唐代茶圣陆羽在此完成了《茶经》,此地所产紫笋茶,唐朝即被列为贡品,为中国名茶之一,名扬海内四方。梅子黄时雨之季,顾渚山下的紫笋茶上市了,诗人到此访友,与友人一边饮茶,一边品评今年茶叶的优劣。也许是紫笋茶清香味醇、名不虚传,给诗人留下了极好的印象的缘故,所以诗人情不自禁发问:这么好的贡茶,出自村里哪个师傅之手?总不会出自手无缚鸡之力的读书人吧?全诗寓景于事,上联写时间、地点、事情。下联写对话,但省略了友人的回答,算是自言自语。这里的"郎",显然是"友人、朋友"之意。

另外,第七十一首"劝郎莫饮黄支犀,劝郎莫听华冠鸡。闻琴桥东海月上,乌夜村边乌未啼"中的"郎",似为泛指"您、你们",也表示尊称。

三、对人家儿子的美称

"郎"有对青少年的美称之意,还用于"对别人家儿子的美称",比如"令郎"就是"你家儿子"的意思。

第三十九首:"枪金砚匣衍波笺,日坐春风小阁前。镂管簪花书小字,把郎诗学鲁訔编。"

"枪金砚匣"是一种镶金边的高级砚台。"衍波笺"是一种高级纸张。"镂管"指的是毛笔。鲁訔,嘉兴人,南宋进士,著有《杜诗注》《杜工部诗年谱》,朱彝尊自注说"杜诗编年自禾人鲁訔始"。这首诗写的是惠风和畅的某个春日,一个识字成人用着精美的砚台和高级的纸张,手执高级狼毫,写出一行行娟秀工整的蝇头小楷（也可能在"把笔"，即手把手教孩子写小楷），原来是他在一边写一边教自己的孩子吟咏杜甫的诗句呢！这里的识字成人，如果理解成嘉兴城内处处可见的书香家庭里的成人的话，那么，诗中的"郎"就是小孩子、小把戏、读书郎的意思，这对诗人来说，就是对别家儿子的美称。

四、对特定职业者的称呼

"郎"有时也用于称呼从事被视为低贱职业的人。比如，耳熟能详的民间故事《牛郎织女》中，"牛郎"就是对放牛职业者的称呼。与之类似的还有羊倌、猪倌、鸭司令等，都是特定称谓。

第七十六首："郎牵百丈上官塘，客倚篷窗晚饭香。黄口近前休卖眼，船头已入语儿乡。""百丈"是纤绳的意思，"官塘"即运河，"黄口"指小孩子、未成年人。"语儿乡"是古地名，为吴越交接之地，今桐乡市崇福镇。

这首诗写船夫拉着纤绳，沿着运河官塘艰难地行进，船妇在船艄掌舵，客人们坐在船舱中，倚着窗户，眺望着运河两岸的秀丽风景。傍晚时分，晚饭已经煮好，飘出诱人的香味。就在客人与船家孩子玩耍嬉闹的时候，船已经进入了桐乡崇福地界——语儿乡到了。从读者角度讲，这首诗中的"郎"指的是"船夫、纤夫"。但如果从"老板娘（船娘）"角度讲，拉纤的是"郎"，乘船的是"客"，这样说来，这首诗中的"郎"也可以解释成"女子的丈夫"。

综上所述，《鸳鸯湖棹歌》一百首中的"郎"，传承了《竹枝词》《浪淘沙》等传统民歌或文人创作曲调的精华，折射出吴越文化的深厚积淀。陈桥驿先生称赞《鸳鸯湖棹歌》"具有浓郁的田园风光"，"看似平常，但回味隽永，特别是对于同乡人或曾到过此乡旅行寓居过的人，尤其经得起咀嚼玩味"，"这类作品形式上是诗，但同时也是重要的地方文献，具有存史、资治、教化的作用"。2002 年笔者曾在自己任教过的梅里小学编就《〈鸳鸯湖棹歌〉选读》教材，供小学生课外诵读，镇政府也每年举办棹歌文化节，各类活动洋洋大观，令人甚为欣慰。

[作者简介]徐如松，中学高级教师，嘉兴市秀洲区教育研究和培训中心副主任。

《鸳鸯湖棹歌》的文史遗迹

浙江　范树立

朱彝尊(1629—1709),清代词人、学者、藏书家。字锡鬯,号竹垞,又号醧舫,晚号小长芦钓鱼师,又号金风亭长。汉族,浙江秀水(今浙江嘉兴市)人。博通经史,诗与王士禛并称"南北两大宗"("南朱北王");作词风格清丽,为"浙西词派"的创始人,与陈维崧并称"朱陈";精于金石文史,购藏古籍图书不遗余力,为清初著名藏书家之一。著有《日下旧闻》《经义考》《曝书亭诗文集》等。

朱彝尊的名作《鸳鸯湖棹歌》,真实详细地记述了不少嘉兴地区文化历史遗迹,为我们研究嘉兴文史提供了珍贵且生动的资料。本人在唱和朱彝尊《鸳鸯湖棹歌》时,对其中的一些诗歌作了浅释,试供各位赏析。

《鸳鸯湖棹歌》第一首

蟹舍渔村两岸平,菱花十里棹歌声。

侬家放鹤洲前水,夜半真如塔火明。

放鹤洲:唐德宗时,贤相陆贽建宅园于放鹤洲,因园中有放鹤亭故,称为鹤渚。唐文宗时,宰相裴休又在洲上建别墅,改名为裴岛。南宋时,著名词人朱敦儒寓居嘉兴,辟裴岛为放鹤洲。明末时,贵阳太守朱茂时重建放鹤洲。

嘉兴真如寺:创建于唐至德二年(757)。相传唐大中十年(856),丞相裴休舍宅扩寺,改名至德院。至宋大中祥符元年(1008)又改名真如教院。真如教院在宋时名声极盛,司马光曾为之作记,苏轼亦曾在此扫雪煮茶。

《鸳鸯湖棹歌》第四首

宝带河连锦带斜，精严寺古黯金沙。

墙阴一径游人少，开遍年年梓树花。

精严寺：为浙江嘉兴禾中八寺中最大的一座。精严寺始建于东晋，原名灵光寺，宋真宗大中祥符年间改称精严寺。太平天国后重建，范围北至勤俭路，南抵精严寺街，东近少年路，有房舍数百间，为嘉兴近代最大寺庙。古街巷之一的精严寺街也是因寺得名。

《鸳鸯湖棹歌》第五首

西埏里接韭溪流，一篑瓶山古木秋。

惯是争枝乌未宿，夜深啼上月波楼。

瓶山：位于嘉兴市中山路中段北侧，东靠建国路，北抵中和街，面积6600平方米，高15.8米。据清《嘉兴府志》载：宋时置酒务于此，废罂所弃，积久成山。民国八年（1919），将八咏亭自烟雨楼移建于瓶山上。抗日战争期间八咏亭毁。1987年，嘉兴市人民政府兴建瓶山公园。瓶山公园面对中山路，右侧为仿古建筑瓶山阁酒楼和瓶山（地下）商场，前有明代古井亭，立有碑记。公园正门前铺有石阶，拾级而上，矗立着石坊门，上方正中刻有陈从周手书的"瓶山"二字。

月波楼：嘉兴的历史名酒秀州月波、清若空，分别出自两宋。秀州月波，著录见北宋张能臣《酒名记》；清若空，著录见南宋周密《武林旧事》卷六《诸色酒名》。

《鸳鸯湖棹歌》第六首

槜李亭荒蔓草存，金陀坊冷寺钟昏。

湖天夜上高楼望，月出东南白苧村。

槜李亭：宋代诗人郑獬有《槜李亭》一诗。

金陀坊：是宋时的嘉兴七十坊之一，今已无存，其地大致在今范蠡湖畔的杨柳湾附近。金陀之得名，据《至元嘉禾志》卷二"城社"说是"旧通赵郡王府，因取王金印橐陀之"。

《鸳鸯湖棹歌》第七首

百尺红楼四面窗,石梁一道锁晴江。

自从湖有鸳鸯目,水鸟飞来定自双。

湖:此处指鸳鸯湖。鸳鸯湖在唐宋时就负有盛名,是嘉兴城南的游览胜地。嘉兴南湖因地处嘉兴城南而得名,与西南湖合称鸳鸯湖,两湖相连形似鸳鸯交颈,古时湖中常有鸳鸯栖息,因此又名鸳鸯湖。宋代以后南湖与杭州西湖、南京玄武湖并称为江南三大名湖,成为浙北的旅游热点。南湖也是浙江三大名湖之一,素来以"轻烟拂渚,微风欲来"的迷人景色著称于世。周围绿树环绕,令人神清气爽、心旷神怡。

《鸳鸯湖棹歌》第八首

倅廨偏宜置酒过,亭前花月至今多。

不知三影吟成后,可载兜娘此地歌?

注:陆游《入蜀日记》:"倅廨花月亭有小碑,乃张先'云破月来花弄影'乐章,云得句于此亭也。"张子野云:"往岁,吴兴守滕子京席上见小伎兜娘,后十年,再见于京口。"("注"后为诗下小字自注)

《鸳鸯湖棹歌》第九首

女墙官柳遍啼鸦,小阁临风卷幔斜。

笑指孩儿桥下水,雨晴漂出满城花。

注:孩儿桥在天宁寺东,石阑尽刻作孩儿,载鲁应龙《括异志》。

孩儿桥:旧时在北门有桥一座,名孩儿桥。宋代鲁应龙所著《闲窗括异志》有记载:"嘉禾北门有孩儿桥,桥柱四角皆石刻孩儿,因名之。"意思是"孩儿桥"四角的石柱上都刻有小孩的形象,这里所谓的"嘉禾北门"即今嘉兴建国中路。

相传有一个嘉兴人在京城里做丞相,皇帝听人说吃公鸡下的蛋能长生不老,就下旨要丞相在三天内献上公鸡蛋。丞相十一岁的孙子知道后代祖父上朝。小孩说:"祖父在家准备生孩子由我代为上朝。"皇帝大怒:"男子怎么会生孩子?"小孩说:"男子不生产,哪有公鸡蛋?"这时皇帝才想起他要丞相献公鸡蛋之事,皇帝龙颜大怒,把孩子赐死,后来丞相辞官回乡避祸。回到嘉兴后,他深感孙子小小年纪聪明懂事,舍身救己,就在嘉兴城中的闹市建桥一座,起名"孩儿桥",以作纪念。

《鸳鸯湖棹歌》第十一首

桃花新水涌吴艚,十五渔娃橹自操。

网得钱塘一双鲤,不知鱼腹有瓜刀。

注:钱塘杜子恭就人借瓜刀,其主求之日:"当即相还耳。"既而,刀主行至嘉兴,有鱼跃入船中,破鱼腹得瓜刀。见《搜神后记》。

《鸳鸯湖棹歌》第十二首

穆湖莲叶小于钱,卧柳虽多不碍船。

两岸新苗才过雨,夕阳沟水响溪田。

穆湖:也叫穆溪,在嘉兴东北。

卧柳:枝干斜卧于水上的柳树。

此诗精妙地摹写出春天嘉兴乡村的风情,有浓郁的生活气息,景象生动而富美感。

《鸳鸯湖棹歌》第十三首

金衣楚雀白鹇鸡,不住裴公岛上啼。

白马未嘶云屋外,红船先渡板桥西。

注:裴岛,即放鹤洲,相传裴休别业。

放鹤洲:鸳鸯湖中水墩,正对南湖小学校。原名裴岛,陆宣公原有放鹤亭,今失其处。附会者遂指此墩为放鹤洲。植柳甚多,浓荫蔽日。水涨即半淹水中。清民之交,里人建屋书橡于墩之东部,凿池植荷。夏日游人甚众。近数年来,失于修葺,芜秽不堪驻足,遂为游迹所不及。

《鸳鸯湖棹歌》第十四首

堤外湖光堤内池,露荷珠缀夜凉时。

阿谁月底修箫谱,更按《东堂》旧日词。

注:毛滂在秀州赋《月波楼中秋词》云:"露荷珠缀,照见鸳鸯睡。"《月波修箫谱》,乐府调名。《东堂》,滂集名也。

《鸳鸯湖棹歌》第十七首

西水驿前津鼓声,原田角角野鸡鸣。

苕心菜甲桃花里,未到天明棹入城。

西水驿:为嘉兴境内古驿站之一。

津鼓:古代渡口设置的信号鼓。

角角:象声词,状鸡鸣。

历史上,嘉兴是一座因运河而盛的城市。1400 多年前,隋朝大运河就在嘉兴城畔流淌;200 多年前,乾隆沿运河六下江南登上烟雨楼。西驿亭位于嘉兴古运河东的绿化带里,亭中立着元代《嘉兴路重建水驿记》碑石。西水驿是嘉兴的水陆门户之一,为历代兵家必争之地。

《鸳鸯湖棹歌》第十九首

村中桑斧响初停,溪上丛麻色渐青。

郡阁南风才几日,荷花开满镜香亭。

注:府城西北有麻溪。镜香亭在慈恩寺南,今废。

镜香亭:朱彝尊有诗《镜香楼》:"满池鸳鸯浴,四面芙蓉秋。"

《鸳鸯湖棹歌》第二十首

徐园青李核何纤,未比僧庐味更甜。

听说西施曾一掐,至今颗颗爪痕添。

僧庐:即净相寺,产樱李。樱李,嘉兴著名特产,其果扁圆形,皮色殷红,果肉呈琥珀色,多浆法,味甜醇,微有酒味,为果中珍品。新篁李氏在清嘉庆年间向净相寺求得数株樱李树,分根苗木,辟园繁殖,到光绪年间已有李园数亩、樱李树 200 多株,称为"龙湖樱李"。

《鸳鸯湖棹歌》第二十一首

藉架桥上水松牌,白石登登雁齿阶。

曾记小时明月夜,踏歌连臂竹邻街。

注:竹邻里,元陈秀民所居。藉架桥在其东北。

藉架桥:今已湮没。其旧址在嘉兴城区勤俭路和少年路口,人民电影院西侧。

《鸳鸯湖棹歌》第二十二首

谷水由来出小湖,渚城辟塞总春芜。

战场吴楚看犹在,折戟沙中定有无。

注:《水经注》引《吴记》:"谷水出吴小湖,经由拳县。"渚城在今城北十五里。《水经注》又云:"浙江又东经柴辟南,旧吴楚战地,备候于此,故谓之辟塞。"

渚城:春秋时的古城,吴城争战时筑。其遗址在今嘉兴市郊区双桥乡双桥村,其地现名主人浜,为渚城浜之讹。

《鸳鸯湖棹歌》第二十三首

金鱼院外即通津,转粟千艘压水滨。

年少女墙随意望,缝衣恰对柁楼人。

注:《舆地纪胜》:"金鱼院在嘉兴县西北。"

金鱼院:嘉兴是世界上最早将野生鲫鱼进行家养的地方。北宋开宝(968—977)年间,吴越刺史丁延赞在嘉兴城西北一个池中发现金鲫鱼,称该地为金鱼池,后建为金鱼院,成为一方名胜。

《鸳鸯湖棹歌》第二十四首

怀家亭馆相家湖,雪艇风阑近已芜。

犹有白蘋香十里,生来黄蚬蛤蜊粗。

注:怀悦居相湖南,辟柳庄。有水亭名"雪艇"。湖中产蚬甚肥。

相家湖:即湘家荡,别名湘家湖、相湖。1997年12月26日,浙江省人民政府准许创建浙江嘉兴市湘家荡旅游度假村,整体规划总面积为715公顷,在其中湖水130公顷。

《鸳鸯湖棹歌》第二十五首

学绣女儿行水浔,遥看三塔小如针。

并头菡萏双飞翼,记取挑丝色浅深。

注:城西学绣里,俗传西施于此入吴,刺绣于此。三塔,龙渊寺前塔也。

三塔:原嘉兴著名古迹。运河出嘉兴往西南有三塔湾,湾北曾建有龙渊寺,寺前三塔并列,风景极美。

《鸳鸯湖棹歌》第二十六首

梅花小阁两重阶,屈戍屏风六扇排。

不及张铜炉在地,三冬长暖牡丹鞋。

注:里有张鸣岐,制铜为薰炉,闻于时。

张鸣岐:明末清初浙江嘉兴人。善制铜器,与濮澄竹刻齐名。尤善制铜手炉,花纹极细,足踹不瘪,时称"张炉"。

《鸳鸯湖棹歌》第二十首

鹤湖东去水茫茫,一面风泾接魏塘。

看取松江布帆至,鲈鱼切玉劝郎尝。

注:鹤湖在魏塘,清风泾即白牛泾。

鹤湖:在浙江嘉善境内。明胡山《烟雨楼》诗:"鹤湖鹅湖同济师,平江吴江各传矢。"

《鸳鸯湖棹歌》第二十八首

莲花细步散香尘,金粟山门礼佛频。

一种少年齐目断,不知谁是比肩人。

注:金粟寺在海盐西南。林坤《诚斋杂记》:"海盐陆东美妻有容止,夫妇相重,寸步不离,时号比肩人。孙权封其里。"

《鸳鸯湖棹歌》第三十首

天宁佛阁早春开,鸟语风铃次第催。

怪道回船湿罗袜,严将军墓踏青来。

注:天宁寺在秀水县治东北,后有严助墓。

天宁佛阁:天宁寺。在今嘉兴市区天宁寺街。

严将军墓:为西汉著名辞赋家严助葬地,据历代嘉兴地方志载,在原天宁寺街,今在少年路北,现嘉兴辅成小学校园内有一个占地约2000平方米的土墩,绿树成荫。

《鸳鸯湖棹歌》第三十一首

长水风荷叶叶香,斜塘惯宿野鸳鸯。

郎舟爱向斜塘去,妾意终怜长水长。

斜塘：即西塘，又名平川，地处浙江省嘉兴市嘉善县，为江、浙、沪金三角之腹地，曾是吴、越两国相争之地，故又有"吴根越角"之称。众所周知，吴、越两国为后世留下了许多脍炙人口的故事，如伍子胥一夜白头、越王勾践卧薪尝胆、西施范蠡泛舟江湖等。

《鸳鸯湖棹歌》第三十二首

蜿地垂杨絮未飘，兰舟上巳被除遥。

射襄城北南风起，直到吴江第四桥。

注：城北王江泾有射襄桥，俗讹为寿香桥，即射襄城故址。

射襄桥：在秀洲区王江泾镇东端的夹河上。关于射襄桥的桥名来历，据说与伍子胥有关。相传春秋时的吴国大将伍子胥每天在桥上向襄阳方向射箭，以牢记杀父之仇。

《鸳鸯湖棹歌》第三十三首

宣公桥南画鼓挝，酒船风慢挂鸦叉。

碧山银碗劝郎醉，棹入南湖秋月斜。

注：陆宣公桥在城东。朱碧山元时嘉禾银工。宋闻人滋《南湖草堂记》："携李，泽国也，东南皆陂湖，而南湖尤大。"

宣公桥：在嘉兴市区中山桥与七一桥之间。宣公桥是为纪念唐代宰相陆贽而得名，桥堍有刘禾兴面馆、狮子汇渡口、近水台茶馆、东园酒楼。桥下水流湍急，船过桥，船夫们须振作精神，努力避险，方可平安过桥。

《鸳鸯湖棹歌》第三十四首

木犀花落捣成泥，霜后新橙配作齑。

犹恐夜深妨酒渴，教添玉乳御儿梨。

注：御儿玉乳梨，见《汉书》注。

御儿：古地名，又作语儿、语溪。在今桐乡市崇福镇。春秋时在越国北境，与吴国相邻。

《鸳鸯湖棹歌》第三十五首

画眉墨是沈珪丸，水滴蟾蜍砚未干。

休恨图经山色少，与郎终日远峰看。

注：沈珪，禾人，善制墨。谚云："沈珪对胶，十年如石。"载何为蓬《春渚纪闻》。郡城四望无山，宋郑毅夫月波楼诗"野色更无山隔断"是也。

禾人：嘉兴人。

《鸳鸯湖棹歌》第三十六首

三姑庙南豆叶黄，马王塘北稻花香。

秋衣薄处宜思妾，春酒熟时须饷郎。

注：三姑事见《括异志》，今长水有庙。马王塘在其北。

三姑庙：在今嘉兴市郊区王店乡宝华村，庙已废，地名尚存。

马王塘：位于浙江省嘉兴市郊区马桥街，周边三星桥村、洋泥浜、范家头、西沙浜。

《鸳鸯湖棹歌》第三十七首

小妇春风楼下眠，与论家计最堪怜。

劝移百福坊南往，多买千金圩上田。

注：石门有春风楼。钱塘应才为嘉兴学正，婶曰陆小莲，百福坊人。贝琼元末避地千金圩。

百福坊：古坊名，现称百福弄。

春风楼：崇福镇上有条大街崇德路，在路的东端近古运河旁，宋朝曾建有名楼"春风楼"。据元《至元嘉禾志》载："在县治东南三十知县奚士达以观风亭改建。淳祐间，知县黄元直重修，原楼早废。"民国间，春风楼遗址上建有总管堂，匾额上题有"春风楼"三字。新中国成立后，在原春风楼附近建造了一家茶馆，镇上人称它为春风第一楼茶馆。

《鸳鸯湖棹歌》第三十八首

小舫中流播燕梢，一螺青水练塘坳。

随郎尽日盐官去，莫漫将侬半逻抛。

注：燕梢，小船名。长水东有练浦，一螺青，浦水名。刘长卿诗："半逻莺满树。"今讹为半路。

一螺青：现郊区蚂桥乡三星桥村有一螺青自然村。

练塘：即练塘镇，东邻上海市松江区，于青浦区地处上海西南，是老一辈无产阶级革命家陈云同志的故乡。

《鸳鸯湖棹歌》第三十九首

戗金砚匣衍波笺,日坐春风小阁前。

镂管簪花书小字,把郎诗学鲁訔编。

注:戗,去声。斜塘杨汇綦工戗金戗银法,以黑漆为地,针刻山水、树石、花竹、翎毛、亭台、屋宇、人物,调雌黄韶粉以金银箔傅之。见陶宗仪《辍耕录》。杜诗编年自禾人鲁訔始。

鲁訔(1100—1176):秀州嘉兴人,徙居海盐,字季钦,号冷斋。宋绍兴五年(1135)进士。为余杭主簿。累迁福建路提点刑狱公事。力学强记,刻意古文,喜论天下事。曾廷对述安危、治乱、边防形势甚备。又两上万言书,极陈利病。历官务行所学,轻财重义。有《杜诗注》《杜工部诗年谱》《蒙溪已矣集》等。

《鸳鸯湖棹歌》第四十首

雨近黄梅动浃旬,舟回顾渚斗茶新。

问郎紫笋谁家焙,莫是前溪读曲人。

浃旬:十天,一旬。

顾渚:顾渚山在长兴西北,产紫笋贡茶。山下有顾渚村。顾渚村位于水口乡西北部,西与浙北重镇煤山镇接邻,北与陶都宜兴市交错,三面环山,青山翠竹、风景优美、具有品茗、度假休闲胜地之美称。顾渚村得名于春秋,而扬名于唐代,历史悠久。

斗茶:又称斗茗、茗战。源于唐盛于宋,是在茶宴基础发展而来的一种风俗。也是古人的一种雅玩。

前溪、读曲:均系乐府篇名,见宋郭茂倩编撰的《乐府诗集》。

《鸳鸯湖棹歌》第四十二首

绣线图存陆晃遥,唐家花鸟棘针描。

只愁玉面无人画,须是传神盛子昭。

注:陆晃,禾人,有绣线图载《宣和画谱》。唐希雅及孙宿皆善画花鸟,墨作棘针。子昭,魏塘人,尝画崔莺莺像。

《鸳鸯湖棹歌》第四十三首

去郭西南桂树林,五亩之园一半阴。

笑插枝头最深蕊,两鬟如粟辟寒金。

注:城西屠氏园有桂二本,垂荫逾亩,每岁两树迭开金蕊一枝。

《鸳鸯湖棹歌》第四十四首

榆钱阵阵麦纤纤,野菜花黄蝶易粘。

记送郎船溪水曲,平芜一点甄山尖。

注:甄山在桐乡,今为钱大理贡墓。

甄山:有甄山桥,位于桐乡市龙翔街道正福村利东组金牛塘口,为清代建筑。

《鸳鸯湖棹歌》第四十五首

比翼鸳鸯举棹回,双飞蝴蝶遇风开。

生憎湖上鸬鹚鸟,百遍鱼梁晒翅来。

注:鸬鹚湖在海盐县西南。

《鸳鸯湖棹歌》第四十七首

酒市茶寮总看场,金风亭子入春凉。

俊游改作乌篷小,蔡十郎桥低不妨。

注:晏殊《类要》:嘉兴县有金风亭。蔡十郎桥,载《至元嘉禾志》。

《鸳鸯湖棹歌》第四十八首

落花三月葬西施,寂寞城隅范蠡祠。

水底尽传螺五色,湖边空挂网千丝。

注:城西南金铭寺有范蠡祠,旧并塑西子像,湖中产螺皆五色。

范蠡祠:在范蠡湖畔,今范蠡湖公园内。

《鸳鸯湖棹歌》第四十九首

苏小墓前秋草平,苏小墓上秋瓜生。

同心绾结不知处,日暮野塘空水声。

注:唐徐凝《嘉兴逢寒食》诗:"惟有县前苏小墓。"王禹偁诗:"县前苏小有荒坟。"今县南有贤倡巷。

苏小墓：即南齐时歌伎苏小小墓，在市区贤倡弄（现更名自由弄）。有南宋嘉兴人张尧同的《嘉禾百咏·苏小小墓》为证："泉下骨应朽，幽魂独未消。几番清夜月，孤影度南桥。"从历代诗人的描述来看，这墓一直比较荒凉。

《鸳鸯湖棹歌》第五十首

风樯水槛尽飞花，一曲春波潋滟斜。

北斗阑干郎记取，七星桥下是儿家。

注：春波、七星，二桥名。

《鸳鸯湖棹歌》第五十一首

天星湖口好花枝，便过三春采未迟。

蝴蝶双飞如可遂，教郎乞梦冷仙祠。

注：天星湖在嘉兴县治东，湖北有协律郎冷谦祠，祷梦者有奇验。

天星湖：北岸"大新第宅，前后林泉映带，又附东郭，草木苍然"，为闻人氏家族所有。

《鸳鸯湖棹歌》第五十二首

江楼人日酒初浓，一一红妆水面逢。

不待上元灯火夜，徐王庙下鼓冬冬。

注：徐王庙在府城东北，每岁人日、谷日挐舟击鼓，士女往观。

徐王庙：城区秀水乡徐王村旧时有徐王庙，每年正月初八举行庙会。据《嘉兴府志》记载："八日乡人蚁舟集，徐王庙为赛神之会。"

《鸳鸯湖棹歌》第五十三首

河头时有浣衣人，处处春流漾白蘋。

桥下轻舟来往疾，南经娱老北蹲宾。

注：娱老桥在城南，蹲宾桥在府治西。

娱老桥：桥向南约10米处，西米棚下有米市桥，北接丝行街。《至元嘉禾志》载："米市桥在县南三里。"可见此桥在宋代已建。追溯米市，历史悠远。过桥西去，有一河长约百米，谓之梅湾河。

蹲宾桥：桥已废，在现在子城西的紫阳街上，俗呼蒸饼桥。

《鸳鸯湖棹歌》第五十四首

芳草城隅绿映衫，凤池坊北好抽帆。

徐恬旧宅芹泥暖，雨过斜阳燕子衔。

注：凤池坊，娄机故宅，今郡学之前。徐恬宅，见陆广微《吴地记》。

凤池坊：安顺支系的祖籍是浙江嘉兴府嘉县角里街。启祖资政殿大学士赠太师嘉兴侯娄玑，有凤池宰相之荣，坟上立有凤池坊。

《鸳鸯湖棹歌》第五十五首

秋泾极望水平堤，历历杉青古闸西。

夜半呕哑柔橹拨，亭前灯火落帆齐。

注：秋泾桥在城北。杉青，闸名。落帆，亭名。

秋泾：在市与塘汇乡交界处，横跨秋泾河，是一座单孔拱形石桥，桥长60米。

秋泾桥：坐落在闸前街，是一座单孔石拱桥。桥全长60.2米，东31.2米，西30米。桥面宽4.8米，桥孔拱矢高约11米。拱孔圈石分节砌置，金刚墙错缝顺砌。

《鸳鸯湖棹歌》第五十六首

屋上鸠鸣谷雨开，横塘游女荡舟回。

桃花落后蚕齐浴，竹笋抽时燕便来。

注：横塘在城东。俗名笋之早者，曰"燕来"。

横塘：有驿站位于胥江和大运河交界处，是苏州通往石湖、太湖等地的水路要隘。原是一座水陆驿站，为古代传递官府文书以及往来官吏中途歇宿之所。现仅存一亭，为清代建筑，其他馆、楼、庑、台已不复见。

《鸳鸯湖棹歌》第五十七首

漏泽寺西估客多，楼前官道后官河。

正值喧阗日中市，杨花小伎抱筝过。

注：吴船女郎入市唱曲，号"唱畅花"。

漏泽寺：明代史鉴有诗《夜宿嘉兴漏泽寺宁庆山房》："访旧天涯未即归，且来林下叩禅扉。孤城暮雨沉更漏，二月余寒胜客衣。近市不眠人语杂，邻僧齐出夜灯稀。中宵忽作还家梦,无奈钟声下翠微。"

《鸳鸯湖棹歌》第五十八首

五月新丝满市廛,缫车鸣彻斗门边。

沿流直下羔羊堰,双橹迎来贩客船。

注:羔羊堰在石门县,斗门在石门北。

羔羊堰:在嘉兴市桐乡市崇福镇与石门镇之间,与两镇各相距 4.5 公里。今桐乡市(原崇德县)石门镇羔羊村位于石门镇南部,与崇福镇接壤,东临京杭大运河,南至安全村,西接郜墩村,北连二大埭村。

《鸳鸯湖棹歌》第六十首

九里桥西落照衔,樱桃初熟鸟争鸹。

须知美酒乌程到,遥见新滕一片帆。

注:宋曾鲁公监秀州新滕酒税,今作新城,误。

九里桥:在今郊区新农乡九里汇附近。

《鸳鸯湖棹歌》第六十一首

马场渔漱几沙汀,宿雨初消树更青。

最好南园丛桂发,画桡长泊煮茶亭。

注:彪湖,一名马场湖,宋潘师旦以南坞渔漱水十一处会于春波门外,建会景亭。南园余叔宜春令别业,有桂树四本,高俱五丈。苏子瞻煮茶亭在水北。

《鸳鸯湖棹歌》第六十二首

青粉墙低望里遥,红泥亭子柳千条。

郎船但逐东流水,西丽桥来北丽桥。

西丽桥:位于市区三塔路,横跨运河,市区通往西郊的主要进出口,宋代已有桥名。

北丽桥:位于市区建国路北端,横跨运河,始建于宋初,是沟通市区南北的主要桥梁。

《鸳鸯湖棹歌》第六十三首

伍胥山头花满林,石佛寺下水深深。

妾似胥山长在眼,郎如石佛本无心。

注:胥山在城东十八里,石佛寺唐刹。

石佛寺:据《嘉兴府·县志》记载,唐肃宗至德二年(757),乡人于此地掘得石佛四尊,以建寺名石佛院,宋代赐名保圣院,明洪武时名石佛教寺。

《鸳鸯湖棹歌》第六十四首

花船新造水中央,晓发当湖溯汉塘。

听尽钟声十八里,平林小市入新坊。

注:用里东为汉魏二塘。德藏寺钟初成,工戒以勿击,俟行百里击之。工行至新坊十八里,遽击之,由是不能远闻,载《括异志》。

《鸳鸯湖棹歌》第六十五首

蒲山草与荠山齐,澉浦潮来乍浦西。

白沃庙南看白马,巫言风雨夜长嘶。

注:蒲山、菜荠山惧在平湖。白沃庙祀汉使君。

《鸳鸯湖棹歌》第六十六首

绿烟初洗兔华秋,片片鱼云静不流。

山月池边看未足,移船买酒弄珠楼。

注:山月池在平湖德藏寺,城东有弄珠楼。

《鸳鸯湖棹歌》第六十七首

鹦鹉湖流碧几湾,白龙湫水落陈山。

游人秦小娘祠过,社鼓声边醉酒还。

注:鹦鹉湖即柘湖。陈山上有白龙湫,见《括异志》。秦小娘,晋时人,祠在平湖东南二十里。

《鸳鸯湖棹歌》第六十八首

阿侬家住秦溪头,日长爱棹横湖舟。

沾云寺东花已放,义妇堰南春可游。

注:横湖,沾云寺惧在半逻东。义妇堰,汉许升妻吕荣冢,死黄巾之难。糜

府君敛钱葬之。今讹为吕蒙冢。

《鸳鸯湖棹歌》第六十九首

巫子峰晴返景开,传闻秦女葬山隈。

闻听野老沙中语,曾有毛民海上来。

注:《乐资九州志》:盐官县有秦驻山,始皇经此,美人死,葬于山下。山之东,海口有巫子山。《水经注》:光绪元年有毛民三人集于县,盖泛于风也。

《鸳鸯湖棹歌》第七十首

横浦东连白塔云,下方钟鼓落潮闻。

结成海气楼相似,煮就吴盐雪不分。

注:白塔山在海中。盐官亦有蜃市。

《鸳鸯湖棹歌》第七十一首

劝郎莫饮黄支犀,劝郎莫听花冠鸡。

闻琴桥东海月上,乌夜村边乌未啼。

注:闻琴桥在海盐城东。乌夜村,何准宅旧址。

《鸳鸯湖棹歌》第七十二首

鹰窠绝顶海风晴,乌兔秋残夜并生。

铁锁石塘三百里,惊涛啮尽寄奴城。

注:鹰窠顶在澉浦山椒。第十月朔日并出海中。晋安帝隆安五年孙思犯海盐,刘裕拒之,筑城于海盐故治。

《鸳鸯湖棹歌》第七十三首

招宝塘倾水浅深,会骸山古冢销沉。

都缘世上钱神贵,地下刘伶改姓金。

注:招宝塘在海盐西南。《九州要记》古有金牛入山,阜伯通兄弟开凿取牛,山崩,二人同死空中,因曰"会骸山"。郡有刘伶墓,土人避钱镠讳,改呼金伶墓。

《鸳鸯湖棹歌》第七十四首

曲律昆山最后时,海盐高调教坊知。

至今十棒元宵鼓,绝倒梨园弟子师。

昆山、海盐:王骥德《曲律》写道:"凡旧唱南调者皆曰海盐。今海盐不振,而曰昆山。"昆山腔与海盐腔,同一个曲牌,往往字句相同,唱法各异。

教坊:教坊司实际上是明朝的礼乐机构。

《鸳鸯湖棹歌》第七十五首

春绢秋罗软胜绵,折枝花小样争传。

舟移濮九娘桥宿,夜半鸣梭搅客眠。

注:濮院,元濮乐闲所居。濮九娘桥在焉。

《鸳鸯湖棹歌》第七十六首

郎牵百丈上官塘,客倚篷窗晚饭香。

黄口近前休卖眼,船头已入语儿乡。

语儿乡:在今桐乡县,春秋时吴越接壤之地,又称御儿乡。《国语·越语》记载:"勾践之地,北至御儿。"《越绝书》记载:"御儿乡,故越界。"这些文献中的"御儿""御儿乡",就是崇福的古称。

《鸳鸯湖棹歌》第七十七首

轻船三板过南亭,蚕女提笼两岸经。

曲罢残阳人不见,阴阴桑柘石门青。

注:崇德,古南亭。石门,春秋时吴垒石以拒越。

石门:古名语儿、御儿,后为崇德县,清代改称石门,民国恢复为崇德。

《鸳鸯湖棹歌》第七十八首

走马冈长夕照中,塘连沙渚路西东。

不知吴会谁分地,生遍茉萸一色红。

注:走马冈在石门永新乡,地有官窑,相传吴越分疆处。语儿中泾,一名沙堵塘。《吴会分地记》书名见《太平御览》。吴茉萸,禾郡土产。

《鸳鸯湖棹歌》第七十九首

移船只合罾川居,酿就新浆雪不如。

留客最怜乡味好,屠坟秋鸟马嗥鱼。

注:闽人卓成大元末侨居罾川。马嗥城殆即《水经注》所云马罕城也。鱼可为腊。

《鸳鸯湖棹歌》第八十首

郎家湖北妾湖南，两桨缘流路旧谙。

却似钓鳌矶边鹭，往来凉月影毵毵。

注：钓鳌矶在南湖中，龚太守勉所筑。

《鸳鸯湖棹歌》第八十一首

野王台废只空墩，翁子坟荒有墓门。

舍宅尚传裴相国，移家曾住赵王孙。

注：白莲寺隔水有顾野王读书台址。朱买臣墓在甪里街北。真如寺相传裴休宅。赵王孙谓孟坚也，居广陈里。

《鸳鸯湖棹歌》第八十二首

秋晚东林落木疏，白莲僧寺水中居。

昏钟不隔渔庄火，古殿犹存日本书。

注：白莲寺即东林施水院。渔庄在其北。寺壁有日本国人题名二处。

白莲僧寺：原位于乌镇十景塘的北面、天井巷西面，当地老百姓都喜欢称呼它为西宝塔，这是由于它与东栅的寿圣塔遥相呼应，故在乌镇有东西宝塔之说。

《鸳鸯湖棹歌》第八十三首

蕲王战舰已无踪，娄相高坟启旧封。

曾见朋游南渡日，北山堂外九株松。

注：县东三十里，一冢甚高，传是娄机墓，中有石室，为盗所发。北山草堂，沈氏宅，其石垒自南宋。

《鸳鸯湖棹歌》第八十四首

仲圭旧里足淹徊，曲径横桥一水隈。

小楯春风谁酹酒，佛香长和墓门梅。

注：吴镇墓在嘉善县治北梅花庵。

《鸳鸯湖棹歌》第八十五首

怀苏亭子草成蹊，六鹤空堂旧迹迷。

唯有清香楼上月，夜深长照子城西。

注：怀苏亭在府治。六鹤堂宋知州邓根建。府廨有清香楼，见《异闻总录》。

子城载《闲窗括异志》,今目为子墙脚。

《鸳鸯湖棹歌》第八十六首

稗花枫叶宋坡湖,路转潮鸣山翠无。

百里盐田相望白,至今人说小长芦。

注:宋坡湖,即贲湖。《吴郡记》:"海滨广斥,盐田相望。"檇李旧号小长芦,见周必大《吴郡诸山录》。

《鸳鸯湖棹歌》第八十七首

桑边禾黍水重围,时有秋虫上客衣。

三过堂东开夕照,满村黄叶一僧归。

注:三过堂,苏子瞻遗迹。黄叶庵,释智舷所筑。

三过堂:宋朝嘉兴籍诗人张尧同曾作五言绝句《三过堂》,收录于诗集《嘉禾百咏》。《嘉禾百咏》是诗人张尧同以嘉兴的风土人情、名胜物产作为题材所创作的诗歌作品集。

《鸳鸯湖棹歌》第八十八首

百花庄口水沄沄,中是吾家太傅坟。

当暑黄鹂鸣灌木,经冬红叶映斜曛。

注:百花庄在城北十五里,先文恪公赐茔在焉。

百花庄:此村位于嘉兴北首约 7 公里,隶属浙江省嘉兴秀洲区油车港镇。东面与古窦泾相邻,南邻新开的北郊河,紧靠市区外环路、昌盛路。西与日商投资区相连,北与胜丰村相接。村内交通便捷,区域优势明显。水泥路通村到组,河网水渠纵横。

《鸳鸯湖棹歌》第八十九首

鸭嘴小船浅水通,荻花门巷萧萧风。

荆南豫北斗新酿,不比吾乡清若空。

注:清若空亦秀州酒名,见《武林遗事》。

《鸳鸯湖棹歌》第九十一首

江市鱼同海市鲜,南湖菱胜北湖偏。

四更枕上歌声起,泊遍冬瓜堰外船。

注:唐张祜曾领嘉兴冬瓜堰税。

冬瓜堰:唐诗人张祜作《宫词》曰:"故国三千里,深宫二十年。"张祜任堰税时,杭州酒徒朱冲和坐船恰至嘉兴冬瓜堰,口出狂言嘲之:"冬瓜堰下逢张祜,牛屎堆边说我能。"

《鸳鸯湖棹歌》第九十二首

妾家城南望虎墩,郎家城北白牛村。

白牛不见郎骑至,望虎何由过郭门。

注:陈舜俞居秀州,尝跨白牛往来,自号白牛居士。

《鸳鸯湖棹歌》第九十三首

百步桥南解缆初,香醪五木隔年储。

不须合路寻鱼鲊,但向分湖问蟹胥。

注:去郡城东北三里有百步桥。马永卿《懒真子》:"苏秀道中有地名'五木',出佳酒。"陆游《日记》:"合路卖鲊者甚众。"《一统志》:"分湖产蟹。"

百步桥:宋诗人张尧同曾五言绝句《百步桥》,收录于诗集《嘉禾百咏》。

《鸳鸯湖棹歌》第九十四首

石尤风急驻苏湾,逢着邻船贩橘还。

只道夜过平望驿,不知朝发洞庭山。

注:苏湾,近吴江境上,陈舜俞墓在焉。

苏湾:清代程龙光《和鸳鸯湖棹歌》云:"苏湾曲曲柳烟晴,花满菱塘波不生。"盖指此也。

《鸳鸯湖棹歌》第九十五首

父老禾兴旧馆前,香秔熟后话丰年。

楼头沽酒楼外泊,半是江淮贩米船。

注:望云门北旧有禾兴馆。唐李瀚《嘉兴屯田政绩记》:"嘉禾一穰,江淮为之康;嘉禾一歉,江淮为之俭。"

《鸳鸯湖棹歌》第九十六首

茅屋东溪兴可乘,竹篱随意挂鱼罾。

三冬雪压千年树，四月花繁百尺藤。

注：东溪，从叔子蓉别业。

《鸳鸯湖棹歌》第九十七首

舍南舍北绕春流，花外初莺哠未休。

毕竟林塘输角里，爱携宾客醉山楼。

注：山楼，从叔子葆所居，四方宾客至者必集于此。

林塘：蒋文藻出生地文藻名元素，以字行，号林塘。嘉兴人。

《鸳鸯湖棹歌》第九十八首

溪上梅花舍后开，市南新酒酾新醅。

寻山近有夋基宅，看雪遥登顾况台。

注：余近移家长水之梅溪，峒山在其西，横山在其南，皆可望见。顾况读书台在横山顶。

《鸳鸯湖棹歌》第九十九首

归人万里望丘为，白酒黄壶瓠作卮。

来往棹歌无不可，西溪东泖任吾之。

注：丘为，郡人，王维送之诗云："五湖三亩宅，万里一归人。"里中黄元吉冶锡为壶，极精致。近日乡人多用匏樽。西溪在府城西三里鲍恂所居。东泖在平湖。

《鸳鸯湖棹歌》第一百首

槛边花外尽重湖，到处杯觞兴不孤。

安得家家寻画手，溪堂遍写读书图。

注：黄子久有《由拳读书图》。

由拳：古县名。秦始皇三十七年（前210）改长水县为由拳县（县治今嘉兴南），属会稽郡。赤乌五年（242）春正月，立孙和为太子，因避太子"和"字讳，改为嘉兴县。

[作者简介]范树立，中国散文学会会员、浙江省民间文艺家协会会员、嘉兴市作家协会会员，曾供职于桐乡市文联。

朱彝尊交游诗《题洪上舍传奇》考论

浙江　殷建中

朱彝尊字锡鬯，号竹垞，浙江秀水人，故居于王江泾。朱彝尊不仅是个学者，还是清初文坛诗词大家、浙西词派宗主，与王士禛并称"南朱北王"。他的足迹遍布大江南北，交友无数，前年还积极参与反清复明运动。康熙十八年（1679），为笼络江南文人，朝廷开博学鸿词科，朱彝尊被荐举博学鸿词试，位列一等，成为翰林院检讨，由反清而仕清，开始了自己的仕途生涯。康熙二十四年，朱彝尊参修《明史》。

朱彝尊交往的清代有名文人很多，如吴伟业、尤侗、顾炎武、屈大均、王士禛、纳兰性德、赵执信、姜宸英、严绳孙、洪昇、曹寅、徐元文、徐乾学、邹祗谟、毛奇龄、施闰章、潘耒、魏禧、陈维崧、汪琬、汤斌、周篔、钱君甫、查慎行、冯溥、陈廷敬、张鹏、高士奇等。朱彝尊与陈维崧、纳兰性德并称"清初三大词人"，与严绳孙、李因笃、姜宸英并称"四大布衣"。

朱彝尊的诗，百度古诗词释义基本都有清楚解释。但是朱彝尊康熙四十一年（1702）所作的《题洪上舍传奇》一诗，百度古诗文释义搜索解释，都没有，搜索嘉兴数字图书馆中《历代咏剧诗歌选注》及《长生殿演出与研究》等，只搜到以下释义：

题洪上舍传奇①

十日黄梅雨未消②，破窗残烛影芭蕉③。

还君曲谱难终读④，莫付尊前沈阿翘⑤。

（《曝书亭集》卷二十）

【注释】　① 洪上舍：洪昇。上舍：上舍生，宋代太学生之一。洪昇是国子监生,故称上舍。 　传奇:疑指《长生殿》。 　② 黄梅雨:夏初梅子黄熟时之雨,亦称梅雨。 　③ 影:作动词用,照出……之影。 　④ 曲谱:即题中所说"传奇"。 　终读:读完。 　⑤ 沈阿翘:唐文宗时宫人。善歌舞。舞《何满子》,"调辞风态,率皆婉畅";奏《凉州曲》,"音韵清越"(唐苏鹗《杜阳杂编》)。

【简析】 此诗作于康熙四十一年(1702),作者当时在杭州。雨窗蕉影之下,他挑灯夜读洪昇创作的传奇剧本,但终于难以卒读,因为太令人伤感了。为何伤感,诗人没有明言,但与《长生殿》之祸留下的创伤不会没有关系吧。①

朱彝尊还有一首《题洪上舍传奇》:十日黄梅雨未消,破窗残烛影芭蕉。还君曲谱难终读,莫付尊前沈阿翘。

这里的"传奇",指的就是《长生殿》。朱彝尊说自己挑灯夜读《长生殿》,伤心到读不下去了,如果看演出,恐怕更加伤心,因此叮嘱"莫付尊前沈阿翘"。沈阿翘是唐文宗时宫人,善舞《何满子》,"一声《何满子》,双泪落君前"。教人难以为情。以此作比,《长生殿》感人的魅力自可想见。②

以上的解释,有很多疑问与矛盾的地方。先看看朱彝尊写此诗之前与洪昇的交往,再理一理上面释义的不确定和矛盾。

康熙二十三年(1684),朱彝尊为编辑《瀛洲道古录》,私自抄录地方进贡的书籍,被学士牛钮弹劾,官降一级。次年一月,因携带楷书手私入禁中抄录四方所进图书,为掌院学士牛钮所劾,被"降一级",谪官。三月,迁出禁垣,移居宣武门外海波寺街古藤书屋。

洪昇于康熙二十七年(1688)写给谪去官职的朱彝尊一首诗《赠朱竹垞检讨》,全诗如下:

京华谪宦比何如,为忆当年直禁庐。湛露诗成曾赐和,凌云台就独教书。

朝华世事谁长在? 秋叶君恩未尽疏。消渴文园莫惆怅,有人山泽尚樵渔。③

① 赵山林选注《历代咏剧诗歌选注》,书目文献出版社,1988 年,第 338 页。
② 叶长海主编《长生殿演出与研究》,上海文艺出版社,2009 年,第 267 页。
③ 洪昇《赠朱竹垞检讨》,见刘辉校笺《洪昇集》,浙江古籍出版社,1992 年,第 304—305 页。

　　全诗主要表达洪昇对朱彝尊的关心和宽解。没想康熙二十八年(1689)，洪昇因佟皇后服丧期中上演《长生殿》一案获罪，被革去太学生籍并逐出京师，愤懑之下去盘山逃禅。洪昇在盘山逃禅时，写了一首诉苦诗《登挂月峰寄朱竹垞检讨》：

　　　　五峰各各竞秀，挂月一峰独尊。仰视浮图天近，俯窥下界尘翻。

　　　　蓟辽故国东镇，山海中原北门。恨不携君共眺，临风长啸云根。①

这首诗没有写给引路人李天馥，恩师王士祯、通门密友吴仪一、好友吴雯等人，却写给了朱彝尊。在遭遇愤懑苦难不公时，想找个人好好倾诉，找的这个人肯定是知己。朱彝尊与洪昇相差 16 岁，是忘年交的知己。

　　朱彝尊"谪宦"时洪昇赠诗予以安慰，洪昇遇难时朱彝尊也同样以诗相赠。康熙四十年(1701)，朱彝尊以 73 岁高龄游杭州，并与洪昇相会，作《酬洪昇》：

　　　　金台酒坐擘红笺，云散星离又十年。海内诗家洪玉父，禁中乐府柳屯田。

　　　　梧桐夜雨词凄绝，薏苡明珠谤偶然。白发相逢岂容易，津头且揽下河船。②

朱彝尊这首诗很出名，首先表达了与洪昇的交谊，把洪昇比作宋朝洪炎、柳永，高度赞扬洪升的才情。并对洪昇因《长生殿》演出带来祸端深表同情，并加以宽解，同时表明了自己对此事件的立场态度。最后说白发相逢不容易，彼此珍重。

　　第二年，康熙四十一年(1702)，洪昇因刻印《长生殿》一书，请朱彝尊作序，朱慨然应诺，来杭州小住，作《长生殿》序言一篇，写下了这首至关重要的《题洪上舍传奇》：

　　　　十日黄梅雨未消，破窗残烛影芭蕉。

　　　　还君曲谱难终读，莫付尊前沈阿翘。

从朱彝尊与洪昇的亲密交往看，这里的"洪上舍传奇"应该不是《长生殿》，理由如下：

---

　　① 　洪昇《登挂月峰寄朱竹垞检讨》刘辉校笺《洪昇集》，第 480 页。

　　② 　朱彝尊《曝书亭集》卷二〇《酬洪升》，清康熙五十三年(1714)刻本。

《长生殿》不会"曲谱难终读":(一) 这首诗写于康熙四十一年(1702),而"国丧日演长生殿案"发生在本诗写作十余年前,演出早已解禁,老百姓都耳熟能详了,说"曲谱难终读"是不成立的;(二) 写这首诗之前朱彝尊受洪昇邀请写了《长生殿序》,而说没有读完《长生殿》,这也太离谱了;(三)《酬洪升》盛赞洪昇的才情,说"梧桐夜雨词凄绝",这表明已经读过《长生殿》了;(四) 最近发现朱彝尊还手抄过《长生殿》剧本,都手抄了,怎么可能"终难读"。

《长生殿》根本谈不上"莫付沈阿翘"。诗中的"沈阿翘"是真实存在的历史人物为唐文宗时宫中艺伎,善演《何满子》。何满子是唐开元时期的一位歌者,临刑前欲献上一曲赎死,"一曲四调歌八叠,从头便是断肠声"。康熙四十一年,"长生殿案"已过去十多年,《长生殿》早已在各地公演,昆曲戏班内聚班因演出《长生殿》轰动京城坊间,说明《长生殿》早已"付沈阿翘"了。

那么本诗"终难读",告诫"莫付沈阿翘"的传奇到底指什么? 到目前为止,找不到任何证据。撰写《洪昇年谱》的著名学者章培恒也说"不知系何作品"。

有关朱彝尊这首诗的资料这么少,也许是难以解释的缘故。那么,洪昇还有什么样的"传奇",令朱彝尊也会"终难读",还要"莫付尊前沈阿翘"? 洪昇与朱彝尊是无话不谈的知己与忘年交,或许是洪昇把自己秘密写就的"传奇"给了朱彝尊看,而"传奇"中有与当时时代冲突的"碍语",所以朱彝尊给洪昇以告诫。这是一首包含知己间暗语的告诫诗。"传奇"肯定不是《长生殿》,那么洪昇究竟还有什么"传奇",让朱彝尊"难终读",值得他叮嘱洪昇"莫付沈阿翘"? 这是个谜,姑且猜度之。

王利民所撰《博大之宗——朱彝尊传》一书中有如下一段话:

> 蔡元培在《石头记索隐》中说林黛玉影射的是朱彝尊。如果说林黛玉身上有朱彝尊的影子,那么,《石头记》的作者对朱彝尊应该有相当的了解。事实上,曹寅是朱彝尊的知交。[①]

王利民的"曹寅是朱彝尊的知交",无非是要说明曹寅的孙子曹雪芹是《红楼梦》作者。但现在考证的事实是曹寅没有曹雪芹这个孙子,在曹氏家谱里,曹寅的孙子辈下面没有"曹雪芹"名字。中国红学会理事王正康的《误己误人九十多年

[①]　王利民撰《博大之宗——朱彝尊传》,浙江人民出版社,2006 年,第 233 页。

曹寅之孙曹雪芹系子虚乌有》,以充足的理由说明了《红楼梦》作者非"曹寅之孙曹雪芹"。

那么我们可以这样认为,洪昇与朱彝尊是知己,洪昇又是大戏曲家,《红楼梦》是用戏剧手法写的,是与《长生殿》等类同明末清初的"情本文学",又隐含反清思想,书中江南文化元素反复出现,这些综合起来,《红楼梦》由洪昇来写更合理。再进一步推断,这"洪上舍传奇"是传奇本《红楼梦》(即后来增删的《红楼梦》的底本),用来有解释这首诗,倒是顺理成章。且看:

　　十日黄梅雨未消。

这一句明写江南黄梅雨,暗地里告诫洪昇,"十年了,文字狱并没有完全解禁。"(孔尚任写完《桃花扇》后次年[1700]就被免职下狱)。

　　破窗残烛影芭蕉。

这一句明写环境,破窗、残烛,还有大大的芭蕉影子像。这里芭蕉暗影喻文字狱,破窗、残烛是洪昇《长生殿》祸案带来的生活灾难。这是一个亲密友人暗暗告诫洪昇不要重蹈覆辙。

　　还君曲谱难终读。

你"真事隐""假语村言"的《红楼梦》隐得好,让人"难读",并且《红楼梦》的悲剧色彩太浓,越读越悲伤,真的难以读下去。

　　莫付尊前沈阿翘。

不过千万不要把它公诸于世,改编演出了。《红楼梦》是一部有倾向性的书,在当时的环境下很难公开面世,甚至可能有牢狱之灾。作为忘年交的知己朱彝尊必须这样劝诫洪昇。

因为资料缺乏,暂且对朱彝尊的《题洪上合传奇》有如此推测,欢迎大家的批评指正。

[作者简介]殷建中,平湖市钟溪实验学校高级教师、嘉兴市文艺评论家协会会员。

印章之学　继承创新

广东　陈页金

　　朱彝尊不仅善于碑帖的鉴赏与研究,而且在印学领域也十分用心。他既喜欢收藏古印①,自身也是一位非常出色的篆刻家②。他曾有印谱传世,见朱彝尊《印册引》云:

> 此余为他人所刻印章也,无所师授,以好此尝自为之。于是有持石来索者,又或递赏以为佳,而予不耐也。久之,亦遂得若干件,先大人常训曰:"工以伎贵,士以技贱。"夫操刀琢石,矻矻然而不休,工之贱者也。索者不顾其贱而赏者,但以为佳然。六艺之正,刀笔之奇,大方小家之辩,则是物有存焉,其亦犹贤夫已也。③

　　对于朱彝尊而言,篆刻完全出于自己的喜好,并且没有专门的师承。尽管如此,当时持石索印者并不在少数,可见朱彝尊的篆刻在当时名气很大。一直以来,文人士大夫阶层都认为篆刻是"雕虫小技,壮夫不为"④,朱彝尊也有"工以

　　①　《朱竹垞老人晚年手牍》云:"至当湖,连日苦雨,从刘氏草草取杂玩数种归。汉章九十枚,内有官印,渠欲倍价,合得之须二十金,减此彼不肯也。"(朱彝尊《曝书亭集外诗文补辑》卷十《朱竹垞老人晚年手牍其九》,见王利民等校点《曝书亭全集》,吉林文史出版社,2009年,第1006页)对于印章的学习,朱彝尊有着非常便利的条件,他能见到项氏家族收藏的五百多枚汉代印章,见朱彝尊云:"曩予及见天籁阁收藏汉章五百余。"朱彝尊《印史跋》,见黄惇编著《中国印论类编》,荣宝斋出版社,2010年,第618页。
　　②　作品见于西泠印社2016年春季拍卖会。
　　③　朱彝尊《印册引》,见倪涛《六艺之一录》卷一百二十九,清文渊阁《四库全书》本,第14b页。颇为遗憾的是该印谱已经不知去向。
　　④　黄周星《论印一则》,见《中国印论类编》,第836页。

伎贵,士以技贱"的自嘲之语,但在他自嘲的背后则是对印学的自信,这一点在其他相关的印学文章中都有所反映。朱彝尊一生写过许多关于印学的文章,主要包括一些印谱序言、题跋和诗词:一篇《印谱序》,一首《寿山石歌》,为许容撰写一首长诗《赠许容》,并为其撰写《韫光楼印谱序》,为马思赞《衍斋印谱》作跋,为葛潜撰写《葛氏印谱序》,为祝潜《初阳印谱》作跋,为童昌龄《印史》作跋,为丁介祉撰写《丁氏印谱序》,等等。笔者通过研读这些印学文章,试图梳理出朱彝尊在印学方面的主要观点和艺术思想。

朱彝尊篆刻

一、印章的起源和名称再定义

关于印章的起源,元代吾丘衍在《三十五举》中提出了"三代无印"的观点①。而明代甘旸对吾丘衍的观点进行了反驳,其《印章集说》云:"或谓三代无印,非也。"②明代张萱通过论证"古者天子未有玺"观点,提出了今之印章就是古之"玺节"之说,又以《左传》论证了诸侯有"玺"始于春秋时期③。明代朱简在《印章要论》中提出了"印始于商、周,盛于汉"的观点④,但是朱简并没有详细论证。朱彝尊在明代人观点的基础上更加明确提出了"印信不始于秦"⑤,并从两个方面分别论证。首先从用途来讲,其《葛氏印谱序》云:

　　《周官》:掌节掌守邦节,货贿用玺节。凡通货贿,司市以玺节出入之。

---

　　① 吾丘衍《学古编》卷上《二十九举》,明夷门广牍本。
　　② 甘旸引用《周书》进行论证:"'汤放桀,大会诸侯,取玺置天子之座。'则其有玺印,明矣。"甘旸《印正附说》,见《中国印论类编》,第31页。
　　③ 张萱《玺印》,见《中国印论类编》,第40页。
　　④ 朱简《印章要论》,见《中国印论类编》,第43页。
　　⑤ 朱彝尊《曝书亭集》卷三十五《葛氏印谱序》,《四部丛刊初编》景上海涵芬楼藏原刊本。

郑司农曰:"玺节,印章,如今斗检封矣。"贾公彦谓,汉法,斗检封,其形方,上有封检,其内有书,盖其初仅用以通商旅。①

又见《赠许容》有诗句云:

今之官印古玺节,汉制斗检封略同。②

以上朱彝尊的观点表达了古代玺节的用途如同后来的印章一样,都是一种"信用"的凭证,所以玺节的起源也就是印信的起源,同时也说明了"印信"起源于商周时期。其次,又从官、私印的文献记载来论证:

然鲁公玺书见《左氏春秋传》,沿至战国,吏三百石上皆佩之。卫宏称,秦以前,民皆以金玉为印,唯其所好。则匪直官印不始于秦也。

朱彝尊运用《左氏春秋传》中鲁公玺的记载以及东汉卫宏的观点进一步说明,即便是晚于"玺节"的官印与私印同样不始于秦,而是始于春秋战国时代。虽然朱彝尊的论证材料与明代张萱几乎无异,但是朱彝尊观点更加明确,即反复论证了"印信不始于秦"这一核心问题。

秦以前"玺"和"印"从用途上来讲是相似的,所以名称往往也互通的,明代沈明臣就说:"是三代未尝无印,而印、玺尊卑通名,信矣。"③秦始皇统一六国以后,进行一系列的改革,"印"与"玺"原来的混同走向严格的制度化,在方寸之间必有定式。明方以智云:"秦以前印、玺通名,汉以来章与印亦分矣。"④又明徐渤《印林跋》:"印玺之制,始自秦斯。"⑤具体来讲,秦代只有天子所用印章才称为"玺",普通官、私印则皆称为"印",正如郭宗昌说:"自秦以来,天子独称玺,群臣莫敢用也。"⑥即"玺""印""章"开始有等级的差别。鉴于这种等级分明的印章制度,明张萱在《玺印》中对各种名称做了相关定义:

至秦,惟天子始得称玺,诸侯而下皆不得言玺,而曰印。丞相将军曰

---

① 朱彝尊《曝书亭集》卷三十五《葛氏印谱序》。
② 朱彝尊《曝书亭集》卷十四《古今诗》。
③ 沈明臣《顾氏集古印谱考》,见《中国印论类编》,第583页。
④ 方以智《印章考》,见韩天衡《历代印学论文选》上,西泠印社,1999年,第148页。
⑤ 徐渤《印林跋》,见《中国印论类编》,第42页。
⑥ 郭宗昌《印制考》,见《中国印论类编》,第41页。

章,中二千石亦曰章,千石、六百石、四百石亦曰印,是章与印一也,皆古之
玺也。而天子言玺,盖自秦始也,然皆以组系而佩之。

明甘旸的定义更为详尽:

> 玺,即印也,上古诸侯大夫通称,秦始皇作传国玺,故天子称"玺"。汉、
> 晋而下,自传国玺外,各篆有玺,其文不一,制度各殊,一名曰"宝"。印,古
> 人用以昭信,从爪从卩,用手持节以示信也。三代始之,秦、汉盛之,六朝二
> 其文(谓文之朱白),唐、宋杂其体(谓易其制度)。章,即印也,累文成章曰
> "章"。汉列侯、丞相、太尉,前后左右将军黄金印,龟纽,文曰"章"。

秦朝之后,历经东西两汉,再到魏晋南北朝大致遵循了古法,基本沿用了秦
代印章的规范与法度。直到唐、宋之际,一方面官印在名称上承袭了六朝,皇帝
仍然称"玺",官印统称为"印"。另一方面,私印除了姓名章之外,开始出现了鉴
赏印、年号印、别号印、表字印、斋馆印、藏经印,甚至出现了词句印,总之,形制
多样、内容丰富是唐宋以后篆刻发展的总体趋势。尤其到明末清初,官印对于
印章的质地、纽式、文字等要求更加繁琐细化,但艺术水平却显得僵化呆板。而
文人参与的篆刻创作却日益兴盛,并作为并列于书法、绘画的一种艺术形式逐
渐成熟起来,各种形式和内容均可运用于印章之中。在这样一种情况下,朱彝
尊意识到明代或明代之前对于各类印章的定义有一定局限性,所以他在《印谱
序》中对各个概念重新做了新的定义:

> 其用行于缄封,刻之于章者其文陷,盖以规于蜡,取诸凸出,而隆起以
> 有节,故谓之印。明显而大者,则谓之章;文之繁数而缠缱可观也,谓之玺;
> 其文之象形者,谓之图;范于笔墨于绳尺也,谓之书;后之人私识其姓名,谓
> 之私印;其镌为斋、堂、馆、阁之名而记于图史、书籍者,谓之图书记。

当然,朱彝尊所谓"印""章""玺",主要还是就官印而言的,相比较明人,他
的这一定义也是有明显的进步意义。因为明代张萱、甘旸等人仅仅从制度或者
字义本身来定义,或许只能适用于一定历史时期,但在秦汉到明清漫长的历史
中,印章制度在各个时期都有不同程度的改革,变得异常混乱,所以仅仅以制度
定义自然有其局限性。比如对"印"的理解,朱彝尊的定义实际是从印章制作的
源头来思考,如他所说:"隆起以有节,故谓之印。"这样定义既符合从先秦到秦

汉,再到唐宋印章(官印、私印)主要通过铸造完成这一主体情况,同时也适用于唐宋之后,直到清代官印的制作(私印逐渐采用石材刻印),这实际是对"印"进行一个总体的概况或者定义,它囊括的范围更广。朱彝尊又从尺寸大小上将"明显而大者"定义为"章",主要是指丞相、将军等较高等级的官员所用之印。自秦汉以来,高等级官员所用印章一直要大于等级较小的官印,更大于普通的私印,所以朱彝尊就说:"惟朝廷之颁于官司者则制焉,其大至寸。"①而发展到明清,"以官阶为大小等级,最大者可至四寸"②。继而从文字的布局风格定义皇帝所用之"玺",玺印随着时代发展,越来越趋向"繁杂",到明清玺印多以九叠朱文曲屈平满为特点,朱彝尊又说:"文之繁数而缅绂可观也,谓之玺。"这似乎比前代更加直观明了。朱彝尊对于"私印"的定义固然不难理解,他的本意实际是为区分官印而定义的③。此外,明代人将"斋堂馆阁印"以及"收藏印"分开来讲,而朱彝尊将其"化零为整",统称为"图书印",这也有助于进一步区分上述各种官、私印。总之,朱彝尊对于以上概念的认识,实际弥补了前代学者对于印章概念认识的局限和混乱,朱彝尊对于印学传统的重新认识与思考,有一定的历史价值和意义。

二、印章的铸造与材质多样性发现

秦汉的铸印之法主要有铸印和凿印两种,铸印又分为拨蜡铸和翻沙铸,明甘旸就曾介绍过这两种方法,见《印章附说》,云:"铸印有二:曰翻沙,曰拨蜡。翻沙以木为印,覆于沙中,如铸钱之法。拨蜡以蜡为印,刻文制钮于上,以焦泥涂之外,加热泥留一孔,令干去其蜡,以铜镕化入之,其文法、钮形制俱精妙。"而凿印主要为了便捷,多用于军事。比如军队之中即时授予官爵,多采用刻印,这也是早期刀法的产生。又因军事紧急,也往往以锤凿印,简单快速,不做过多的修饰,常称为"急就章"或"凿印"。相比较凿印而言,使用最多是铸印,而铸印之

①　朱彝尊《印谱序》,见倪涛《六艺之一录》卷一百二十九,清文渊阁《四库全书》本,第13a页。

②　马衡《谈刻印》,见《中国印论类编》,第154页。

③　马衡《谈刻印》,见《中国印论类编》,第155页。

中又以拨蜡铸造为主,拨蜡铸造的特点就是印章更加细腻和精美。朱彝尊在几篇诗文中都提及这种铸造方法,如《赠许容》云:"周秦以来铸私印,往往拨蜡销金铜。"《衎斋印谱跋》云:"汉官私印,俱用拨蜡铸。"[1]又如《昼夜乐·赠伎蜡儿》中自注所云:"秦汉铜章,皆拨蜡铸就。"[2]再如朱彝尊《赠缪篆顾生》云:"铸金用拨蜡,琢玉同运斤。"[3]

秦汉印章的铸造方法也是由当时的金属印材所决定的,如朱彝尊《葛氏印谱序》云:"迄于汉,夫人得有私印。大约刻玉者十一,冶金者十有九。"[4]这句话实际反映了秦汉时期不同材质的使用情况。具体来讲,当时官、私印使用最普遍的材质就是铜,至于其他,如王者玺用玉,比王者品级略低一点的王侯则用金[5],汉两千石及一、二品的官员也用银印。当然汉代私印之中也有玉印,取君子佩玉之意,只是占据比例非常少。汉代之后,不断有新的材质被应用于印章,尤其元代王冕最早开始用花乳石刻印,这在篆刻史上是一个大事件,他为文人篆刻的兴起开辟了道路。对于王冕的贡献,自元代以来也多有论及,如元代镏绩云:"初无人,以花药石刻印者,自山农始也。"[6]明代郎瑛云:"图书古人皆以铜铸,至元末会稽王冕以花乳石刻之,今天下尽崇处州灯明石。"[7]朱彝尊在诗文里也反复提到,见《衎斋印谱跋》,云:

> 汉官私印俱用拨蜡铸,其后象犀、砗磲、玛瑙,取材愈广。至王元章,始易以花乳石,于是青田、稷下、里羊、求休所产,皆入畚琢矣。

又见朱彝尊《葛氏印谱序》,云:

> 后人易之以石,杂以象犀、砗磲、琥珀、水晶之属。

朱彝尊《赠许容》云:

> 会稽王冕易以石,细切花乳桃皮红。青田山根冻玉屭,稷下里石旧穴

---

① 朱彝尊《曝书亭集》卷四十三《衎斋印谱跋》。
② 朱彝尊《曝书亭集》卷二十四《昼夜乐·赠伎蜡儿》。
③ 朱彝尊《曝书亭集》卷十七《赠缪篆顾生》。
④ 朱彝尊《曝书亭集》卷三十五《葛氏印谱序》。
⑤ 沈德符《印章》,见《中国印论类编》,第 1334 页。
⑥ 镏绩《王冕始以花药石刻印》,见《中国印论类编》,第 1328 页。
⑦ 郎瑛《时文石刻图书起》,见《中国印论类编》,第 1329 页。

空。羊求休嫩大松老,其余麂恶不可砦。

综合朱彝尊以上论述,印学在汉代到清初的发展过程中,印章材料不断增加和丰富,可谓包罗万象。朱彝尊首先列举了象犀、砗磲、玛瑙等材质,说明它们在汉代之后开始使用,虽然这些材质极不易刻印,但是却一直沿用到元代王冕之后。朱彝尊实际是想通过列举象犀、砗磲、玛瑙等印材,将汉代之后到元代之后的印材史贯穿起来。元代王冕在印材选择过程中的历史地位不言而喻,朱彝尊以王冕作为一个时间参照点,又将元代以后的印材梳理一遍。王冕使用花乳石之后,明代文彭开始使用灯光冻石(青田石),这进一步拓展了印章材料的丰富性。在青田石之后,又有"稷下里之石"(寿山石)在明末清初开始兴起。随之出现了许多赞美寿山石的诗文,如卞鼎的《寿山石记》①,查慎行的《寿山石歌》等②。

朱彝尊对寿山石更是情有独钟,尤其喜欢以寿山石刻印。朱彝尊也专门写有一首《寿山石歌》:

> 无诸城北山青薪,近郊一舍无枫杉。中间韫石美如玉,南渡以后长封缄(《方舆胜览》于福州土产,首载寿山石)。是谁巧撰蛙蚓窟,中田忽发蛟龙函。剖之斑璘具五色,他山之石皆卑凡。我昔南游玩塘市,对此不觉潜妗歘。是时杨老善雕琢(杨字玉璇),纽压羊马麖麖麕。兼金易置白藤笈,不使花乳求休揽。今来贾索尚三倍,未免瑕渍同梅鬎。其初产自稷下里,后乃深入芙蓉岩。菁华已竭采未歇,惜也大洞成空嵌……

朱彝尊这首诗详细介绍了寿山石的发展历程。寿山石产自福建省稷下里、芙蓉峰等地,早期在元明之际并不著名。大约在康熙戊申年(1668)间,闽县陈越山(名日浴,字子槃)在山中得到号称"神品"的寿山石,他将其带到京城,以高价卖出后,顿时寿山石名声大噪③。寿山石石具五色,绚丽斑斓,石质又特别适合雕刻,所以备受人们推崇和喜爱,如朱彝尊诗中所云:"剖之斑璘具五色,他山之石皆卑凡。"当时也流行在寿山印材上刻钮,并出现了一些雕刻名家,如朱彝尊所提及的杨玉璇,还有周彬、王定等人都是当时的名手。同时寿山石也被广泛应

---

① 鲁曾煜《(乾隆)福州府志》卷二六,清乾隆十九年(1754)刊本。
② 查慎行《敬业堂诗集》卷二五,《四部丛刊》景清康熙本。
③ 陈克恕《篆刻针度·选石》,见《中国印论类编》,第 1342 页。

用于篆刻中,进一步得到收藏家和篆刻家高度追捧,寿山石文化也因此在清初空前的昌盛,随之而来的是寿山石价格的飙升,所以朱彝尊又云:"今来贾索尚三倍。"孙承泽也说:"三十年来,闽寿山石出,质温栗,宜镌刻。而五色相映,光采四射。红如靺鞨,黄如蒸栗,白如珂雪,时竞尚之价与。"①总之,朱彝尊通过这首诗详细地介绍寿山石在清初被热捧的状况,同时印材的拓展从某种程度上也反映了当时篆刻作为一种艺术形式的迅速发展。

综上所述,印章的材质在印章作为一种艺术形式的推广以及印章风格的多样化发展过程中均扮演了重要角色,因此,印章的材质论也是印学的重要组成部分。朱彝尊几乎在每篇印学的诗文里面都谈到印章的铸造以及印材的演变问题,他将印材从汉代到清初的发展演变介绍得十分详尽,这突出反映了朱彝尊对于印材认识的广度与深度。

[作者简介]陈页金,自由职业者。

---

① 孙承泽《砚山斋杂记》卷一,清文渊阁《四库全书》本。

朱彝尊三题

浙江　梅晓民

康熙御赐朱彝尊宅

承恩骖乘入明光，赐第仍居履道坊。

日昃尚趋三殿直，月正恒捧万年觞。

长楸走马先归圩，小苑飞花近拂墙。

自有囊中餐玉诀，无烦菊水饷南阳。

这是朱彝尊题为《赠耿都尉·承恩骖乘入明光》的诗。

康熙十八年(1679)，对于51岁的朱彝尊来说是人生的一个重大转折。这一年，清廷首开博学鸿词科，户部侍郎严沆、吏科给事中李宗孔等朋友荐举朱彝尊应试。大学士冯溥在阅读了朱彝尊的试卷后，叹为"奇绝"，最终，朱彝尊以布衣身份获得一等第十七名，并很快得到康熙的赏识，授翰林院检讨、充《明史》纂修官。康熙二十年(1681)，又充日讲起居注官，这是一个随侍皇帝左右、记录皇帝言行的官职。康熙二十二年(1683)的元月二十日，朱彝尊被召入乾清门内，任南书房供奉，俨然成了皇帝的内廷文学侍臣。考虑到他年事已高，康熙又恩赐他"紫禁城骑马"，在清初的低级文职官员中，只有朱彝尊能享此特殊待遇。为此，朱彝尊作了一首《赐禁中骑马诗》记录当时的心情："鱼钥千门启，龙楼一道通。趋翔人不易，行走马偏工。鞭拂宫鸦影，衣香苑柳风。薄游思贱日,足茧万山中。"①

就在这年的二月初二,康熙又赐给朱彝尊一
座住宅。据朱彝尊《曝书亭集·腾笑集序》载:"明
年正月(即康熙二十二年),天子召入南书房,赐宅
景山之北、黄瓦门东南。"②杨谦《朱竹垞先生年
谱》也有"赐居禁垣景山之北,黄瓦门东南"③的记
载。黄瓦门即黄化门街,位于景山东北方向,当时
在禁垣以内,1965 年地名整顿,称"黄化门街"。

嘉庆十年(1805),日本画师冈田玉山出版了
六卷刻本《唐土名胜图会(初集)》(图一),全书以
精美的插图和详细的文字记述了清朝皇宫里的人
和事,其中第二卷《京师·皇城》第 22 页有一幅
《景山图》,图中分布着寿皇殿、寿皇门、永思殿等

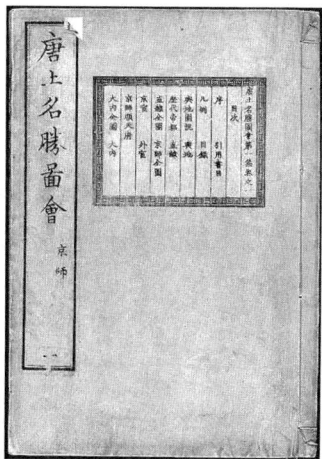

图一 冈田玉山《唐土名胜图会》

宫殿。右边寿皇殿前面就是景山北门"黄瓦门",左下方的大路边标明"朱竹垞
宅"(图二)。

图二 图中左下有"朱竹垞宅"四字

---

① 朱彝尊《曝书亭集》卷一一,《四部丛刊》景清康熙五十三年(1714)刻本。
② 朱彝尊《曝书亭集》卷三九。
③ 杨谦《曝书亭集诗注·年谱》,清杨氏木山阁刻本。

　　朱彝尊有《赐居禁垣诗》:"讲直华光殿,居移履道坊。经营倚将作,宛转绕宫墙。对酒非无月,摊书亦有床。承恩还自哂,报国只文章。"①诗中说出了他对"皇恩"的感激,也道出了居所的具体地方。但这"履道坊"的位置史书上却没有确切的记载。有研究者猜测,"履道坊"不是北京地名,而是指唐朝白居易在洛阳的履道坊宅园,朱彝尊将其写入诗中,是用来比喻自己的成就和待遇堪比白居易。也有学者考证,履道坊在地安门内大街东侧,这里曾是明代的尚衣监,即专为皇帝制造鞋袜的作坊,清代改为民居后,便被文人小吏们戏称为"履道坊",据文献记载,和朱彝尊同时居住在履道坊的还有编修励杜讷。

　　《唐土名胜图会(初集)》卷二《京师·皇城》第 21 页有一幅《朱竹垞赐宅图》(图三),画的即是朱彝尊在履道坊的赐居。图的右侧为朱彝尊宅园全图,宅园背靠景山,至少有两进,前院耸立着的两幢小楼掩映在郁郁葱葱的树木竹林中,后院有三座平房隐约可见,敞开的前门台阶颇高,两侧为八字形围墙。门前的小河上,架着一座小巧玲珑的石梁。从图中可以看出,这所由皇上所赐的宅园确实比较豪华。图的左侧有朱彝尊绘像及朱彝尊诗友龚翔麟的题诗:"五经纷纶抽腹笥,布袜麻鞋见天子。归来著书以没齿,千秋之名在青史。"②图外另有介绍景山的日文。或许此书的编撰者和绘画者都十分崇拜朱彝尊,不但将宅园的具体位置郑重标明,还将第宅加以细致入微的描绘。书中还收录了竹垞先生的许多首诗,并提到了朱彝尊后来寓居的地方"槐市斜街"。据推测,《唐土名胜图会(初集)》的作者大概不清楚朱彝尊赐居的具体位置,只是凭别人的口述资料画了这幅《朱竹垞赐宅图》。

　　不管是景山北门还是地安门内大街,康熙重用朱彝尊并赐宅给他是真的,可惜的是,朱彝尊住在那里不到一年,即因私自带抄手入内廷抄录四方经进书一事"被劾谪官,奉旨降一级"③。被赶出禁垣,迁居在宣武门外海波寺街古藤书屋,后又移居至槐树斜街。《腾笑集序》中即载此事:"居一年,名挂弹事,吏议当落职,天子宥之,左谪其官,复僦宅宣武门外。"④直到康熙二十九年(1690),朱彝尊 62 岁时才"补原官",但是否仍回履道坊居住已不得而知,史书上没有记载。

————————————

①　朱彝尊《曝书亭集》卷一一。
②　(日)冈田玉山等编绘《唐土名胜图会》卷二,日本文化二年(1802)刻本,国家图书馆藏。
③　杨谦《曝书亭集诗注·年谱》。
④　朱彝尊《曝书亭集》卷三九。

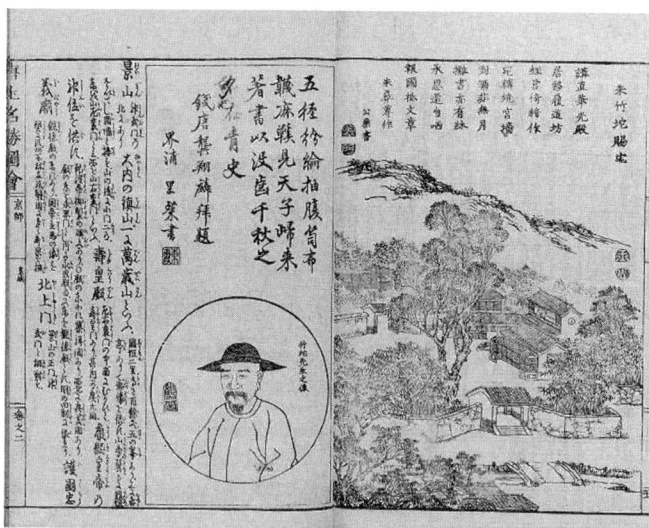

图三　《朱竹垞赐宅图》

朱彝尊清风俭德析家产

旧业只余三径在,当时奚啻一经存。

能令遗墨归藏弃,几见良田到子孙。①

这是梅里诗人、金石家马涧在欣赏了朱彝尊《为两孙析产券》墨迹后,对竹垞先生由衷的赞叹。

康熙三十八年(1699),朱昆田因病去世,只活了四十八岁,遗下桂孙和稻孙两个儿子。朱彝尊白发人送黑发人,心中自然十分悲痛。好在两个孙子不以家贫为意,读书都很用功。桂孙少承祖训,濡染极深,作画仿倪瓒,书法近欧阳询,有《岩客诗草》。稻孙为府庠生,依例入太学,后于乾隆元年(1736)被荐博学鸿词科,有《烟雨楼志》《六峰阁诗稿》等。

康熙四十一年(1702),朱彝尊七十四岁,桂孙三十岁、稻孙二十岁。是年三月,稻孙大婚,娶的是安吉州学正、《嘉禾征献录》作者盛枫的女儿,也算是门当

---

① 　金武祥《粟香随笔·五笔》卷一,清光绪刻本。

户对。朱彝尊亲自主持婚礼，了却了他的一桩心事。四月，年迈的朱彝尊邀齐亲族，一起为孙子们析箸分家。

朱彝尊对两个孙子说，我虽在朝廷做过事，曾官至翰林院检讨，但只能算是一个从七品的小官，薪酬并不高。而且与你们的父亲只知道读书做学问，不懂得如何去创造财富，因而家中经济状况极差，你们要有思想准备。当年我长大与你们的叔祖父分家的时候，田无半亩，屋无寸椽，生活非常艰难，但我也熬了过来。虽然现在家计萧然，但尚有八十四亩薄田和荒地，现在拨给你们分管办粮收息。家产虽薄，只要你们能勤俭持家，供一碗稀饭还是可以的。至于先祖文恪公（朱国祚）的祭田是公产，连同下徐荡（朱国祚墓地处，现属油车港镇）续置的七亩荡田和三分荒地，仍然存在我的名下，继续由我来负责给守坟人的食粮。你们不要抱怨祖父没有留下丰富的遗产，财富是要靠自己用双手去创造的。今后如果我还有能力置业的话，到时再分给你们。

在徐尚贤、盛辅宸、钱又持、有舟、宁臣、辰始、袭远、太占、鸿砚、周旋、嘉中等亲族的见证下，朱彝尊当即立下家产分配的字据，把自己名下的八十四亩田地拨付桂孙、稻孙两孙分管。其中四十二亩二分派给了桂孙，四十一亩八分五厘分给了稻孙（其中吴江县田一十八亩五分、冯家村田一十亩四分五厘、娄家田三亩七分、又史地五分、冯子加地六分五厘、娄家桥坟地三亩六分以及屋基池地四亩四分五厘）。朱彝尊接着将书写的《竹垞老人两孙析产券》赠给两位孙子，既明晰了家产，又训诫他们只有"止知读书、安贫守分"，才能"子孙勤力、足供衣食"。可见竹垞先生一生清风俭德，足为做人的典范。据黄浚《花随人圣庵摭忆补编》和邓之诚《骨董琐记》等著作记载，这件《行书析产卷册页手迹》在清朝嘉庆年间由梅里学者李遇孙收藏，咸丰时，归川沙人沈韵初所得；现藏台湾何创时书法艺术馆。

后人称赞朱彝尊《为两孙析产券》言辞恳切、用心良苦，其清风俭德可与苏轼的《马券》和董其昌的《鬻田契》同为千秋不朽。清末著名藏书家金武祥在其著作《粟香五笔》（图一）中评论说，"竹垞老人书录之以见清德高风，其所以训子孙者惟云'止知读书'，又云'安贫守分'，与古人所谓有旧田庐，令子孙勤力其中，足供衣食者若合符节"。[①] 王店诗人、冯登府的好友马洵有诗赞："烟云过眼忍重论，蠹纸依稀手可扪。旧业只余三径在，当时奚童一经存。能令遗墨归藏

---

① 金武祥《粟香随笔·五笔》卷一。

弄，几见良田到子孙。直得兼金争购取，百年犹可想清门。"①嘉兴词人马澹于也作了一首《八声甘州》词："只丛残一纸抵家藏，遗墨阅星霜。怅萧然贫宦，无多负郭，书券分将。大好文孙竞爽，耐得淡齑黄。想见垞南北，瓦屋斜阳。并少金留诶墓，但闭门苦守，絮语家常。溯蓬山旧事，回首太茫茫。幸当年、青莲交契，有后昆、只字宝琳琅。还惊喜，风花寒食，未替椒浆。"②

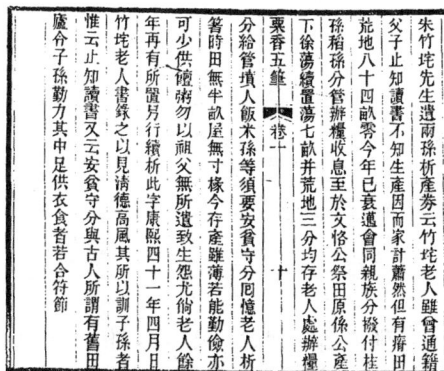

图一 《粟香五笔》之记载

一唱三叹《水村图》

江乡最好是分湖，紫蟹红虾雪色鲈。

眯眼尘沙归未得，倩人重写水村图。③

这是朱彝尊为李含渼所画《水村图》的题诗。

元成宗大德年间(1297—1307)，通州(今北京市通州区)人钱重鼎因厌倦城市的喧嚣与逼仄，客居在好友江苏吴江人陆行直家，陆行直在分湖边有一座别墅。分湖位于江苏、浙江两省交界处，北部属苏州市吴江黎里镇，南部属浙江嘉善陶庄镇。因湖分两半，半属嘉兴，半属苏州，故得此名。后人在分字前加了三点水，故又称汾河。这里芦苇萧瑟，烟水苍茫，鱼肥蟹壮，稻花飘香。陆行直深知钱重鼎有隐逸之志，便在别墅旁为他构筑了一座"水村"，钱重鼎从此就在这里隐居了下来，被时人称为"水村先生"。大德六年(1302)，吴兴画家赵孟頫(字子昂)偶然到水村拜访钱重鼎，不想被这个恬淡幽静的地方所深深吸引，便欣然提笔，创作了这幅《水村图》。图中农舍低矮、汀渚错落，小桥渔舟、天高云阔，一派宁静安逸的江南水乡风光。(图一)

---

①② 金武祥《粟香随笔·五笔》卷一。

③ 朱彝尊《曝书亭集》卷一五，《四部丛刊初编》景清康熙五十三年(1714)刻本。

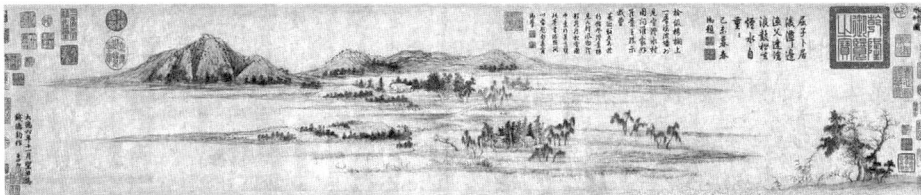

图一　赵孟頫《水村图》

到了清初时,这幅《水村图》为纳兰性德所收藏。康熙二十四年(1685)三月,纳兰性德携此图卷嘱朱彝尊题跋。朱彝尊当月携归,四月书跋。而到了五月三十日,纳兰性德竟因病而逝。这个经历在朱彝尊题《赵子昂〈水村图〉》跋中有所记述,全文如下:"赵王孙画山水,用绢素设色者多,独《水村图》横幅以纸写之,且用水墨,洵神品也。题云:'大德六年十一月望日,为钱德钧作。'又自识云:'后一月,德钧持此图见示,则已装成轴矣。一时信手涂抹,乃过辱珍重如此,极令人惭愧。'卷末题咏者四十八人。岁在乙丑三月,纳兰容若属予题签,留之匝月。卷还未几,容若奄逝,真迹不复可睹矣。水村即今之分湖,明宣德中,析嘉兴一府为县七,遂隶嘉善。后之修地志者不载此事,因撮其大略书之。"①不久,《水村图》被收归秘府,成为皇家珍藏,编入《石渠宝笈》,小小水村虽然从此名扬天下,但民间却再难睹其风采。为弥补这一缺憾,许多文人墨客均有重绘《水村图》的愿望。其中魏坤请李含渼重画的《水村图》,因获得朱彝尊、王士禛等文坛领袖的褒扬而格外受追捧。

魏坤(1646—1706),字禹平,号水村,嘉善人。从康熙二十四年至三十年(1685—1691)间,经常出入京师,广交诗友。朱彝尊在这几年的诗作中常有与其相宴饮的记载。朱彝尊为纳兰性德题《水村图》之事,也为魏坤所知悉。魏坤世居汾湖之畔的魏塘,又号水村,故而重绘《水村图》对他来说显然又多了一层意义。康熙二十四年八月,魏坤请嘉兴进士李日华曾孙李含渼(字南溟)作《水村第二图》。朱彝尊《水村图跋》里所说的"既而禹平复至京师,属李南溟上舍又作此卷",即是此卷。

康熙二十八年(1689),李含渼《水村图》绘成。湖畔小桥流水,水村屋舍被

---

① 朱彝尊《曝书亭集》卷五四。

浓密的树荫所掩映。画中人物有打坐的、打扫庭院的,也有问路的、牧牛的、垂钓的及泛舟打鱼的,一派悠闲安详,恍若置身于桃源深处。卷前有朱彝尊"水村图"隶书三字题引首(图二),并有题诗二首,其一:"江乡最好是分湖,紫蟹红虾雪色鲈。眯眼尘沙归未得,倩人重写水村图。"其二:"绿苹不碍板桥桩,红叶常堆老树腔。他日相过任风雨,抽帆直对读书窗。"(图三)需要说明的是,第二首与收录在《曝书亭全集》的诗句略有差异,如"红叶常堆"作"红叶空堆","他日相过"作"异日相过","抽帆直对"作"抽帆直到"。卷后另有朱彝尊题跋一篇:"通川钱德钧居魏塘,赵承旨为作《水村图》。予尝见其真迹,信墨宝也。禹平魏子以水村自号,吴江徐虹亭检讨亦为作《水村图》。予题其卷云:'鸥波亭子赵王孙,曾为钱郎画水村。过眼云烟难再睹,披图仿佛笔踪存。''斜插鱼标扬酒旗,柳阴小犬吠笆篱。归田最是分湖好,我亦相期作钓师。'既而禹平复至京师,属李南溟上舍又作此卷。按德钧当日亦有二图,承旨作之于前,蓟岳李息斋为之于后,何其古今人事之相类也。康熙庚午上巳日又书。"(图四)

图二　朱彝尊所题引首

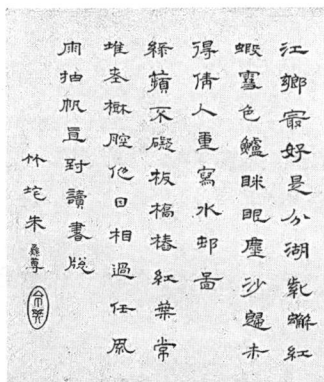

图三　朱彝尊题诗

图四　朱彝尊跋语

为李含渼《水村图》题诗的名家有很多,但朱彝尊既书引首又题诗,还撰了长跋,似乎有点过于热情。其实这卷《水村图》正符合了朱彝尊当时的处境和心情。康熙二十三年(1684),朱彝尊因携带楷书手私入禁中抄录四方所进图书,为掌院学士牛钮所劾,谪官迁出禁垣,移居宣武门外海波寺街古藤书屋。而当他看到这卷《水村图》时,刚好又从古藤书屋移居至槐市斜街。"归田最是分湖好,我亦相期作钓师",他肯定从水村联想到梅里,产生了退隐还乡的渴望。直到康熙三十一年(1692),64 岁的朱彝尊终于回到老家梅里,如愿地做了"小长芦钓鱼师"。

[作者简介]梅晓民,嘉兴市政协文史特邀员,秀洲区政协文史研究员。

曝书亭与爱石园探微

浙江　周荣先

泰石桥乡槜李风，曲栏云水老荷红。

曝书留影亭前梦，尽在家园一拜中。

这是芦墟文人郑一冰题在画家吴香洲《爱石园图卷》上的一首诗。从诗中可知，泰石桥乡的爱石园不但风景秀美，还有槜李、曝书亭遗石给"爱石园"留下了流传千古的美名。

两年前，我曾撰有《秀洲古迹泰石桥纪胜》一文，文中以史料为依据，记述了我祖上在故乡泰石桥生活及开展文化活动的动人故事。文中共有：我的故乡泰石桥、泰石桥小镇历史沿革和近代名人、古朴美丽的泰石桥、濮院镇志上所载的泰石桥爱石园、泰石桥周家厅和爱石园、泰石桥爱石园产槜李、泰石园往事回忆等七个段落。今节选补充新的资料：我高祖周荫棠在清代乾隆年间与王店曝书亭朱彝尊文孙娱村友善，并得曝书亭醧舫前旧石数十赠之，以后舍后凿池、种树，复以小亭、筑园，取名为"爱石园"等历史事迹。谨以此纪念。

一

清代，在嘉兴，"爱石园"是很有名的。据历史记载，当年筑园时，石门人方薰曾绘有《爱石园图》。可惜历经沧桑，此图已遗失。

方薰（1736—1798），清浙江石门人，字兰士，一字兰坻，号兰生，又号樗庵，别号长青，晚号懒儒、方梅子。诗书画并妙，写生尤工，与奚冈齐名，称"方奚"。有《山静居遗稿》《山静居论画》《井研斋印存》等。而他最有名的事迹是将绘有反映乾隆时期嘉兴百业兴旺的画册《太平欢乐图》献于乾隆，不但使得龙颜大悦，也为后世留下了200多年前嘉兴百业的众生相。

辛丑春，我请嘉兴画家五凤研主人吴香洲补画《爱石园图卷》（图一）。此手卷长138厘米、宽32厘米。又邀请我的前辈、文人雅士及好友十余人为之题跋、赋诗、题字。其中文章开篇那首诗就是我老友，芦墟资深文人郑一冰的手笔（图二）。另，嘉兴作家陆明题字"爱石园"（图三）；当今桐乡大画家吴蓬题字。又有盛泽华建平前辈、肖海鸣、潭首盛、嘉兴张建阳、朱银龙、张卫平、倍令山人、青浦黄子风等题词、题句、写跋。

图一　吴香洲补画《爱石园图卷》

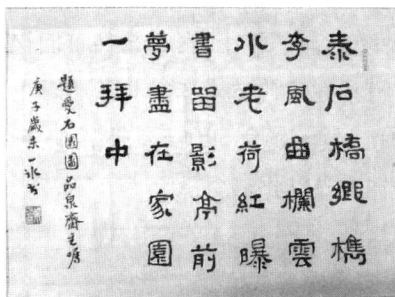

图二　芦墟郑一冰手稿

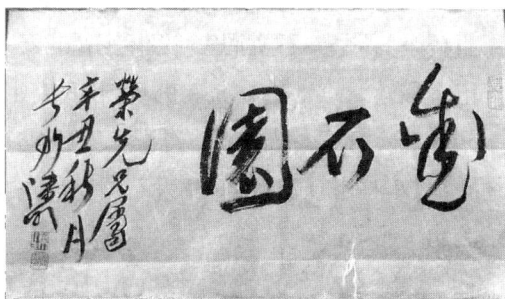

图三　陆明题"爱石园"手稿

更有嘉兴文化学者、文史大家傅逅勒题诗写跋，并提供了我先祖周荫棠的资料："周谦字荫棠，从海昌迁居泰石桥，中清嘉庆十三年恩科举人。家筑爱石园，日与高朋雅友流觞吟咏其中。亦当时之盛事。"（图四）另，据他编著的《嘉兴历代人物考略》考证，周谦字荫棠，嘉兴人，清诗人。嘉庆十三年（1808）举人。

室名曰"爱石园"。又见《（光绪）嘉兴县志》卷一九、陈伯良《海宁文史备考》。

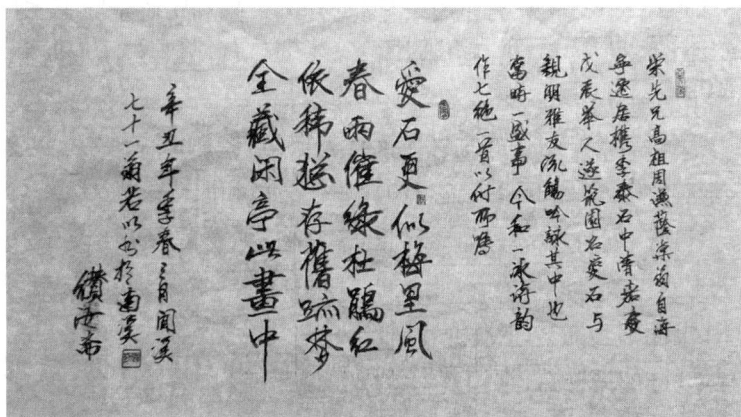

图四　傅逅勒手稿

二

金淮纂《濮川所闻记》六卷，清嘉庆二十五年（1820）刻本，藏于国家图书馆。卷二有爱石园的记载，称"园在梅泾南，周荫棠得朱竹垞太史之园石筑爱石园于宅旁。梅里李集为记，有樏李一株"。

三

濮院人夏辛铭（1868—1933）字颂椒，编纂有《濮院志》。卷十二"园第"记载："爱石园在嘉界泰石桥，周荫棠所筑，石门方薰绘图。梅里李集为之记。"据采访稿增补《所闻记》载，李集《爱石园记》："爱石园者，周君荫棠所构也。荫棠尝与竹垞太史之文孙娱村先生交，娱村以醼舫前旧石数十赠之，因于舍后凿池种树，覆以小亭，环列诸石于侧，状如蹲狮伏虎，俯仰起伏，咫尺间有崇冈复岭之势。荫棠日涉其中以自怡悦，嘱为文以记之。荫棠之言曰：'予非效颠米之拜石丈人也。予生也晚，不获亲太史之门墙，而挹其风流文采，惟兹数石为太史故物,幸得晨夕晤对,如见太史之为人,壁立千仞,俨然拜于下,而执弟子之礼。是慕太史而并爱其石,且于娱村持赠之意,庶几无负也。'嗟乎！曝书亭藏书八万卷,散失殆尽,太史手泽不知流落何所。今数堆乱石,荫棠得之而摩挲不倦,其风谊有足多者,不可以不志也。乃援笔而为之记。"

此段文字记载了一段历史上文人交往的友谊,佳话传颂至今。是我祖上与王店诗人朱彝尊孙子历史故事,值得周氏后代骄傲和回忆。

李集(1716—1790),字绎刍,号敬堂,嘉兴梅里(今王店)人,晚号六忍老人,学者,乾隆十八年(1753)举人、二十八年(1763)进士,辑有《梅里诗钞》《续梅里诗辑》等,任湖北郧县知县,著作颇丰。

朱稻孙(1682—1761),字稼翁,号芋陂,晚号娱村,秀水人(今嘉兴)。清官员、诗人、书法家,朱彝尊之孙,清雍正年间附贡生,工诗词,以书法著名。曝书亭醧舫在朱彝尊故居中。我祖上太公周荫棠筑爱石园于泰石桥,夏辛铭曾亲眼看见此园和李集写的爱石园碑文,故在修编《濮院志》稿时收入碑文文字,且他曾在泰石桥设立民义小学,碑文内容可信度极高。有关爱石园的资料能保存下来,夏辛铭功不可没。

四

据嘉兴秀洲洪合镇镇志办张龙观 2018 年撰写的《周家厅与爱石园》文章:"周家厅在洪合镇南面的泰石桥小镇上,它是清代乾隆年间由当时士绅周荫棠所修建的私人宅院,据现 84 岁(1934 年出生)老邻居周菊生回忆,周家厅坐北朝南,前后两进都是五开间,后厅比前厅更高大气派,东西两边间为二层楼房,中间三间为厅堂,厅堂前面均为雕花落地长窗。厅堂中间后上方高挂着'诸仁成悉'的鎏金匾额,雕梁画栋,水磨方砖地面,高档的家具,显示出厅堂的气度不凡和主人身份的高贵。前院石板天井内有两棵状如狮子的松树。厚实的石框院门上钉着磨光方砖,门内两边也为斜砌磨光方砖墙,门楼上有精美的砖雕图案。厅后还建有一个小花园——爱石园,园中有一用石板围起来的荷花池。后厅东边间有一门,出门后有一长石南北向横跨于池上,是为小石桥,小桥北面叠着一座假山,山上有一精致的小亭,园内遍植各种花木,此院落是当时泰石桥小镇上最豪华的私人宅院。二十世纪四十年代末,这里曾是泰石桥小学所在地,当时后花园还在,下课后,后花园成了同学们活动的好去处。"

梅里李集写的《爱石园记》,我太祖周荫棠唤人刻石勒碑嵌在围墙中,可惜在二十世纪五十年代初,周家厅的后厅与爱石园一起被拆毁,连石碑也不知去向,至今影迹无存。

我在五六十年代的每年清明,还与父亲回泰石桥扫墓。据族人周洪昌告诉我,爱石园石碑流失在泰石桥老街一爿豆腐店门口,当作街沿石用,残碎的文字还在,曾见过两次,后来就不见了。当时我十来岁,印象深刻。周家厅原由我叔公周金福一个人居住,可惜已破败不堪。五十年代他去世,周家厅也彻底拆除,但祖上留下屋基、树木、爱石园、古帮岸残迹犹存。

五

嘉兴种檇李始于春秋以前,已有 2500 年左右历史,是嘉兴著名水果。据清代嘉兴秀水词人、学者、藏书家朱彝尊著《鸳鸯湖棹歌》序载,嘉兴于古为檇李县,曰由拳,曰长水,曰禾兴。朱彝尊(1629—1709)字锡鬯,号竹垞,又号醧舫,晚号小长芦钓鱼师。有净相寺产檇李诗一首:"净相寺门夕照黄,菱花杏叶石榴香,青李悬仁小如粟,错疑钻核自王郎。"可见在嘉兴净相、桐乡、王店等地均有种檇李的历史。

查清代乾隆年间史料,我周氏祖上的爱石园也种檇李。《续梅里诗辑》卷十一:"东瑶檇李久蟠根,此日争夸爱石园。腊月打歧多结子,《齐民要术》记曾言。"下有注:"《艺圃识余》:'梅里之北六七里东瑶庵亦产檇李,每颗有爪痕,相传西施指掐是已。'《齐民要术》:'腊月以杖微打歧间,正月复打之,足子为之嫁李。'周氏爱石园在长水乡泰石桥,亦产檇李。"清光绪三十四年(1908)木刻版《嘉兴县志》卷三十六据《艺圃识余》载:"梅里之北六七里东瑶庵,亦产檇李。每颗有爪痕也。"下有注:"周氏爱石园在长水乡泰石桥,亦产檇李。见姚驾鳌诗注。"查《梅里志》:"东瑶庵,在里北六里东瑶桥,在王店镇北。姚驾鳌字秋崖。"姚驾鳌,嘉兴梅里人(今王店人),清诗人,邑诸生,性跅弛,得酒辄醉,室名曰"一粟窝",著有《梅花溪棹歌》百首等。望今后泰石桥乡也能开发种植名品檇李,举办收获檇李的旅游活动。

六

据新修于 2021 年的《周氏家谱·泰石桥支谱》记载:第九世孙周谦,字荫棠,嘉邑庠生,绩学能文,闱试屡荐不售。晚年淡于名利。宅拓地筑亭,构奇石环列于旁,朝夕展玩。题其园曰"爱石园"。性好交游,慷慨仗义,有不平事,力为排解。乾隆五十一年(1786),岁饥,寇贼横行,周谦设栅捍卫,乡人咸蒙其德。生于乾隆六年辛酉七月初五日(1741 年 8 月 15 日)酉时,卒于嘉庆四年(1799),享年 59 岁。

七

泰石桥小镇属于嘉兴秀洲区洪合乡,属古檇李之地,至今还存有古代吴越战场的遗迹。宋元至辛亥革命时,其北部、中部属新塍地区;东部、南部属王店地区长水乡;西部是濮院所属乡村。查 1997 年版《嘉兴市志》:"泰石桥三四十年代曾是泰石桥乡驻地,以产丝绸负有盛名。当时镇上有商号十几家,居民五百余人,较为繁荣。"

我父亲和叔父在世时,曾告诉我和堂弟明石,我们周家老祖宗周荫棠构建的周家厅和爱石园迄今约二百多年历史,朱彝尊的孙子朱稻孙(娱村)曾赠送周家曝书亭醧舫前的一些太湖石。这些太湖石经历了多少风雨的变迁!因三十年代祖父辈时已家道中落,尤其在抗战爆发日军来泰石桥烧杀等种种原因,园子无人照看,之后也无法重新修建。新中国成立后,泰石桥属王店区管理。随着我叔公周金福五十年代去世,周家厅更无人居住,破败不堪,最后拆毁,爱石园中堆叠的假山也已倒塌。王店朱彝尊故居(图五)五六十年代修葺时,缺少假山石石料,在征得我们同意后,极大部分假山石用船运送至王店曝书亭,回归了竹垞太师故居原地,周家嫡系子孙应该也是心甘情愿的。周氏祖上与朱彝尊之孙的友情交往,作为一段佳话,我们周氏后代永远会铭记在心,传给我们的子子孙孙谨记。

图五　好友庞艺影所赠二十世纪五六十年代的曝书亭老照片

[作者简介]周荣先,嘉兴市地方档案文献史料研究员,嘉兴诗词楹联学会顾问。

朱彝尊的王江泾情结

浙江　王金生

一代文学大师、嘉兴文人朱彝尊(1629—1709),生前一直对王江泾情有独钟。他在游学之际、为官之余、陪康熙皇帝下江南之时,曾多次到过王江泾,并留下了许多墨宝。这或许与朱氏一脉的先人有关吧!

朱氏世籍吴江,以岐黄之术著称于世。据《闻湖志稿》(《闻川志稿》的前身)转王明福诗稿补注:"石家兜东,朱氏世业医,称名于时。屋后一泉(即圣堂浜泉,今已湮灭)在水中,望之波纹潆洄。居人取以烹茶、酿酒,味甘色白。大旱之年,人皆赖之。"这里所提到的"石家兜""圣堂浜",从当时的历史沿革来说属苏州吴江盛泽镇,从政区地域来说属嘉兴秀水王江泾镇。也就是说,石家兜是一个苏、浙两省居民杂处的地方。《闻川志稿》有详尽的记载:"石界兜,(王江泾)镇北二里杨桥港南。有江浙界碑,故云。俗呼石家,非是。《杂咏》(即蒋石林《闻川杂咏》)诗:'吴越交驰地,苍然石界云。由来到江尽,今傍此林分。'(王明福)和诗:'片石判南北,溪光映暮云。吴头与越尾,不必到江分。'宋景和《石家兜》诗:'平田漠漠浸斜曛,远树依依隔断云。浙水江流环似带,望中石界回然分。'"从这种意义上来说,朱氏实际上是半个秀水王江泾人。

朱氏传至朱彩(1483—1542,号慕萱)一代后,陆续迁往嘉兴,有的住南门内毛家坊咸春堂,有的住月河街,有的住碧漪坊,相传留在石家兜的族人依旧在当地行医。由于朱彝尊的高祖朱傅去世较早,朱彝尊的曾祖朱国祚少时生活贫困,直至后来搬迁至碧漪坊又中了进士后才有所改变。

据史料载,朱国祚(1559—1624),字兆隆,明万历十一年(1583)举进士第一,状元及第,授翰林院修撰,进太子谕德;万历二十六年(1598),超擢礼部右侍郎,摄理部事,拥立皇储;明光宗即位后,拜礼部尚书兼东阁大学士,入阁参理机务。他素行清慎,事持大体,加太子太保,进文渊阁大学士。天启三年(1623),进户部尚书,改武英殿大学士,以少傅兼太子太傅致仕。次年卒,赠太傅,谥号文恪。著有《介石斋集》。

关于朱国祚举进士第一,这里还有一个民间戏说。话说当年在同一批进士之中,还有一位与朱国祚同年出生、同为秀水王江泾籍的读书人,名叫盛万年(1559—1632。字恭伯,号若华。官至云南布政使,家梅家荡东廊下)。他的殿试成绩不在朱国祚之下,有望钦点第一。这可难为了万历皇帝。而当把两人的名字叠放在一起时,这位朱姓皇帝惊讶地发现这是天作之意:朱国祚盛万年。按两字两字去断,便成了好口彩。于是,他便将朱国祚钦点为状元,而盛万年只能屈居榜眼了。

而彼时,朱氏的一支或已迁往了梅家荡之东,与廊下盛家做起了近邻。据《闻川志稿》载:"亚凤巢,在闻湖(即梅家荡)东。朱应沅所居。沅,秀水朱文恪(即朱国祚)裔孙。"万历三十年(1602),朱国祚告病返乡。大概就在此后的十八年间,他一直闲居梅家荡与碧漪坊之间,偶与盛万年吟诗作对。他的《梅家荡棹歌》(亦名《梅湖棹歌》),应该就作于他流连梅家荡之时。"梅家荡口蚬子黄,瓜皮罾船七尺长。剪去东园白头韭,蛤蜊乡味胜横塘",就是其中之一。这种诗体在明末清初的江南广为盛行,后来朱彝尊所撰的《鸳鸯湖棹歌》,就是受他曾祖父的影响而写成的。

或许正是以上种种原因,朱彝尊在王江泾也生活过很长一段时间。"蕲王战舰已无踪,娄相高坟起旧峰。曾见朋游南渡日,北山堂外九株松。"(北山草堂,今属王江泾镇南汇社区)"谷水由来出小湖,渚城辟塞总春芜。战场吴楚看犹在,折戟沙中定有无。"(渚城,又作主城,在今王江泾镇双桥村)"蜿地垂杨絮未飘,兰舟上已被除遥。射襄城北南风起,直到吴江第四桥。"(射襄城,在王江泾镇上)"百步桥南解缆初,香醪五木隔年储。不须合路寻鱼鲊,但向分湖问蟹胥。"(合路,今王江泾镇大坝村)这些都出自他的《鸳鸯湖棹歌》。这四首诗句,从地域上来说,恰代表了王江泾镇的东、南、西、北四面,几乎涵盖了整个王江泾镇。此外,他的《静志居诗话》中写到的很多人、物,都是王江泾镇的。王江泾镇市泾村原有一座报恩祠,其楹联"九原有兆招英魂,二姓同祠式孝恩"是他题的;亚凤巢的门额"宗伯学士"也是他题的。朱彝尊晚年的号"小长芦钓鱼师"也源于王江泾,因为相传王江泾在历史上有过"长芦""小长芦"之称。此外,他还与王江泾镇域内的文人沈起、蒋石林等交往密切,与从王江泾镇迁至王店镇开米店的周筼(也是一位文人)常常把酒言欢。由此可见,朱彝尊对王江泾有着一种特别的情结。我有时对自己开玩笑说,如果没有得到过王江泾镇这方沃土的滋润,朱彝尊在诗词上的成就或许没有这么大吧!

[作者简介]王金生,王江泾中学教师。

陶、朱"并蒂莲"

浙江　王爱能

陶渊明(352 或 365—427)，字元亮，又名潜，私谥"靖节"，世称靖节先生，浔阳柴桑(今属江西省九江市)人。东晋末至南朝宋初期伟大的诗人、辞赋家。曾任江州祭酒、建威参军、镇军参军、彭泽县令等职，最末一次出仕为彭泽县令，八十多天便弃职而去，从此归隐田园。他是中国第一位田园诗人，被称为"古今隐逸诗人之宗"，有《陶渊明集》。

朱彝尊(1629 年 10 月 7 日—1709 年 11 月 14 日)，字锡鬯(chàng)，号竹垞(chá)，又号醧(yù)舫，晚号小长芦钓鱼师，别号金风亭长，浙江秀水(今属浙江省嘉兴市)人。清朝词人、学者、藏书家，明代大学士朱国祚曾孙。作词风格清丽，为"浙西词派"的创始人，与陈维崧并称"朱陈"，与王士祯并称南北两大诗宗("南朱北王")。精于金石，购藏古籍图书不遗余力，为清初著名藏书家之一。著有《曝书亭集》八十卷、《日下旧闻》四十二卷、《经义考》三百卷，选《明诗综》一百卷、《词综》三十六卷(汪森增补)。

陶渊明和朱彝尊生活的年代虽然相隔一千多年，静下心来仔细研判他们的生平，可发现两人在许多方面有着惊人的相似之处。

两人均是"去官归隐"

陶渊明生活在东晋末年至南朝宋初期这一社会较动荡的时期，步入仕途后，他先后任职江州祭酒、建威参军、镇军参军等，及至担任彭泽县令，算是达到了他为官的巅峰。长期在基层官场摸爬滚打,他渐渐感受到了官场的乌烟瘴气和卑躬屈膝,做了彭泽县令后,这种感受就愈加强烈地冲刷着他的身心,仅仅八十多天后,就愤然辞官归隐田园,留给后人一句警示名言:"不能为五斗米折腰。"①

在《归去来兮辞》中,陶渊明写道:"归去来兮,田园将芜胡不归!既自以心为形役,奚惆怅而独悲。悟已往之不谏,知来者之可追。实迷途其未远,觉今是而昨非。"②

这是一个封建士大夫沉沦官场,自我失落后的幡然醒悟。田园是原始洁净的,是根,是自由,是人的最终归宿。"田园将芜",喻示着人的本性的失落,喻示着来官场转这一圈是失败的,是糊涂的,那不如回去,回归原始,回归田园。"实迷途其未远,觉今是而昨非",言外之意即是:自己走错了路,走进了迷途,好在走得不远,回头还来得及,此时归隐也不算晚。

朱彝尊的仕途经历亦平坦无奇。清康熙二十年(1681),充日讲起居注官;同年秋,任江南乡试副考官。康熙二十二年(1683),入值南书房,特许紫禁城骑马,赐居禁垣(景山之北,黄瓦门东南),赐宴乾清宫。朱彝尊为编辑《瀛洲道古录》,私自抄录地方进贡的书籍,被学士牛钮弹劾,官降一级。康熙二十九年(1690),补原官。不久便告老归田。

在《南镇》诗中,朱彝尊写道:"稽山形胜郁岧峣,南镇封坛世代遥。绝壁暗愁风雨至,阴崖深护鬼神朝。云雷古洞藏金简,灯火春祠奏玉箫。千载六陵余剑舄,帝乡魂断不堪招。"③

此诗写得较为隐秘,作者应是借助描摹稽山风情和南镇封坛典故来表露自己万般不甘却又无可奈何的心境。朱彝尊凭借自己渊博的学识入值南书房,本想着为朝廷多做些力所能及的事,无奈因个人随性的做事风格(朱彝尊曾奉命编撰《瀛洲道古录》,在南书房当值,后偷偷带了个小吏,私抄书籍带回家收藏,康熙帝知道后龙颜大怒,直接把他逐出了南书房),又不肯屈身与阉党同流合污,既然"帝乡魂断",既然"不堪招",那就干脆归去。在他六十四岁那年,他便

---

①　房玄龄等《晋书》卷九四,中华书局,1974年,第2461页。

②　陶渊明《归去来兮辞》,见袁行霈笺注《陶渊明集笺注》卷五,中华书局,2003年,第460页。

③　朱彝尊《曝书亭集》卷三,《四部丛刊初编》景清康熙五十三年(1714)刻本。

携家眷南归,后定居于浙江嘉兴梅里,今秀洲区王店镇。

两人均为"田园诗人"

　　旧时的封建士大夫都有一个共性,在切身体会到了封建官场的尔虞我诈和乌烟瘴气之后,个人的思想和性情会随即发生根本的变化,囿于封建制度下言论不自由等诸多因素的限制,他们无法表露自身的想法和排解心中的不满,便把个人的许多观念和情趣寄托在身边的山山水水之中,并以赋诗的方式表现出来,如今我们把这一类文人统称为"田园诗人",陶渊明和朱彝尊均可称得上是田园诗人中的代表。

　　陶渊明的《归园田居》其三亦是一首地道的田园诗:"种豆南山下,草盛豆苗稀。晨兴理荒秽,带月荷锄归。道狭草木长,夕露沾我衣。衣沾不足惜,但使愿无违。"①

　　前三句描写乡野景观,末句抒怀,表露心境。首句"种豆南山下,草盛豆苗稀",表面意思是说在南山下面种豆,杂草长得十分兴盛,而豆苗却稀稀拉拉没有几根。诗人不谙农事又要趋身耕种而导致田地几近半荒芜的形象倏然呈现了出来。既然豆田里杂草丛生,要想有点收成,就得下地锄草,所以作者说"晨兴理荒秽,带月荷锄归"。"晨兴""带月",讲的是时间跨度,即"早出晚归",虽然种植不得要领,但后续的补救还是要积极的,这是对劳动的态度,亦是对人生的态度,从大的方面来说,它也正是对封建社会农村劳动者为了生存而昼夜辛苦劳作现状的真实描绘。第三句"道狭草木长,夕露沾我衣",此为轻轻点上的一笔,因是刚刚开垦出来的荒地,道路狭隘,草木却长得很高。作者肩扛锄头沿着两边长满杂草杂树的狭小道路回家,或许草屑挂满在膝盖上,或许树杈钩扯住了衣角,但全然不去理会,唯一感知到的,是透着点寒凉的露水沾湿了衣裳,而"夕露沾衣"这一特写,恰是为了引出下文作者的表露心境,所以末句言道:"衣沾不足惜,但使愿无违。"浅表上读来,露水沾衣是无所谓的,是不必在意的,这么昼夜不停地辛苦耕作,指望到时能有个好的收成,不辜负了自己的这番努力,不违背

---

　　①　陶渊明《归园田居》其三,见袁行霈笺注《陶渊明集笺注》卷二,第85页。

了自己的这个最基本的愿望,而这正是旧时劳动者的共同愿望、共同心声。

《鸳鸯湖棹歌》是朱彝尊撰写的一部组诗,共 100 首。在自序中,作者说:"《鸳鸯湖棹歌》语无诠次,以其多言舟楫之事,题曰《鸳鸯湖棹歌》。""其多言舟楫之事"①,意即其中大多数写的是乡野田船的事情。因此,《鸳鸯湖棹歌》可以推测为是描摹农村田园风光的一部组诗。

组诗第七首:"百尺红楼四面窗,石梁一道锁晴江。自从湖有鸳鸯目,水鸟飞来定自双。"②这是一首典型的田园风情诗。

朱彝尊南归后定居的地方,是自古闻名的鱼米之乡,这里土地平整肥沃,河汊交织,人们多依水起楼,逐水而居,慢慢形成了"人在阁间走,影在水中游"的特殊田园景观。"百尺红楼四面窗,石梁一道锁晴江",此句是从仰视、平视角度特写式写景,意象分别是楼、窗、石梁和晴江。作者无意借用"红楼百尺"来表露楼主人的富足,却似在依凭"四面窗"来显露此地的空旷和博广,而这恰恰也正是水乡人家的空旷和博广。"石梁锁晴江",用上一个"锁"字,眼前的景观就"灵动"起来了:高悬的天底下,水天已经混连在一起,水土交融处,一道石梁横亘其间,突兀、冒失。是人为?还是原始生成?都不重要。重要的是,作者已经大饱了眼福。"自从湖有鸳鸯目,水鸟飞来定自双。"这是通过想象而拓开的一笔,"双"与上句的"窗""江"合辙押韵。至于意境,或许作者是借助这种臆想景观来写人,写一个痴情女子,凝眸着眼前清澈甜柔的鸳鸯湖,想到飞来的水鸟都是成对成双的。那么,我的那只水鸟何时能够飞来呢?痴情女子的痴迷企望,与比翼的水鸟相比照,画外音也就明晰了。

两人均有"爱民思想"

旧时的封建士大夫,在官场摸爬滚打感觉失意或不如意之后,首先想到的就是归隐,影视作品中常常把它描述成告老还乡。其实,这也可以归结为是他们的"自爱"和"爱民"。"自爱"部分不去探究,这里要析解的是"爱民"部分。陶

---

① 朱彝尊《曝书亭集》卷九《鸳鸯湖棹歌·序》。
② 朱彝尊《曝书亭集》卷九《鸳鸯湖棹歌》。

渊明和朱彝尊的诗作中均体现了这种"爱民"的思想。

陶渊明《归园田居》其五:"怅恨独策还,崎岖历榛曲。山涧清且浅,遇以濯吾足。漉我新熟酒,只鸡招近局。日入室中暗,荆薪代明烛。欢来苦夕短,已复直天旭。"①

这是陶渊明所写《归园田居》组诗的最后一首,诗的前两句写自己独自策杖还家途中的情景,后三句写还家后邀请附近邻人欢饮达旦的田园乐趣。陶渊明为何"怅恨独策还"? 这里不作深入探析。或许是只身外出游玩,游兴未尽;或许是游玩观赏中出现了其他状况,都无从可知。尽管如此,他也没有因为这"怅恨"而影响了自己生活中的欢愉,他把这种欢愉转化到与左邻右舍的宴席上,抑或是通过与邻人对饮的行为来消除心中的"怅恨"。

试想,一个曾在官场摸爬滚打过的封建士大夫,在归隐乡野后,面对自由平静生活的乐趣,他不是"独享",而是与民"共享",除了可以判定他的心境已经回归原始,回归自然,还可以研判出他的那种"出于乡野——归于乡野"的"与民共乐"思想,请邀邻人欢饮达旦的行为正是他"爱民"思想的真切体现。

朱彝尊《鸳鸯湖棹歌》二十九:"织成锦衾碧间红,缭以吴绵四五通。锦上鸳鸯三十六,双栖夜夜水纹中。"②

从表面上看,此诗意在表现吴越周边织锦业的兴盛和发达。自打黄道婆在松江一带教人纺纱织布,周边的纺织业便迅速发展起来。嘉兴亦处"吴根越角",这里遍植桑麻,在松江的影响下,蚕丝织锦产业日趋兴盛,如王江泾的蚕桑丝绸,桐乡濮院的羊毛精纺,产品远销各地。丝锦中的"吴锦",则是诸多锦绸中的上品。所以作者说:"织成锦衾碧间红,缭以吴绵四五通。"当然,这样表述不单单只是对吴锦的赞誉,作者接着说:"锦上鸳鸯三十六,双栖夜夜水纹中。"此句很值得我们用心解读,"三十六",是虚指,即言多——刺绣着一只只鸳鸯的一片片织锦,被悬挂在临河的廊壁间,烛光映照中,鸳鸯美丽的身影漂浮在水面上。可以肯定,锦绸产品质量优异,产量丰富。

而这一成果的取得,离不开制作工匠们"夜以继日"的辛勤劳作,与其说作者是在叙说和赞美织锦,不如说作者是在称颂织锦的制作者,即劳动者,是在对

---

① 陶渊明《归园田居》其五,见袁行霈笺注《陶渊明集笺注》卷二,第89页。

② 朱彝尊《曝书亭集》卷九《鸳鸯湖棹歌》。

劳动者的辛勤劳动进行肯定和褒扬。肯定劳动,褒扬劳动,肯定劳动者,褒扬劳动者,正是朱彝尊"爱民"思想的确切体现。

封建时代的士大夫,人生经历千姿百态,而像潜公和竹垞公这般,去官归隐乡野,回归原始,回归自然,赋诗吟乐,与民交集,着实平常而又独特,故戏称之为"并蒂莲"。

[作者简介]王爱能,嘉兴市秀洲区王店镇成人技术学校语文高级教师。

浓浓的乡情，满满的诗意

——从教材中国古代诗词作品延伸学习
"朱彝尊诗词"活动设计

浙江　鲍周生

　　教育部统编版高中语文教材必修上册第三单元选了几首中国古代诗词作品，属"文学阅读与写作"任务群，那么，这类作品的延伸学习活动该如何展开呢？我们以"朱彝尊诗词"为例，设计了有关学习活动，希望正处于十七八岁花季雨季的嘉兴高中学子得到诗歌的滋养与哺育，因为诗歌不缺席的青春，才是完美的青春。

【学习背景与任务】

　　朱彝尊(1629年10月—1709年11月)，字锡鬯，号竹垞，浙江秀水梅里(今属嘉兴秀洲区王店)人。清朝词人、学者、藏书家。朱彝尊作词风格清丽，为"浙西词派"的创始人，与陈维崧并称"朱陈"，与王士祯称南北两大诗宗("南朱北王")。著有《曝书亭集》八十卷、《日下旧闻》四十二卷、《经义考》三百卷，选《明诗综》一百卷、《词综》三十六卷。可是，嘉兴学子对他知之不多。显然，想让学生了解一个嘉兴著名词人的情况，还需阅读他的诗词作品，与他进行多重的交流。于是，浙江大学出版社出版的《嘉兴语文》，就为我们架设了一座很好的桥梁，书中所选的《鸳鸯湖棹歌》(一百首选十首)就是我们学习的内容。

　　我们十一放假布置了初步的阅读任务，并利用课余时间，引导学生再认真研读朱彝尊的十首诗词，探究朱彝尊的诗词，并有序进行相应的读写活动，做到读写有效融通，让每一个学生都能在学习活动中有所收益。

【学习内容与目标】

1. 精读朗诵:利用已经掌握的阅读古代诗词的方法,认真阅读"朱彝尊诗词选"中的每一首作品,也可借助工具书或网络搜集关于朱彝尊作品的鉴赏文字,帮助自己分析诗词的艺术价值,感受诗词的艺术形象,理解欣赏诗词的语言表达,把握诗词的内涵,理解作者的创作意图;并结合自己的生活与学习经验,开展诗词朗诵活动,在吟诵体悟与想象联想中加深对诗词的理解,寻求自己的新发现。

2. 鉴赏仿句:品味鉴赏分析朱彝尊诗词中一些重要诗词句,根据诗词的艺术表现方式,从意象、意境、形象、构思、语言、情感等多个角度欣赏作品,获得审美体验,认识朱彝尊诗词的美学价值;并了解诗词写作的一般规律,捕捉创作灵感,进行诗词名句的仿写,并模仿这些诗词句进行微诗歌的再创造,并与同学交流,提升对诗词文本的理解力。

3. 评论研讨:教师积极鼓励学生选用简论、研究性学习小论文等方式,写出自己的阅读感受和见解,与他人分享,积累、丰富、提升学生的文学鉴赏经验,提高审美鉴赏能力和表达交流能力;并在充分准备的基础上,组织开展朱彝尊诗词的研讨会,引导学生进行平等的问题讨论,鼓励学生从不同角度进行诗词评论,发表自己的见解。当然,教师要给予必要的帮助,如研讨活动的计划与评价标准的制订等。

【学习活动概述】

这个学习活动以《嘉兴语文》中朱彝尊《鸳鸯湖棹歌》所选的十首诗词(1、10、17、20、23、58、75、91、94、95)作为学习的文本,以精准为教学目标,以有序的融通读写活动为主要任务,设计了阅读与鉴赏、表达与交流、梳理与探究等学习活动;引导学生进行自主、合作与探究,在学习活动中逐步深入朱彝尊诗词的文学价值,并掌握多元化的古代诗词学习方法,培养语文核心素养。本学习任务群分三个环节展开,即"精读朱彝尊诗词,开展朱彝尊作品朗诵会活动""鉴赏朱彝尊诗词名句,进行句子仿写与微诗词写作活动""学写关于朱彝尊诗词研究的小论文,举行朱彝尊诗词作品研讨会"。

【学习活动设计】

一、精读朱彝尊诗词作品,开展朱彝尊诗词朗诵会活动。

1. 整体精读所选《鸳鸯湖棹歌》(十首),建议在诗歌上进行圈点勾画。

引导学生制订好适合自己的可行的个性化阅读计划,阅读所选的朱彝尊全部十首诗词作品,并做好阅读的圈点勾画,随手记下自己的阅读感受,也可提出疑问;建议进行精读,能大致做到基本读懂每一首诗的主旨与蕴含其中的作者情感;也可以查阅相关资料,以帮助自己理解有难度的诗词文本。

2. 选择三首适合自己诵读的诗词篇目,并尝试练习朗诵。

在通读十首诗词的基础上,梳理一下自己的阅读经历,选择三首朱彝尊的诗词,可供自己进行诵读(超过三首也可),并尝试朗诵练习;朗诵时,要注意语气语调、停顿重音等细节,反复练习,再与同学进行交流,或请老师指点。

3. 班级开展朱彝尊诗词朗诵会,评选"你最喜欢的朱彝尊的诗词"。

在班里开展朱彝尊诗词朗诵会,选好活动主持人、朗诵者,邀请部分学生与老师作为评委,准备好朗诵的评判标准,活动中可以评出一、二、三等奖优秀朗诵者,以资鼓励。同时,班级开展"你最喜欢的朱彝尊的诗词"评选活动,要求人人参与,由组织者拟定初选篇目,制订评选表格,进行自主评选,当场唱票,并视情况而定,评出最喜欢的朱彝尊诗歌3—5首;最后将这些诗词打印出来,写明喜欢的理由,粘贴于班级学习角,供大家进一步学习、品读、鉴赏。

设计说明:活动1旨在学生安排时间进行诗词阅读,全面了解《鸳鸯湖棹歌》(选十首),对诗词内容与情感有个初步的掌握。活动2旨在学生梳理自己的阅读,由面到点,选出适合自己的三首诗词,并进行朗诵练习。活动3旨在培养学生的活动组织能力、口语表达能力与审美能力,并进行活动成果的展示。

二、鉴赏朱彝尊诗词名句,进行句子仿写与微诗创作活动。

1. 摘抄朱彝尊诗词中的名诗名句,进行品读分析。

鉴赏朱彝尊诗词的名句,从摘抄名句开始,边抄写边默念,当然,这里的名诗或名句具有相应的个性化的,不作统一规定;然后,对自己认为的朱彝尊的名诗词或名句,进行细读、品读与分析,也可查阅相关资料,以帮助自己的理解。

2. 仿照朱彝尊诗词名句,进行仿句练习。

在第一步的基础上,进行语言文字运用的练习活动,即仿照名句造句;显然,这项活动与高考的语用题有联系的。首先可由老师根据朱彝尊的名句或短诗,如《鸳鸯湖棹歌》(一),补写出两句风格相似的小诗,如"蟹舍渔村两岸平,菱花十里棹歌声。_____,_____。"挖去其中的两个诗句,留下空格,由学生进行仿句练习活动——对应填空,不过要注意话题、句式、用语等限制要求。原文写的是"侬家放鹤洲前水,夜半真如塔火明",表现了南湖景色特点,描绘了水乡的优美风光。而嘉兴的水乡风光很多,景色也美,学生可以仿写南湖的其他景色,也可写其他地方的美丽景色。

3. 仿照诗词名句,开展微诗词写作活动。

在第二步的基础上,可以开展微诗词的写作活动,这个活动要求比第二个活动明显要高,对学生的创作性思维与语言表现力是一种较大的挑战。活动一般选择朱彝尊的一首诗词,如《鸳鸯湖棹歌》(二十)中的诗句,"徐园青李核何纤,未比僧庐味更甜。听说西施曾一掐,至今颗颗爪痕添"。此诗通过优美的传说写嘉兴珍贵的特产樵李。而嘉兴的特产很多,我们可以引导学生选择其一,再进行相关内容、格律诗句的摹写。这项活动相对比较自由,评判标准也可以宽松一些,主要是为了提高学生学习的积极性,因此应以鼓励为主。

设计说明:活动 1 是一项个性化比较强的学习活动,旨在品尝与分析朱彝尊的诗词名句,提高学生对文本的分析能力。活动 2 是一项模仿练习活动,旨在提高学生的语言运用能力与相关题型的应试能力。活动 3 是一项简单的创新性学习活动,旨在通过微诗词写作活动,提升学生的理解能力、审美能力与语言表达能力。

三、学写朱彝尊诗词作品研究的小论文,举行朱彝尊诗词研讨会。

1. 选择朱彝尊诗词研究的选题与方向,并查阅相关资料。

在上述活动的基础上,在学生中开展朱彝尊诗词的研究小论文活动;这项活动可以分小组进行,即让学生进行研究选题与方向的申报,如选择"朱彝尊诗词中的乡土情""从'棹歌'看嘉兴当时的历史文化""朱彝尊学习民歌的语言特点"等角度;教师再根据申报情况,将学生分成不同的研究小组,小组人数一般是 4—5 人,不超过 6 人,一人负责活动组织,一人负责资料查阅工作,做到既分工又合作。

2. 进行朱彝尊诗词研究小论文撰写,教师予以相关指点。

在前期工作比较充分完成的前提下,各组可以开始小论文的撰写(小组的进度不同,开始时间允许稍有不同),每组安排一人为执笔,或者由多人分工撰写,再由一人通稿整合;论文字数一般在 1500 字左右,最少不低于 800 字,最多不长于 2500 字,要求上交电子稿;小论文在撰写过程中,如有疑问,可以请教指导老师,以便得到帮助,更好地完成写作。

3. 举行朱彝尊诗词作品研讨会,编写朱彝尊诗词研究成果集。

在小组完成朱彝尊诗词研究小论文的基础上,开展班级朱彝尊诗词研究探讨会活动,一人主持,各小组派一人作为代表进行发言陈述,时间不超过 6 分钟,并接受评委老师的提问,时间 2 分钟;活动评出优秀奖,颁发荣誉证书,以资鼓励;研究成果编成小册子,人手一册,留作纪念,优秀研究文章由教师向外推荐发表或参加嘉兴市高中学生研究性学习评比活动。

设计说明:活动 1 通过分组活动,提高学生的合作探究能力,同时又在考查学生的研究课题选题与把握方向的能力。活动 2 通过朱彝尊诗词研究小论文的撰写活动,提升学生的研究能力与理性思维能力。活动 3 通过开展朱彝尊诗词研讨会活动,提升学生对成果的分享能力,包括语言表达与沟通能力。

【学习测评】

朱彝尊《鸳鸯湖棹歌》(选十首)诗词阅读与研讨活动后,老师需要对整个活动进行总结,同样,每个学生也可以对自己的这次朱彝尊诗词学习之旅进行小结。那么,请编写一张关于朱彝尊诗词学习的小报,要求有朱彝尊的诗词,研究朱彝尊诗词作品小论文的精彩片段,还有自己参加这次活动的体会心得等内容,尽量做到图文并茂,并为小报取一个诗意又温暖的"名字",整张小报文字量控制在 2000 字以内。

设计说明:关于朱彝尊诗词的学习活动内容丰富,有读有写有交流,最后需要每一个参与者对活动进行梳理,以便对整个活动进行反思与小结;而以编写小报的形式来展现这次学习活动的成果,可以融读、写、编于一体,为这次阅读与研讨活动留下一点可以保存的东西,为学习活动画上圆满的句号。

【学习资源推荐】

1.《鸳鸯湖棹歌》,朱彝尊著,史念注,浙江人民出版社。

2.《鸳鸯湖棹歌》,朱彝尊著,蔡明笺注,宁波出版社。

3.《朱彝尊研究》,朱则杰著,浙江古籍出版社。

4.《一代文宗朱彝尊》,秀洲区政协文教卫体与文史委员会编,中国文史出版社。

5.《朱彝尊研究》系列书籍,嘉兴市秀洲区朱彝尊研究会编。

6.《曝书亭诗歌》,徐志平点校,嘉兴市秀洲区朱彝尊研究会编。

7.《竹垞散记》,朱家祎著,嘉兴市秀洲区王店镇文化站编。

[作者简介]鲍周生,浙江嘉兴高级中学教师。

朱彝尊典试江南当考官

浙江　顾顺奎

　　在科举时代,做考官既是肥差,也是高风险的岗位。当了考官即可纳贿,更为重要的是可以以师生门徒关系,培植个人党羽。正因如此,朝廷对考官的监管十分严格的。尤其清代整肃考风考纪,往往还掺杂思想控制的因素,因此科场案频发,考官不是被贬,就是被流放,甚至被杀,连累全家。在雍正年间出任考官的海宁人查嗣庭就因为被卷入科场案而病死狱中,同时连累家人。此案一般认为是查嗣庭卷入了雍正与隆科多的争斗而获罪,也有人认为是由考题"维民所止"引发的。不管原因如何,足见在清代担任考官风险不小。因此,在清代当考官是喜忧参半的事情。而朱彝尊在担任考官时的所作所为,被时人甚至今人认为既迂且怪。但仔细分析会发现,朱彝尊书生出身,他以洁身自好的品行和清廉正直的素养,及看似既迂且怪的行为,不仅成功主持完成了江南科举考试,选拔了一批人才,而且还赢得了清誉,足见朱彝尊为人处世的老道与成功。

　　康熙二十年(1681),53岁的朱彝尊幸运典试江南,做了考官。同样是出任考官,分赴不同省份的考官,其地位是有差异的,而江南是当时的富庶繁华之地,因此朱彝尊典试江南,显然是康熙对其信任的表现。再则朱彝尊是嘉兴人,不知为何这次典试,没有回避,大概这既是信任,同时也是考验。对此,朱彝尊心里应该是清楚的。因此他一路上便以祭祀为名,不断表达自己的任职"宣言"。在过长江时,朱彝尊按照"刚鬣、柔毛、香帛"的祭祀仪式,致祭江神说:"某钦承上命,主试江南。自誓此心,澄同江水,惟神昭察,济以安澜。如其寸衷有昧,徇人贿托,废弃真才,神灵有知,允当罚殛,复命渡江,甘葬鱼腹,以为后鉴。"①到职后,按照惯例,又要进行祭祀活动,朱彝尊又在天地神祇先师孔夫子之前发誓:"如或心存暧昧,遏抑真才,徇一人之情面,受一言之贿托,通一字之关节,神夺其算,鬼褫其魄,五刑备其体,三木囊其头,刀斧分其尸,乌鸢攫其肉,矢言之出,百神共闻。"②如此自我作践的毒誓,自然在旁人看来有点迂腐和怪异了。但仔细品味,发现这正是读书人朱彝尊的聪慧之处。如此誓言既断了自己的退路,同时也作为拒绝他人请托的有力"挡箭牌"。朱彝尊之言行自然更很快就传到非常重视下情上达的康熙的耳朵里。朱彝尊显然用自己的迂和怪成功为此次典试江南和保护自己创造了条件。朱彝尊不迂不怪,而是大彻大悟,且手段运用合理。如此一来,他典试江南,游刃有余,再加上他犹如老吏断狱的评判文章的功夫,顺利地通过考试选拔了一批既有良好学问基础,又有良好社会声誉的考生。如此考试,自然平安无事。期间,朱彝尊还利用典试闲暇收集秘本,与朋友游览名胜古迹。第二年,在典试结束后,他又把收到的馈赠分送给故交旧友。自己则带了两箱图书,回到京城复命。再次渡长江时,自然不用提心吊胆,而是能问心无愧,坦然从容北上复命了。

朱彝尊典试江南,可以说依靠智慧和坦荡,不仅成功主持康熙二十年(1681)的江南典试,而且凭借自己的才智和清廉,赢得了声誉。返京后,康熙即让朱彝尊值南书房,晚年朱彝尊在康熙南巡时,享受了种种特殊礼遇,这都是对朱彝尊为官做事勤奋踏实、清正廉明、卓有成效的一种肯定。因此,读书人的迂和怪,恰恰可能体现读书人的智慧内力,简单评价未必得当。在朱彝尊身上,就是如此。

[作者简介]顾顺奎,就职于嘉兴学院档案馆。

---

① 朱彝尊《曝书亭集》卷八〇《告江神文》,《四部丛刊初编》景清康熙五十三年(1714)刻本。

② 朱彝尊《曝书亭集》卷八〇《贡院誓神文》。

三百载鸳湖联吟,五十年棹歌续唱

——鸳鸯湖诗社当代唱和鸳鸯湖棹歌概述

浙江 高 贤

　　讲起嘉兴文化,《鸳鸯湖棹歌》一定是绕不开的。因为它不仅仅是嘉兴的"土特产"和"拳头产品",而且还在中国文学史和中华诗坛上占有极其重要的地位。

　　清康熙十三年(1674)冬,朱彝尊在《鸳鸯湖棹歌》自序中希冀嘉兴的同里诸君子同人们能够见而和之。首先应和的是他的表弟谭吉璁,有《鸳鸯湖棹歌》八十八首和韵、《续鸳鸯湖棹歌》三十首。此后,在整个嘉兴地区范围内兴起了"《鸳鸯湖棹歌》风潮",有无数应和者:马寿谷《鸳湖竹枝词》一百首、陆以诚《鸳鸯湖棹歌》一百首、张燕昌《鸳鸯湖棹歌》一百首、朱麟应《续鸳鸯湖棹歌》一百首等。这种应韵唱和之风一直延续到现代。据不完全统计,整个嘉兴地区保存这类诗集达上百种,数以万计,所以有"棹歌一唱三百年"之说。

　　后年就是 2024 年,《鸳鸯湖棹歌》问世 350 周年了。我们可以把时间作个分段。1674 年到 1974 年,是三百载鸳湖联吟的阶段。其时唱和《鸳鸯湖棹歌》的除了以上知名度较高的几人,还有:

　　清钮世楷(秀水)《鸳鸯湖棹歌》百首

　　清李震续《鸳鸯湖棹歌》百首

　　清姚晋锡(嘉兴)《鸳鸯湖竹枝词》五十章

　　清沈宗良(嘉兴)《嘉禾续古百咏》

　　清徐发(嘉兴)《禾中杂吟》

　　清周宣猷《禾事杂吟》

　　清褚凤祥(嘉兴)《双湖杂咏》

清俞汝言(秀水)《汉塘棹歌》一卷

清沈宗道(嘉兴)《龙山棹歌》百十首

清徐昭(嘉兴)《鸳湖棹歌》一卷

清吴高增辑(嘉兴)《钟溪竹枝词》

清盛宗楷(嘉兴)《钟溪棹歌》

清沈步青(嘉兴)《菱塘棹歌》百首

清张千里(嘉兴)《幽湖百咏》

清沈涛(嘉兴)《海上竹枝词》

清朱文炳(嘉兴)《闻川怀古诗杂咏》

清王明福(嘉兴)《梅花溪棹歌》百首

清姚驾鳌(嘉兴)《玉溪渔唱百咏》

清朱岳宗(嘉兴)《南湖百咏》

清吴萃恩(嘉兴)《闻川缀旧诗》

清唐佩金(嘉兴)《魏塘百咏》

清陆跃庵(嘉善)《魏塘纪胜》(正续二卷)

清曹慈山(嘉善)《魏塘竹枝词》百首

清钱云帆(嘉善)《魏塘竹枝词》百首

清周野东(嘉善)《风泾竹枝词》

清蔡秋澄(嘉善)《魏塘竹枝词》百二十首

清孙燕昌(嘉善)《魏塘竹枝词》百首

清曹信贤(嘉善)《城南樵唱》百首

清顾福仁(嘉善)《平川棹歌》五十八首

清徐涵(嘉善)《斜塘竹枝词》百首

清柯兰锜(嘉善)《斜塘竹枝词》百首

清柯万源(嘉善)《斜塘竹枝词》百

清倪以埴(嘉善)《平川棹歌》百二十首

陆炳琦(嘉善)和《鸳鸯湖棹歌》一卷

清曹伟谟(平湖)《鹦鹉湖棹歌》百咏

清陆增(平湖)《盐溪渔唱》

清周光瑞(平湖)《当湖百咏》

清释源衍(平湖)《当湖竹枝词》百首

清陆拱斗(平湖)《东湖棹歌》百首

清冯应泰(平湖)《乍浦竹枝词》百首

清王文海(平湖)《乍浦纪事诗》

清卢奕春(平湖)《泖水乡歌》

清俞金鼎(平湖)《清溪竹枝词》

清张嘉钰(平湖)和《鸳鸯湖棹歌》百首

清张燕昌(海盐)《海上竹枝词》百首

清黄锡蕃(海盐)《武原竹枝词》

清朱恒(海盐)《冶塘棹歌》百首

清陈沄(桐乡)《鸳鸯湖棹歌》百首

清吕坤(桐乡)《新溪棹歌》百二十首

清郑镰(桐乡)《双溪棹歌》百首

清岑徐熺(桐乡)《语溪棹歌》二十四首

清胡滢(桐乡)《乌青两镇新竹枝词》(三卷稿本)

清王选青(桐乡)《双溪竹枝词》

清施曾锡(桐乡)《明清竹枝词》

清倪大宗(桐乡)《嘉禾百咏》

清濮启元(桐乡)《谷湖百咏》

清张凤纶(海宁)《花溪竹枝词》一卷

清董皓(海宁)《黄湾竹枝词》

清王霖(海宁)《金坛竹枝词》一卷

清沈之(海宁)补谭吉璁和《鸳鸯湖棹歌》二十六首(稿本)

等等。

1974 年到 2024 年是五十年棹歌续唱的阶段。这段时期里主要是由鸳鸯湖诗社倡议发起唱和鸳鸯湖棹歌的活动。其中可以分为两个时期,

其一是 1974 年到 2002 年的"鸳湖三老"的鸳鸯湖棹歌案时期。

据不完全统计有:

现代朱大可(嘉兴)《洲东杂咏》

现代陶元镛(嘉兴)《蔬果百咏》

现代郑之章(嘉兴)《新溪棹歌》(稿本)

现代郑之章(嘉兴)《塘东樵唱》百首

现代李正墀(嘉善)《柳溪竹枝词》百五十首

现代周斌(嘉善)和《鸳鸯湖棹歌》二百首(稿本)

当代庄一拂(嘉兴)和《鸳鸯湖棹歌》二百首(稿本)

当代沈如菘(嘉兴)和《鸳鸯湖棹歌》二百首(稿本)

当代吴藕汀(嘉兴)《乍浦纪事诗》百十四首(稿本)

当代许白凤(平湖)《平川棹歌》百首

当代李钟奇(嘉善)和《鸳鸯湖棹歌》三十首

当代郁功奎(嘉兴)和《鸳鸯湖棹歌》一百首

等等。

这里介绍一下当年的历史背景吧!

二十世纪七十年代初,鸳鸯湖诗社副社长(代行社长职)朱大可为延续嘉兴的人文一脉,复兴嘉兴的文化艺术,以纪念《鸳鸯湖棹歌》问世三百周年为契机,发起了补和鸳鸯湖棹歌之雅事。有庄一拂、沈茹松、吴藕汀、张振维、许明农等人响应之,其中庄一拂、沈茹松、吴藕汀三人遂于1975年春各和了《鸳鸯湖棹歌》两百首。此中原委为,因清代谭吉璁首和朱彝尊的《鸳鸯湖棹歌》只有八十八首,续和之《鸳鸯湖棹歌》三十首。朱大可便于1974年底先和了《鸳鸯湖棹歌》二十六首。来年春上,庄一拂以旧史为题、沈茹松以新史为题、吴藕汀以抗战史为题。先各和了一百首《鸳鸯湖棹歌》,后又各再和了一百首《鸳鸯湖棹歌》。前后只是一个多月的时间。庄一拂写就后,便请钱桢祥用蜡纸刻印好,共三十五本,一一送人之,开始了酝酿重振鸳社之举。不料,因陈贤林从沈茹松处借阅了一份庄一拂刊印之两百首《和鸳鸯湖棹歌》的油印本,被陈贤林之亲戚周履才发现,假意借观后,缴上邀功。1975年10月,"《鸳鸯湖棹歌》案"发,数家蒙难查抄。其中,朱彝尊九世孙朱节华、十世孙朱奕德家,受"《鸳鸯湖棹歌》案"牵连被抄家。庄一拂、沈茹松被囚于嘉兴蚕种场牛棚中。庄一拂被囚半月有余,沈茹松被囚一周,惟吴藕汀得信逸脱。时当政者把诗文交由南湖纪念馆领导蒋静楠加以审阅。蒋氏观阅后,说这些诗都是叙述嘉兴故事,并看不出什么反动,遂使"《鸳鸯湖棹歌》案"得以渐渐平息。三年后,这些收缴之诗稿才得以发还。后张振维写有"棹歌一唱累三年"等句,以记此事。吴藕汀填了一首《小桃红》，写成《棹歌纪事》。庄一拂写了一出传奇。沈茹松做了一首长歌记之。

　　并自此时起，庄一拂、张振维、单培根、钱桢祥、陈贤林、丁子刚、张秋池、江汀、郑传钵、沈茹松、朱瘦竹、许明农、郭蔗庭、吴藕汀、沈韵笙、朱石轩、孔祥灿、沈彦英等嘉兴诗书画印界的耆宿们，在东园茶室（为吾社中人对人民公园老茶室之雅称）恢复了有数百年历史的吾社日常书画艺术交流活动——"鸳湖诗书画印茶叙"。

　　1980年夏，为纪念重新步和《鸳鸯湖棹歌》五周年，吴藕汀特自南浔来嘉兴与张振维、庄一拂等再续前言。1984年春，由庄一拂主持发起了开始正式的鸳鸯湖诗社组社筹划工作。

　　到了步和《鸳鸯湖棹歌》十周年的纪念日的1985年8月10日（农历六月廿四）乙丑年荷诞日，庄一拂、沈茹松、许白凤、吴藕汀、郑传钵、姚洁溪、许明农、严西凤、张振维、钱同春、钱嘘庵、钱桢祥、王和生、朱大熙、丁晓白、洪凌源、冯谷贞、许玲玲、陈家骥、范立群、傅伯泉、郁功奎、陆明、李嘉荣，共二十四位文士会于南湖烟雨楼上，举行了步和《鸳鸯湖棹歌》十周年纪念活动和鸳鸯湖诗社筹备大会，并摄影为记，共同计划完成了恢复成立鸳鸯湖诗社的一切事宜。筹委会之筹社社长为张振维，筹社副社长为庄一拂、许白凤、沈侗廔，筹社秘书长为许明农，筹社副秘书长为丁晓白、朱大熙、冯谷贞、傅伯泉。并特聘有王蘧常为名誉社长，朱夏、汪胡桢、钱君匋、谭其骧为名誉顾问。张振维所语："乙丑年六月二十四荷花诞辰，嘉禾诸诗老并新秀，聚于鸳鸯湖畔，饮酒赋诗，议继竹垞老人之余绪，倡立诗社。"

　　其二是2002年到现在，及至2024年，鸳鸯湖诗社新千年鸳鸯湖棹歌唱和活动。

　　苏焕镛（嘉兴）和《鸳鸯湖棹歌》二百零一首

　　冯谷贞（女）（嘉兴）和《鸳鸯湖棹歌》五十首

　　高贤（嘉兴）和《蒙溪棹歌》一百二十八首

　　徐长根（嘉兴）和《鸳鸯湖棹歌》六首

　　朱淑娟（女）（嘉兴）和《鸳鸯湖棹歌》五百首

　　钱筑人（嘉兴）和《鸳鸯湖棹歌》四十六首

　　王百全（嘉兴）和《鸳鸯湖棹歌》八十首

　　张健(嘉兴)和《鸳鸯湖棹歌》一百首

　　吴顺荣(嘉兴)和《朱彝尊鸳鸯湖棹歌》一百首

　　吴顺荣(嘉兴)续和《朱彝尊鸳鸯湖棹歌》一百首

　　吴顺荣(嘉兴)和《朱麟应续鸳鸯湖棹歌》一百首

　　吴顺荣(嘉兴)《闻湖棹歌100首》一百首

　　吴顺荣(嘉兴)《麟湖棹歌100首》一百首

　　吴顺荣(嘉兴)《梅溪棹歌100首》一百首

　　吴顺荣(嘉兴)《新溪棹歌100首》一百首

　　吴顺荣(嘉兴)唱和《谭吉璁鸳鸯湖棹歌》一百首

　　吴顺荣(嘉兴)唱和《张燕昌鸳鸯湖棹歌》一百首

　　等等。

　　2002年秋,鸳鸯湖诗社发起了纪念沈曾植冥诞八十周年的系列活动。期间有冯谷贞领头唱和起了鸳鸯湖棹歌。2007年8月6日是农历六月廿四荷诞日,以《棹歌再唱三百年》为主题,正式吹响了恢复鸳鸯湖诗社文化艺术活动和组建鸳鸯湖诗社新组织架构的号角。同年8月10日的《嘉兴日报——江南周末》整版刊登介绍之。恢复百年历史的每周一次的"鸳湖诗书画印茶叙"作为鸳鸯湖诗社社员社友文化艺术交流活动日,时间确定为每个星期天下午,并在每年农历六月廿四荷诞日举办鸳鸯湖诗社社庆日的嘉兴文人节活动。作为中华诗词学会团体会员(中华诗词学会15号团体会员证)的鸳鸯湖诗社,又重新和中华诗词学会建立了紧密的联系。中华诗词学会陆续有钱明锵、胡宏云、李赞军、张力夫等来我社指导业务或联系工作。鸳鸯湖诗社陆翔熊等人也前往中华诗词学会进修和交流,并且又有多位鸳鸯湖诗社社员加入了中华诗词学会。

　　同年9月3日,创建了网上鸳鸯湖诗社"浙北艺界"和"鸳鸯湖诗社"QQ群。依托网络,现在鸳鸯湖诗社在全国的知名度越来越大。"浙北艺界"群博客网址的总浏览量排名在嘉兴地区数第一,在全国也名列前茅。每天的点击率在一万点左右。很多人就是通过网络知道了嘉兴、知道了南湖区、知道了鸳鸯湖诗社。在南湖区组织的博客比赛中,"浙北艺界"群博客获得第一名。博文比赛中,由鸳鸯湖诗社选送的苏焕镛国学博文荣获了特等奖。后来又有了鸳鸯湖诗社的微信群,来自全国各地及国外的文朋诗友,在网络上每时每刻都可以参加我们鸳鸯湖诗社发起的唱和鸳鸯湖棹歌的活动。

以 2022 年 6 月 1 日到 6 月 10 日，共十天为例统计了一下。共有三十六位老师，创作了三百一十五首鸳鸯湖棹歌。

详情如下：

一、陈淑玲（女）

二、毕勇（美国加州）

三、吴顺荣

四、韩娟芳（女）

五、孙世德

六、吴金祥

七、饶顺善

八、梁显明（美国纽约）

九、奚永良

十、仝传伟

十一、陈宇

十二、冯学良

十三、王杏芬（女）

十四、范永林

十五、许新福

十六、王钧

十七、汪荣华

十八、顾惠玉（女）

十九、张弘念

二十、沈雪根

二一、张建中

二二、吴海观

二三、毛秀林（女）

二四、秦雄

二五、潘逢燕（女）

二六、柴渊

二七、王晓红（女）

二八、潘朝华

二九、王祥湧

三十、赵进豹

三一、韩湘

三二、高贤

三三、万秋娟（女）

三四、张霈

三五、林诒文

三六、赖丽琴（女）

具体数目如下：

6月1日唱和28首

6月2日唱和44首

6月3日唱和34首

6月4日唱和29首

6月5日唱和32首

6月6日唱和30首

6月7日唱和30首

6月8日唱和27首

6月9日唱和26首

6月10日唱和35首

这样看来，每天的平均唱和数是三十多首，一年就有一万多首鸳鸯湖棹歌了。

行文至此，意犹未尽。

嘉兴南湖（鸳鸯湖）真是"一湖烟雨一湖诗"。

[作者简介]高贤，鸳鸯湖诗社秘书长。